Persona
Non
Grata

ペルソナ・ノン・グラータ

カストロにキューバを追われたチリ人作家

Jorge Edwards

ホルヘ・エドワーズ＝著
松本健二＝訳

ペルソナ・ノン・グラータ

――カストロにキューバを追われたチリ人作家

ホルヘ・エドワーズ＝著

松本健二＝訳

セルバンテス賞コレクション 12
企画・監修＝寺尾隆吉＋稲本健二
協力＝セルバンテス文化センター（東京）

Instituto
Cervantes

PERSONA NON GRATA
by Jorge Edwards

Traducido por MATSUMOTO Kenji

本書は、スペイン文化省書籍図書館総局の助成金を得て、
出版されるものです。

Copyright© 1973, 1985 and 1991 by Jorge Edwards
Japanese translation rights arranged with
Jorge Edwards through Owls Agency Inc.

©Gendaikikakushitsu Publishers, Tokyo,2013

目次

私は二種類の人間しか知らない。良い市民と悪い市民だ。

ロベスピエール

第一章

すでにサンティアゴで多少のことは知らされていたので、リマでその電話をもらって心底驚いたというわけでもない。大統領命令で、国交断絶以来初めてとなるチリ大使館開設のため一〇日以内にハバナへ異動してもらいたい、との依頼だった[*1]。指示を受けるため二日間サンティアゴに戻り、すぐメキシコ経由でハバナへ飛ぶという日程だった。

こうして一九七〇年一二月から翌七一年三月まで約三カ月半滞在することになったあのキューバを去ってから数週間、これまで情報の断片をつなぎあわせてきた。脳裏から離れない記憶が次々と浮かびあがってくるにつれて、当初は偶然に思えたことの多くがしばしば忌まわしい意味を帯び始め、ジグソーパズルの各ピースが、現実のより陰惨な面を新たに見せつけつつ、あるべき場所へ静かにピタリとはまっていった。あの電話の向こうのわざとらしい偽善に満ちた誘惑の声が今なお耳に響くが、その声の真の意図は――あまりにも遅きに失したが――もうよくわかっている。電話の声の主はきっと躍起になって否定したことだろうが、要するに彼はできるだけ早く危険な空きポストを埋める必要があったのだ。《大使が着任するまでの非常に短期間の任務だよ、終わればパリへ行けばいい》と声は言った。それに、大統領たっての願いを断るなど、言語道断ではないか。

サンティアゴで、大統領から直々に、私の任命に反対したことを打ち明けられた。いわゆる《官僚連中》は私が唯一の適任者であると主張したらしい。だが、国交回復後のチリ・キューバ間の友好関係は別に私ひとりの肩にかかっているわけではなかったし、いっぽう、ペルーにおける私の仕事、少なくともチリ政権が人民連合になって大使が交代する期間中の仕事は、それよりずっと有益であった。[*2]

懲りない官僚どもが大統領の言葉を悪用して自分をだましたんだな、と思ったが、経験してみる価値はあった。だが結局、その経験とやらは、私の予想以上に、そして当の官僚たちの予想以上に辛いものとなった。いや、おそらく彼らにはわかっていたのだろう。そして、私を最初にクモの巣へ誘い込んだあの電話の声の主は、絶対にもっとわかっていたに違いない。しかしまた、あの経験は実際しておいてよかったという可能性もある。ただしそれも、危険な虫たちが牙を剥いているあのクモの巣への落下が今もなお続いているのだとしたら、話はまったく別だった。そうなっていたら、その経験とやらも今ごろ取り返しのつかないことになっていたはずで、そして実はそれもまた完全には捨てきれない可能性のひとつだったのだ。仮にそうなっていたら、こんな経験は自ら望んだものではないと思い込んだり、あるいは単に目をつぶってもうそれ以上のことを知ろうとしない連中のほうがよほど正しいということになるだろう。ところが私はそういうタイプの人間ではない。ではどういうタイ

1　私は一九七〇年一月よりリマのチリ大使館で参事官を務めていた。本書冒頭はその同じ年の一一月のことで、数日前にサルバドール・アジェンデがチリ大統領に選出されていた。

2　一九七〇年のペルーはチリとの戦争という話題でもちきりだった。チリは大統領選の年で、仮にそれにアジェンデが勝利した場合、ベラスコ＝アルバラード将軍のペルー左翼的軍事革命政権と人民連合のチリが手を組んでコノ・スールに強固な社会主義圏を形成する可能性があり、それを嫌った米国ＣＩＡがペルーにおける反チリ・プロパガンダを煽るべく裏で糸を引いていると多くの人々が考えていた。

プかというと、自己破壊というか、自殺に傾きやすい性格である。ただしそれも、私がまだ普通のものの見方を取り戻していないだけなら、またもや話は別だ。バルセロナの友だちのマンションに戻ってきたときに思わず壁にマイクがあるのではないかと不安になったあの眩暈の感覚が、もう立ち直っているだろうという甘い望みを抱いていたにもかかわらず、実は今もまだ続いているのだとするなら……。実際、こんなふうに悩み出せば切りがない。こんな調子では、これから書くこの本が私の精神的不安定を映しだす迷宮と化してしまうかもしれぬ。ならば、出来事をそのまま時系列順に差し出すほうがましだ。テーマを定めることで物語性が損なわれるとしても、そのほうがいい。言葉の歯車がかみあい始め、言葉のもたらすリズムがすべてを飲み込み奈落へ落ちていくにつれて、いったい事実がどうであったのかを見極めていくほうが、話が早いだろう……。

《だまされた》と私は思った。《今のキューバ情勢に関する情報を知っていれば、誰だって私の立場に置かれて嬉しいはずがない。でも喜んでいこうじゃないか、だまされたとわかってはいても》

メキシコ行きの便が離陸したとき、私は、一九六八年一月から二月にかけての訪問[*3]以来となるハバナを一刻も早く訪れたい気持ちになっていた。好奇心と興奮を覚えた。前回の旅のイメージが記憶のなかを駆け巡っていた。さらに前とは違い、今回の私の派遣はチリで報道もされ、その結果として味わえたささやかな有名人気分、航空会社の職員や客室乗務員たちによる外交官への特別待遇、それらすべてと虚栄心も手伝って、私はまるで日常生活の制約からふっと切り離されたような楽観的気分に捉われていた。この感覚は宝くじで一等をあてた男のそれに似ていたにちがいない。空の旅はけだるく幸福なまどろみのうちに過ぎていった。電話の向こうから聞こえてきた官僚による誘惑の声と首都で聞いた大統領の声、そのふたつの声のギャップがさらなる考えごとのきっかけになった。なかには私に警告する者もいて、君のハバナ滞在はみんなが言うほど短くはならないかもしれないぞ、と皮肉っぽくほのめかす者もいたが、そういう意見は、よくある羨望という悪徳に染まっている悲しい人間の見解として、私の心から退けられてしまった。いつものように、私のあの救いがたい楽観主義が自分に都合のいい見方だけを採用し、ほかをすべて切り捨ててしまったというわけだ。

　メキシコ市の赤く輝く能天気な夜景が、舞いあがっていた私の心を刺激し、奮い立たせた。寒い空港に降り立ったのは朝の六時で、駐メキシコ・キューバ大使館の面々がチリ側の文化担当官とともに列をなして私を待ち構えていた。我が文化担当官は、キューバ・チリ両国の党の結束を固めるパーティーに参加したあと、帰宅せずに私を待ってくれていたらしい。

　駐メキシコ・キューバ大使は、背が高く控えめで知的な表情をした男で、私とブルチャード[*4]に、出発前にぜひ公邸でコーヒーとラム酒でも飲んでいかないかと誘いかけた。鉄格子の門のそばには、例

3　この年、私はカサ・デ・ラス・アメリカスが毎年主催している文学賞の審査員としてハバナ文化会議に招待されたため、チリ外務省から休暇をもらい、作家の身分でキューバへ渡航した。

4　パブロ・ブルチャード……画家、当時の駐メキシコ・チリ大使館付き文化担当官。

のあの筋骨逞しく髪を刈った目つきの鋭い若者が何人か立っていた。あとでハバナの至るところに見かけた奴らだ。このときはまだ目が慣れていなかったので、たいした注意も払わなかった。

　また、キューバ・メキシコ関係の脆弱さ[*5]を表す象徴、すなわち日中なのにぴたりと閉じられたブラインドや部屋の冷たい薄暗がりなどにも、このときはたいした注意を払わなかった。濃いコーヒーとラムの味が熱帯キューバの予感を私に運んできた。私が一九六八年の初頭にカサ・デ・ラス・アメリカスに招待されて初めてキューバを訪れたときの話をすると、大使は含みのある慇懃な笑みを浮かべた。あの微笑みの陰になにが隠されていたのか、今はもうわかっている。私が作家として、つまりブルジョワ知識人として招待を受けていたこと、そして、のちに革命軍機関誌『ベルデオリーボ』によって攻撃されることになるホセ・ノルベルト・フエンテスの作品をカサ・デ・ラス・アメリカス短編賞に推したこと、反体制派の作家たちと親交があったこと……。

　状況は私にとって決して幸先よいといえるものではなかったかもしれないが、チリでは危機がそれほど間近に迫っているなどとは思いもよらなかった。チリではみなから口々に言われたものだ。きっと立派な歓迎を受けるだろう、どんなトラブルでもたちどころに解決してくれるだろう、さぞや豪華な公邸があてがわれるだろう、もうどの屋敷にするか決めているに違いない……。ずっとあとになってマリオ・モンテフォルト＝トレド[*6]にこう言われた。「君の任命を知ったとき、ずいぶん不適切な人事をすると思ったね。革命キューバの最初のチリ大使に作家ほど似あわない人種はいないから」

　メキシコではサンティアゴよりキューバの情報が豊富だったということだ。だが、おそらくアジェンデ大統領もわかっていたのだろう。あるいは直観していたのだ。彼はそうしたことを知っていたからこそ、私の任命に気乗り薄だったのだ。

キューバ大使は愛想よく厳かに立ちあがると、私たちを門まで見送ってくれた。あとで聞いたところによると、私たちとの会見の直後に大使はこう言ったらしい。「あのエドワーズ一家は不滅だな。国交断絶前、反動国家最後のチリ大使もエドワーズだった。あちらで人民政権が発足し、我が国との国交を回復して、さていざ蓋を開けてみたら、なんと最初のチリ大使もエドワーズだ。間違いない、あの一家は永遠に死なんぞ……」

ハバナに着いてからは、毎日のように、朝は『グランマ』紙上で、夜は『反抗的青年《フベントゥ・レベルデ》』紙上で、反動的陰謀の拠点たる《エドワーズ一族》もしくは《エドワーズ帝国》に関する批判的記事を見かけることになる。この宣伝のかいあって、私はキューバ人たちからは質問を山のように浴び、また西欧諸国の外交官たちからは散々からかわれ、そして社会主義諸国の使節たちからは完全に無視されることになったのだが、最後の彼らも《同志アジェンデ大統領》に派遣された大使だという理由から信頼だけはしてくれて、特に東洋の社会主義諸国の大使たちは、通訳を介して私によく、革命への熱狂と団結心に燃

5　グスタボ・ディアス＝オルダス政権が終わって、ルイス・エチェベリーアが大統領に就任したばかりの頃だった。

6　マリオ・モンテフォルテ＝トレド……グアテマラの優れた作家・政治家。一九五四年、軍事介入によって改革志向のハコボ・アルベンス政権が崩壊して以後、メキシコに定住していた。

える大演説をぶってくれたものだ。

メキシコの空港で搭乗ゲートに入る際、カメラのフラッシュが光ったような気がした。私の人となりを知りたいなら、チリとキューバの新聞を見るだけでいいはずだ。ところが警察は私が思っていた以上に優秀、かつまた愚鈍、まったく隙のないほど機械的に愚鈍であった。私のパスポートは、ほかの乗客たちと同様、綿密なる検査にかけられた。外交官という職務が配慮され、パスポートの証明写真の上に大きな文字で「キューバ渡航者」という弾劾印を押されるのは免除され、同様に、個人写真を別途撮影されるという、無益だが屈辱的な、おそらく人に屈辱を与えるという点では非常に有益な儀式も免れることができた。

補修工事中の長い通路のつきあたりで、最上のチリワインを一ダース入れた段ボール箱をぶらさげる紐が指に食い込み苦戦していると、窓の外に、尾翼にキューバ国旗を描いたターボプロップエンジンのイリューシンが見えた。サンティアゴのプダウェル空港へ向かう直前、市内のプロビデンシア市場で手土産にそれらのワインとひと束のコチャジュージョ［チリの特産品で昆布の一種］を買うよう強く勧めてくれたのは、エンリケ・ベジョとレベーカだった。*7 ふたりによるとフィデル・カストロとニコラス・ギジェンはコチャジュージョに目がないのだそうだ。食に関して一家言をもつエンリケはもちまえの気前のよさを盛大に発揮して、前もって用意してきたレシピを私に見せて慌ただしくコチャジュージョの料理法を説明し、細かなことでレベーカと楽しく言いあい、そのうち、疑り深そうな顔のレジ係の女性がもう閉店の時間になりましたと私たちに告げたものだ。エンリケはコチャジュージョを使った料理を考えるだけで嬉しそうにしていたが、そのワサワサ騒々しい海草の束はあまりにかさばり過ぎて、私は結局途中でそれを放棄し、リマ大使館の料理係だったマルガリータにあげてしまった。

ステュワーデスたちのアクセントを聞き、「岩ほどに」ドライなラム酒を味わい、そしてチリの雑誌『ボエミア』の最新号のあるページに、このたび在キューバ・チリ代理公使となった私が三年前にホテル・ハバナ・リブレのバルコニーの欄干にもたれてプレンサラティーナ通信社に対する声明文を読みあげている写真が載っているのを見て、そしてその日の朝、すなわち一九七〇年一二月七日の朝のグランマ紙を見たとき、昔の記憶、すなわち三年前にそのバルコニーであの町を前にしたときの思い出がいきなり蘇ってきた。あれからの三年は、ほかのすべての歳月がそうであったように、私には長かった。だが、イリューシンの座席に座っていると、そうした時間がすっと消え去り、そして私は、それに続く三カ月半のあいだありとあらゆる場所で何度も執拗に聞かされることになる《南北アメリカ初の自由の領土》キューバの時間へと戻っていったのだった。

カリブ海上空を数時間飛行し、ついにキューバ島の赤茶けた大地とヤシの木が見えてくると、気分が高揚した。飛行機は、ほかのイリューシン数機と、私がかつて一九六八年初頭に大西洋航路の往復

7　長年にわたって雑誌『プロ・アルテ』の世話役を務めたエッセイスト・絵画・批評家にして我が親友、亡命先の東ベルリンで死去したエンリケ・ベジョと、レベーカ・ヤニェス。

で乗ったブリストル・ブリタニア一機のそばで停止した。その瞬間、自分が公的人物としてタラップを降り、きっと報道陣に取り囲まれ、型どおりの外交儀礼に迎えられることを思い、落ち着かない気分になった。ひょっとすると以前の友人たちに出会うかもしれない。彼らがキューバ・チリ国交回復後の最初の使節に私を迎えることができて喜んでいるということはプレンサラティーナの外信を通してすでに伝わっていた。

タラップの下に誰もいないのを見たときは、ほっとすると同時に、がっかりもした。前方の空港建物付近に、すでに先を行く小さなグループの姿が見えた。メキシコに公館をもつ北欧二カ国の大使たちが、一五日間の予定でキューバを訪問し、外交行事をいくつかこなすことになっていて、それを出迎えに来ていた人々が集まっていたのだ。そのグループは儀典用に用意されたと思しき広間へ入っていった。あとを追おうとしたが、入口の守護天使みたいな男が私にほかの乗客と同じ方角を目指すよう指示した。

「そこは儀典用の広間ではないのかね？」

「あちらへ！」衛兵は長い腕を伸ばして一般乗客用ゲートを指さし、質問に答えようともしない。

「私はチリの代理公使なのだよ」と私は言った。

衛兵は今耳にしたことが信じられないかのような顔つきで一瞬ためらったが、私が黒地に金文字の外交官パスポートを取り出そうとするのを見て、慌ててテキパキと行動し始めた。即座に広間へ通されると、儀典官がやってきて、世界中でその種の行事をし切っている連中と同様スマートで長々とした言いわけをし始めた。こちらのミスでございます、なにしろどこからも通達がありませんでしたから、ああ、なんと申しわけないことでしょう、同志よ、準備さえしておりましたら、人民の国、わが兄弟国チリ政府の代表にふさわしい盛大なお出迎えをしてさしあげましたのに。

　私の渡航については、チリ外務省から在メキシコ・チリ大使館へと伝えられ、その後チリ大使館から在メキシコ・キューバ大使館へと伝えられていた。キューバ大使館はその知らせを本国に伝え忘れたのだろうか？　また、リマ駐在のプレンサラティーナのエージェントはこの知らせを報道すると約束したではないか。そちらのほうでも怠慢があったということだろうか。職務をみごとにこなす儀典官の真摯な説明を聞きながら、私は、自分がチリ外務省に対しキューバ当局へ直接電報を打つよう働きかけなかったのが失敗だったのだ、と考えた。その儀典官が「すべての罪は自分にある……」とか言い始めたため、私は彼をなだめようと、その考えを伝えた。広間の向こうの隅からは、まだ言葉も交わしていない北欧二カ国の大使たちが、ヨーロッパの古株外交官特有の疑り深い眼差しでチラチラとこちらの様子を窺っていた。英国人が《ストロング・ドリンカー》と呼ぶ典型的な赤ら顔をしていた。

　やがて儀典官の前に泡だらけのダイキリをなみなみと注いだトレイが運ばれてきた。彼はまだ謝罪の言葉を口にし続けていた。彼の上司は数分間北欧の大使たちを相手にしたあとでようやくやってきて、副官と同じ説明を繰り返したが、その口調は副官よりも簡潔かつ直接的で、伝統的な外交の作法にはこだわらないものだった。彼は私がこの件に関して一切不快感を示していないのを即座に察知したようだった。彼は、ホテルの部屋は用意する、すぐに問題を解決する、と言った。彼が自分の乗用車である小さな焦げ茶色のフォルクスワーゲンで私を送ってくれることになった。

私の到着が知らされていなかったという彼らの話が本当で、たまたまのミスであるなどとは、今はもう信じていない。それには理由があるのだが、本書の冒頭に過ぎない現時点ではつまびらかにしないほうがいいだろう。まだ慌てることはない……。

儀典長のメレンデスはハバナ・リビエラ・ホテル一八階のスウィートをとってくれた。ハバナ・リビエラはバティスタ政権崩壊前の観光全盛期にベダード地区に建てられたアメリカ風の超豪華ホテルのひとつである。奥行きのある広大なキャバレーがあり、過去にはジョージ・ラフトやフランク・シナトラやヘミングウェイといった有名人たちが、また革命直後にはその指導者たちの姿が垣間見られた。今は平日は閉鎖され、週末に色とりどりの一般人たちが精いっぱいのおめかしをして現れる。革命前にギャンブルが行なわれていた別の広間では、いかにもキューバらしいソンのリズムにあわせて人々が踊っている。その雰囲気にはどこか古めかしいものがあって、私に青春時代の香りを、すなわちペレス・プラードのリズムが全盛だった、あの今風のロックやポップが奇妙に欠落している酒場の雰囲気を思い出させた。

バーには外国人記者、各種専門家、通りがかりの外交官、商社マン、作家、海外から招かれた政治家らが集まり、それに加えて、一九六八年の文化会議以降ホテルに実質定住しながら特に決められたわけでもない活動を続けている何人かの人々がいた。土曜の晩になるといつも酒を痛飲し、他テーブルとまったく交わろうとしないチェコ人の若者グループがいた。別のテーブルには、写真家ピエール・ゴレンドーフの姿がよく見られた。私は一九六四年にパリでビオレタ・パラ一族のもとに身を寄せていた彼と知りあっていた。

私はホテルの上層三階分、すなわち一八、一九、二〇階を、カストロ首相が使用していることを知った。メレンデスによると、フィデルは、その日の晩に開催予定の基盤産業本会議終了後に国民へ向けたアナウンスをするそうで、それを見られるよう私の部屋にもテレビを届けさせたという。

メレンデスは身なりを気にかけず、運動選手ばりの体形で、目は小さく、額は狭く前に突き出していて、髪は短く刈っていた。バティスタ打倒の戦いに彼が身を投じていたのかは知らない。二人ほどからご親切にも教えてもらったところによると、革命前のメレンデスは《エル・エンカント》というデパートで靴下を売っていたそうだ。のちにそのデパートは反革命のサボタージュ活動で焼き討ちにあう。メレンデスは、ガニ股で腕をボクサーのように振り回しながら歩いた。長袖シャツを着ているのを見た記憶はなく、いつもTシャツの袖をまくり、丸太棒のように太い腕の筋肉を見せつけていた。

一五分もしないうちに、ふたりの労働者がブルガリアかソ連製のテレビを入れた巨大な箱を部屋に運んできた。西側の製品を真似たそのテレビはお粗末な代物で、率直に言って若干センスが悪かった。だが、そのお粗末な外見や、また、その型を見るのが生まれて初めてらしいふたりの労働者が設置に随分てまどったわりに、テレビの画面は綺麗だった。

私は上着を脱ぎ、スーツケースに入れていたウイスキーの瓶を取り出しグラスに注いだ。冬の到来を告げるそよ風が蒸し暑い空気を吹き払ってくれた。ボーイがやや鼻高々に革命前を思わせる大型エアコンのスイッチをひねってくれたが、それはわずかに生温かい風を吐き出すばかりで、結局のところ自然の風のほうがよほど効果的だった。あとで知ったところによると、フィデルも、一九五九年初頭ハバナが革命の勝利に湧いていた日々に、このホテルの今の私と同じような部屋を住居兼作戦本部として使用していたという。夜の八時半ごろ、写真で見なれたよりやや老けた感じのフィデルの顔が画面に現れた……。

まさに光陰矢のごとしである。一九五九年四月、プリンストン大学の部屋で初めてフィデルの顔を見てから一一年と半年、ちょうど革命の年齢と同じ。若き革命と、そしてその指導者たちも歳をとり、初期の新鮮さと熱狂を失って今や成熟の段階に入り始めていた。成熟には必ず若干の劣化が伴う。初めてハバナへ来た一九六八年一月の滞在時から比べても、その変化は歴然としていた。三年も経たないうちに、街の顔も、フィデルの顔も、似たような容赦ない浸食にさらされていた。壁面はいたるところで剥がれ落ち、ビルのガラス窓のひびの上に紙テープが貼られ、方々の家々が荒れ放題となり、瓦礫の山がときとして車道を越え歩道にまで達して歩行者の行く手を遮り、そばには炭化した車の残骸が転がっている……。同様の浸食がフィデルの目を落ち窪ませ、今や骨の浮かびあがった彼の手の動きはややぎこちなく、以前にはなかった不安なためらいを見せ、髭をなでたかと思ったら、動作の途中でふいに止まって、聴衆には見えない紙を分けたりもちあげたりするような仕草を見せていた。

革命初期の熱狂、自然発生的でロマン主義的であったといえるだろうか、あのラテンアメリカの大衆に希望を抱かせるとともに、ヨーロッパ旧世界の若者や知識人たちの情熱をも揺り動かした、あの革命初期の夢というものに、現実が残酷な復讐をしかけていた。革命の敵をけなす話は大いに歓迎されたので、かくいう私も、着いて数週間後にこんなたちの悪い（反革命的な）冗談を飛ばしたことがある。「アレサンドリ[*8]の選挙対策本部は前もってキューバへ観光旅行に来るべきだったね……」と。悪い（反革命的な）冗談ではあるが、一抹の真実も伝えている。とはいえ……だ。革命の成熟に伴うそうした静けさとそこはかとない悲しみとは別に、あの若いころの陶酔が戻ってくるようなときもあって、そんなときは、例のペンキが剥がれ落ちてひびだらけの壁面や、行く手を遮る巨大な埃まみれの瓦礫、ある日道の真ん中で配管とギアが壊れて動かなくなった一九五〇年型シボレーの海風に浸食された残骸、そうしたものを指し示す彼らキューバ人たちの態度に、悲壮なまでの誠実さとドン・キホーテ的なプライドが現れもするのだった。五〇年代にはその名を知られたカリブ一の娼婦ハバナ嬢が、今や無駄毛の手入れも忘れて、すっかり心を入れかえ、貧困に甘んじているというわけだった。そして、当のフィデル自身がテレビカメラの前にメークもせずに現れ、心労と不安からくる悲しげな表情を隠す術ももたず、また隠そうともしていない。

私は少し前にワシントン駐在のチリ大使から聞いた話を思い出した。ニクソンが人類初の月面着陸を祝うべくカリフォルニアの馬鹿でかいホテルでのディナーに関係者を招待したときのことだ。外交官たちは各地から空路集合し、正装して、豪華で趣味の悪さが滲みだす巨大食堂の座席にそれぞれ着席する。大統領と主賓以外の全員が進行係の指示に従って着席すると、貴賓席に隣接する分厚いカー

8　一九七〇年九月のチリ大統領選、すなわちチリ旧憲法に則って実施された共和国史上最後の国民大統領選で、サルバドール・アジェンデに敗れた右派の候補。

テンの向こう側に動きがある。いくつものスポットライトがその場所を照らし出し、テレビカメラが一斉に回り出す。すると、ばっちりとメークを決めたニクソンが、その出っ張った顎につくり笑いを浮かべてお出ましになる。着席したニクソンは方々へ挨拶を送り、ソ連大使とか上院議長といった大物が近寄ってくると、立ちあがってその手を握りしめる……。やがて主賓の番が回ってくると、宇宙飛行士たちが立ちあがって馬鹿げた言葉を発し、居並ぶ聴衆がプラスティック製の皿に乗ったまずい料理をかんでいるあいだ、その言葉に米国の何万というテレビ視聴者が耳を傾ける。

キューバ革命を理解するもっとも基本的な方法のひとつは、それを《アメリカン・ウェイ・オブ・ライフ》に対する反動、反発として理解することだ。ニクソン流の金の子牛に対し、すなわち北米流の騒々しく嘘臭い通俗性に対し、このスペイン系アフロ・アメリカ世界は、執拗で過酷な現実を覆い隠すメークなど一切しない、あの不眠による皺が幾重にも刻まれた髭面を差し出すというわけだ。かつてニカラグア生まれのスペイン語詩人ルベン・ダリーオが詩集『生命と希望の歌』で初代ルーズヴェルトを相手に表現した挑発的姿勢が、形を変えて繰り返されているのである。

すでに述べたように、私がフィデルを初めて見たのは一九五九年初頭、彼が有名な米国電撃訪問をした際のことである。私はチリ人奨学生としてプリンストン大学で《国際公共政治》の研究を行なっていた。フィデルはラテンアメリカに関心をもつ米国人富豪の仲介でプリンストン大に招待されて講演をすることになった。当時のフィデルはまだ米国内にもシンパをもっていたが、とりわけあのプリンストン大訪問がきっかけとなって、不信感と率直な敵愾心が広まっていくのを私はこの目で見届けることになる。アイゼンハワーはフィデルに会うのを避けるためわざとゴルフに出かけ、当時副大統領だったニクソンがフィデルと会見して報告書を書いたが、やがて明らかにされたその内容は、ハバナの新体制との協力関係構築などとはほど遠い代物であった。

プリンストンは大学と町全体がフィデルの訪問に湧き立っていた。大学当局は、そのもちまえの高度に洗練された偽善の精神を発揮し、フィデルの講演が学生による革命キューバ支援運動の足がかりとなるのを妨げるべく、あれやこれやと巧みに画策をした。フィデルの講演を大ホールで実施せず、アメリカ独立革命の研究者パルマー博士のゼミの通常授業に設定してしまったのだ。フィデルの講演は、ウッドロー・ウィルソン校の一五〇人規模の教室で、参加者を厳密に選定した上で行なわれることとなった。そのようにして、フィデルに対し彼にふさわしい知的待遇を与えると同時に、その周りに、その後キューバ島全域を覆うことになるのと同じある種の防腐線を張ってしまおうという魂胆だった。プリンストン大当局としては、そのついでに、パルマー博士の専門分野にその素材をもたらしたあのもうひとつの革命の産物である米国流リベラリズムを少々発揮しておけばよかったわけだ。[*9]

9　今から思うと、一九七一年でのこの私の考察はプリンストン大に関する、というより米国全般に関する無知を含んでいる。あちらではもっとレベルの高い優れた講演であっても小規模の聴衆を相手に行なわれるのが普通であるからだ。アメリカほどの巨大な国であれば、講演に聴衆が何人いたかなど、実はたいして意味はないのである。だが、いずれにせよ、私たち当時の学生には大学当局がピリピリしていることが察知できた。

私はラテンアメリカ出身者、しかも国際政治を学ぶ学生という立場もあり、パルマー博士――フィデルの接待をしたせいでのちにプリンストン大の教師村から《初期フィデル支持者》としてパージされる――の好意により、二枚のチケットを入手した。妻と私はかなり余裕をもって会場に着いたが、ウッドロー・ウィルソン校の入口にはすでに厳重な警備態勢が敷かれていた。警察のロープの後ろには学生の大群が押しあいへしあいしており、さらにそこへニューヨークから駆けつけてきたキューバ移民が加わっていた。あたり一面にお祭りムードが漂い、その大変なにぎわいようは、今から考えると、ここ数年の学生によるデモ、すなわち当時はまだ存在していなかった――ベトナム戦争反対という――劇薬によって大変な盛りあがりを見せている今日の学生デモを思わせるものだった。あの当時、米国における反主流派の人々の意識は、水爆、ベトナム戦争への準備、資本主義体制による抑圧といったものに反対する方向へ傾き始めていて、あのとき大学構内で叫んだり笑ったり、まるでスポーツ界の英雄を待ちわびるかのようにしていた若者たちは、むろん野球の優勝選手やハリウッドスターではなく、南のラテンの世界の、あの軽んじられた遠い世界の革命の英雄を待っていたわけであって、それを考えると、あの場における彼らの存在は、その後数年間にわたって続くことになる米国人の焦燥感や危機意識の徴候でもあったのだ。

当時のプリンストン大学には、サンフランシスコから徒歩で、あるいはヒッチハイクやおんぼろバスなどに乗ってやってきた、髭もじゃで、だらしのない身なりのアレン・ギンズバーグ、グレゴリー・コルソ、ローレンス・フェリンゲッティといった詩人たちが滞在中だったが、彼らはそれ以前に訪れていたトーマス・マンの古典的言葉遣いやウィリアム・フォークナーの頑なな教えがまだ忘れられていないプリンストンの構内で、さほどの影響力を及ぼしていたとはいえない。そんなビートニク詩人たちよりずっと画期的で驚きだったのが、のどかなプリンストン大のキャンパスにいきなり現れたシエラ・マエストラのゲリラたちである。プリンストンの経済や政治や史学科の学生たちは、社会の指導者という存在を、ウッドロー・ウィルソン校の部屋に大量の警官にものものしく護衛されて入場してきた連中のようなものとみなす習慣をもちあわせていなかった。その連中は髭を生やし、オリーブグリーンの軍服に身を包み、長い髪の毛を後ろでくくり、皮肉っぽい笑みを浮かべつつ、その若々しい体を気だるそうに揺すりながら、部屋の真ん中を進んでいった。一団のなかには軍服にベレー帽姿の女性たちもいて、男性リーダーたちと同じように疑り深く、あるいは過度に自信たっぷりの表情を浮かべていたが、まるでサーカスか闘牛場みたいな敵意と好奇心のあいだで揺れ動く観衆の真っただなかにいたわけだから、それも当然の反応だったといえる。

好奇心とある種の興奮が入り混じった聴衆が総立ちになったとき、フィデルが奥の入り口から演壇に姿を現し、会場の四方へ向かって落ち着いた身振りで挨拶をした。彼だけが会場奥から現れたのは安全を考慮してのことであり、フィデルのそばにはさらに米国側の数人の護衛と、オリーブグリーンの軍服に身を包んだキューバ人護衛が従っていた。

フィデルはプリンストンの聴衆を前に、たどたどしく初歩的ではあるが、彼もち前の弁舌の才、あの言葉を操ることに対する喜び、そして素晴らしい文のリズム、あの常に反復的で回帰的な彼特有の文のリズムに関する耳のよさが存分に発揮された英語を駆使した。そして、そんな、フィデルが決して手放そうとしない鮮やかな弁舌のリズムが、あのプリンストンでの講演以降に私が聞いたなかで唯一失調した機会こそ、私が代理公使としてハバナに到着した一九七〇年の夜に、リビエラ・ホテルで聞いたあの演説だったのである。

なかには、あれはフィデルの生涯で最低の演説だったと言う者もいたし、聞いていて辛くなった、指揮中の最高司令官の口から発せられる聞き慣れない弱気な言葉に、革命が直面している最大の危機の徴候を感じ取った、と打ち明ける者もいた。今となっては、そういう発言は密かに体制批判を表すものだという見解もあろう。とはいえ、砂糖収穫目標一千万トン達成に失敗したあとの経済危機というものが、私のキューバ赴任が決定する背景の現実にあったことはたしかだ。

プリンストンのころはまだ初期段階、途方もない夢の時代だった。フィデルも仲間たちもまだ若く、同様に革命自体もまだ青年期にあり、いまだ最新の世界的大ニュースだった。フィデル自身、ハリウッドからグランマ号とシエラ・マエストラでの戦いを映画化するのに一〇〇万ドルのオファーを受けたことがある、と告白している。プロデューサーは誤解をしていたようだ。フィデルと彼の部下たちは金には興味がない。オファーの段階でフィデルがそのことを指摘する必要はなかったが、結果的にこのハリウッドのプロデューサーによる誤解は、革命キューバという事態を前にした米国側の姿勢を考えたとき、実に示唆的なものとなっている。示唆的であり、未来を予言してもいる。

フィデルのプリンストン演説は合衆国とキューバ新体制との協力関係を擁護する長話となった。おそらくその種のテーマで成し得るもっとも雄弁かつ説得力のある講演であったし、またその講演がアメリカ独立革命の研究グループを前にたどたどしい初歩的な英語でなされたという事実の意義は決して軽いものではなかった。その間、アイゼンハワーはゴルフにいそしみ、米政府の側近の者たちも耳に蓋をする頑な集団の仲間入りをしてしまった。プリンストン演説については、私の間違いでなければ、会場にいた唯一のラテンアメリカ人聴衆である私[*10]の記憶以外にはなんの痕跡も残されていない。ここはひとつ、ほかの聴衆（とたぶんフィデル自身）が望むと望まずとにかかわらず、あの講演を要約してみることとしよう。

フィデルはゼミのテーマに配慮をし、キューバ革命とは諸国の革命の歴史における新しい独自の時代なのである、と述べた。キューバ革命は、ロシア革命というマルクス主義的な大文字の革命とは異なり、階級闘争の原則には基づいていない。フィデルによれば、キューバ革命ではそれと反対のことが起きたのだ。すなわちあらゆる階級の人間が圧政との戦いに参加した。この説明の根拠として、バティスタによる独裁が一部の直接的受益者を除く全階級のキューバ人にとって耐えがたいものとなっ

10　本書の英語版（ボドリー・ヘッド社）の翻訳をしてくれたコリン・ハーディングが、あなたは奥さんのピラールさんと会場に行ったのだからラテンアメリカ人はもう一人いたことになるはずでは？　と指摘してくれた。よくぞ気づいた！　フェミニストから批判があれば、この場合、私に非があるのは明らかである。英語版では修正を加えたが、ここでは初版を忠実に再現しておくことにする。フェミニスト側からのお叱りの言葉は甘受するつもりだ。

ていた事実があげられる。さらに、フィデルによると、キューバ革命はロシアのそれとは異なり私有財産の廃棄を企図していない。土地が極めて少数の人間の手の内にあった国で農地改革を行なえば、そこには新たな土地所有者が生み出されるはずであり、それらの所有者こそがキューバ産業の発展を決定づける消費力を構成するのだ。

革命後わずか数カ月のころに発せられたこのフィデルの言葉は、のちにフランクリン・ルーズヴェルトのケインズ的実験に影響を受けたケネディ大統領が《進歩のための同盟》政策を説明する際に用いることになる言葉から、それほど縁遠いものではなかった。キューバの試みに対する米国側の好意を得るのが目的の外遊中に行なわれたフィデルの講演が、米国でもっとも影響力をもつ大学機関であるプリンストンを舞台にしていたことを忘れてはならない。ケネディがフィデルの言葉を発見したとき[*11]にはもう遅過ぎた。革命政府は何度かの反革命運動に直面するあいだに急進化し、またケネディ政権初期に実行されたコチーノス湾「英語名ピッグ湾」事件によって両国関係はすでに引き返せない一線を越えてしまっていた。さらに、周知のごとく、ケネディは《進歩のための同盟》政策をキューバへの橋わたしを目的として打ち出したのではなく、ラテンアメリカのほかの国々を鎮静させ、中立化させるのを目的として、すなわちキューバの事例を米大陸の他国へ伝播させないために打ち出したのである。

だったとしても、あの一九五九年春に、アイゼンハワーではなく、ケネディがホワイトハウスにいた場合のキューバ革命の運命というものを想像することは、常に可能だ。暗殺される直前、ケネディがカストロ体制との接触を試みようとしている、との噂が流れていたことを忘れてはならない。

フィデルによるプリンストン訪問の光景を仔細に振り返ったとき、私は、アメリカ政府としては、ゴルファー・アイゼンハワーとボクサー・ニクソンのコンビがそうしたように、フィデルの鼻先で門戸を閉ざさざるを得なかったのだと考える。ラテンアメリカに爆発的な勢いで広まりつつあったキューバ革命の影響力は、合衆国内部においても困惑の種となっていた。プリンストン大学執行部がフィデルを小さな教室に閉じ込めて専門家だけの会合に限定したのは、まさにホワイトハウスをしてキューバを封鎖するに至らしめた政治的・精神的メカニズムの反映であったわけだ。プリンストンでフィデルが講演しているあいだ、私はワシントンがより理解のある姿勢を示さないことが腹立たしく、また愚かに思えたものだが、今となっては、あのときのワシントンの反応は、それがいかに腹立たしいものであれ、単に政治システムの論理に基づいただけのことに思える。その種の論理による当然の結果であったのだ。

　ワシントンは、警察のロープの外側で三時間待っていたプリンストン大の若者たちが、講演を終えて現れた革命政府のボスに拍手喝采を送り、護衛たちが止めようとしたにもかかわらず、彼をみんなで担ぎあげてしまったこと、護衛たちが学生の大群からフィデルを連れ戻して車に押し込むまでに何分もかかったことを、好ましく見ることはできなかった。騒ぎのなかで彼を「フィデル」とファーストネームで呼ぶ在米キューバ人たちの声が聞こえ、それらのオリーブ色の肌をしたずんぐり体の男たちが、かの有名な同志カストロの登場に興奮して我を忘れ、目立とうとしてさかんに飛び跳ねたり腕を

11　もちろん一九五九年プリンストン大における講演のことだ。

振り回したりしていた。
フィデル・カストロは、講演終了後、自分を裏口から通そうとする米国人護衛たちの腕を乱暴に振りほどき、聴衆の寛大な拍手と笑顔に見送られて、外で待つ大勢の若者たちに会うべく出ていった。会場内の拍手には相当の偽善が含まれていたからだ。カストロらを乗せた公用車が遠ざかり、会場外の群衆が散らばり始めたころになって、講演のために選別されたなかでもひときわ優秀な学生のひとりが私に He in going to destroy the economy.（彼は経済を破綻させるだろう）と言った。この予言者のいかにも研究者っぽい自信に接して、私は実に不愉快な気分になった。私は彼に、今のキューバ経済は破綻すべき規模ではない、すべてはこれから成されるところなのだ、と言った。私としてはミシュレの『フランス革命の歴史』を引用して「革命ではなく創設について語るべきだ」とでも言うべきだったのだろう。が、そのときの私にミシュレの応援はなく、銃弾をも跳ね返しそうな知的傲岸さを誇るその学生は皮肉っぽく私を一瞥して肩をすくめたのだった。

ホテルの部屋のテレビのなかで、以前よりも慎重で沈痛な表情を浮かべたもう若くはないフィデルが、基盤産業本会議のメンバーを前に、言葉を選びつつ、ときおり声を荒げて、とはいっても今度の演説は外敵を攻撃するのではなく、国内問題、すなわち欠勤の蔓延や生産過程の組織化不足を検証するのが目的である以上、あの彼特有の燃えるような自信を欠いた口調で話すのを見ながら、私はプリンストン大でのことやほかのさまざまなこと —— 一九六八年一月カサ・デ・ラス・アメリカスの招待で初めてハバナへ旅したときのこと、チャップリン劇場のハバナ文化会議でフィデルが行なった演説、自由化とドプチェク書記長の就任に湧くプラハ経由での帰国など ―― を回想していた。今回のフィデルの演説は、一九七〇年七月二六日に彼自身が砂糖キビ収穫目標一千万トン達成の失敗を認めた演説に続く真の集団的自己批判、公的検証の一環であった。すでに経済面での将来的過失を防ぐのを目的として民主化と基盤組織レベルでの議論を推し進める計画が立てられており、フィデルの演説もその一部であった。

ある種の批判をそれを聞くべきときにきちんと聞いていたら、砂糖キビ収穫に関して方向を誤ることもなかったであろう。キューバ革命は手さぐり的実験政策と反革命勢力との抗争にばかり対処してきたが、ここにきて労働部門に対し幅広い反省と議論を促すようになっていた。このような方向変換は危険である、国民に過剰な緊張状態を強いる、これまで表面化してこなかった不満の蓄積を爆発させる可能性がある、と考える者もいた。いっぽうでは、フィデルが、フランス人経済学者ルネ・デュモンの提示した説を気色ばんで否定し、彼をCIAの手先であると罵り始めつつも、実際には、そのデュモンの説で検証された革命政府最大の過ちのひとつ ―― 政策決定における恣意性および民主的統制の欠如 ―― を是正しようとしているのだ、と考える者もいた。[*12]

12　正確にいえば「是正しようとしている」ではなく「是正するふりをしている」である。真の是正をするならそれはデュモンの学問的復権に始まるべきであったろうが、キューバの体制は革命の《外部》から来る批判を一切受け入れない。そして国内で認められている批判とは、ほかならぬ最高司令官ご本人が現実の壁にぶちあたって初めて行なう自己批判だけなのである。

最高司令官、あるいはキューバ人が好んで単に《指揮官《コマンダンテ》》と呼ぶフィデル自身は、こうしたすべてのことに関して、結果を急ぐあまり慌ててはならない、と述べた。彼は、長い自己批判を締めくくるこの発言の効果を測るように、表現を換えて同じ内容を繰り返した。彼は言った。砂糖キビは堅くて容赦のない植物である、砂糖を収穫するためにはその砂糖キビを刈らねばならない。革命が勝利したとき、島には四〇万人の砂糖キビ伐採夫がいたが、今では七万人しか残っていない。なぜなら、新しい社会では、誰も砂糖キビ伐採夫になろうとは望まないからである。しかしながら、砂糖を収穫するには砂糖キビを刈るしか方法はない。指揮官はここで、二、三週間ほど前に国交回復が伝えられたチリの話題へと移った。彼は言った。チリは非常に有利な状況にある、銅生産にはわずかな労働力しか必要としないからだ。いっぽう砂糖キビ収穫には五〇万人の人手を必要とする。

ずっしりしたブルガリア製テレビの綺麗な映像を見ていると、ふいに部屋の電話が鳴った。儀典長が私を迎えに来ると告げていた。私を《ある場所へ》連れていくという。私は一瞬、これまでの外交使節としての経験から、儀典長がせいぜいお愛想をふりまいて、空港で私にすっぽかしを食らわせた償いをするのだろう、と思った。リマからサンティアゴへ飛び、もう一度リマへ飛んで戻り、次はメキシコ、そしてメキシコからハバナへと、もう何日も飛行機に乗りっ放しで、行く先々でスーツケースを開け閉めし、あまりに多くの人々に出会ってきたわけだ、少なくともその晩、私がいちばん望んでいたのはゆっくり休ませてもらうこと、テレビでフィデルの演説を見ながらウィスキーをちびちびなめることだったのだが、あの状況下で、おそらく私をレストランかどこかへ誘い出そうとしている儀典長の好意を断る術も上手な口実もありはしなかった。外交官。ある種の招待についてはノーと答える権利すらもたず、単に「また別の日に」と答える簡単な権利すら許されていないにもかかわらず、フランス人たちから華麗な《外交職《キャリエール》》への憧れを受け継いでいるらしい我が国およびアメリカ大陸中の阿呆どもが羨む、この輝かしき奴隷労働のことを今一度毒づきながら、私はよっこいしょと立ちあがった。

ノーネクタイ姿の儀典長は自家用車のフォルクスワーゲンのなかで私を待っていた。ドアを閉めた途端に車は旧市街へ向け全速力で走りだした。あの晩どの道を通ったのか、あとでたしかめようとしたが、まったくわからなかった。舗装の行き届いていない、狭くて不潔な悪臭の漂う道だった。家並みは陰鬱で倒壊寸前だった。ある角で民兵が私たちの車を止めたが、儀典長と二、三言葉を交わすと通してくれた。

フォルクスワーゲンは、中の見えない高い塀のそばで停まった。歩道には機関銃をもった民兵が点在していた。すきのない表情の筋骨逞しい黒人やムラートの男たちが、吊るした洗濯物と割れたガラス窓のあいだから頭をのぞかせていた。鉄の門扉をくぐり抜けると、舞台に使う分厚い幕のようなカーテンの向こうから、さっきまでテレビで聞いていた声がスピーカーで倍増されて鳴り響くのが聞こえた。聴衆が音を立てずにじっと耳を澄まし、ときおり叫び声をあげ、演説者の問いかけに答えたり、どっと笑ったり、拍手喝采を送ったりするのが、ほとんど手に取るように感じられた……。

カーテンの手前には立ったり座ったり退屈そうな顔の大勢の民兵がいて、ときどき小声で言葉を交わしていた。儀典長は私を、赤い髭を生やした比較的若い指揮官に引きあわせ（私はまだこの指揮官《コマンダンテ》という階級と呼称の正確な意味を知らずにいた）、彼は名をピニェイロといい（この名前の意味するところもまだ知らなかった）、ごくごく自然な態度で私に話しかけ、チリのことや政府の要人に関することをいろいろと尋ねた。儀典長は少しのあいだ私たちをふたりだけにしてくれた。ピニェイロ指揮官はふいにぷいっと立ち去ってしまった。たぶん、私が乗り気でない様子なのに腹を立てたのだろう、なにしろ私は彼のことを民兵の一小隊を率いるリーダーぐらいに考えていたからだ。メレンデス儀典長が戻ってきて私の隣に座り、開口一番、ピニェイロ指揮官はどこへ行ったのかと尋ねた。メレンデスの態度から、私はこのときになって初めて、例の赤髭の指揮官は、そのざっくばらんで肩ひじ張らない態度にもかかわらず、実はかなりの重要人物だったのではないかと疑い始めた。最初に肩書や役職をすべて披歴するというのはあくまでヨーロッパ風の人物紹介で、我々ラテンアメリカの人間はそういうスタイルをこれ見よがしに軽蔑する傾向にあるというのも事実ではあるが、外交では明らかにヨーロッパ式がいいに決まっている！

ピニェイロ指揮官はすぐ元の椅子へ戻ってきて、中断していた話を再開した。そのあいだカストロの声が会場に向かって、今年のクリスマスは中止する、なぜならあれは外国の習慣であり、植民地時代のキューバにヨーロッパからもち込まれた習慣に過ぎないからだ、キューバの気候や労働条件とは無縁の代物である、と語っていた。事実、砂糖キビの収穫は一二月末にそのピークを迎え、決定的時期に差しかかるため、クリスマス休暇による中断とそれに前後して労働力が減少する事態は、砂糖キビ収穫高の後退をもたらし、国家経済に容認しがたい波及効果を及ぼす。クリスマス休暇と新年休暇は、革命の判断基準に照らしあわせれば、典型的な文化的従属を意味する。そろそろそのような従属からも脱却すべき時期に来た。我々はキューバの気候と農産物周期に見あった時期に休暇を設ければいい。そもそもヨーロッパの休暇にしたところで、あちらの季節やあちらの農産物周期にあわせて、すなわち種まき期やブドウや農産物の収穫期にあわせて設けられているのではなかったか？ 今年、キューバの休暇期間は砂糖キビの収穫が終わるまで延期する。当本会議はそれを承認するか？ 会場は満場一致の拍手を送り、熱狂的な賛同の意を表明した。ピニェイロ指揮官が耳もとでそっと教えてくれたところによると、その拍手にはチリ人訪問団数人のそれも混じっているみたいだった。チリ農業公社とチリ国営航空の代表団、およびバルタサール・カストロ元議員とその家族が来ているらしかった。バルタサール・カストロは、チリ側において対キューバ経済封鎖の解除に一役買ったとして、当時のキューバ政府がある種の自己正当化の意味も兼ねて評価していた人物だ。

最後の拍手が鳴り続いているあいだ、チリ人訪問団のうちの何人かがカーテン裏の部屋へ姿を現し始めた。やがてささやかなチリ・キューバ集団が形成されたが、続いて現れたフィデルの巨躯にみなが圧倒されてしまった。誰かが、ピニェイロかメレンデスかは忘れたが、その誰かが、チリ初の外交官がこの場におられる、とフィデルに告げた。フィデルは驚いて私のほうを向き、声をかけてきた。

「お着きだとわかっていたら演説中にあなたの名前をあげていたところだ」と彼は言った。そして、自分だけに許された悪戯をするみたいにして、微笑みながら、一言ずつ強調してこうつけ加えた。「外交儀礼などそっちのけでね！」

このときには気にもしなかったのだが、今となってはこう思う。カストロが私の到着を知らなかったなんてあり得るのか？　もし本当に知らなかったのなら、いったい誰が、どういう目的で情報を握り潰したのか？　メキシコのキューバ大使館は私の予定を熟知していたし、私はカストロの演説が始まる三時間前にはホセ・マルティ空港に到着していたのだ。カストロのお付きの者たちが誰ひとりとして私の到着を知らなかったというのはあり得ない話だし、ましてや私は六年以上に及ぶ国交断絶のあとで初めてキューバを訪れる南米の外交官、チリ人民政府の外交官なのだ。キューバにおけるその重要性を考えた場合、そんなにも大切な知らせがフィデルに伝えられなかったのが決して故意ではなかった、などと言われても、いったい誰が信じるというのだろう？　これまたキューバ滞在中に私が抱えた謎のひとつである。本書は証言でもあり物語でもあるが、さらには回顧と探求の書、精神分析学の手法から遠くない追想の努力でもあり、そこには精神分析学同様の治療効果もあって、実際のところ、記述のあいだ筆者自身にも少なからぬ啓示をもたらしてくれた。

ラウル・ロアはネイビーブルーのスポーツシャツを着ていた。彼がホテルまで送ってくれると言うので、散会後の混雑のなか、私はメレンデスに、ロア外相と一緒に帰ると身振りで伝えた。

「じゃあホテルで待っていてくれ」とメレンデスは言った。「あとで迎えに行く、グランマ紙がインタビューをしたいそうだ」

鉄の門扉からいっせいに出ていく指導者たちや民兵たちの喧騒のなかで、メレンデスのその新たな誘いを断る術もなかった。インタビューされたい時間帯ではなかったが、まあ、いずれは寝る時間も与えられるだろう……。

ロアは運転手の横の席に座った。彼は、話すとき、その骨ばった手を盛んに振り、その妙ちくりんな姿はペリカンを連想させた。ロアは、その古びたシャツから声音までを駆使して、すぐさま私とのあいだに心温まる気安い関係を築いてしまったが、そんなことはラテンアメリカどころか、世界中のどんな外相を相手にしてもまず得られないもので、そういう意味では稀有な能力であった。ロアのそうした態度が、この時点では、私にとってキューバ革命の人間性を象徴するものに映った。

私たちの会話は、暗闇のなか、白い波頭が砕け散る防波堤のそばのハバナ・リビエラ・ホテル前の路上で二〇分ほど続いた。話題は多岐にわたった。ペルーの軍人たちのこと、キリスト教民主党政権時代のチリの外交政策のこと、チリのさまざまな政治家、たとえばガブリエル・バルデスとラドミーロ・トミックのこと、カルロス・アルタミラーノとアジェンデのこと。ラウル・ロアの見立てでは、アジェンデはチリ左翼のなかでもっとも実験精神に富み、自国をもっとも深く知悉した政治家だという。ロアはペルー政府への熱い思いも隠すことなく吐露した。彼はベラスコ＝アルバラード将軍にキューバとの国交樹立を急がぬよう、政権安定に危機的影響を及ぼす可能性が少なくなるまで待つよう忠告したのだ、と私に打ち明けた。

あとで聞いたところによると、ロアはキューバでも一、二を争う知識人だという。その評価の出所はあちらの文化関係部門の役人たちで、おそらくその背景には、アレホ・カルペンティエールやホセ・レサマ＝リマやニコラス・ギジェンのような文学者、あるいはもっと若い作家たちへの蔑視があったのだろう。いっぽうで、若い戦闘的な党員たちからは、ロアの文章や演説内容の内容空疎なレトリックを批判する声も聞いた。すでに権力欲すら窺えるそうした若者たちは、外相のことをラテンアメリカにおける政治屋と演説朗読屋の時代の生き残りとみなしていたのだ。ロアはキューバ独立戦争で功績のあった祖父だか曾祖父だかの偉業に関する本を一冊刊行していたが、実際のところ、その文体は凝り過ぎで、やや古めかしい印象を与える。いっぽう、ロアのラテンアメリカの歴史と政治に対する情熱は実に爽やかなものだった。私たちはその後も何度か話す機会をもち、さらには二度か三度、彼の自宅へも招かれたが、それは実現が叶わなかった。今となっては驚くに値しない。そうした会話のなかで彼は私に多くのことを語ったが、今考えれば、同時に多くのことについて黙っていたと思う。

　私がロアに別れを告げると、メレンデスのフォルクスワーゲンが暗闇のなかどこからともなく現れた。眠くて今にも瞼が閉じそうなのに、メレンデスは獲物を解放するつもりもないらしい。そもそもハバナはゆっくり休息を取るのに向いている街ではなかった。

　ほとんど毎日のように革命広場のすぐ脇を通っていたにもかかわらず、私はそこにあるグランマ編集部の建物の位置を正確に把握するのに二カ月ほどかかった。その夜は修理中のホールを通り抜けて上の階へあがった。人々はまるで日中のようにせわしなく働いていた。真新しい板の壁の上に見なれた英雄たちの肖像写真がかかる会議室に通された。グランマ紙編集長のメンドーサ大尉、副編集長のピニェイロ指揮官、ベトナム報道で世界的に知られるジャーナリストのマルタ・ロハス、あとは思いだせない。席に腰かけてインタビューが始まるのを待ち構えたが、丸テーブルの周囲に並んで座った列席者たちはニコニコと笑いながら、旅はどうでしたか、などとあたり障りのないことしか言わない。メレンデスの奴め、こんな夜中の二時に私を呼びつけて、わざわざ天気やリマの霧の話をさせたかったのか、と思い始めたちょうどそのとき、部屋にフィデル・カストロその人が入ってきた。そのときになって初めて、それまでのすべてがその会見のお膳立てであったこと、まさに私の隣の空席がフィデルの席であったこと、だが安全上の理由からフィデルの行動は決して公に伝えられることがないということに気がついた。フィデルは慌ただしい一日を終えたばかりで、疲れて見えた。眼窩深くに落ち窪んだその目を、彼は二度、三度擦った。だが、すぐさま元気を取り戻した。彼は、自分の演説が新たな犠牲的精神を要求し、年末の祝祭を延期すると告げたにもかかわらず、人々に歓迎されたことに満足している、と言った。「難しい演説だった」と彼は言い、我ながら試練に打ち勝つことができたのに驚いている、とでも言わんばかりに、ぎろりと目を剥いてみせた。でもこれからはチリ外交官の到着を祝おうではないか。どうしてこのテーブルにはチリワインがないのかね？　指導者たちがバネにはじかれたように起立し、ワインを探しに奥へと消えていった。

　私がリマから来たという事実にフィデル・カストロは強い興味を示した。ペルーに根強い反チリ感情が話題になった。フィデルは、チリは君たちを攻撃する意志はないとペルー人たちに何度も言い聞かせたのだ、と言った。彼は、ペルー軍事評議会の面々と話しあったのち、ベラスコ＝アルバラードは左翼であると信じるに至った、とはっきり言った。ラテンアメリカの軍高官には極めて珍しい民間出身者であることや、統治者としての業績を見れば、それは明らかだという。[*13]

最高司令官は、チリがヤンキーどもに必ず敵視される国になると考えていた。対決が避けられないのであれば、上手に戦略を練った上で、その対立を自分に有利な状況へと導かねばならない。フィデルによると、なにか価値のある —— たとえば銅のような —— 資源をめぐる戦いを起こし、全国民、すなわちチリ人のひとりひとりが資源国有化という手段の有効性と経済的恩恵を理解できるよう、国へ提起すべきであるとのことだった。それから、ふといつもの彼らしいくだけた話し方になって、君たちが武力介入されるような事態になれば援助は惜しまないよ、と言った。彼は、キューバ軍によるアルジェリアへの介入が、実はかの地の独立解放戦争で決定的な役割を果たしたのだ、と私に打ち明けた。私はあの国へ兵士と武器を満載した船を一隻派遣していたのだよ！　ようやくテーブルに現れた白ワインで乾杯をしながら、彼は次のような言葉をつけ加えた。「我々は生産は苦手だが、こと戦うことにかけては優秀でね！」

もっとあとになって、この言葉が、スペインからの独立戦争とブッシュナイフを用いた伝説的作戦、さらにはマクシモ・ゴメスやアントニオ・マセオといった独立戦争の英雄の偉業に関係していることがわかった。キューバの現在の歴史学が、現革命政権の戦いに至るその途切れることなき継続性を示しつつ、執拗に胸を張って誇示し続けている一九世紀末独立期のエピソードだ。

アジェンデに関してフィデルは極めてよくやっているとする自説を述べた。彼はアジェンデはゆっくり歩を進めるべきだと意見を述べ、私は二時間前の彼の演説における「ゆっくり前進して早く到達しよう」を思い出した。フィデルによると、アジェンデは今こそ銅を国有化し、社会主義の達成はあと回しにすべきだという。そうでもしなければ君の国は人材不足に陥ってしまうし、同時に、多過ぎる敵とも戦っていかねばならない、生産という厄介な問題にも対処せねばならない、などなど。自国での困難な体験を経たフィデルは、緩やかな前進を提言していた。今この瞬間の彼の言葉をチリのみんなに聞かせてやることができたら、我が同胞の極左勢力も少しは軟化するのではなかろうかと、私はそんな印象すら抱いた。逆にそれだからこそ、チリの極左勢力はチェのスローガンや写真を好んで引きあいに出すわけだ。あとでわかったのだが、ルネ・デュモンはキューバに関する最新の著作で、そのもっとも戦闘的かつ（政府の目から見れば）もっとも疑わしい左翼的立場からの批判作業を通し、チェの人物像をフィデルのそれにことごとく対置させていたのだった。

その夜、バルタサール・カストロ寄贈の白ワインを飲みながら、和気あいあいとした親密な空気のなかで私たちの話は弾んだ。フィデルと仲間たちは、近ごろハバナを訪れたばかりの『クラリン』紙[*14]

13　周知のようにベラスコ＝アルバラードはこの数年後に権力の座を追われ、のちに亡くなっている。軍事革命政権は国民の信用を完全に失い、ペルー国民はその政治的見識を発揮して、ベラスコのクーデターによって一九六八年に一旦失脚していたフェルナンド・ベラウンデを大統領に選んだのである。

14　一九七三年のクーデター前にチリで大きな部数を誇ったポピュリズム的傾向の、というか大衆迎合型の新聞。後になって、機を見るに敏いこのセント＝マリーという男が、アジェンデ政権崩壊とアジェンデの死の直前、キューバ国立銀行からの資金をあてにして自社の新聞をチリ政府に売却する画策をしていたことがわかった。

社主ダリオ・セント＝マリーに好印象を抱いていた。彼らはセント＝マリーに関する逸話を嬉々として繰り返した。セント＝マリーは私たちのいたのと同じその部屋で、どういう会合でかは知らないが、キューバのジャーナリズムをえらく褒めたたえたらしい。フィデルと仲間たちは、セント＝マリーの「グランマこそはラテンアメリカ最高の新聞である」という発言を嬉しそうに繰り返した。いつもながらお世辞の上手な男だ！　私は、もちろん慎重に言葉を選びつつではあったが、そのセント＝マリーが以前二度目のチリ大統領職に就いていたころのカルロス・イバニェス将軍をルネサンスの貴公子と評したことがあると教えてやった。

会合が終わって全員が立ちあがったとき、フィデルは上機嫌のときにいつもそうするように、胸をぽんと叩いてこう言った。

「マッテ[*15]は買収すべきと思うかね？」

「もちろん！」と私は言った。「そうしたほうがうまく収まると思いますよ」

「では奴と話してみることにしよう！」とフィデルは答えた。

当然ながら、マッテとの会見は私の返事など関係ないところですでに決まっていたのだろうが、このわずかなやり取りのおかげで、私とフィデルのあいだにやや悪戯っぽい友好関係のようなものが生まれた。フィデルは続けざまにピニェイロに向かって、私と話をするように言った。なぜなら「彼はペルーのことに詳しいはずだから」と。私はフィデルが、ペルーの現状、すなわち軍隊という伝統的には反動であるはずの組織がペルーの歴史社会的背景にあっては革命的達成となる政策を課しているというパラドックスに心を惹かれ、いたく気にかけていることに気づいた。彼のペルーへの熱中ぶりに、私は一九六八年のハバナ文化会議における彼の演説を思い出した。フィデルはあのとき、伝統的制度――すなわちカトリック教会――のなかにある革命勢力を、ある種の前衛勢力――すなわち純然たるコミュニスト――に対置させ、そして、現実には後者が後衛として機能している、と論じたのである。一九七〇年一二月、フィデルのコミュニストに対する立場は変わっていたが、ケベードやウナムーノ流の矛盾や逆説を愛する趣味だけは変わっておらず、それはおそらくフィデルとキューバという島のルーツであるスペイン系の血に原因があるのだろう。ずっとあとになって、このときの結論を考慮して自分の振る舞い方を決めるべきだったとようやく気づいたとき、私は、あの国でそのような弁証法的贅沢が許されているのは最高司令官ただひとりであるということを知ったのだった。

15　大土地所有者と私的農業従事者の砦ともいえるチリ国立農業組合の組合長。このときキューバを訪問中だった。

第二章

フィデルはグランマ編集部を出るとき私のためにできるだけいい家を手配するようメレンデスに命じた。会議室の出口のところで、演説でややしわがれた徹夜明けの声がこう言っていたのが今も耳に聞こえる。「いちばんいい家を用意してやれ！」と。私はその機会を利用してメレンデスに移動手段に関する問題を訴えた。車がなく、たった二、三か月のために一台買うのも無理な相談である……と。メレンデスはただちに公用車を用意すると約束した。だがハバナでは時間が普通とは違う次元で進むみたいだ。彼らが私に公邸候補地の見学をさせてくれるまで二週間が経過した。そして最初の二、三日は、外相との短い公式会見セレモニーを除けばホテルにくぎづけにされ、公式訪問使節なら誰にだって支給されるはずの車一台さえもらえなかった。メレンデスに電話をしても不在で、私は仕方なくホテル近くの道をとぼとぼ歩きながらカリブ海を眺めては、いくぶん自嘲気味の笑みを浮かべつつ、友人たちによる嬉しそうな予言を思い出していた。「きっと王様扱いされるぞ、ミラマールかグアナバコアにプール付きの大邸宅を用意して待ってくれてるぞ！」

のちに友人たちのうちの何人か——パブロ・アルマンド・フェルナンデスとエベルト・パディージャなど——は赴任時から私のそばにいたという非難を浴びる。彼らはキューバ革命に関する否定的見解を吹き込む目的で私につきまとっていたと責められた。ハバナ・リビエラ・ホテルの二部屋に軟禁状態にあった私は容易につきまとうことのできる対象ではない。そもそも、六八年の訪問時かそれ以前にヨーロッパで知りあった友人たち、それらの友人たちのそのまた友人たち、彼らの文学仲間たちが私を訪れたところで、それのどこがいけないというのだろう？　それに、たしかにこちらはホテ

ル一八階の二部屋 —— 当時は私の住居兼チリ大使館事務局だった場所 —— のドアを全開にして彼らを待ちわびていたが、彼らのほうからすぐに駆けつけてきたわけでもない。だが、彼らがその罪を告白してしまった今となっては、もはや私がなにを言ってもかばうことはできないのだ。私としてはせめて自分の罪を告白しておかねばならない。まったく軽率だった。私は職務の真最中にこれらの友人たちをホテルの部屋に招き入れ、結果として、彼らといっしょにそのキューバ的なユーモアや、詩的精神、すなわち言わずもがなの疑わしき要素をも招き入れてしまったわけだから。そして、最悪なことに、彼らのようなユーモアや詩的精神は、概して痛烈な批判や辛らつな知性にふさわしい調味料となる。

作家より先にやってきたのは新聞記者たちだ。サンティアゴ支所からの連絡を受け、私が空港で飛行機から降りるところを取材しようとしたが、目論見が外れてしまったという。フィデルとの対談のあいだ例の丸テーブルの反対側に座っていたラモン・ペルドーノという名の若いグランマ紙副編集長から長いインタビューを受けた。最初、彼は録音機に向かって私のことを《三九歳の弁護士》と評した。あまりに増え過ぎて今やイスパノアメリカ社会の癌となっている古臭い弁護士稼業という名称が、この革命政権の若きジャーナリストにとっては、私の父の世代にとってと同じく、いまだに誇らしく響くみたいだ。「どうか弁護士と呼ぶのはやめてくれ！」と私は彼に言った。「たしかに弁護士資格は昔取ったけれど、実際の仕事をしたためしはない。そもそも私は弁護士や外交官である以前に作家なのだ。それこそが私のただひとつの天職なんだ」

若きインタビュアーはおとなしく微笑んだ。翌日グランマの二面分のスペースを取って掲載されたインタビューは、その私の職業に関する訂正発言をそっくりそのまま再現していた。たいして気にもしなかったし、友人たちがそれを読んでどうして騒いだのか、どうしてからかいや罵倒の言葉を発したのか、私にはわからなかった。実はこの私の自己定義は、そのときの私がまだ知らないある微妙な問題に触れていたのである。その問題について、少なくとも一九七〇年一二月初頭のその段階においては、彼らもいかにもキューバ人らしい屈託ない口調で、しばしば話題にしていたものだ。だが、その声の調子は次第に変わり、冗談のあいまにより深刻な現実が垣間見え始めた。グランマのインタビューのその部分を読んだエベルト・パディージャは、葉巻をくわえてお気に入りの予言者めいた仕草を見せながら、君のキューバ滞在も長くはないな、と言ったが、それ以上の詳しい予想をしようとする者はいなかった。あのときもう少し深く考えていれば、自分たちがかなり危険な状況にいることに気づき、用心を重ねたほうがいいという結論に達していたことだろう。ところが、当時は私たちの明るく下心のない饒舌を遮る障害がなにもなかった。パディージャが言うように、チリは人民連合の勝利とアジェンデの大統領就任によって（いわゆる大文字の）歴史的段階に入っていた。そして私は、総じて革命キューバと国交断絶をしている南米からは初となる外交使節なのであり、望もうが望むまいが、否応なくその歴史的段階に立ち会っているというわけだ。私は一度チリ風の軽口を叩いて、気づかぬうちに扇風機に指を突っ込んだわけだな、と言ったことがある。パディージャと仲間たちがその冗談に噴き出したときの笑い声が今も耳に聞こえるようだ。あれは笑いだったのか、それとも涙だったのか。というのも、その彼らの笑い声が、それから三カ月後、涙に変ってしまうからだ。とはいえ、最近のハバナからの知らせによると、エベルトは《例の問題》から立ち直ってサンタマリアのビーチへ旅立ったそうだ。革命は《パディージャにずいぶん寛大だった》らしく、また彼の妻ベルキスも《とても朗らかにしていて、まるでなにごともなかったかのよう》なのだという。おそらく、ヨーロッパ知識人や左翼の急進派が、そうしたキューバ人の見せかけの自由の裏に見て取っているあの悲しく厳しい現実の予想図などというものは、キューバの実際の現実を前にしてはなんの役にも立たないということかもしれない。考えてもみてほしい。苦悩、挫折、幻滅、がちがちの政治指導体制など、たしかに欠点もあるかもしれないが、革命キューバのある種の人々のあいだには、そうした外国からの予想を超越した喜びというか、ある種の無償の善意というものがあって、もちろんそれですべてが救われるというわけでもないが、おそらく基本的な部分は救われていたのだから。

私はペルーとチリから山のような本と手紙を預かっていた。疲れを知らないペルーの友人エミリオ・ウェストファーレン、隠遁詩人にして抜きんでた知性の持ち主、一見上品な物腰の紳士でありながら、当時リマ工科大学から刊行を任されていた雑誌『アマルー』に話題が及ぶと猟犬みたいに顔つきを変えたこの男からは、あらゆるキューバの知り合いに届ける本を託されていた。ハバナでの一年間におよぶ滞在を終えてサンティアゴに帰国したばかりだったマウリシオ・ワッケスからは無数の手紙と伝言を託されていた。詩人のエンリケ・リンからは、エベルトとパブロ・アルマンドとペペ・ロドリゲス

＝フェオとフェルナンデス＝レタマールによろしく伝えてほしい、と言われていた。エベルトはエンリケがキューバを去った直後に記した文《遠くから見る革命は着実に成長している……》をよく引用していた。

というわけで、ハバナ・リビエラ・ホテルに落ち着いて三日目か四日目、私はそれらの本とウェストファーレンの雑誌『アマルー』を抱えてカサ・デ・ラス・アメリカスのオフィスを訪ねた。もともと歩くのは好きだし、メレンデスが約束した車はまだチラリとも姿を現していなかったので、徒歩で向かうことにした。カサ・デ・ラス・アメリカスの建物はホテルからそう遠くもない。

予想外だったのが南国特有の湿気で、おかげで歩く距離と、そしてもっている本の重さが倍になったような気がした。本をもつ手を取りかえながら、一刻も早く着こうと歩を速めたが、熱帯の気候が容赦なく歯向かってきた。わずか数分後には腕がくたくたになり、汗が滝のように噴き出してきたが、カサの三〇年代風の青い建物は一向に近づいてこない。堤防沿いの歩道に一定の間隔で穿たれた穴から、その下の息を吸い込むような風の音や、波が砕け散る轟音が聞こえてくる。天気は曇りがちで、晴れたかと思えばすぐ灰色の空に変わる。いつになく晴れ間の多かった秋が終わりを迎えつつあるようだった。海に面して、往時にはアメリカ風の洒落た街並みを形づくっていたのであろう、ペンキの剥がれた建物が林立していて、ガラスの割れた窓には風よけの紙がテープで貼りつけてある。無人の家のいくつかでは壁が半ば倒壊してしまっていた。ときどきゴミの山や干からびた車の骨組みが見えたが、それはまるで、炎に一旦なめ尽されたあと海水の塩分に浸食されたかのごとく白色化していた。

カサでは一九七一年の文学賞選考の予備審査会議が行なわれていた。アイデエ・サンタマリアは夫のアルマンド・アルトに伴ってオリエンテ県に移住したあともカサの編集部に加わっていた。彼女は会議に参加するためサンティアゴ・デ・クバからわざわざ足を伸ばしていた。マヌエル・ガリッチ、マリオ・ベネデッティ、ロベルト・フェルナンデス＝レタマール、画家のマリアーノ・ロドリゲス、チキ・サラメンディ、ほかにも六八年一月に私が滞在した際に見かけた顔が散見したが、六八年一月にいた全員がそこにいたわけでもない……。壁の一画にカサの著名人の肖像画が飾ってあって、その数が明らかに増えていた。サンティアゴやリマでこのあいだ別れを告げたばかりの顔がひとつ、ふたつ見えた。

特に文句を言ったわけではないのだが、アイデエは私が徒歩でやってきたことにすっかり驚いてしまった。チリの代理公使が徒歩で！　キューバへやってきた革命チリ初の外交使節が徒歩でハバナ市内を移動したなんて！　キューバでは元々熱帯の気候が徒歩の習慣と相いれない上に、米国式習慣の名残で自動車と権力との同一視がほかの国以上に今も根強い。私が謙虚にも徒歩でやってきたと言ったところで誰も尊敬はしてくれないし、むしろ下手をすれば、メレンデスという、どうやら誰にとっても明らかに不快な性格らしい人物による操縦に諾々と従っている性格的な弱さとも解釈されかねない。

「で、公邸の場所選びはもう済んだの？」と、アイデエが続けて尋ねた。「それもまだなの！」と呆れたアイデエは、儀典長の仕事は時間がかかりそうだし、自分たちは今オリエンテ県に出張中だから、ハバナの家は私に貸すことにする、自分からメレンデスに公式に伝える、と言いだした。メレンデスの反応が見ものだわよ、と、彼女は前もってその様子を想像したのか、少し楽しそうな顔で言った。

アイデエと彼女の部下たちは、私がサンティアゴでプレンサラティーナ通信社に伝えていたカサに関する好意的な言葉を喜んでくれていた。当時、カサの編集方針は政府から激しく攻撃されていて、彼らは私の好意的批評が追い風になると期待していた。だが、それはあまりに楽観的過ぎる期待で、実はこれは、私の三カ月半におよぶキューバ滞在中に、文学や文化の分野で働く友人たちのあいだで何度も繰り返された過ちである。正面攻撃は最高司令官によってすでに決定済みであり、このときのカストロは単に攻撃の機会を探っていたに過ぎない。《生産は苦手だが、戦うことにかけては優秀でね……》。私たちの救いようのない楽観主義、私たちの分別のなさ、私たちの饒舌は、もうじき最高司令官によっていいように弄ばれることとなる。私たちの会話のなかで繰り返された（そして録音された）言葉の残響が、やがてカストロの怒りを増幅させ《ブルジョワ知識人ども》を攻撃する理論に磨きをかけるのに役立つことになるのだ。カストロは確信する。これから長期にわたって、ラテンアメリカ中の若者たちが自分の磨きあげた理論を一字一句そのままに繰り返し、異なる考えをもつ連中、特にいわゆる前衛的 ―― 私たち文学者たちの昔から変らぬトレードマーク ―― と称されてきた連中を屈服させることを。

別れ際、私のほうもカサの出版物をたくさん土産にもたされた。彼らはありとあらゆる歓迎と祝福の言葉で私を見送ってくれた。前回、つまり六八年の訪問の際に知りあった運転手がぼろぼろのアメリカ車で私を送ってくれた。そのとき私にそこまで見抜く洞察力はなかったが、実は、ハバナ・リビエラまであんな野生の獣みたいな音を立てるおんぼろ車で送るということ自体、カサとその女性編集長が政府によって目をつけられていることの紛れもない証拠だった。そうでなければ、快適なアルファロメオ一七五〇が一瞬にして私を送り届けてくれていたことだろう。

翌朝の九時、キューバでは《カルペタ》と呼ばれるフロントから電話があった。同志アイデエ・サンタマリアがカサの車をよこしてきた、必要なだけ自由に使ってもよいそうだ、という知らせだった。その四分後、また電話が鳴り、前日までまったく連絡が取れなかったメレンデスの高圧的な声が聞こえてきた。

「ああ、エドワーズ、こちらで外交官用の車を用意した」

「どうもありがとう、メレンデス、でも実はもう必要ないんだ……。アイデエ・サンタマリアがたった今カサの車を調達してくれたのでね」

「そんな車は使っちゃいかん！　忘れたまえ！　運転手の名はアグスティンだ。いいか、今すぐ向かわせるぞ！」

二カ月後、アイデエの兄でキューバ海軍将校のアルド・サンタマリアが、この車の一件の真相を遠回しに教えてくれた。たった一言とかすかな苦笑のみであったが、私はその暗示が注目に値することをすぐに理解した。この件をある社会主義国から来ている外交官に話してみると、彼はこう言った。

「だからメレンデスの仕事はただそれだけということさ」

「それって？」

「私たちの会話の盗聴。あいつは、たとえばあなたの家の問題については、まったく時間を割く気もない。でも、アイデエの車の話を聞いた途端、すぐに別の車を手配した。わかるだろう?」

私はことの真相をはっきり理解し始めていたが、それに関するコメントは一切避け、目を剥いて肩をすくめるに留めた。

同じころのある夜、キューバ作家芸術家連盟《UNEAC》主催のカクテル・パーティーに出席した。前回の訪問で知りあった多くの友人たちと出会った。一九六六年ごろにパリで文化担当官を務めていたファン・ダビー夫妻、画家のレネー・ポルトカレーロ、ニコラス・ギジェン、若手作家たちなど。ふと、かなり昔からの友だちで、声を聞くたびにそのイントネーションとキューバ独特の言葉遣いにうっとりしてしまう、ひとりの女性が近づいてきた。

「あなた、カサ・デ・ラス・アメリカスで《好ましからざる人物》とされていることをもうご存じ?」

内部事情に詳しい彼女からの情報に私は愕然とした。カサは私に好意しか抱いていないはずだ。しかしながら、彼女のほうがあそこの事情には精通している。では、私が好ましくないという、その理由はいったいなんなのだ?

「ネルーダと親しいからかな?」

彼女はただ微笑んだ。私はなおも詰め寄った。

「ホセ・ノルベルト・フエンテスに賞を与えるよう口出ししたから？」

「そうよ」と彼女が今度ははっきり返事をしたので、私は、彼らにとってネルーダの件がいまだ棘のように刺さったままで、彼女も敢えてそれを口にしたくなかったということを察知した。私は当惑してしまった。仮にそうだとしたら、フェルナンデス＝レタマールがカサの雑誌でチリ特集を組むからと言って私に協力を依頼してきたり、アイデエが車を調達してくれたのは、いったいどういう風の吹きまわしなのだ……。この矛盾はいったいどういうことなのだろう？　サルバドール・アジェンデが勝利したのち、フェルナンデス＝レタマールは私に好意的な手紙をよこして、これから編む雑誌に協力を求めてきたのだ。あの一九七〇年一二月の初頭、レタマールは人に私のことを訊かれたら必ず褒めてばかりいたではないか（その言葉を私にも伝えようとしていたらしい）。それに、彼はネルーダをパブロと親しげに呼び、まるでなにもトラブルなどなかったかのような、すました顔をしていた。

私は、文学者のあいだの亀裂が、前より深く、修復不可能なレベルにまで達していることにも気づいていた。エベルト・パディージャはリサンドロ・オテロ、フェルナンデス＝レタマール、ウルグアイ人作家カルロス・マリア・グティエレスらの誰とも口をきこうとせず、それらの作家たちを《警察》と呼んで憚らなかった。いっぽうの私はパディージャの友人ではあったが、チリ政府の公式外交官でもあったわけで、パディージャに《警察》呼ばわりされていた連中もその辺の事情は察していたようだ。前回、すなわち私がカサの賞の選考過程でホセ・ノルベルト・フエンテスを推したとき —— 自分でもいまだに満足している文学的判断だ —— そのフエンテスがキューバの軍や警察ともめていたこともあって、私はきっと《かなり好ましくない人物》だったのだろう。だが今回は事情が違う。私の書いたカサに好意的な批評は、彼らにとって、チリ人民連合政府から届いた予想もしない応援メッセージと解釈された。それ以降、あるいはそのずっと前から、キューバ公安当局がそのような応援を偽物だと決めつけ、私のような裏表のある作家がアジェンデ政権の外交使節に任命されたりしないよう、あれこれ画策をしてきたという可能性もある。

到着して間もないころパディージャから言われた。「なにも話すな。誰も信じるな。私のこともだ。その気になれば私からだって情報を引き出せる連中だから」と。見たところ、パディージャはすでに状況を把握しており、またそれ以上に、身のほどもわきまえていたようだ。実際、彼は警察の尋問に対してそう長いあいだ耐えることができなかった。ハバナにおける私と彼の会話、私の行動などについて、彼が公安当局の都合のいいように話した記録が、調書か録音テープという形で今も残されているはずだ。調書はきっとチリの公安当局にも閲覧可能なのだろう。我が純真なるチリの同胞たちのあいだにもいつか警察社会主義がはびこるかもしれない。[*1]要するに、私はパディージャの警告にきちんと耳を貸しておくべきであった。誰も信じず、彼すらも信じない、特にこの彼のことを信じなければよかったということだ。例の自己批判の一件のあと、パリで人から聞かされたとおりだ。パディージャは彼の擁護に回った人たちに実に後味の悪い思いを味あわせた。社会主義の歴史においては、多くの人々が、過ちだったか多少なりとも正しかったかはわからないが、とにかく体制と反する立場を最後まで貫き通している。パディージャはあまりにも簡単に寝返った。だったら、つまり少々圧力を受けた程度で降参するのなら、どうしてあんなペラペラといろいろなことを喋っていたのか？　自分の心のなかの恐怖を認めて最初から黙り込むという姿勢をどうして貫けなかったのか？[*2]

パディージャはいつも各国の文学者たちの声が自分を擁護してくれるものと考えていた。実はフィデルも最初のうち、海外文学者たちの声をキューバ革命擁護の防衛線、経済封鎖を突破する武器のひとつと考えて、それにすり寄る姿勢を示していた。だが、ここ何年かの間にすべてが変わってしまった。かつてキューバにとって最大の応援者だった左翼の無党派層知識人が革命に対する危惧を表明し出したのだ。フィデルとキューバ政府はそうした攻撃を――どんなに抑制のきいた断片的なものであっても――過剰なほど敏感に気にした。かつてはキューバのもっともよき友人だったはずの人々によるそうした攻撃のなかで、キューバの孤立化と文化的閉鎖が進んでいることに対する危惧が強調されていた

1　私がこの文章を記したノートは本書原稿のために用意した二冊目で、そのページのヘッドには一九七一年六月六日パリと記してある。この時点ですでにピニェイロは、チリ政府の信頼筋に、私のことを報告する分厚い調書を送付していた。その調書は獄中でのパディージャの証言に基づいている。調書は一九七三年九月一一日以降に紛失している可能性もあるが、コピーはハバナの機密文書保管庫に眠っているはずだから、どなたか二一世紀の研究者にぜひ調べていただきたいものだ。

2　この見解はヴィフレド・ラムによるもの。キューバ出身でフランス前衛絵画の重要な画家であるラムは一九六七年にフランス《五月サロン》のキューバ旅行を企画していた。私がラムからこの話を聞いたのは、今でもよく覚えているのだが、コンベンション通りにあるビストロ《一二一》で、有名人やその志望者が集まるわりと高めの店でのことだった。今から思うとパディージャの行動をこのような観点から裁くのはあまりにも安易である。

からだ。

左翼の知識人、とりわけヨーロッパの知識人たちとキューバとの関係悪化は、フィデルがソ連によるチェコスロバキア侵攻を容認したときに顕在化した。それまで、ヨーロッパの知識人たちにとってのキューバとは、思想と表現の自由が許された自由主義的社会主義というものの可能性を体現していた。だがそのキューバはあくまで遠い可能性であり、どちらかといえばエキゾチシズムの世界に属する。多くのヨーロッパ人にとっては、それが現実に正しいか間違っていたかはともかく、プラハの春こそが、もっとも確実で目に見える希望となっていたのである。そして、その希望は、ソ連の戦車と思いもかけないフィデルの拍手によってもののみごとに打ち砕かれた。ある種の人々にとって、このときのフィデルの演説は、一九六八年八月〜九月という彼らの夢が破れた辛い憂鬱な日々のなかでも、もっとも破廉恥な政治的スキャンダルと化した。フィデルの発言は、当の本人が——おそらくある種の寛大な七色解釈のおかげで——遠い異国で体現していたもうひとつの社会主義というオプションに、まさに背中からナイフを刺すような事件となったのだ。口さがない人たちのなかには、フィデルがのちにスペイン共産党の指導者たちに向かって、このときの態度を次のようなふたつの理由で正当化したと主張する者もいる。一．チェコ侵攻のおかげで自分はソ連と和解するまたとない好機を得た。二．チェコ人たちは闘おうとしなかった。自分たちキューバ人なら最後のひとりになるまで抵抗していただろう……。本当にこれがフィデルの口から発せられたとするなら、まさに彼らしい、シニシズムとマチスモの完璧な共存ということになる。

実際、フィデルのあの発言以降、ヨーロッパの知識人たちはキューバに前ほどの親近感を抱かなくなってしまった。私がハバナに着いたとき、フィデルは彼らしい悪魔のように尊大な態度で、ソ連からの支援に依存できると確信し、そうしたヨーロッパの知識人たちの意見にはもう耳を貸さず、機会があればすぐにでも縁を切る覚悟をすでに決めていた。この事実をパディージャは理解していなかったか、あるいは理解しようとしていなかった。パディージャは共産党には属さない左翼知識人たちが自分を擁護してくれると思い込んでいたが、実際はまさにそうした人々との関係こそが彼の身の破滅を招いたといえる。結局、パディージャはヨーロッパの友人たちに見切りをつけ、それらの人々を敵対勢力として、すなわち忌まわしく退廃した敵のスパイとして告発せざるを得なくなった。そして、そうした人々をすべて反革命分子として告発するいちばんいい方法は、彼らの友人でキューバにおける窓口でもあった彼自身が最初から反革命分子であったと自己批判することだった。こうして国際的なキューバ支持者たちが反革命主義者のリストに名を連ねることになる。そして、そのような似非自由主義で反共産主義の左翼と縁を断つことで、フィデルとしては、自国のソ連寄り正統路線を世界に証明することができた。つまり、ソ連のことを自分のキューバでの権力を危うくする唯一の脅威とみなしていたフィデルは、逆にソ連の《党の路線》に忠実なところを証明することで、その脅威を中和させようとしたのだろう。たしかに、K・S・カロルやルネ・デュモン、あるいはハンス・マグヌス・エンツェンスベルガーまでもが毛沢東主義への怪しげな傾倒を示していた。パディージャはその自己批判のなかでこれら三人全員との個人的接触や友人関係を告白している。そして、そのパディージャ自身が一九七一年一月初頭にキューバ作家芸術家連盟《UNEAC》で『挑発』という題の自作詩集を朗読したとき、その最前列に中国の外交官がいたというのも事実なのだ。

フィデルはもちまえの器用さを発揮してほかにもさまざまな政治的路線変更を実行しているが、このときもまた、パディージャというモルモット、パディージャ人形を利用して、ソ連流の正統文化をめぐるゲームに参入する —— あるいは参入するふりをする —— ことにまんまと成功したわけである。カサ・デ・ラス・アメリカスと世界に散らばるその友人たちによるシュルレアリスムごっこはこれを限りに終わった。すべては革命の枠内で！　だがその《すべて》は警察的セクト主義の微小な領域に限定される。と、フィデルは出国直前の私に言い、スターリンによる粛清や毛沢東による文化大革命といった(彼としてはどうしても挙げておかねばならなかった)先行例を引きあいに出した。それから彼は「君はもっと多くの失望を味わうことになるだろう」とつけ加えたが、これはある意味で正しい。もっとも、失望ということに関していうなら、私は今ようやく恐怖から立ち直り始めている段階ではあるけれど。[*3]

こうした一連のプロセスにおいてはパブロ・ネルーダにまつわる例の事件が実に示唆的である。ネルーダは革命初期にハバナへ渡航し、キューバを応援する最初の重要な作品『勲《いさおし》の歌』を書いている。しかし、すでにスターリン主義がいかなるものかを熟知していたネルーダは、キューバに個人崇拝の不穏な兆候を嗅ぎ取っていた。詩集のなかの「フィデル・カストロへ」と題する作品の一節を読めば、察しのいい読者ならわかる。そしてネルーダ自身、ほかの誰でもなく、フィデルこそがその意図を理解していると考えていた。

これが盃だ　受け取るがいい　フィデルよ
これはあまりに多くの希望に満ちている
飲めばきっとわかるだろう　君の勝利が
我が祖国の年代物ワインと同じ味がすることを
ワインをつくるのは　ひとりの男ではなく大勢の男たち

3　この時期、私はこのパリ・ノートの執筆を中断して、不治の病にかかった母を見舞うためチリへ帰国せねばならなくなった。その帰途、リスボンで乗り換えがあり、そこで憂鬱な一夜を過ごす羽目になった。母との最後の別れを経たばかりだった上に、とうとう四〇歳の大台に乗ったところだった。リスボンでの一夜を利用して私はある個人的で無節操なメモを書き、それに《ポルトガル余談》という題をつけた。のちに初版を刊行することになったとき、この《ポルトガル余談》を削除して、代わりにキューバで聞いた証言や詩人自身の話に基づいて、ネルーダとキューバ文化人たちとの諍い――実はここには単なる文学を越えた次元の不和が潜んでいた――に関するエピソード（次段落以降）を挿入することになった。今回の版ではそのふたつをともに残すことにする。いわゆる《ネルーダ事件》に関する記述はノートの裏面に最初に書いたそのままを、そして《ポルトガル余談》も改めて。後者は極度に私的な内容ではあるが、私がキューバ体験後に初めて出会った右翼の独裁制に関する証言でもある。このポルトガルでの体験に続く数年間、フランコ独裁制末期とフランコ死後のスペインで、またチリで――察しのいい読者はもうおわかりと思うが――私はこのテーマについての専門家にならざるを得なくなった。スペインやチリでは、当然のことだが、単なる孤独な旅人として過ごしたリスボンの一夜で看取したよりずっと陰惨な現実の諸側面を目撃することになる。

一本の葡萄の木ではなく　何本もの葡萄の木々
たった一滴の滴ではなく　何本もの川
ひとりの将軍ではなく　数多くの戦闘なのだと……

ネルーダは、党があらゆる議論と権力に対するコントロールの中核機能としての資質を失ったところにスターリン主義が芽生え、そして、次にその一旦破壊された党が、ひとりの愛すべき指導者、民衆の父、現在そして未来の世代の師匠にして導き役である人物の周囲に形骸化した道具として再編成される、と考えていた。

ネルーダ訪問時のカストロは、ある種の内部クーデターを何度か起こすことで、ラテンアメリカでもっとも強固で深く根づいていた労組系政党のひとつであるキューバ人民社会党の解体を画策していた。キューバ人民社会党のセクト主義による分裂は一九六〇年代初頭になってもいまだ顕著であったため、その状況がフィデルの巧みな戦略によって逆手に取られたのである。そんなフィデルの戦略に左翼の知識人たちは喝采を送った。フィデルが反セクト主義を鮮明にし、モスクワとは一線を画す独自路線、すなわちソ連型の《修正主義》路線ではない《革命主義》路線を貫き、革命をラテンアメリカ全域に銃によって拡大するいっぽうで、芸術や文学や思想といった表現活動には自由を許すものと思われたからである。

こうした事情があったため、チリ共産党へ直々に送付されたネルーダを弾劾する書簡、組合闘争、議会闘争、選挙運動などでおなじみの――失敗に終わることがあらかじめ運命づけられている――典型的《修正主義》的活動の一環として作成されたあの弾劾書簡は、まさに《日和見主義》的に見えたものだ。[*4]

聞いたところによると、事の次第はおよそこういうことらしい。上からの命令で、四人の文学軍曹たちが[*5]公開書簡を作成するのに招集された。ロベルト・フェルナンデス＝レタマール、エドムンド・デスノエス、リサンドロ・オテロ、アンブローシオ・フォルネ。彼らの糾弾はふたつの《重大な》事実に基づくものであった。このふたつの事実はネルーダのキューバにおける《同志》や《友人》たちによる公開書簡のなかで詩人の《変節》として解釈されることになる。それは、ペンクラブに招かれての米

4　一九六〇年代末、チリ共産党指導部では、カストロ政権に対するかなり厳しい批判の声があがっていた。ときにはこうした不満の声が氷山のように一部表面化することすらあった。だが、クーデターと軍事政権の樹立により、チリ共産党はカストロ政権と和解することになる。六〇年代に紆余曲折の末にカストロが最終的に容認した、親ソ型のもっとも苛烈きわまる正統共産主義の庇護下に入るという形での和解であった。

5　のちにネルーダ自身がフェルナンデス＝レタマールを評して用いた表現。ある風刺詩のなかでネルーダは《マルコス・チャムダール》《レタムデス・ゴルディージョ》なる名前の人物を登場させているが、これはロベルト・フェルナンデス＝レタマールをチリ人マルコス・チャムーデスに引っかけた造語である。チャムーデスは一九四〇年代にチリで活躍した有名な共産党の闘士で、ネルーダによると、きわめて教条主義的かつ他責的言動の目立つ人物であった。チャムーデスはその後、ゴンサレス・ビデラ政権（一九四六―五二）時の《チリ版マッカーシズム》で赤狩り旋風が吹き荒れた際、あっさり右翼に転向してしまう。

国ニューヨーク訪問と、帰途にペルーのリマでフェルナンド・ベラウンデ大統領に表彰されたことだった。ネルーダがニューヨークで平和を求める反抗的若者たちの熱い声援に囲まれてベトナム側の大義を擁護する演説を行なったこと、このときの抗議の声がその数年後にニクソンを攻撃する詩を彼に書かせるきっかけとなること、実はペルーの左翼の知識人たちこそがベラウンデに働きかけて『マチュ＝ピチュの高みで』の詩人を表彰する機会をつくらせたこと、こういった要素は考慮されなかった。レタマールやリサンドロ・オテロのような、フィデルがハバナに凱旋したあとになって母国の革命を見るため米国から帰国したような若者たちが、まるで紅衛兵気取りで、あの『魂のなかのスペイン』と『大いなる歌』の作者を激しく攻撃したのである。[*6] そうして完成した書簡は、ネルーダの年来の友人であったアレホ・カルペンティエールや、ニコラス・ギジェン、キューバのほぼすべての詩人、作家、知識人たちの署名を付して公開されることになる。

　聞いた話では、署名者たちは書簡が公開されて初めてそこに自分の名を発見し、書簡の内容を知ったそうだ。なかには、そこに自分の名前が含まれていないことを知って――キューバの公的作家生活における自らの地位を揺るがしかねない失態だ――改めて連名に加えてもらうよう当局に頼み込んだ者もいたらしい。署名リストに入らなかったにもかかわらずなにもしようとしなかった数少ない作家のひとり――もしかすると彼ひとりかも――が、メキシコで一九四〇年代にネルーダの旧友だった根っからのキューバ人、エンリケ・ラブラドール＝ルイスである。ラブラドール＝ルイスはレイナ通りの高台にある屋敷でもちまえの痛烈なユーモア、伝説的記憶力、生来の不機嫌などを盾に篭城し、百戦錬磨の彼らしく、嵐が過ぎ去るのを待つという決断をくだしたのだった……。[*7]

私を含むラテンアメリカの作家たちは、この公開書簡を前に、ネルーダへの敬愛の念とキューバ革命に対する無条件の賛同とのあいだで引き裂かれてしまう。このときある便利な心理的操作が私たちの葛藤を軽減してくれた。すなわち、ネルーダは旧態依然たる共産党のスターリン主義や修正主義の代表で、いっぽうのキューバは自由の代表であり、自発的で真正な革命である……。そんなキューバにおいて、スターリンのそれほど残酷ではないが、基本的なメカニズムにおいてはかなり多くの類似

6　ギジェルモ・カブレラ＝インファンテが『ペルソナ・ノン・グラータ』を読んだあとの手紙でこの情報を修正してくれた。それによると、フェルナンデス＝レタマールとリサンドロ・オテロは、革命前のいわゆる《七月二六日運動》のいくつかに参戦しているらしい。米国にいたがのちに《運よく革命誕生を目撃することになった》のは、デスノエスとフォルネである。また、カブレラ＝インファンテによると、ネルーダ弾劾文書を書かせたのは主としてニコラス・ギジェンの嫉妬だったようだ。ネルーダもこの嫉妬については知っていて、現に彼はニコラスではなくもうひとりの詩人ギジェン、つまり《スペイン人で善人の》ホルヘ・ギジェンを褒めたたえたりしている。だが、いずれにせよ、ネルーダがあの書簡のなかにより大きな政治的意図を読み取ったことは間違いない。

7　ラブラドール＝ルイスはその後キューバ出国に成功し、私に手紙を送ってきたときはもうマドリードに住んで一年になり、友人たちの支援で暮らしていた。米国に住む家族のもとへ身を寄せようとしたが、一九五〇年代に中国へ渡航していたことから米国ビザがおりなかった。手紙で彼は、君が帰国してからのキューバ情勢は悪化の一途を辿っている、《貧困と恐怖がますます広まっている》と書いていた。彼はマドリードからその後カラカスへとわたり、そこで七〇代の老体に鞭打って記者として働き、最後はようやく米国への入国を許可される。

点を見出せる新たなセクト主義がはびこっていることに私たちは気づかなかった。[*8] その類似点のまさにいい例が、私たちキューバ支持者が他人の言うことを鵜呑みにし、自らの心の葛藤や分裂が表面化するのをなんとしてでも避けようとしたことにほかならない。この時期、詩集『葡萄と風』のネルーダ、すなわちスターリン風の氷の髭を生やしたネルーダと距離を置くのはそう難しいことではなかった。しかし、いっぽうで私たちは、ハバナの命じるがまま、より深刻な屈服を態度で表してしまったのではないか？ 私たちが沈黙を守った理由はどれもこれも似たり寄ったりだった。革命キューバの脆弱さと経済封鎖の恐ろしい力はスターリン時代の孤立的社会主義にも比べ得るものかもしれないが、あのころと今では時代が違う、というものだ。そして、私たちは若さゆえの、またときには早過ぎる成功ゆえの慢心から、歴史の教訓を学んでいなかったのだ……。

【ポルトガル余談 —— 一九七一年七月三〇日】

母と別れてリスボンへやってきた。この先バルセロナ経由でパリへ戻る。重病末期の錯乱状態寸前にあった母は、私のサンティアゴ滞在期間中、あのこの上もなく優しい表情やユーモアあふれる仕草を見せつつ、母として、家族の一員として、気丈かつ皮肉っぽく振る舞って感情を押し殺していたが、来たるべき悲痛な別れを前にしてどこか諦めの風情も漂わせていた。

以前はリスボンがこれほど美しい町だとは気づかなかった。いまだ人間的といえるちょうどいい規模のこの都市は、雑多で、濃密で、実にカラフルである。テラス席で挽きたてのコーヒー豆の香りを味わった。木々は鬱蒼としてその種類も豊富、どこか熱帯めいている。この都市は見えないところでアフリカやアフロ・ブラジルとつながっているのだ。

独裁はショウビジネスの乏しさと新聞や貼り紙などに感知できる。貼り紙はみなすべて軍の栄光を讃え、この過去の独裁最後の砦を守る覚悟を呼びかけている。《我々は戦争を好まない、しかし戦争を恐れはしない》といった調子だ。いちばんよく見かけるポスターでは逞しい笑顔の兵士が子どもを抱きかかえている。が、売店にはヨーロッパじゅうの新聞が売られているのに、警察国家最大の成果である市民のあいだの悲しみや相互不信などはいっこうに報じられていない。

夜になると通りは人々でにぎわう。レストランやビヤホールのショーケースに並んだ豪勢なシーフード —— ロブスター、巨大な蟹、車エビ《カラビネロ》 —— はまさにラブレー的規模だ。リスボン市民はその蟹の鋏をペンチでこじ開け、あきるほど執拗になかの肉を食い尽くす。

---

8 キューバのそれは文化の領域における敵対的勢力に文学的・市民的な死をもたらす類のスターリン主義で、肉体的な死でない点においてはソ連より残虐度は低い。しかし、たとえばレイナルド・アレナスの証言というたったひとつの例から判断する限り、果たしてそれが本当に残虐でないと言えるか私にはわからない。ネルーダ事件はとてもわかりやすい形を取ったが、外国の支持者たちに対するキューバ政府の糾弾は《パディージャ事件》のずいぶん前から広がり始めていた。カルロス・フエンテス、ニカノール・パラ、そのほか大勢の作家たちが攻撃されていたのである。

専用のバーで行なわれている売春はご多分に洩れず寂しいものだが、なかにひとりだけ、チリの何人かの知り合いを思い出させる綺麗な体と大きな黒い眼をした二三歳の子が見つかる。彼女は急な坂の通りにある小さなマンションに部屋を借りている。マンションは清潔で手入れが行き届いている。彼女によると二組の夫婦が暮らしているそうだ。サイドテーブルにあった人形のことを冷やかし半分で尋ねる。「あなたが出ていったあとで添い寝してくれるの」と彼女は言う。私より人形相手の添い寝のほうがずっとマシだろう、間違いない。それでも彼女――バルバラという――は優しくしてくれて、今度来たらまた指名してほしい、とせがんだ。大きな車エビのローストを食べにいきましょうよ、と。マンションの半開きのドアの向こうで裸の彼女が微笑み、私に手を振る。彼女は自分の《仕事》を正当化したかったのか、二千エスクードの借金があって母を養っていかねばならない、と私に言った。夜の三時の通りでは、最後の酔っ払いたちがなにかを言い争い、素面に戻るのを拒否している。やかましい酔っ払いを大勢見かけた。かつてフェルナンド・ペソアが倦怠と冬の霧を逃れて通い詰めたのであろう、奥行きのある居心地のよさそうなカフェは、どこもみなすでに閉まっている。広場の真ん中では噴水が今も湧き続け、通りの向こうに港と一隻の船のマストが見える。

結局のところ、いつか私はリスボンへ戻ってくるのだろう。連れは伴わず、ただ可愛いバルバラを誘って人形からしばらく引き離し、レストランへ出かけて、冷蔵ショーケースに並んだ豪勢なシーフードを歯とペンチと美味い白ワインだけを頼りに食べるのだ。

　儀典長が調達した最初の運転手アグスティンは若いムラートの青年で、きょろきょろ脇見をしながら、ガニ股で、少しやる気がなさそうな歩き方をする奴だった。愛想がよくて腰が低い。でも気移りが激しい。ときどきふさぎ込み、そのわけを決して話そうとしない。滞在中ずっとこの男を雇い続けるかと思うと不安になったが ―― まさか公用車を自分で運転するわけにもいかないし ―― 彼は、あなたの好きなだけこき使ってくれ、と言い張った。仕事から解放してやるとアグスティンはいつも《ちょっと昼寝に行く》と言った。あるいは食事をしに行っていいかと尋ねた。食事と睡眠がアグスティンの最大の関心事だった。おそらくその食事と睡眠の習慣に対する私の寛容さゆえだろう、彼はよく、あなたと仕事をするのは楽しい、といくぶん押しつけがましい調子で言ったものだ。ある金曜か土曜の夜、アグスティンがホテルのキャバレーに妻と妹を伴って現れた。きっと私の足音に耳を澄ましていたのに違いない、ロビーで私の姿を見るや否や飛んできて、座ってビールでも飲もうと誘いかけてきた。私は仕方なく一度だけ彼の妹 ―― 肌の浅黒い女でその丸顔はもう記憶にない ―― をダンスに誘った。唯一記憶にあるのは、彼女が、私がキューバのダンスを《みごとに》踊ると言ったことだ。私のダンスは凡庸で、私はその凡庸さを常々自覚している。なのでそのお世辞にもほとんど心は動かず、少し微笑んだだけで、すぐに部屋に戻って寝てしまった。

　今にして思うと、アグスティンはわざわざ妹を連れてきていったいなにをしたかったのだろうか。

たしかに、ほかの一般的なキューバの家族と同様、たまたまキャバレーに一家で出かけてきただけのことかもしれない。若い夫婦が母親とか兄や妹、あるいは来訪中の親戚などと連れ立ってお出かけするのは、キューバではごくあたり前の光景である。しかし、アグスティンが私の着くのをロビーで待ち伏せしていたという可能性もある。そして、油断している外交官の餌となるべく見えざる手によって配置された彼の妻と妹が、キャバレーで辛抱強く待機していたのかもしれない。そして、その見えざる手は、アグスティンの庶民的な詮索本能のおかげで、私が週末の夜遅くにホテルに戻ってきたときにキャバレーでまだ音楽が鳴っていると必ず一杯ひっかけに立ち寄ることを知っていた。

私はキューバで以前と比べてすっかりマイナス思考の人間になった。極端な猜疑心を働かせるようになった。これはおそらく俗にいう《よく学ぶ》というやつだろう。たしかに私は多くを学んだ。今もその学びは終わっておらず、すでに本書の冒頭で述べたように、今もなおさまざまな断片をつなぎあわせ、また新しい困惑の種をこうして見出している。こうして書いているあいだにも新しい疑惑が生じてきた。アグスティンの妹は本当の妹ではなく、アグスティンの仲介で見えざる手[*9]がよこした偽の妹だったのではないか。誰かが私のことを克明に観察し、私の弱点を本当につきとめたか、推理するかしていた。結局のところ、どうやら弱点は発見したようだが、その分析は頭の悪い人間が中途半端に行なったようだ。奴らの意に反して私は丁寧に別れを告げると部屋に戻り、読みかけの本、すなわちあのころキューバ知識人のあいだで秘かに流行していたおそらくカロルかデュモン――のちにパディージャの自己批判によってCIAの潜入スパイであるとされたふたり――の著書の読書に戻ったからだ。

想像を膨らませ過ぎたようだ。ほかにこういう可能性もある。こちらのほうが信憑性が高そうに見える。つまり、あの金曜か土曜の夜、アグスティンは妻と妹を伴って単にお出かけしたに過ぎない。きっと彼は、私がいつもの奇妙な習慣に従って、長髪で酒飲みの知り合いども、つまり詩を書くとか、ひょっとしてもっと破廉恥な堕落にこっそり耽っている連中のところへ出かけたことを知っていたのだろう。

のちに、いきなりメレンデスが電話をかけてきて、アグスティンをトマスという別の運転手に交代させると言いだした。メレンデスの言うには、このトマスはアグスティンより真面目で責任感のある男で、党でも名を知られた闘士らしい。その直後、私はホテルのロビーを上着も着ずに亡霊のようにさ迷うアグスティンの姿を見かけた。あとで知ったところによると、アグスティンはホテルに滞在していたチリ人政治家の息子とひと悶着を起こしていたらしい。噂によると、彼はそのチリ人青年にディプロメルカド［外国人向けのスーパー］でラム酒を調達してくれと迫っていたそうだ。青年が嫌がったので、気の短いアグスティンが彼を殴りつけた。青年はチリＶＩＰの子息としての権威をいかんなく発揮して、しかるべき筋にアグスティンへの制裁を求めた。事の次第からいってふつうは砂糖キビ農場送りである。

9　ひとりの偉大なビッグブラザーの見えざる手であることを改めて確認しておこう。実際には多くのビッグブラザーたちの具体的な手となって私たちを守り、監視し、そして私たちが正しい道から外れたときには罰を与えるのだ。

アグスティンは私に助けを求めてきたが、私はあまり気が進まなかった。その少し前、チリにキューバ大使として赴任するマリオ・ガルシア＝インチャウステギを見送る予定だった日の朝、前もって頼んでいたにもかかわらず、アグスティンが私を起こすのを忘れたことがあったからだ。予定の時間から一時間遅れで目を覚まし、慌てて着がえて外に出た。そこでさらに、まだ眠りこけているらしいアグスティンを待たねばならなかったのだ。いや、ひょっとすると例の見えざる手が彼にもう少し寝ているよう示唆したのかもしれない……。

あとで知ったのだが、空港にはガルシア＝インチャウステギの見送りにあの赤髭の指揮官マヌエル・ピニェイロも来ていたらしく、どうやらこのピニェイロが私にあまり会いたくなかったようなのだ。それ以前に私は彼の招待を断ったことがあった。レサマ＝リマ、パブロ・アルマンド、エベルト・パディージャらと前もって約束をしていたからだ。もちろんピニェイロのように純粋な革命家がそんな後回し扱いを我慢できるはずもない。ただ、それもわかった上での招待だった可能性もある。つまり、私に先約があるのを承知で、単に私を試したかった。

その二カ月後、エスメラルダ号の甲板で若い見習水夫たちに気にいられようと冗談を言ったりふざけたりしているピニェイロの姿を見て、そうやって若者に取り入ろうとする様子が昔教わったイエズス会の教師に重なって見えたものだ。となると、やはり彼は、私が友人と先約──記憶が間違いなければレサマ＝リマの誕生日を祝う集い──がある日をわざわざ選んで招待をしたときに、あらかじめそれが拒まれるであろうことを、そして晴れて彼のブラックリストに、彼の異端審問帳に私の名前を記すことを見込んでいたのだろうか？
「一年もこの国にいれば君も社会主義の大家になれるよ」とパディージャがよく笑いながら言ったものだ。例の人をからかうような丸い目でじっと私を見ながら。

アグスティンが運転する派手なアルファロメオ、ダークレッドだったか青だったかは覚えていない、聞いた話ではかなりのＶＩＰにあてがわれる車だったそうだが、これに乗って、キューバの官公庁や外交関係の要職に就いている連中に会いに行った。ときには日に三つ、四つかけもちすることもあり、アルファに乗って旧市街へと向かう堤防沿いにミラマール、クバナカン、ベダードなどの各地区を転々と回った。大使館の最高責任者という職は私の人生でも初めてのことで、最初のころは大使・書記・電話番・守衛を文字通り兼任せねばならなかった。今度の駐キューバ・チリ大使館を形成していたのはまず私、長年連れ添った我がタイプライター、チリとキューバの通商に関する可能性を綴じたフォルダー、そしてハバナ・リビエラ・ホテルのスイートルームの二間だけ。最初にそのチームに加わったのがアグスティンとアルファだった。なので、やがて例の見えざる手によって裏切りを余儀なくされるとはいえ、私たちがある程度親しくなり、アグスティンがささやかな忠誠心を私に抱くようになったのも無理はない。ときどき、アグスティンがトマスに交代させられた理由はまさにこれ、つまり私と仲よくなったことなんじゃないかと思うことがある。その後も三カ月半のハバナ滞在中に運転手は三人交代した。とはいえ、その後の出来事によってかきたてられた私の猜疑心があまりに度を越していたことも、今はわかっている。

私たちは大使館から大使館へ、官庁から官庁へ、過密スケジュールをなんとかこなすべく走り回っていた。熱帯の輝く光、冬でも明るい太陽、ときおり波しぶきが打ち寄せる堤防沿いの道。私にとってそんな環境で仕事をするのは、正直にいって、けっこう心ときめくものであった。四〇歳を前に改めて若返ったような、力がみなぎり、仕事にも旺盛な興味と情熱までを抱いている気にさせられた。

会う人ごとに学ぶことがあった。バチカンから派遣され一九六〇年からハバナに滞在していた教皇公使のザッキ司教は、キューバ革命政府とカトリック教会とのあいだの暫定的協定《モドゥス・ヴィヴェンディ》調印に要した根回しについて話してくれた。彼の見立てによると、キューバでは、スペインからの独立戦争がアメリカ大陸のほかの植民地とは異なり大きく遅れ、一九世紀の末になってしまったため、反カトリック教会感情が二〇世紀半ばまで残り続けた。キューバの独立運動にはプロテスタントの影響が色濃く、これは米国が介入したことが原因であり、当然のことながら、自由主義とフリーメイソンの色をもつ非宗教的勢力の影響が顕著だった、とザッキ司教は指摘する。ずっとあとになって、仕事で何度か訪れたマタンサス港で、私は司教の言葉をこの目でたしかめた。そこにはメイソンのロッジが多数あり、メインストリートに色とりどりの綺麗な一戸建ての家々を構えて、そのファザードに各自の異なる呼称を掲げていた。

スペインからの独立を達成して以降の共和国時代、宗教教育はあくまで教会のなかに限定されていた。この状況は革命以降も続く。そこで大切なのは司祭の存在と育成である。ザッキ司教にとって、自らの信じるところに従ってキリスト教の教義と革命の目標とのあいだに類似点を見出すことは、そう難しいことではなかった。彼は、教会寄りの仲介者ではなく、キューバ政府と教会との架け橋になることを望んでいた。教会の同僚たちに対しては革命政府側の弁護士――この場合は悪魔の弁護士と言い換えてもいい――として正統派の司祭たちが不安になるほど熱心に発言をした。あるとき彼は私に、近い将来にカトリック信者でも共産党の闘士になれることを期待している、と言った。そして純真さと利発さが輝く目で私を見つめ、右手で煙草をくゆらせながら「そうとも！」と無邪気としかいいようがないほど興奮して「必ずそうなる！」と何度も繰り返すのだった。私が昔習ったところでは、たしか無神論はマルクス主義の基本理念だったはずだが、いっぽうで、もともと宗教に無関心だったこともあって、私はこの問題についてじっくり考えたことがなかった。ひょっとするとザッキ司祭は、キューバ的状況で弁証法的思考を繰り返すうちに、宗教者としての常軌を逸してしまったのかもしれない。彼はすでに教会活動の宣伝も兼ねて砂糖キビ伐採の手伝いを体験していたし、六、七〇人の見習い神父たちをハバナから連れ出して砂糖キビ畑へ行き、そこで体験労働をさせることで、彼曰く、素晴らしい成果を収めていた。ザッキ司教の意見では、カトリック教会のキューバ観は中立的とはいいがたい。教会は革命政府に全面的妥協を求めているが、自分では一切妥協するつもりはないのだ、と司教は言う。

　ザッキ司教は、異端の領域に近い――というより首までどっぷり漬かっている――若い世代の教会と、いかにもフィレンツェ出身らしいにこやかで貴族的で狡猾な外交の職人、このふたつの興味深い混合物だった。やや気取り過ぎの性癖はあったかもしれない。いずれにしても、知性と意志の力で難局を切り抜ける善意の人であったとは思う。

大使館はどこもみな国の政情によって異なる特徴をもつ別世界だった。スペイン、長く辛い数世紀を経て、一八九八年にキューバを失った時点でその帝国が瓦解したこの国は、旧港に面するやや世紀末バロックの風情を残す豪邸に大使館を構えていた。待合所や廊下はペレス＝ガルドスのマドリード小説から抜け出してきたような陰気で口数の少ない人々でいっぱいだった。食品屋、酒屋、雑貨屋、散髪店主、公証人助手、訴訟代理人……。彼らはみな革命のハリケーンで吹き飛ばされたみたいに呆然とした表情で木のベンチに腰かけ、ふさぎ込んだ気難しい顔をして、抑圧された苦悩が透ける、すがるような眼でこちらを見つめた。この新世界で数十年にもわたってわずかな小商いに精を出し、布を裁断したり、小麦粉だのをカウンター越しに売ったりして頑張った挙句、今や手ぶらでガリシアなどスペインの地元へ帰らねばならないのだ。昔から権力の現実を嫌というほど知り尽くしている彼らは、特に文句を言おうともしなかった。フィデル・カストロはカルリスタ戦争［一九世紀スペインで長期にわたって続いた内戦］のカウディージョ［縁故主義で権力を拡大する地方の政治ボス］であってもおかしくない人物だったが、スペイン人たちは小麦粉の小売りや小銭稼ぎや彼らなりの商売ルールを尊重しないカウディージョに従う気はなかった。かつてスペインでフランコ派の食料品店主から聞いた台詞「フランコのおかげでスペイン人は誰でもチキンを食える」を思い出す。彼らは永遠のサンチョ、思いもかけない場所で痛めつけられる宿命にある。熱帯地方のど真ん中、この最後まで残った植民地のなれの果ての島で、まさに彼らと同じどこかのスペイン人の息子であるドン・キホーテみたいな男が巻き起こした突然の大嵐に吹き飛ばされてしまったわけだ。一八九八年のキューバ植民地喪失をきっかけに考察を行なったミゲル・デ・ウナムーノなら、その激しい反社会主義の立場にもかかわらず、革命キューバをめぐるパラドックスに興味を抱いたことだろう。なぜならこの熱帯のドン・キホーテもまたサンチョ的な性格を有していたからである。そして、フィデルが長い歳月をかけてサンチョ的な智恵を深く身につけていったいっぽうで、彼の数人の仲間たちはいつまでも愛馬ロシナンテの鞍から降りようとせず、ときには敵として、ときには英雄としてかつての道に、方向はどうあれあの島を統治するという日常的業務の埒外にある道に踏みとどまったのだった。

スペイン大使館が古びた世紀末のお屋敷に居を構えていたのとは対照的に、かつての米国大使館は一九五〇年代に多かった無機質なガラスとコンクリート製のビルにその要塞を構えていた。重要なキューバの官公庁がみなそうであるように、米国大使館はそのビルの上から堤防通りを見下ろしていたのである。昔はその通りを歩行者のあいだで物乞いをしながらぴょんぴょん飛び跳ねる黒人の子どもたちや、未来の革命を夢に見る汚い歯をしたシャツ姿の若い学生など、ハバナの群衆が憎々しげに見守る前を、キャデラックやオールズモービルやスポーツ車に乗った米国人たちがにぎやかに通り過ぎ、カリブの青い海には彼らのヨットが何本もの白い筋を刻み、賭博場のテーブルにはパイがじゃらじゃら転がる音が響き、バー《ラ・トーレ》では巨大なグラスでよく冷えたダイキリが振る舞われ、そしてみすぼらしいアパートの汚い壁の前でギャングたちがうなじに一発ぶち込んで人を殺していたのだ。

今、スイス代理公使が私を相手にチリ案件書類の引きわたしを行なっているまさにその部屋で、かつては米国大使が両手を揉みながら葉巻を吸い、彼の町と、彼の海を、そして彼らがもたらしたビジネス《ブーム》と進歩の証である色とりどりのネオンサインが輝くビル群を眺めていたのだろう。その《彼のハバナ》では、無数にいる彼の忠実な部下たちが、見た限り難攻不落の支配構造をその頑丈な骨格のところで支えていたのだ。

そんな米国大使がもはやいなくなってしまったとは信じがたいその部屋で、現在の居住者であるスイス代理公使がにこやかな表情で私にありとあらゆる領収証を手わたした。私はエミリオ・エドワーズ＝ベジョ、いまだに多くのハバナ市民が《ドン・エミリオ》の名で思い起こす我が叔父の購入した個人家具や書物の目録を目のあたりにした。どうやらユーモアの感覚に富むらしい察しのよさそうなそのスイス人代理公使には、チリが人民連合政府発足後にキューバとの外交関係を再開させるにあたってあのドン・エミリオの親戚を任命したことが、奇妙で、どこか面白おかしく感じられたようだ。チリ政府としては意図してそうしたわけではないし、またこの偶然の一致を気にかけるチリ人などあまりいなかったが、彼の目にはこのエピソードがむしろチリ革命の教条主義的ではない側面、人民連合政府の多元主義的な姿勢の現れに映ったようだ。だが、たいして注目もされなかったこの私の任命が、キューバの公的機関のあいだでよく思われていなかったことをつけ加えておく必要がある。

駐メキシコ・キューバ大使のあの言葉は的を得ていたのだ。案の定グランマ紙は毎日一行必ず《反動の象徴にして中核》たるエドワーズ一家に言及をしていたから、スイスの代理公使もそれに目を通していたのだろう。

西側諸国の大使たちは私に曖昧な挨拶をし、ときにはチリに関するお世辞を言ったり、ハバナでの公的生活に関する助言をくれた。彼らはとても楽しくやっているか、楽しくやっているふりをしていた。自国の報道機関や政府はすでにじゅうぶん過ぎるほど反キューバの姿勢を強めていたので、彼らが革命政府を擁護する側に回るのはさほど難しいことではなかった。ガードを高くしていったいなんの得になる？　いちばん安全なのはむしろ、秘密をもたないことだ。物事のよい側面だけを見、革命の成功箇所は強調し、逆に失敗部分を正当化してやり、それ以外の時間はブリッジやゴルフやつまらない会話にうつつを抜かしていればいい、そのうち儀典部が外交官を呼んで砂糖キビ伐採ツアーを組んでくれるから、そのときには必ず参加することだ。彼らはみなそう言った。

東側諸国の大使館の鬱陶しさと趣味の悪さにはいつも驚かされた。これはきっと巨大なレーニン像のせいだろう。各国元首に対する個人崇拝の風習は消えていたのはたしかで[*10]、逆にレーニン像がどこにでもあったことは進歩の証といえる。

すべて、ほぼすべての東側諸国の大使館で、政治的メッセージを織り交ぜたささやかな演説を聞き、次にチリ人民とその政権と同志アジェンデ大統領の成功、さらには大統領の健康とを祝して乾杯をした。北朝鮮大使はその母音の少ない英語をがなりたて、ヤンキーの帝国主義に話が及ぶと、怒りにわなわなと体を震わせた。いっぽう、北ベトナム大使は穏やかで物静かな笑顔を湛えた人物で、自国で

10　一九七一年の中ごろにはそう思えた。

の戦争についてその勝利を確信している、と冷静に分析してみせた。

お次は中国大使の部屋である。大きな壁には毛沢東の教えが赤字で書かれた白い布がかけられていた。丸顔の大使は七〇絡みの老人だった。大使より朗らかで楽観的そうに見える若い眼鏡の通訳がいつもつき従っていた。人民連合チリと中国との友好、そして両国の外交関係の早期の締結を祈って、白い酒で乾杯をした。

中国大使は数日後に私のホテルまでやってきて正式な二国間関係の樹立を伝えた。私たちは儀礼的な挨拶とささやかな記念の演説を交わした。大使をホテルの出口まで見送った。大使は赤旗を立てた大きな黒い車に乗り込んだ。彼は車のなかから手を振り、まるで潜水艦のように深い笑みを浮かべていた。

これ以降、中国大使はパーティーで会うたびに私の両手を握りしめて大仰な挨拶をし、その言葉を眼鏡の助手が興奮した面持ちで同時通訳した。あるとき彼の自宅での集いに招かれた。その最中、あいかわらず興奮した様子の通訳を従えた大使が私をそばへ呼んでリキュールグラスを手わたし、自分はグラスをもうひとつとって、双方のグラスに例の白い酒をなみなみ注がせた。あとで聞いたところによると、そのような乾杯は中国人にとって重要な意味をもつらしい。大使と通訳の態度からみても、それはまず間違いなかったと考えていいだろう。大使とその通訳は、水色の人民服の襟に赤い毛沢東バッジを光らせ、はりついたような笑顔を浮かべ、ときたまふたり揃って頭を盛んに縦に振って爆笑し、どんな外交パーティーでも常に目立っていた。

それときわめて対照的だったことを指摘しておかねばならないのがソ連大使館で、彼らは少なくともチリ代表に対しては至極よそよそしく振る舞った。ごくごく友好的な連中ではあったが、最初の会見ですべて事足りたようで、それ以上の注意をこちらに向けようとはしなかった。まるで私に、自分たちは決して第一印象で人に好意を抱いたりはしない――そうしたことについては経験が豊富過ぎるからだ――現チリ政権に共産党が参加していることはチリ人自身にとっての関心事に過ぎない、とでも主張したいかのようだった。

【一九七〇年一二月二一日、ハバナ】*11

到着からちょうど二週間が経過した。今日はチリ大使館事務局に適した家をやっと見つけた。午前中だけ助手を務めてくれる人材も確保した。キューバ国立農業改革局での勤務経験をもち、

11　以下はハバナへ持参していた日記からの抜粋である。これを挿入したのは読者の興味を引きそうなチェ・ゲバラの人物像が描かれているからだ。もう少し先にこの日記の別のページを挿入してある。私が保管していたのはこの二か所だけなのだ。日記本体は一九七四年八月、作家会議で滞在中だったコロンビア、カリのホテルで盗まれた。政治的盗難だったのだろうか？　文学ファンの泥棒だったのだろうか？　日記はバルセロナを発つ前にカルメン・バルセルスにもらった鍵と秘密収納袋つきのトランクに厳重に保管してあった。普通の泥棒なら高級トランクはまず開ける。そしてなかにあったごく普通のノートになど興味をもたないから、ホテル前の川に捨ててしまった可能性もある。ところが、テーブルの上にもお金を置いていたのだが、そちらは手つかずだった。たぶん少額過ぎたのだろう。

キューバ人の妻と息子たちを伴って九、一〇年ぶりかで祖国へ戻る準備をしているチリ人青年だ。青年は妻の出国許可がなかなか出ないのでやきもきしているが、事務局での仕事ぶりは優秀だ。

私の妻ピラールは二九日の明け方にメキシコに着く。私も合流して友人たちと年越しをすることになっている。カルロス・フエンテスや、ペルーから妻に同行する予定の画家フェルナンド・デ・シスロや詩人ブランカ・バレラなど。

仕事は見たとおり徐々に軌道に乗りつつあるが事務局自体は静かなまま。影響力も後ろ盾ももたない事務局長（すなわち私）はそのへんの三流事務職員より劣る存在だ。私の外交職継続にノーを言うための理由はじゅうぶん出そろった。政治使節としては短期間なら通用するだろう。だがそれは政治に専念することを意味し外交することを意味しない。今の大使の職は私にとって日に日に《ごく潰し》にしか思えなくなってきた。いやいや、同僚たちよ、失言を許したまえ。このまま生きていれば、今から二〇年後にも今と同じく —— そしてたいていの外交官と同じく —— 自分の置かれた境遇を愚痴っているかもしれない。世のなか一寸先は闇である。運命の行方はしばしば邪悪な皮肉を伴うというではないか。

作家、詩人たちの状況についてはは数人のキューバ人の例を通してはっきりと見えてきた。レサマ＝リマ、ペペ・ロドリゲス＝フェオ、エベルト、潜伏中でまだ会っていないホセ・ノルベルト・フエンテス、前回訪問時の友人でこれまた潜伏中のファヤッド・ハミース、そしてミゲル・バルネと彼の熱心なアフロ＝キューバ文化研究……。ほとんど滑稽ともいえる自己中心主義のせいで問題ばかり抱えてはいるものの、革命によって与えられた便宜のおかげで、彼らは今もなおその文学の炎を燃やし続けている。たしかに『パラディソ』は現在当局による暗黙の命令で実質上のアングラ文学となっているが、過去にもあの小説を出版する勇気のある会社など存在しなかった。彼ら作家たちは批判的で痛烈ではあるが、それも革命の枠内でのことである。要するにアメリカ大陸のこの一帯においてはふたつの文学的選択肢しかないということだ。ＵＳＡの支部に甘んじて——グアテマラやプエルトリコのように——貧困地帯のど真ん中に隔離された醜悪な富裕層でアイデンティティを喪失するか、この痛めつけられたキューバ島で数々のひどい過ちと重大な思想的逸脱——ルネ・デュモンの指摘を待つまでもなく、社会主義はいつか社会主義的軍事独裁と区別がつかなくなり、いわゆる左翼ファシズムに危険なほど近い現象になるからだ——をともにするかのいずれか。それでもこの選択に迷う余地はない。私の見る限り、革命を擁護する最良の方法論は、なんだかんだいって大目に見てもらえる知識人たちによる風刺とユーモアなのである。

ハバナに来ればチェ・ゲバラの言いたかったことも理解できる。ジュネーブで国際機関のチリ代表をしていたラモン・ウイドブロの家での食事会で彼のその言葉を聞いたとき、私は首をかしげたものだ。

チェは経験豊かな外交官や役人が居並ぶ前で、具体的にホーチミンの名を出して、指導者たるもの民衆のなかに自ら入っていくべきだ、と訴えたのだ。私はあの場ではチェの発言にむしろ反感を覚えたが、たしかに指導者は生活方法も含めて国民と同じ目線に立ち、大衆の考えを知るべきである。

政治経済上の決定過程に民衆が参加していないことが、あらゆるレベルにおいて、キューバが犯した過ちの多くを説明してくれるかもしれない。キューバ滞在経験のあるチリの役人に聞いた話では、とある若い農業《技術者》がパンゴラという飼い葉を植えるために数百ヘクタールもの土地を開墾するよう命じたが、それはその《技術者》がその土地にパンゴラの《ように見えた》植物が自生しているのを見て判断したに過ぎなかったそうである。しかし農民たちは反論もせずその誤った指示に従った。革命政権の初期にリオ・デ・ジャネイロの湾内で錨をあげずに出港したため国際海底ケーブルを切断するミスを犯した若いキューバ人船長がいたが、彼もまたベテラン船員たちの意見に耳を貸していなかったのかもしれない。

ただし、若い指導者のそうした未熟さにすべての原因を求めるわけにもいかない。なにしろ今のキューバでは、ある人物の個人的権力の称揚とその誇示、すなわちＣＤＲ（革命防衛委員会）が建物の入り口ごとに据えつけさせた小さな霊廟のなかに、あるいは広場などに飾られたあの巨大な肖像写真が、国民のあいだに畏怖の念を広め、政策決定過程の共有と吟味とを妨げているのみならず、スペイン語圏の民衆が陥りがちな無政府状態を抑える機能をも果たしているからだ……。ひょっとすると、遠いふたつの国の話ではあるが、チェ—フィデルの関係とカレーラ＝オイヒンスの関係には相似性があるのかもしれない。チェと我が国のホセ・ミゲル・カレーラ[*12]はゲリラにして殉教者である。いっぽうフィデルは我が国のベルナルド・オイヒンスと同様、戦略家と建国の父という、より冷淡な役割を引き受けねばならなくなった。派閥間の争いを断固として食い止め、その争いを自分に都合のいいほうに導き、一度漕ぎ出した船が決して沈まぬようにする役目だ。

右に引用した「ハバナ・メモ」で言及されているウィーンでの食事というのは、一九六四年三月、第一回UNCTAD（国連貿易開発会議）の期間中のことだ。いまだ工業相職にあったチェはキューバ使節団の代表として会議に参加していた。チリは閣内に急進派を抱えるアレサンドリ政権の時代で、強い外圧にもかかわらずキューバとの国交を維持し続けていた。ウイドブロ邸の晩餐にはラテンアメリカのある種の自由主義を代表するといっていい錚々たる顔ぶれが列席していた。ラウル・プレビシュ、フェリペ・エレーラ、たしかベラウンデ政権初期のペルー副大統領だったエドガルド・セオアーネ、まだコロンビア大統領になっていなかったころのカルロス・リエラス＝レストレーポ、この数日後にクーデターで失脚するブラジル大統領ジョアン・グラール、チリ外相職から国連大使に鞍替えしたば

12　チリ独立革命の英雄で、一八二〇年にアルゼンチンのホセ・デ・サン＝マルティン将軍の命令で銃殺された。

かりだったカルロス・マルティネス＝ソトマヨール……。フォーマルな紺色のスーツを着込んだこれらの自由主義者や高級技術官僚たちが、お堅い会合のあいまに、いかにも古くからの知り合いらしく冗談を交わしたり、難解な用語を駆使して共有する知識を確認しあったり、丁々発止の知的なやり取りを繰り広げていた。そこへオリーブグリーンの軍服姿の硬い表情をしたチェが遅れて現れ、取ってつけたような笑顔を浮かべて、その場の空気にそれこそ《水を差した》のだった。私は内心、チェの態度は必要以上に攻撃的でとうてい外交的とはいえない、と感じた。キューバは進行中の孤立化に今こそ歯止めをかける必要があるのに、会合でのチェはまったく反対の方向へ行こうとしているように思えた。その集いはラテンアメリカ的な田舎臭さとは無縁の知的な場だったわけで、私が思うに、チェとほかのメンバーたちとのあいだに会話が成立する可能性はなきにしもあらずだった。しかしながら、あの時代のチェが、自分の主義を捨てずにそうした妥協の姿勢を取るとはまず考えられなかった。そもそも、あんなにも若く、当時あんなにも孤立していた革命に対し、そのような《成熟》を要求するのは無茶というものだったのだ。あのラモン・ウイドブロ邸の晩餐で、チェとしてはおそらく、場の空気に水を差す以外の選択肢はなかったに違いない。場の空気に水を差す。記憶に間違いなければ、まさにそのときのチェの態度がそうだった。

チェはこう切り出した。ジュネーブとこうした会合の国際的雰囲気は実に居心地が悪い。こうした行事にはまるで意味がないように思う。自分の属す世界はここではない。自分が望むのは日曜でも早朝から起きること、農民とともに毎朝五時に砂糖キビの伐採をすることなのだ。ベトナムに話が及ぶと、チェは、指導者たちが民衆と同じように粗末な小屋に住むあの社会主義は大いに気にいっている、と言った。ひょっとすると彼は、訪問したあとで深い失望感――彼の死を導く決定的な引き金――を彼の胸に刻んだあのソ連という国を仄めかしていたのかもしれない……。チェはウイドブロ邸の晩餐の席上で、自分はすぐにハバナへ帰るつもりだ、と言った。こんな集まりはまったくの時間の無駄に思える、と。

チェのこうした一言一言が、会議の企画に最後の最後まで尽力してきたラウル・プレビシュやふだんから国際会議の熱心な参加者であるフェリペ・エレーラ、そしてほかの多くの列席者たち、すなわち国際会議や国際組織の海千山千の古つわものたちにとって、まさしく冷たい水となって浴びせられた。私はチリ使節団の秘書として空席を埋めるために呼ばれただけだった。大使館勤めの人間にはよくあることで、私たちはほかにもいろいろな仕事をこなしたものだ。法律家、演説原稿や細かい報告書の作成、通訳、観光案内、一三席分予約したつまらない食事会にやむなき事情の欠員が出た場合の一三番目の列席者、陰口屋、ポン引きまがいのこと、運転手、荷物運搬係……。というので、このときも数時間前に参加を辞退した誰かの空席を埋めろといわれて座っていただけなので、テーブルの端から眼前でくり広げられるショウを観察して密かに楽しんでいたのだが、チェについては、その明らかに不必要で無礼な交戦的態度を少しはらはらしながら見ていた。

チェは晩餐会を早々にひきあげ、残された人々の会話は――そう楽しいものでもなくなっていたが――節度と友好的雰囲気と機嫌のよさを取り戻した。

その数日後にブラジルでクーデターが起きる。緊迫した声によって混乱したニュースが夜通し報じられた。翌朝、私たちが本会議場に入ると、いちばん数が多かったブラジル使節団の席には三人いた秘書のうちひとりだけがポツンと座っていた。国連本部の廊下はただならぬ熱気に包まれていた。エルネスト・チェ・ゲバラが片隅で小さな集団に取り囲まれていた。チェはうちのひとりの質問に答えて、今回のブラジルでのクーデターは明らかな政治的後退だが、長期的にはラテンアメリカ革命にとって有利に働くだろう、と答えていた。実際のところ、失脚したグラール政権は単なるブルジョワ民主主義にほかならず、徐々に行き詰まり腐敗しつつあったわけだから、明らかに反動的で抑圧的な生粋の軍事政権が登場したことで逆に左右の二極化が進み、ラテンアメリカ全土での武力闘争が加速するだろう……と。

チェの革命優先主義は私にはとうてい納得のいかないものだったが、彼はウイドブロ邸でも国連本部でも、そしてその死の瞬間に至るまで、常に首尾一貫した発言をする男だった。夜になるとホテルの広間でほかの国の使節団 —— たいていはアフリカかアジアの連中 —— を相手に午前二時を越えてもまだ話しこんでいるチェの姿を見かけた。あのころジュネーブにあったキューバ外交官の家でチェを交えて食事をしたことがある。チェは私に、彼の母親がブエノスアイレスへ帰国した際に拘束され、釈放後すぐに亡くなってしまった、という話をした。実は、そのチェの母親がキューバからブエノスアイレスへ戻る途中に立ち寄ったパリで、私は彼女と知りあっている。当時フリア・ウルキリと結婚していたマリオ・バルガス＝リョサが、サン・ジェルマン・デ・プレのど真ん中、トゥルノン通りの小ぢんまりしたアパートに彼女を招いたのだ。私たちはいっしょに国民民衆劇場までベルトルト・ブレヒトの『ガリレオの生涯』を観に出かけた。たしかバルガス＝リョサが、彼女の境遇を、ペルーのくだらない大臣たちの奥方のそれ、つまりパリへ外遊に来れば、やれ《リッツ》だの、やれ《ジョルジュ五世》だのといった高級ホテルに宿泊し、大使館の人員を使いたい放題の女たちのそれと比べていたのを思い出す。しかしながら、今となっては妙な話にも思えるのだ。革命における最高の英雄のうちのひとりの母親が来るというのに、在パリ・キューバ大使館の連中が影も形も見せないなんて。ラテンアメリカ人らしいポカだったのか、それとも意図的な冷遇だったのだろうか？　チェの母――とそのキューバからの出国、そして帰国後の投獄と釈放直後の死――は、のちの息子の運命になんらかの影響を及ぼしてしまったのだろうか？　細かいことにこだわり過ぎるのはよくないが、キューバ人はしばしば考えられている以上に緻密な国民性である。キューバでの三カ月半の外交官生活は、私に、偶然よりも隠された陰謀を信じさせるようになったのだ。

ウイドブロ邸の晩餐会で宣言したとおり、チェは国連本部の息が詰まる環境を早々に脱出してキューバへ帰国した。その後は工業相職も辞して、敬愛するベトナムの指導者たちに倣い、ラテンアメリカに第二のベトナムを築くべく、再び銃を取る。ボリビア山間部の先住民たちはチェのメッセージを理解するはずだったし、ジュネーブで予見したとおり、ブラジルにおける左右勢力の二極化が南米大陸全体に戦闘の拡大を促すはずでもあったが、おそらく性急に過ぎたのだろう、彼の見込みは破綻し、みなが知るあの辛く孤独な死へと至ることになる。ただ、少なくとも今いえることは、チェという男がその行為と発言において常に首尾一貫していたということ、そしてそうした彼の生き方が、過酷な現実がそれにかみあわなくなったその瞬間、まさに彼の命をも奪ったということだ。

公用車を何台も従えて自宅から外務省、同僚宅などへとせっせと移動しては、どこへ行っても同じ顔のボーイが運んでくる、どこへ行っても同じサンドウィッチを食い、どこへ行っても同じ顔ぶれの人たちとばかり話している、そんな西側諸国の外交官たちはキューバのほんとうの暮らしを知る機会があまりないのではないか……。いつしか私はそんなふうに思うようになった。たしかに、そうやって自閉的な暮らしをしているほうが、メレンデスやそのお仲間には都合がよかっただろう。メレンデスたちにとっての西側外交官とは、厳重に見張らねばならないＣＩＡの悪者たちと、よい者たち（すなわち右に述べた大半の西側外交官のような）とに分けられる。後者は、現状に満足している役人や西欧の品々の販売業者と同じ、すなわち商売さえうまくいければあらゆることを薔薇色に解釈できる、人畜無害で操縦しやすい、顔の見えない群衆の一員として平気で振る舞える連中のことだった。

スウェーデンの代理公使は、よく地方へ出かけて、農民や農業技術者や小さな町の住民たちと直に会話をすることでキューバ社会の実態を調べ、しばしば私のもとを訪れては情報交換をしたり、外交官としては当然のことながらそれを本国にも伝えていたわけだが、あとで知ったところによると、彼は敵側のブラックリストに載っていたらしい。メレンデスのチームは外交官に対し昔ながらのスタイルだけを求めた。つまりパーティーと酒に明け暮れる日々だ。東欧ではよく知られた、社会主義国家がシニシズムと精神的退廃を優遇するというあの状況が、キューバでも再現されていたわけだ。チェコスロバキアが今のような墓碑の底に沈む前――つまり正常化という婉曲語法で糊塗された順応主義が危ういところでその本領を発揮したあの六八年の事件の前――チェコ映画がその種の異常を表現しようとしたことがある。

私もハバナの外へ出かけることがあったが、そのせいで、仮に今はＣＩＡの一員でないにせよ、いずれそうなる奴だと目されるようになった。こいつはチリで進行中の革命に耐えられるようなタマじゃない、いずれは馬脚を現して敵側のスパイになる、キューバでいういわゆるウジ虫《グサーノ》、すなわち反革命の虫ケラになる、ということが確認されたわけだ。

そうして出かけていたある日、興味深い光景を目撃することになった。ある外国人記者がふたりの知り合いの女性との食事のあとで私を誘いに来た。私たちは月の光が照らすサンタマリア・ビーチを散策した。とてもあどけないひとりの女の子が私に連れ添っていた。年端も行かない少女で、革命よりほんの少し年上という程度であるにもかかわらず、スペイン風の古いカトリック的タブーをきちんと守っているような子だった。ちなみに、これについてはいろいろと噂されているようだが、私が根っからのドンファン的女たらしというのは実は嘘で、私はガルシア＝ロルカの詩に出てきそうな生まれつきの強姦魔などではない。彼らの説明によると、かつて米国による侵略が間近に迫っていたとき、そのビーチを夜に歩くことは禁じられていたが、それも今は昔の話だということだった。

夜中の一時半ごろ、ハバナへ戻る道中で、私たちの車と反対の方角へ向かって歩く大勢の人々に遭遇した。人の列はまばらで点々としていたが、何キロにもわたって途絶えることがなかった。足を引きずっている者や、腕に子どもを抱えた女、肩に荷を背負った男などがいた。同行していた三人も詳しい事情は知らなかったが、なにか宗教的な行事ではないかと言っていた。

あとでこの話を聞いた友人の説明によると、私が目撃したのはサンラサロ復活のお祭りだったようだ。キリスト教の聖ラザロではなく、あくまで土着のサンテリーア教におけるサンラサロである。その友人は、行列が数キロにわたっていたという、私の目撃した情報をなかなか信じようとしなかった。「サンラサロの祭りはたしか六一年か六二年ごろに廃止されたはずだが……」と彼は言った。だが、灰の下では迷信の炎がくすぶり続けていたのだろう、それが思いもかけない時期に噴出してきたのだ。この話はとても示唆的である、とみなが口をそろえた。この年の砂糖一千万トン生産計画の失敗が、国中に奇妙で不穏な空気をもたらしていたからだ。これについて彼らはこう言った。「まったく驚いたのなんの。誰も政府を責めようとしないのさ、むしろその逆！　あの年は国民とフィデルがまさに心をひとつにした。キューバ人全員が砂糖生産の失敗を自分自身のことと受け取った。町に出れば感じることができたよ。キューバ人ひとりひとりが砂糖生産の失敗に涙を流しているって」

だが、その一千万トンの砂糖生産計画自体が、神話的な意味を帯びてしまった。この計画の実現によって国内の物不足と困窮に終止符が打たれるはずだった。その夢が破綻し、厳しい経済の現実が国民によりいっそう過酷な配給制度を課す結果になって、危険な精神的空白が生まれた。そこへ昔から伝わる神話の宗教的精神が滑り込んだ。革命の合理主義精神によって消えていたサンテリーア教のサンラサロ信仰が、突如として元気満々で蘇ったのだ。この年にはほかにも多くの異常な出来事が起きたという。民衆のあいだに大暴動が起きるだろうと予言する者まで現れた。各国外交官のあいだでは——異端審問官たちの耳とマイクが届かないよう小声で——フィデルが党書記の地位に退き、代わってソ連に信頼の厚いカルロス・ラファエル・ロドリゲスが新しい首相に任命されるという噂が流れた。ほかにも、カルロス・ラファエル・ロドリゲスが共和国大統領になって、現大統領のオスバルド・ドルティコスより大きな権力をふるい、その結果、無血革命でフィデルの座を奪い取るだろう、という噂まで流れた。あるいは、フィデルの弟ラウルこそが、軍隊と国家治安局で実権を掌握することにより真の実力者として君臨している、という噂もあった。ラウルはソ連型の正当路線を容認しているのではないか？　などなど。私のキューバ滞在中、この種の噂が絶えることはなかった。国内の空気がさまざまな予感で膨れあがっているように見えた。どこにあるかわからない見えないマイクから少しでも逃れられるかと思い、いつもわざわざホテルのバルコニーに出て、私はそうしたあて推量のいくつかを領事相手に話した。汚れた欄干にもたれて眼下の風景、すなわち色あせた街並みや人通りの少ない道路、そしてカリブ海を眺めていると、沖合には毎朝同じ時刻にセメントを満載した運搬船が行き交い、どうやら、いろいろな噂や予言が飛び交ってはいるものの、ベダード地区や昔の豪邸が並ぶ観光向けの中心街から遠く離れたどこか田舎では、今もなお革命の建設作業が進んでいるようだった。

私がハバナに着いた一九七〇年一二月七日、フィデルは、その年の砂糖生産が終わるまで一切の祝日を中止すると宣言していた。にもかかわらず、私はクリスマスの前日にラウル・ロアから一羽の巨大な七面鳥をプレゼントされた。そのあと部屋に魚介類を満載した大きな籠が届けられているのを発見した。フィデルからの贈り物だった。

配給と物資不足の真っただなかに、いったいどこでこんなものを調達できたのか不思議だったが、いずれにしてもホテル住まいでは料理のしようがない。七面鳥の始末について何人かの友人に相談すると、みな目を丸くして舌なめずりをしたが、結局、詩人セサル・ロペスの家で料理することになった。私がメキシコへ発つ前日の日曜のお昼に食べることが決まった。

あの七面鳥を料理したときの楽しさは今も忘れがたい。ジューシーで肉厚の七面鳥をオーブンでこんがり丸焼きにし、そこへ尻の穴からまるで中世の浣腸みたいにして具材を詰め込んでいくのだ。外交官用のスーパーでサラダ、調味料、果物、スペインとチリのワインを調達した。これを食べたらあの男がどんなに喜ぶか、近年配給のせいで辛い仕打ちを受けているあの飽くことのない食道楽がどんな顔をするか、黄金色に焼きあがった七面鳥を前にあの男がどれほどの涎を垂らすかを思い浮かべただけで、当然ながらその「あの男」ことホセ・レサマ＝リマを招待することが即決した。パディージャと妻ベルキス、マルハとパブロ・アルマンドの夫婦、ペペ・ロドリゲス＝フェオ、そしてミゲル・バルネも招かれた。パーティーはすべてが隠密裏に行なわれた。この知らせがハバナの文学関係者のあいだに広まってしまったら、ほかにも予想だにしない連中がラウル・ロアの七面鳥を食おうと——チリでいうい《七面鳥が降ってくるみたいに》——突然押しかけてくるのは確実で、そうなるとせっかくの私たちの取り分が減ってしまうことになりかねないからだ。用心に用心を重ねたにもかかわらず、謎の電話が数回あった。電話の声は、あなた方はそこのロペス氏の家でいったいなにをしているのか？　と尋ねた。七面鳥への関心か、それとも警察の尋問か？　それはわからずじまいだったが、この電話のせいでやや緊迫した雰囲気のなか七面鳥を食べたという印象が残っている。集まった人々はその堅い空気をなんとか解きほぐそうと、あるいは気づかないふりをしているようだった。レサマと、あいかわらず人と人のあいだを取りもつのが上手な優しい奥さんは、早々に引きあげていった。レサマ夫妻を私のアルファロメオに乗せて、旧道パセオ・デル・プラド通りに面した、あの小説『パラディソ』で何度も触れられているトロカデーロの屋敷へ送り届けたのは、きっとアグスティンだったに違いない。あぐらをかき、腹とその分厚いたるんだ太股の上に載せた七面鳥の皿に突っ伏していたレサマの姿が、今でも目に浮かぶ。七面鳥を食いながら彼は、あの単調というよりまるで祝詞のような声で話し続け、いつものように文の最後で必ずひゅっと息を呑み、喘息のせいで途切れそうになる呼吸を整えながら、また次の文を怒涛のように繰り出し、そうやって無数の思考と煌びやかなイメージを縦横に結びつけ、歴史への言及や書物の引用を散りばめながら、このまま永遠に続くのではないかと思わせる長広舌を披露したものだ。スポーツマン的な行動力をもち、文学のような血迷いごとを信用しないフィデルが、まずレサマのごとき男と出会うことはなかっただろう。なにもないところから新しい社会を雄々しくも立ちあげようとしていた革命キューバにおいて、あんな時代遅れの博学と言語的迷宮をいったい誰が必要としたというのか？　フィデルはその厳格な行動主義を、暇をあらゆる退廃の原因であるとみなすイエズス会の家庭教師たちから習ったようだが、これは、スペイン語文化圏でも稀有といえるレサマのあの驚くべき観察者的感性とは、まったく相容れない性格である。レサマの知識欲に匹敵し得るのは彼自身の食欲のみであり、彼の知性はそれ自体でアルファにしてオメガ、その食欲と同様に彼自身が世界の中心なのだ。フィデルが、このトロカデーロ街の趣味的で文学的で超ブッキッシュな男などより、案外チリのブルジョワなんかに多そうな、つべこべいわずにとにかく行動するタイプの男を好んだであろうことは、まず間違いない。前もいったが、フィデルというのは、サンチョ的精神に影響を受け、かなりの部分でそれに支配されているドン・キホーテである。いっぽうのレサマは、そのサンチョ的体形とは裏腹の知的ドン・キホーテにほかならないのであり、あの憂い顔の騎士と同様に古めかしく奇妙奇天烈な弁舌を奮う。エベルト・パディージャはこの時期の騒動をあくまで革命の枠のなかで観察し、その目を悪戯っぽく輝かせて、重大な危機を招きそうな事態の到来を面白がっていた、というより美味そうに味わっていた。彼は、舌なめずりして手を揉みながら、まるでその容赦ない歯車に巻き込まれることにマゾヒスティックな快楽を見出しているかのように歴史を語り、私が外国人用スーパーで買ってきたワイン《パテルニーナ》をぐっと飲み、それから葉巻《モンテクリスト》に火をつけ始めた。エベルトが味わっていたその種の無邪気な快楽は、当時のキューバにあっては犯罪にも近い美酒であったといえ、そのこと自体がその快楽を倍増させていたわけだが、そのせいで私たちは断崖に向かって一歩一歩近づき、自分でも気づかないうちに奈落への転落の道を歩むこととなったのだ。エベルトの転落は、監獄と、そして私たちがよく知るあの自己批判まで行き着くことになる。彼はあんな危険な火遊びを避けるべきだったのだ。チリではキューバほど権力が中央集権化していないし、異なる複数の政治勢力が拮抗している、だからこそ私は文学をやりながら外交官職を続けていられた。[*13] 彼の場合は違う。が、この件については話を急ぐまい。

レサマが帰ったあとも、私たちはセサル・ロペスの書斎で私が持参してきたウィスキーを飲みながら、文学談義を続けた。誰かが本棚から本を取り出して古典の詩を朗読した。ケベードのソネットか、ルベン・ダリーオの詩の一節だった。詩の暗唱を競ったりもした。ガルシア＝ロルカ、ネルーダ、フランス語の詩人たちの忘れがたい作品がつかのま蘇った。

私が知りあったキューバの作家たちは、みな巨大で荒れ果てた家をもち、そこには本もあり、また執筆にじゅうぶん時間をさける余裕のある職業についてもいた。それなのに、彼らはいつも憤慨し悲嘆にくれていて、それにはもっともな理由があるときもあれば、またかなりの部分で無茶な、そして単なる虚栄心がその原因でもあり、要するに彼らは、現実の出来事に影響を与える能力はこれっぽっちもないのに、あたら無駄な噂話や体制批判に血道をあげていたというわけだ。[*14] なかでもおそらく最

13　ここまで読み進めてきた忍耐力のある心優しき読者諸氏に改めて申しあげるが、このページを私が書いたのは一九七一年の中ごろなのである。

14　どうやら一九七一年初頭の私はキューバの社会主義に対して《好意的解釈》をしていたようだ。

悪なのが、自国に幽閉されどこへも行けない運命にある、という感覚だったろう。外国から諸経費込みの正式招待状をもらっているときですら、彼らは海外渡航を許されなかった。それはビザではなく思想統制上の問題で、これに関して当局が一切妥協しないであろうことはみながわかっていた。

我々チリの作家たちは、少なくともここ数年というもの、家も書斎も時間もなければ、またたいていの場合、満足に買い物をしたり息子を医者に診せる金すらもたない。それでも、大半の作家たちはなんとかやりくりをしており、また、ほぼすべての作家たちが、なんらかの左翼団体や外交ルート、奨学金、米国やカナダの大学などを通じていつも海外旅行をしている。今のチリでは、わずか一、二冊の本を書いてふんぞり返っているのでもない限り、まともな形でコンスタントに執筆活動を続けられるような作家は、両手で数えて足りる程度しかいないといえる。今も昔もラテンアメリカにおける作家生活など吹けば飛ぶようなもの、うわべばかりの物真似に過ぎない。私が外交官になったのは熾烈な競争をくぐり狭き門を通過してのことであって、この仕事は世間で思われているほど薔薇色ではないのだが、それでも国内外の現実と接触し、今日の世界を動かしているいくつかの重要な出来事を間近で体験することができたのであって、これは文壇にいたのでは得られない体験だ。奨学金暮らしをしている連中にはまず届きようのない体験だ。そして、まさにそうした永遠の奨学生ともいうべき連中が、実はチリ文壇の御常連なのだ。いや、永遠の怠け者というべきだろうか、叔母に面倒を見てもらっている中年作家とか、不動産の相続人作家とか、あるいはほかの作家たちと彼らの飲む酒が目あてで近づいてくる単なるタカリの王様か。私は若いころにそういう文壇で時間を無駄にしたという反省から、今では意図的に避けるようにしている。

それが奇妙なことに、キューバでは、おそらく疎外的な立場を共有していたからか、また私が一九六八年に最初に触れたキューバが作家たちであったせいか、今回も彼らとの交わりを避けることはできなかったし、またそうしようともしなかった。それに、彼らキューバ人作家たちのほうが、チリにおける大勢の御同業たちよりよほど面白おかしい連中で、教養もあり、田舎物根性とも無縁だったと思う。

私が知りあったキューバ人作家たちが憤慨していたのは、なかでもとりわけ、創作の面では凡庸なくせにその日和見主義だけで頭角を現していく作家を、指をくわえて眺めていなくてはならないことが原因だった。キューバ革命は、ある時期、文学のことを、経済封鎖を突破して外国の援助を仰ぐために役立つ道具として過大評価したと思う。さらには、文学を利用して、キューバの社会主義がソ連や東欧諸国のそれとは《別物》であること、知的自由を制限しない新しい社会主義であることを証明しようとした。だが、諸悪の根源、根本的な誤りがまさにそこ、すなわち文学を《利用する》という考え方にある。この考え方が固定化すると、すぐさま御用作家が現れ始めた。なんにでも役に立つ日和見主義者の作家たちで、革命運動に際しては指ひとつ動かすことがなかったくせに、完成した革命の功績を証明するためならなんだってやろうと意気込む奴ら、自由のための自由を提唱し、[*15] 新しい人間と

15　その実体は初期の腐ったシュルレアリスム、あるいはスターリン主義文学、すなわち七一年三月のパディージャによる自己批判事件以降はその名を決して自ら口外することのなくなった社会主義リアリズム文学である。

やらの姿をお上の指示通り忠実に描きだせる輩どもが。その間、私の友人たちは、とりあえず今書けることを書くとか、未来のために書くとかいう道を取らず、荒れ果てた屋敷のすみでガラクタや割れたランプに囲まれて、そうした御用作家たちに対する不毛な呪詛の言葉をはき続けるという毎日を送っていた。実態として彼らがそうした姿勢を改めるのは難しかった。若手のうちの何人かは、そうした姿勢を取りつつ、賢明にもハバナ・リビエラの私の居室とは一定の距離を保っていた。そうやって引き込もっていたにもかかわらず、うちのひとりがのちに公開自己批判の場に立たされるが、彼、つまりノルベルト・フエンテスはそれを断固として拒否し、おかげで、参加した人物たちが口を揃えていつになく素晴らしかったと評したその公開自己批判の会合を、思いもかけない形で台なしにしてしまったのだった。

メキシコへ発つ前日のあのクリスマスの日曜日の午後、外では波が堤防に押し寄せ、その冬の塩分たっぷりの舌で家や目の前にあるものをなめては腐食させ、そして私たちがセサル・ロペスの書斎で詩を朗読し、文学を語り、政治的にそうとう疑わしい言葉の音楽に酔うという罪深い快楽に身をささげ、アルコールの香気と煙草の煙に包まれているあいだ、髪の黒いひとりの娘がいわゆる抜き足差し足で部屋に忍び込み、にこやかに私たちの輪に混じり、ずっと前からそこにいたかのような顔で平然と、次第に熱を帯び混沌としていく私たちの会話や叫び声に耳を澄ませているのを見た。娘は私を横目で見つめていたが、きっとチリ代理公使という肩書に対する好奇心なのだろうと思った。私は代理公使という正式名称を用いていたが、大方の人間は私をチリの正大使とみなしていて、この誤解のせいで彼らの好奇心はいっそう増していた上に、私が汚い恰好をした詩人たちとひんぱんに交わっているのを見て驚くのだった。

今は亡き我が友人ホルヘ・サヌエサならさしずめ《その視線の磁力に引き寄せられて》と言うであろう効果により、私は気がつくとその密かな侵入者のそばに座っていた。私は彼女と長いあいだ話をし、ひとりの画家が提案して私が酒を調達することになったその夜の食事会へ誘った。彼女は、食事の時間はすでに約束があるので無理だが、そのあとにふたりで会うのならいい、と言った。私は廊下に出て、友人のひとりに、あの子は誰なのかと尋ねた。

「君のために派遣されたのさ」と友人は大笑いしながら言った。彼はすぐ真顔になり「気をつけろよ！」と言った。「あれは危ない女だから……」

「じゃあ、今夜の約束はキャンセルしたほうがいいかな……」

「だめ、もう無理だ……。でも、なにも話しちゃいけない！」

私は一九六八年に来たときのことを思い出した。当時、カサ・デ・ラス・アメリカスで働いていたチリの詩人エンリケ・リンの家でのパーティーでのことである。誰かがある人物を指さして、彼には気をつけるんだ、と私に言った。

「どうして家に警察を入れたりするんだい？」と私はエンリケ・リンに尋ねた。

エンリケは肩をすくめた。

「いつも来るからね」と彼は言った。「彼らを遠ざけるのは絶対に無理なんだ」

当時はその話に嫌な思いをしたものだが、初めてのキューバ訪問だったこともあって、ほかの楽しい体験のあいだに忘れてしまっていた。それに、あのころの私は、特別な監視を必要とする重要人物ではなかった。一九六八年一月にほんの一カ月だけ招かれた作家と、一九七〇年末にチリ人民連合政権を代表してやってきた外交官とのあいだには、まさに雲泥の差があるのであって、そこのところは私などよりキューバ公安当局のほうがよほど緻密に分析熟考していたことだろう。

私はアグスティンの運転する車に乗って、謎の訪問者が指定した住所へ、夜の一二時きっかりに着いた。ハバナの高級住宅街にそびえる近代的なビルだった。数分後に彼女がエレベーターで降りてきて、ガラスのドアをそっと開けて外に出ると、車のなかにもぐりこみ、アグスティンに向かってまるで知り合いであるかのように、どこかで昔に会ったことがある相手の顔をうっすら思いだしたかのように、ごく自然に、ごく親しげに、声をかけた。私はそれまで自分のホテルの部屋には部外者をひとりも入れたことがなかった。最大の障壁はエレベーター係の女性陣だった。着いてすぐのころ、秘書として手伝ってくれていたチリ人青年を部屋に招く際も、いちいちエレベーターの前で立ち止まって、彼女らと話をしなくてはならなかったものだ。ところが今回は、謎の訪問者が眉をちょっと動かすだけで、フロントはなにも言わずに鍵をわたし、エレベーターのドアもすっと開いたのである。

「たいした権力をおもちだね?」と水を向けてみた。

「私の仕事なのよ」と彼女は言った。「ここへはよく行けと言われるから。それも色々な時刻にね」

「なんの仕事なんだ?」

「広報活動よ」

友人の指導に従い、私はごくつまらない発言以外は口を慎むようにした。これについては利口に振る舞ったと思う。だが、間違いなく、彼女のほうが私より利口だった。私の部屋の隅々まで、私の一言一言が、彼女のその広報活動という仕事のため巧みに利用されたに違いない。彼女に請われて私はウィスキーを一本プレゼントし、また深夜の寒さから身を守るためにと、チリで買ってきた、ハバナでは高級品を意味する黒いスカートを着させてやった。その上、メキシコで化粧品を買ってきてくれとまで頼まれた。どうやら広報活動といえども女性的な部分は捨てていないようだ。いやむしろその逆か！　彼女は、前日の午後五時ごろセサル・ロペスの家に忍び込んできたときと同じように、そっと私の部屋をあとにした。ついでにいうと、彼女はその二、三時間後に優しくも自宅から電話をかけてきて、私が寝坊して飛行機に乗り遅れるのを事前に防いでくれたのである。

ハバナでは停電の時間が長く、街の灯りはどう見ても往年の活気とはほど遠いのだが、それもそのはず、革命の嵐によって、かつてのネオンサイン輝くハリウッドスタイルのビル群のシルエットがボロボロになっていて、今ではかろうじていくつかの文字の書かれた看板が見える程度、しかもそこに書かれた人名を覚えているのは今や三〇歳以上の世代に限られており、昔は名家だったはずのそうした人名は一族郎党みなマイアミやニューヨークやカナリア諸島、そのほか西側諸国のいずれかの場所に移住して、共産主義の脅威からその身を守っている。というより、見方を変えれば厳密なる正義によって追放されたのだ。なぜならそうした人名は、外から見ると甘く内側から見ると苦いあの激動の島国において、少なからぬ犯罪と窃盗行為とわかちがたく結びついているからで、革命前に蔓延していた政治腐敗と同義であるからだ。いずれにせよ、今では潮風がそれらかつての支配者の人名を、ペンキのはげ落ちたビルからも、若い世代の記憶からも綺麗にこそげ落としてしまっており、そうした若い世代も、革命勃発の前なら今では壊れた看板にしか見ることのない人々にこき使われ、その広大な——一九四〇年代ハリウッドスタイルの——寝室で召使をしていたのだろうが、今ではその同じ寝室を改造した教室でみっちり勉強をしたあと、放課後に党のスローガンを歌ったり叫んだりしながら街をパレードしている。要するにハバナの街並みは変わってしまった。すっかり荒れ果てた堤防沿いの道、四〇歳以上の世代ならほとんどすべてのキューバ人が郷愁を込めて、そして革命への敵愾心とまではいわずとも、密かな反発を心に覚えつつ振りかえるであろう、あのハバナのかつての街並みを今覆っている静けさと暗闇に慣れたあととなっては、メキシコ市のレフォルマ大通りの極彩色の照明にはめまいを覚えるほどだった。まるで自分がほんの数日ですっかりハバナに慣れてしまったかのような、初めてやってきた大都市に圧倒され、少々びくびくしながら目をパチクリさせている田舎者に変身したような気持ちになった。私を乗せたその友人のチリ大使館付き文化担当官が運転する緑や青の光が輝く最新オートメーション機器を備えた高級シボレーは、メキシコ市特有の、あの目を傷めつける、例の《澄みわたる大地》なる愛称とは裏腹の濃いスモッグの下、色とりどりに輝くネオンやショーウィンドー、人でにぎわう歩道の喧騒、そしてこちらと同じように猛スピードですっ飛ばす車たちのあいだをぬうように、素早く、静かに走り続け、やがて巨大なモニュメントのそばを通り抜けていった。そのモニュメントは悪趣味で、我々ラテンアメリカの国々特有のレトリックをこれでもかと盛り込んだバカバカしい代物だった。そばには公園があり、赤や黄や白で着飾った地方出身の女たちがうじゃうじゃ子どもを連れて歩いていて、まるでディエゴ・リベラの絵にそっくりな、広い意味でまさに自然が芸術を模倣するその証となる光景が展開していた……。

「金持ちはチャプルテペックの丘陵地に続々と引っ越し始めている、なにしろここのスモッグは東京やニューヨークのそれに負けないくらいだから……」と友人が言った。

巨大なモニュメントの両脇に広がる木々のあいまから、メキシコ市の林立するビルのガラスに反射したネオンのエメラルド色の光がもれていた。

「記念碑を建てることにかけては、間違いなく彼らのご先祖である先住民たちのほうが上手だな」と私は言った。

「君が見ているのはヨーロッパに従属していた時代に建てられたものだ。最新の近代建築はヨーロッパ世紀末の様式も脱しているし、メキシコ人たちはこの国がもう何年も前から劣等感なしに受け入れている先住民の、先コロンブス期の伝統の再現に努めている」

「わかっている。わかっているさ、この国にも革命があったことは……」

友人は、バロック風のドーム型教会を迂回する、かなり運転しづらい高架道路から決して目を逸らさず、わずかに微笑んだ。

その後、私はソナ・ロサにあるレストランの大にぎわいのテラス席に座り、食べたあと頭蓋骨のなかで派手に燃えそうな緑色のソースの前で、カルロス・フエンテスを相手に、例の謎の訪問者のこと、彼女が現れるとエレベーター前の番犬たちが急におとなしくなり、にこやかに媚びへつらい始めたこと、セサル・ロペスの家の廊下で友人から小声で警告されたこと、彼女が私を横目でちらちら見ながら、一言も口をきかずに、こちらの難解な文学上の議論にいかにもわざとらしく興味を示していたことなどを語った。《彼女は君のために派遣されたのさ。だから気をつけろ！　なにも話すな！　雄弁さが君のアキレス腱であることを忘れるな……》と言われたことも。フエンテスは煙草をふかしながら、苦笑半分、驚き半分で目を丸くした。私は話を続けた。彼女をホテルの部屋まで連れていくことはできたが、それはこの私のうぶなチリ人らしい饒舌、歴史の歯車というものをまだ知らない人間特有のお喋りを封印するという条件付きだった……と。

「僕がいた時代はまだそんなじゃなかったな。それにしても残念！　僕もそんなおいしい話にありつきたかったものだよ、兄弟《マノ》！」とフエンテスは叫び、やわらかくユーモラスな軽薄さをにじませたが、その声からは、ラテンアメリカ地下世界の郊外富裕地域に住む一知識人として、そのつとに知られた名高い批判的洞察力にもかかわらず、彼もまた、あの容赦ない歴史の歯車とメカニズムをまだ知らないということがわかった。

フエンテス邸での年越しパーティーもまたやわらかな軽薄さが際立っていた――流れるビート音楽、壁にかけられたエミリアーノ・サパタやパンチョ・ビジャやルイス・ブニュエルの写真、コサックのようなブーツをはき幅広のベルトを巻いた長髪の若者たち、華奢で青白い肩の下に豊満な胸を揺らし、ラファエル前派っぽい地味な懐古趣味のドレスを着たイギリス人女性たち、私のようなチリの永遠の田舎者がどんなに旅を積み重ねても見るたびに我を忘れてついうっとりと眺めてしまう、流行のドレスをまとい人を惑わす声で話す麗しの女性たち —— こうしたユーモアに裏打ちされた軽薄さというものは、彼らのあふれる才知と豊富な知識の証明にはなるが、あの破壊的な歯車をじゅうぶん知り尽くしていることの証明にはならない。メキシコ革命の堅固な基盤、すなわち、産業の興隆以前は本当に《澄みわたる大地》だったこの地に多くの人が血を流し、その血を乗り越えて築きあげられた新秩序のおかげで、このまだ若い革命の息子たち、いや孫たちは、将来の危険もなんの心配もなく、時のせいで色あせたサパタのまん丸な目に見守られて、呑気にビートのリズムを踊っていられるのである。

彼らは凝った詩を書き、絵を描き散らし、罰せられることなく小説を書くことができ、そして、たとえばトルテカの古い石像、ピラミッドのあいだに広がる空間、バロック式祭壇を飾る黄金、田舎の広場の壁に残る銃弾の跡、市場や祭にあふれる色彩、暴力のふいの勃発といったものすべてが、彼らの芸術の霊感となるか、少なくとも舞台装置として役立ってくれる。警察によるたまの弾圧行為は、どんなに血なまぐさいものであったとしても、国民の暮らしのなかでは比較的軽い恐怖の対象にしかなり得ず、それはまるで、医学に無知な人間やヒポコンデリー患者がときどき心筋梗塞と間違う動悸の乱れ程度のものだ。知識人たちによるおなじみの抗議やデモに対し、既成権力はある種の皮肉をもって応える余裕すらのぞかせる。「オクタビオ・パス氏の大使辞任のことをお尋ねか?」とディアス＝オルダス大統領はテレビで言ったものだ。「たしか私の知り得た情報によると、パス氏は辞任したのではなく、引退する許可を申請したそうだが……」

「かわいそうなオクタビオ、大使の仕事ですっかり泥をかぶっちゃって」と年越しパーティーにいた女性がフランス語で言っていた。

なにげなく角を曲がったところで偶然にも歴史の分岐点に出くわしてしまった小国チリ――エベルト・パディージャがハバナ産葉巻の煙をもうもうと吐き出しながら、やや気障に、やや悪意を込めて、こう評した国――の出身であるこの旅人の目には、屋敷の主人とその友人たちを包む喜びが逆に深刻な考えごとやかすかに憂鬱な反省のきっかけとなった。私は植民地時代の大きな櫃の上に腰かけ、傍観者気分でダンスホールのにぎわいを眺めつつ、ウィスキーのオンザロックをちびちびなめた。

フェルナンド・デ・シスロが家の主人を指さしながら私に言った。

「見ろよ、メキシコの将軍みたいだと思わないか?」

自慢の口髭、満面の笑み、ネイビーブルーにグレーラインの三つ揃い、おなじみの真っ白のシャツに派手な色のネクタイ。壁にかけられた革命の英雄たちの写真がいかめしい顔でにらみつけるその下で、家の主人は、ウィスキーを片手に、その大物ぶりを余裕たっぷりに見せつけている最中だった。[16]

メキシコからキューバへの帰途、キューバ包囲網が以前よりはっきりと、あからさまに目に見える形で感じ取れた。ほんの一カ月足らず前の出国の際と同様、搭乗口に入る手前のどこかで私を写したと思しきカメラのフラッシュを感じた。このころの私は秘密警察というものの存在に関してチリ人らしい無邪気さをまだ捨てていなかった。その無邪気さが失われるのはずっとあとになってからなので、あくまで今から振り返って思うわけだが、あのフラッシュは明らかに私を撮影したものだ。私の写真はすでに新聞に出ていたし、私も当時は、そんな筋書きはいくらなんでも自意識過剰、妄想の産物だとして却下していたのだが、今から思えば、監視チームは私の写真をバージョンアップする必要があったのだ。その日付、その時刻、その状況での私の肥満具合、二重あごのライン、禿げ具合、表情、お気に入りの服まで含めてだ。情報のモザイクを完成させるのに無駄なディティールなどひとつもないというわけだ。外交パスポートをもつ身を公然とは写せないはずだから——(あとで見たのだが、通常パスポートをもつ旅客たちについては、抵抗する気力も萎えさせる長い行列待ちのあと、ひとりず

16　ここまでの数段落がメキシコの友人たちを怒らせたことは承知している。おそらく文章が冗漫過ぎて本当に言いたいことがぼやけてしまったのだ。私が言いたかったのは、メキシコのように、革命があらゆる包囲網を乗り越えて勝利に終わったおかげで、もうずっと前から権力が安定している社会では、誰もが安心して自由に権力や暴力や腐敗に抗議の声をあげられるということだ。これは、一九七一年初頭においてキューバに住んでいたキューバ人やチリに住んでいたチリ人にはあり得なかった話である。私たちにとっては、権力批判も社会における行動の自由も、すでに不可能なものとなっていた。この感傷的な独白、つまりキューバ体験記中のメキシコ余談を書いたのにはそういう背景がある。私はカルロス・フエンテス邸でのパーティーを羨望と沈鬱なる正気をもって眺めていただけであり、そのせいで盛りあがっている輪に加われなかったのだ。

つ目の前で写真を撮っていた）――出国管理のところで私の視界の端にふと現れ、フラッシュを炊いたあと群衆のなかへ消えていったあの人物は、きっとこの私の写真を撮ったのに違いない。

カメラが無造作に置かれた出国管理官のデスクに全乗客のパスポートが集められ、そのうち私のは外交官特権によりいちばん上に置かれていたにもかかわらず、返してもらうまでには一時間近く待たされた。馬鹿な警察にもはっきりわかるよう大きな文字にしてある例の屈辱的なスタンプ《キューバ渡航者》だけは外交特権で免除してもらい、ようやく搭乗の運びとなった。木材と窓ガラスをあわせてつくった長い臨時タラップを抜けて、正午の太陽のもとで光り輝く、尾翼にキューバ国旗をあしらったイリューシンへと向かった。正直にいうと、このとき私はそのキューバ国旗とイリューシンの簡素な機体を見て、どこか懐かしい気持ちになった。我が家に戻ったような気分で、乗務員たちとわざと親しげに話し、その姿を妻に見せびらかしたと思う。

前の席にはある国際機関に勤めるチリ人職員が座っていた。会話のあいだに決まって大物とのコネをひけらかすタイプの男で、彼のコネにはサルバドール・アジェンデその人まで含まれていた。「もう二〇年以上前からの知り合いなんだ」と彼は言い、世界各地のチリ大使館で自分がいかに厚遇されてきたかを自慢したあと、私のことを横目でちらちらと窺い、自分のことを気にかけているか否か、自分の面倒を見てくれる種類の男か、互いの仕事に関して共犯関係と相互理解を深められそうな相手か、あるいは、どうでもいい単なる成りあがり者で、大きな国際舞台では将来性がほとんどない小物なのか、その辺を見きわめようとしていた。

「まだ大使館はないのです」私は男に過大な期待を抱かせないように、最初にこう言った。

「大使館がまだないとは！　てっきり豪邸をあてがわれているのだと思ったよ」

建物自体がまだ見つかっていないのだ、と私は彼に説明した。ハバナでいい不動産物件を見つけるのは難しい。昔の金持ちたちが住んでいた豪邸には、公教育に関する新政策に従い、今では奨学金をもらったキューバ人学生たちが住んでいる。

　その国際機関職員はようやく理解してくれたが、相変わらずその黄色っぽい横目を私の顔から逸らそうとしない。誰それは元気か？　だの、誰それはどうしてる？　だの、古いお友だちの消息を次々と私に尋ね、訊かれた私のほうも一歩も引かなかった。ひとつ答えるたびに、我が国の外交の内情に関する私の深い知識が明らかにされていったが、私はそれを小出しにして職員を戸惑わせた。その間、どうやら彼は、私がいったい何者なのか、どうして彼の頭のなかの名簿に載っていないのか、どうしてサルバドール・アジェンデがこんな男――あまりにわかりやすいチリ反動勢力の象徴的な苗字をもつこの男――をハバナの代理公使などに任命したのか、ましてやこんなご時世だ、たとえ短期といえども、そのような任命が単なる官僚仕事でなされたとは思えない、かなりの上層部の判断がなければ無理だというのに、いったいぜんたいなぜなのだ、と考えているらしかった。私の素性を知らないことにその国際機関職員は心底不安になり、ひょっとして自分だけ取り残されているのではあるまいか、冷たい新顔連中に先を越されたんじゃないか、自分はすべてを知り尽くし、世界中の仲間たちの顔を知っていると思っていたが、ひょっとするとこいつら新顔は自分の知らないことを知っていて、逆に自分のことを秤にかけているんじゃないか、こんな落ち着いた、しかも皮肉たっぷりの目をしやがって……などと思い始めているみたいだった。

職員は旅路の前半分を前の座席で後ろ向きになって過ごしていたが、撤退することに決めたのか、元の位置に戻り、お次は回りくどく、探るように、お世辞を言うようになった。この間、飛行機は海をあとにし、ヤシの木や赤茶けた大地の上にさしかかり、高度をさげ始めた。遠くに都市のコンクリートビル群とカリブ特有の日差しが見えた。やがてイリューシンはランチョ・ボイエロス空港の滑走路の端に止まっていた何台かの軍のトラックを越えて着陸し、一九六八年に私も乗ったブリストル・ブリタニアの古い寸胴型のターボプロップエンジン双発機へと近づいていった。イリューシンがキューバ航空におけるアルファロメオなら、内装に「ナイト・アンド・デイ」時代の星をあしらった空色の壁紙をもつこのブリストル・ブリタニアは、今なおハバナの道をもうもうと煙を吐き出し油をボタボタまき散らしながら走るオンボロでステッカーを貼りまくったオールズモービルである。

我が同郷の国際機関職員は、その機関に属するほかの国籍のお仲間たちから出迎えを受けていた。彼らはそのやんごとなき握手の瞬間を撮影すべくカメラマンまで調達していた。私は彼に密かな、そしてほとんど恥ずかしいまでの羨望を覚え始めていた。まさに彼にとっては至れり尽くせりだったし、前回の私の身に起きたこと、つまりワインを詰めた箱の紐が食いこむ指の痛みに耐えながら、あやうく儀典室から追放されかけるような事態には遭わずに済むのだから。間違いなく、我が同郷の職員君はそんな体験など一度もしたことがないはずだ。すでに彼は仲間の職員に荷物をもってもらって、にこやかに公人専用の部屋へと向かうところだった。部屋のドアが半分開いていたので中を見ると、向こう側には黒い車が止まっていて、柔らかそうな座席がその外国人たちの尻を載せるべく待機中だった。

いつも通り仕事熱心な儀典長が和やかに私たちを出迎えた。アグスティンの運転するアルファがハバナを目指して素早く走りだした。路肩には何台もの新しい赤や緑のトラクターが列をなして止まっていた。梱包用の木箱に入ったままのものもあった。黄色い農具の列もあった。反対側には、精神病院におあつらえ向きの、レクリエーション兼スポーツ施設の建物やグランドが見えていた。

「どうしてあの農機具を使わないんだ?」

「ああ、あれね!」とアグスティンは両手をあげて、見えない電気の耳を気遣ってあたりを見回しながら、小声でこう言った。「一年もいれば、この国の錆びつき具合がわかるはずですよ、少しずつ腐っているのがね……」

「資本主義の発展途上国、たとえばチリみたいな国では農業の機械化がずいぶん遅れている。でも、仮に農家がトラクターを買うとしたら、貯金をはたいて国の銀行から借金もするわけだから、きちんと使って最大限の利益を得ようとするだろうな」

「あなたも今にわかりますよ!」とアグスティンは叫んだ。「社会主義経済最大の特徴は浪費なんだ。私らみたいな、年に靴を一足しかもらえない職員とか労働者は、あのトラクターを見て思うわけですよ、あそこで俺の靴が腐ってるって。わかります?」

「特殊な社会主義の経済だろう、それは……」

「当り前だ！　社会主義がこんなのであっていいはずがないんです。結局、この国は無能な連中ばかりなんですよ、ごく潰しばかりなんだ！　ごく潰しどもめ！」

アグスティンは顔を真っ赤にさせて、例の機械じかけの耳のことも忘れていた。噂によると極小サイズで最新のテクノロジーを応用しており、自称事情通の連中によると、安全ピンの頭よりわずかに大きい程度なのだそうで、部屋やバルコニーの絶妙な位置にしかけられ、その不思議なメカニズムでどんなに小さな囁き声のひそひそ話でも傍受するという。

「レーニン公園を見たかい」とのちにパリで別のキューバ人から訊かれることになる。「豪華な元プランテーションの立地六〇〇ヘクタールにハバナ市民用の娯楽施設をつくったが、当のハバナが崩壊寸前だよ。モスクワのシャンデリアと大理石のある地下鉄に近いものがあるが、少なくともモスクワの地下鉄は毎日市民が利用しているからね……」

アグスティンの手前もあり、私はピラールに向かってトラクターのほうを指さし、革命後には農業も機械化されている、と言うに留めた。彼女には、あとで、アグスティンの耳よりずっとたしかな壁のなかの耳がすべてを聞き取りメモに取っているホテルの部屋で、話の続きと結論を聞かせてやることにしよう。だが、車はすでに革命広場にさしかかっていたので、私はピラールに、政府の建物や、マルティの銅像、ホーチミンの肖像写真、そしてその無私の精神と英雄的決断力で《ホーおじさん》のあとを追いたがっていたチェ・ゲバラの肖像写真などがかけられているのを教えてやった。無数の根をだらりとぶらさげたハグエイの木々が涼しげな陰をつくる道を抜け、共和国時代の英雄像を迂回し、舗道で乗り合いバス《グワグワ》を無表情に待つ人々の視線を浴びながら一路ホテルを目指した。

ときどき思うのだが、かつてチリの聖イグナチウス・ロヨラ学校で主席生徒として参加した数々の儀式、ときには聖母マリア信徒会の子ども会長として、あるいはのちに枢機卿になったホセ・マリア・カロ司教の侍者として、七月三一日の荘厳なミサで、火を灯されたばかりの煙をもうもうと放つ銀製の香炉を彼に手わたしたり、あるいは早熟なカトリックの演説家として、こちらの演説の最中に眠り込んでしまう年老いた枢機卿を相手に弁を振るったりと、思うに、そういうイエズス会の儀式にあまりに一生懸命参加し過ぎたこと、神父たちがいつも子どもたちに植えつけようとしていたある種の見栄っぱり精神に引きずられて、将来的にはイエズス会の弁舌家になってもいいなどと思っていたこと、それが結果的に私のなかに、そうした仰々しい行事や虚飾というものに対する満腹感というか、ある種の無政府主義的な嫌悪感を生じさせたのではないだろうか。私は学校の説教壇や集会で響きわたる私自身の弁論という果実から実に酸っぱい果汁だけをなめ、そしてそれ以来、私の文章はマヒ状態に近い電報のような簡潔なものとなって、そこから立ち直るのに一〇年以上を要したのだ。

だからこそキューバ革命の文体は最初から好きになった。フィデルの演説、特にプリンストンで最初に生で聞いたあの素朴な英語による演説は、我が国の《公人》たちによる内容空疎な長ったらしい駄文のまさに対極だった。チリの公人たちの陳腐きわまる姿は、私の学生時代、ありとあらゆるジョークや悪口の対象となっていた。その当時有名だった誰か政治家が演説をするときには、私たちは、そいつがいつ失言というパンドラの箱を開けやしないかと、わくわくしながら待ち構えたものだ。国家という船とダモクレスの剣が同じ倉庫の一部を形成しているというわけで、これについては数年前に誰かが、そういうオブジェをおさめる架空の博物館を思いついている。そこではビロードを敷き詰めたガラスケースのなかにダモクレスの剣が陳列され、そのそばには、これまた目立つ場所に、アンブローシオの小銃［スペインの故事にちなんだ「役に立たないもの」を表す慣用句］が陳列されているのである。

しかし、革命はそうした過去の遺物をすべて白紙に戻し、しばらくすると、これまた当然の成り行きとして、革命独自の新たな言葉遣いを生み出すことを目指す。言葉遣いというものに対するこうした姿勢に、あらゆる逸脱の根を見出すことができる。ソ連の老詩人セミオン・キルサーノフが、数年前に、チリで共産党大会に参加したとき、パブロ・ネルーダに向かって、十月革命の開始時を思いだした、と言ったそうだ。なぜですか？　とネルーダは彼に尋ねた。彼はこう答えた。即席のちゃちなポスター、下手な手書きの文章、ペンキの文字がはみ出しているプラカードなどにだ。近ごろのソ連の集会では、と昔を懐かしむような目でキルサーノフは言った。ポスターも大量生産でどれも同じ、スローガンも綺麗に印刷された文字でつまらない。

そうした人々の自発性は、当然ながら、そして必然的に、キューバではとっくに終わっていた、というより、すでに革命はその自然発生的段階を乗り越えようとしていたのだ。私はそのことを国際ジャーナリスト連盟大会の開会式で如実に感じた。開会式には社会主義諸国と《友好国》の外交使節が招かれた。私たちは最前列に席を用意された。壇上には、革命の用語を記した巨大な紙が貼られたカーテンの前に、キューバの政治指導者たちに混じって、大学時代の知り合いのチリ人ジャーナリストが座っていた。彼は私に目配せをして、おそらくつくり笑いを浮かべた。その極左思想にもかかわらず、彼は灰色で憂鬱な完全に官僚的な顔をしていた。制服を着た子どもたちのグループがなにかを朗読し、それから、壇上の人々が両手をテーブルに載せて天使のように微笑みながら見守る前で、私たち最前列の客の首に自分たちの制服とお揃いのスカーフを巻き始めた。針のような口髭を生やした少々古臭い《陽気な楽天家《ボン・ヴィヴァン》》といった風情のフランス人が、子どもたちのスカーフを首に巻きつけたまま、演説台の前に立ち、フランス人の数ある才能のうちとりわけ演劇のそれを申し分なく発揮して、とても落ち着きはらい、言葉をかみしめるようにして、独特の芝居がかった調子でエネルギッシュかつ格調高い演説をぶち、開会を告げた。どうやらそのフランス人は、大会実行委員全員を満足させるべく、前もって時間をかけて慎重に検討し合議した結果、選ばれたようだ。彼の演説姿はなんとなくロマン・ロランと国際連盟の時代を思わせたが、その時代に彼はまだ子どもだったに違いない。続けてラウル・ロアが演壇に立ち、いつものように颯爽として如才がない、もはや慣例ともいえる少々内容空疎な話をしたが、その熱弁自体は説得力があった。

閉会後、ぱりっとした黒のスーツの襟に大きなメダルをくっつけ、白髪頭を綺麗に撫でつけたニコラス・ギジェンが、最前列のほうへ近づいてくるのが見えた。私は、かつてチリでの会合の際に彼を有名にしたあの笑い声が聞けると期待して、そのメダルに言及してみたのだが、彼はひどく真面目な表情を崩さなかった。ギジェンの反応に関するこの私の計算違いは、かつてパディージャが指摘した私のチリ人らしいお人よしな性格の証である。たしかに、チリのサンティアゴにあるカフェ・ボスコや、パリのカルチェ・ラタンで会ったあのギジェンが、たかがメダルに関するジョークにつきあってくれないとは、なんとも不思議な話だった。でも場所はカフェ・ボスコではないわけであり、私の発言はまさしく《場違い》だったのだ。

議場を出たところのホールで、各国外交使節の一団が、なんとかしてほかの人類とつながろうという、あのいつの時代にもお定まりの外交官的な習慣に従って、なんとなく集まっていた。記憶に間違いがなければ、たしかアンゴラ解放人民運動に関する写真が展示されていた。日刊紙『反抗的青年』の記者のひとりが近寄ってきて、ロアの演説に関する私の意見を求めた。私の最初の答に彼は満足せず、こう言った。

「言葉数が多過ぎて古臭い表現ばかりだとは思いませんでしたか？」

「そうは思わない。彼の言葉遣いは今なお有効だと思うが」

その男は私をじろりと睨みつけてから、そう簡単に望む言葉を引き出せる相手ではないと踏んだのであろう、退却していった。外交使節団は型通りの笑顔とお辞儀で別れのあいさつをし、長い車の列のほうへと向かい始めていた。

「ねえ、代理公使君、君は例の開会式に招かれたのかい？」

「はい、大使」

「私には招待状が来なかったよ」とそのメキシコ大使が言った。

「招待状が届いたのはかなり遅くて、式の直前でした」と私は言ったが、彼の疑念がそんな返事で晴れないであろうこともわかっていた。（今にして思えば、そもそも招待状があんな直前に着いたのは、私を来させまいとするメレンデスの計算だったのだろう）

「でも私には届きもしなかったのだ」と大使は言い、少し沈黙したあとでこう言った。「こんなところで差別されるなんて残念だ。そう思わないか？」

私は両手の掌を上にして肩をすくめた。

「君の立場はとても微妙だな」と大使は言った。「でもずいぶん上手にやってるようじゃないか。仲間内でも評判だよ」

「ありがとうございます、大使！」

「お世辞と取らないでくれよ、本心で言っているんだから！」

その後もたびたび繰り返されたこのメキシコ大使の賛辞の言葉にむしろ警戒心を抱くべきであったが、当時の私は —— その後も結局最後まで、というより、最後の直前になるまで —— まだ心が純真な段階にあったのだ。

「メキシコの偉いジャーナリストたちが来ているんだ。招待客に私がいないのを見てなんて言うだろう？　たぶん、私のここでの立場が悪くなっている、と思うんじゃないか？　どうだろう……？」

大使は、その手ごわい同郷のジャーナリストたちが帰国後に書きたてる記事の行間に滲みだす悪意をすでに予測し、それを思うだけで胃が痛くなるようだった。おそらく彼は、私がキューバ外務省に働きかけてくれるのを期待していたのだろう、チリはちゃんと同盟国になった、チリとメキシコもそうなのだから……云々と。だがキューバにとっての国境線はすでに確定していた。社会主義諸国と《友好国》には招待状が届いたが、メキシコ外交官のひとりがキューバ政府によってＣＩＡのスパイであると告発された事件と、両国の航空協定破棄の通告以来、メキシコはそのどちらにも名を連ねていないのである。

文句を一通り終えたあと、大使はお気に入りの話題に移った。彼の見たところでは資本主義の欠点も社会主義の欠点ももたず、むしろ逆にその双方の長所だけを備えたスウェーデン流の社会主義についてだ。

「そうは思わないかね、我が敬愛する同僚よ？」

彼のもうひとつのお気に入りの話題は政治亡命者のことで、この問題について語るだけで血相を変えるのだった。彼は私に、そのままホテルにい続けたほうがいい、高い塀と厳重な警備体制のない家が公邸候補になっていたら絶対同意しないように、と忠告した。彼の大使館はまさに要塞で、機関銃をもった何人もの護衛に守られている。三重の鍵をかけた分厚い門扉の内側では、車の出入り口をさらに鉄のレールが遮っている。

「だってね、君、一度乗り合いバスが扉を破ってきたことがあるんだよ、庭の奥まで突っ込んできたんだ、前もって計画していたんだろうね、乗っていた運転手と乗客全員が亡命を求めてきた」

今は鉄のレールのおかげでその種の事故は防げるようになった。

そして大使はため息をついた。彼はもちまえの楽観主義を失っていなかった。その体と同じ短くて太い葉巻を味わい、煙をもくもくと吐き出した。何部屋かある広い客間の奥で、タイルの上を数人の水着姿の若者たちが裸足でペタペタ駆け回っていた。数秒後に水に飛び込む音が聞こえた。

「メキシコの大学生だよ」と大使が説明してくれた。「休暇中でここに来ている」

「さぞ住み心地のよい大使館なのでしょうね」

「その通りだ、友よ」

大使は頷いた。出口まで私を見送る途中、彼はひとりの若い女性の全身画の前で立ち止まった。

「この屋敷の元の持ち主の娘だ」

革命後に伝説がつくりあげた革命前の想像の時間、すなわちタレーラン流の《生きる喜び》の一八世紀、あるいはそのタレーランを絶妙のタイミングで引用することのできたスタンダール流の《幸福なる少数者》の一九世紀に留まったままに見えるその娘は、ときたま暴力沙汰や戦闘のまねごとはあるものの、過去と現在の騒乱など素知らぬ顔で、すなわち彼女がその肖像画家の前でポーズを取っていた瞬間に思い描けた以上に早くに訪れることになる、あの痛い陣痛に備えて着々と進行していた現実などとは無縁の、その歴史の牧歌的間奏曲とも呼ぶべき静止した時間のなかで、雲ひとつない青空の下、薔薇やスイレンの花々を背景に微笑み、そしてその肩のラインは美しく、ドレスの薄布に半分覆われた腕の肌も若々しく、ドレスの裾は背後の植物と溶けあって、踵と優雅な靴が見えていた。大使は、まるで彼と娘とのあいだに秘密の恋愛関係があるかのように、明らかに自慢げにその絵を披露した。

しかし、もう時代が変わっていることだけは間違いないのであって、それに乗り遅れたくない大使は今やスウェーデン流社会主義の熱心な信奉者なのである。彼はスウェーデンで外交官としてのキャリアをスタートさせており、あの国について色あせぬ思い出を抱いているというわけだった。

「本当だ！　素晴らしい国だよ！　いつかストックホルムに立ち寄る機会があっても、大船に乗ったつもりでいるといい！」

私たちが玄関を出ると、珍しくアグスティンが車のなかで眠っていて、守衛にどやされて慌てて起きると、すぐにエンジンをかけた。彼がうとうとしているあいだもポケットの盗聴器――これがふつうに使われていたことを私は数カ月後にヨーロッパで知ることになる――は動いていたのかもしれない。だとすると、私は先ほどまでのメキシコ大使との会話で、スウェーデン流の修正社会主義にあまりに寛容過ぎるところを示したし、さらにはいくつか――エベルト・パディージャお気に入りの形容詞を使わせてもらうなら――「罪深い」コメントも残していたので、私に関する弾劾文を書くにはそれなりに役立ったことだろう。

いっぽうのメキシコ大使は、邸宅の玄関の前で、外交儀典のマナーに厳格に則った別れの挨拶を送っているところだった。通りに面する門が開き、大使の眠りと精神の安定を守る鉄のレールが開いて、私たちの車を通してくれた。機関銃をもった民兵たちは、近ごろではもう乗り合いバスに乗ってメキシコ大使館経由マイアミ行きを目指して策略を練る市民などもおらず、目立った事件もないせいか、警備に退屈し切った様子で、私たちの車が敷地を出て角を曲がり、アグスティンが観客のいるときは特に気合を入れるいつものやり方で車を猛ダッシュさせるところまでを見守っていた。

駐メキシコ・キューバ大使はチリ旧体制最後のエドワーズ大使に言及していたようだが、それはエミリオ・エドワーズ＝ベジョ、著名な作家ホアキン・エドワーズ＝ベジョの兄で、私の父の従兄のことだ。このドン・エミリオはキューバ、チリで広く知られた有名人であり、長年キューバ大使を務め、ついにはキューバという国に恋をし、キューバ人女性と結婚までしてしまった。ドン・エミリオは革命前のハバナにおける社交の花形となったのである。革命政府の要職者の多くが彼の知り合いで、なかには彼についてどちらかといえば楽しく、理解ある思い出を抱いている者もいた。

各国大使館を回るうち、ほうぼうでドン・エミリオの思い出話を聞いた。彼の秘書だったというもう若いとはいえない女性が、雇ってほしい、と言ってきた。彼女は大使館の仕事を知り尽くしており、アジェンデ大統領とは彼が革命後のハバナへ訪問した際に個人的にアテンドして以来、いまだに良好な関係を保っている、とも語った。私としては、たとえそれが些細な事務上の秘書であれ、前体制の職員を雇う気は毛頭なかったのだが、それ以前にこの話はメレンデスによって一蹴されてしまう。彼はぴしゃりと一言、あの秘書のばあさんはＣＩＡの手先だった、と言った。

「CIAだって?」

「CIAだ」とメレンデスは強く言った。「チリ大使館で働いたあと、彼女はスイス大使館に職を得た。そこでCIAと接触をした。つい最近も新たな接触をしていることを我々は確認している。たしかだよ!」

それはそれであり得る話であり、いずれにせよメレンデスの忠告によってそのよき（あるいは悪しき）婦人を雇用する話は立ち消えになってしまった。彼女を雇っていれば、少なくとも、儀典長に対する直接的な挑発行為になっていただろうし……。

別の機会にある友人のマンションを訪れたとき、彼から、そのマンションの管理人夫婦がドン・エミリオの元雇用人で私に会うのを待ちかねている、と告げられた。階下へ降りて彼らに挨拶をした。かなり高齢の夫婦で、ドン・エミリオの親戚と一九七一年にもなって会えるなんて嘘みたいだと思っているらしかった。青白い無表情な夫が私の両手を握りしめた。妻のほうは両腕を突き出し、まるであの世の亡霊にでも出会ったかのような顔になって、ドン・エミリオの息子や孫たち、私がほとんど消息を知らない連中のことをあれこれと尋ねた。興味深いこと、そして外交官としての立場からするとおそらく危険ともいえることは、彼らが私のなかにドン・エミリオの面影を見出したこと、それによって不安が確信に変わったこと、感動と驚きがいやがうえにも増したということだった。実際のところ、私はあの世の人間であり、彼らはこの時間の外から来た、いや、地球の外から来た生物をふるえる手で触りまくったのだった。

似たような光景が、フランス大使館での食事中、外交活動の真っ最中に繰り返された。私にサービスをしてくれた六〇がらみの白髪で赤ら顔のウェイターは、優しく穏やかでしかも疑り深そうな目をした男で、外見と身のこなしは旧体制そのもの、いわゆるキューバの超ブルジョワ階級の生活体系に関する従順な ―― おそらく今では反抗心と憤りを心の底におさえこんでいるのだろう ―― 証言者であった。彼は大使館の出口まで私を見送り、私が車に乗ろうとしたとき、あなたはドン・エミリオのご親戚か、と尋ねてきた。私が頷くと彼はとたんに有頂天になった。それ以来、そこでパーティーがあるたびに、彼は私の姿を見るや、客の群れをかきわけ、水が少なめで氷が大きめのダブルという私お気に入りのウィスキーを載せたトレイを高々と掲げてやってきて、いちばんうまそうなカナッペの皿を回してくれたり、なにかと世話を焼いた。あとでキューバ警察の巧妙さを知った、というか、直接的に知る術がなかった以上、察したといったほうが正しいが、それを知った今となっては、ドン・エミリオに仕えたことがあるというこの老ウェイターが公安の手先だった可能性も捨てきれない。パーティーへ行くたびに、彼の明るい色の穏やかな目が、まるで私をそっと支えるかのように見つめていた。ひょっとして、私の態度や会話のちょっとした変わったニュアンスを、あとで秘密のオフィスで輪郭のはっきりしない謎の人物を前に語っていたのであろうか？　ひょっとして、その一分の隙もない白ジャケットの内ポケットに最新の ―― 皮肉にもキューバが米国から受け継いだ最新テクノロジーへの嗜好に合致する ―― 電子機器を忍ばせていたのだろうか？　いかにもそれらしい疑惑に恐れをなすのは《ブルジョワ知識人》だけである ―― のちにフィデルが信頼のおけるチリ人政治家たち、すなわちいかなる汚染とも無縁の革命家たちの前で、この元チリ代理公使を評して言う言葉だ。実際のところ、経済封鎖や数々の妨害工作、またフィデル暗殺の計画などを前に、当時のキューバは防衛ラインを組織化する必要に迫られていた。仮にドン・エミリオの元給仕が保安要員という栄えある職務に就いていたとしても、あのハバナの魅力に取りつかれた我が楽しい叔父を思い出して懐かしがってくれる気持ちと同じで、それは彼の誠実さの証なのだ。彼はエミリオ叔父を懐かしく思うがゆえに、エミリオ叔父とはまったく異なる微妙な、そして明らかに危険な状況下で同じく外交官としてやってきたこの私、すなわち強情で快活なあの叔父に比べたらまだヒヨッコではあるが、彼が仕事をそばで学んだ金持ちたちの快楽志向をきちんと受け継いでいるらしいこの男へ、いちばんおいしいカナッペや、好みに調合したウィスキーなどをせっせと運んでくれたのだ。

「あの男にとって革命は他人事さ」と儀典部の事務室でロアが私に言った。「だがキューバでしか生きていけない男でね。チリとの国交がこじれて大使館を辞めざるを得なくなったとき、私のもとへ泣いてやってきたよ。まさにこの部屋でおいおい泣いていたっけ！」

そうこうするうち、エドワーズという名字は『グランマ』や『反抗的青年』といった日刊紙のチリ政治を論じる記事のなかに頻繁に現れ、ますます軽蔑的かつ汚い言葉で評されるようになっていった。追い打ちをかけるようにして、チリ国産銅輸出にダメージを与える目的のもと、おそらくＣＩＡの画策による卑劣な妨害工作事件が起き、ここで主役の役割をはたしていた米国民間人の名前がなんとハワード・エドワーズだった。

「またこの名前か！」とパディージャはわざと呆れた表情を浮かべて叫んだ。私は、サンティアゴのプレンサラティーナ通信社の誰かが、おそらくキューバの記者と示しあわせて、私の遠い親戚関係や有名な名字という道具を利用して私に不利な立場をつくりだし、それにより私の同僚や友人たちまでをも危険にさらそうと企んでいるのではないか、とすら思い始めていた。情報が駆け巡る回路のどこかにいるゴーストが悪い意味をもつ固有名詞だけを執拗な計算に基づいて潜ませている、これはいかにもありそうな話だ。すべてが入念に仕組まれた挑発行為なのだろうか？　これまた私には一生わかりそうもない謎である。

この一月下旬当時、私は再び日記を書いた。その後、中断せざるを得なくなる。私は忍耐とともに心の平静も失い始めていた。そのいっぽう、テレビまでもが、公安当局による監視方法を大衆に暴露していた。クローゼットの古いトランクのうしろに日記を隠すとかいう単純な話ではなくなっていたのだ……。

【一九七一年一月一〇日、ハバナ】

バロハは医学部六年生のときに書いた小説『智恵の木』で《スペインで金になるのは仕事ではなく服従である》と述べている。

ある種の真実はスペインにも、そしてイスパノアメリカ全域にも適用可能だ。

最近、キューバの問題はそのすべてをフィデルが解決せねばならないという点にある、という話を聞いた。最高司令官の介入なしにはなにも進行しない。フィデルは突出した指導者だが、その凡庸な部下たちのせいで島全体がマヒ状態に陥っている、と。とはいえ、私は、若い学生たちと多少触れあったなかで、あの島にいまだ活力と自己犠牲の精神と才能がありあまっていることを知った。そうした若い能力は行政や経済活動に活かされていないのであろうか？　私が滞在していたときの公的機関は、質の高い仕事を求めず、官僚的な順応主義に染まっていたと思う。学生のあいだの不満が政府を慌てさせているとか、フィデルが学生たちと対話したときオリエンテ大学のある優秀な学生から激しい言葉で糾弾されたとか、そんな噂も流れていた。噂では、その学生はフィデルのことを本当に《専制君主》呼ばわりしたそうだ。学生はその発言のせいで退学処分になったとも聞いた。どこまでが本当なのか、さらにこうした《知らせ》を流布している連中がどこに偏った空想を織り交ぜているのか、それを突き止めるのは不可能だ。キューバにおけるこの種のゴシップは、リマにおけるデマ《ボラス》、すなわち古いスペイン的な怠惰のせいで雪だるま式に膨らんでいく噂のメカニズムを私に思い出させた。

ところが、一月の終わりごろか二月の初めごろ、そうした耳情報がすべて一致するような出来事が起きた。ハバナのど真ん中、ベダード地区のカフェで、数人の男たちが、隣のテーブルに若い画家といっしょに座っていた女の子に絡み始め、悪質な野次やジョークを飛ばした。すると同伴していた若い画家が立ちあがって、ごくごく丁寧な物腰で《同志よ》などと彼らに呼びかけ、わけを話せと要求したらしい。相手のひとりが立ちあがり、ひどい言葉で若者を脅しつけ、ついにはピストルを抜き出して射殺してしまった。ちょうど車で通りかかった兵士のおかげで殺人犯の逃亡は阻止され、最寄りの警察署に護送された彼は背筋が寒くなるほど冷淡な態度で犯罪の一部始終を語ることになる。

治安の悪化については一度ならず不満の声を聞いた。盗難や強盗のニュースは日に日に増えていた。大学の仲間たちからとても好かれていたその画家の葬儀は、若者たちによる無言の抗議デモと化したようである。ある女の子が私に「これはいくらなんでもひどい」と言ってからすぐ黙り込み、空を見つめた。彼女は今にも泣き出しそうな、感情が爆発する寸前のようだった。私はあとでその子がCIAの手先であると警告されることになる。あの当時のキューバで、自国であろうが他国であろうが、どこかの警察の手の者であると告発されなかった者がひとりでもいるだろうか？

【一九七一年一月一二日、ハバナ】

誰かが言うには、知識人は《あまりに神経質》で、迫害の妄想のようなものに取りつかれているそうだ。彼らは暗い予言ばかりするが、誰も彼らに危害を加えようなどとはまったく思っていない。たしかなのは現状がそうした妄想をかきたてていることだ。私はブルジョワ出身であることを揶揄されてばかりいるが、こう思う。この国に商品を携えてやってきて、ついでにいえば経済封鎖をいいことにそれらを高値で売りつけるような、大地主で富裕な外国の商人たちは、その名字こそプロレタリアかもしれないが、私なんかよりずっとブルジョワではないのか、と。名字、スローガン、貼り紙、記念碑――こうした象徴の木々ばかりを見ていたのでは森の全体像は見えない。そもそも、革命思想を形成するのに貢献したブルジョワ商人の息子たちだっていたのではなかったか？

もちろんその通り。ということは、とどのつまり、冷静な現実、落ち着きのある真実など、今や二の次ということなのだろう。いっぽう、妄想に都合のいい心理的圧力には政治的結果が必ず伴う。批判はすべて無数の口実で骨抜きにされ――ブルジョワ出身、日和見主義、倫理的な弱さ、などなど――逆に支持の言葉はすべて臆面もなく利用され、権力はすべて芽を摘み取られる。最終的に残るのは、個人データ記録もなく、原罪も背負わず、汚点ひとつない状態にいる、かの《唯一の権力》だけとなるだろう。

一月中旬には仕事もごく初歩的な組織化の様相を帯び始めた。通信録のようなもの、文書フォルダ、旧大使館と旧領事館で使用していた印紙、儀典部から贈られた《在キューバ・チリ大使館》のヘッド付き用紙と封筒。儀典部は予算とそれを入れる古い金庫を用意してくれたが、その四角く平べったい金庫には組合せの複雑なダイヤル錠がついていて、気まぐれでときたま開くときもあったが、それ以外はあまりにややこしくて、何度回しても頑として開かなかった。

すでに住居とオフィスは切り離していた。ともにハバナ・リビエラ・ホテルの一八階にあったが、私の《邸宅》は堤防と海を望むいっぽうの端に、そして《大使館事務局》はベダードの街並みを望むバルコニーがあるスイートルーム二部屋分をあてがっていた。新年休暇が終わると、三人目の秘書兼領事が、若い妻と三、四歳の長男、そして生まれたての二男を連れてやってきた。彼らは私の隣、私と同じ三部屋あるスイートルームに住んだ。空調はヤンキーの観光が盛んだった大昔の代物で、かすかな音を立てて吹き出すその生温かい風は、吹き出し口に手をかざしても感じ取れないほどだったから、バルコニーを開け放して風を送り込むことで暑さを凌ぐしかなかった。チリ人だったかキューバ人だったか、誰かが、空調の吹き出し口は盗聴マイクをしかけるのにかっこうのポイントなのだ、と私に言ったが、仮にそうだとしても部屋の空気が冷たくなることは決してなかった。

そのころ、チリの上院が、国交回復後初となるキューバ駐在正式大使候補の内閣による任命を否認した。このことが原因で、私は当初の予定よりキューバ滞在が長くなることを覚悟せざるを得なくなった。だが、ことは容易ではなかった。外交官仲間のなかには、公邸を確保するまで一年ほどホテルで待たねばならない、と言うものもあった。どうせすぐに売るのであれば車を買うのはもったいない。車を買うのを許されているのは外交団のメンバーだけだ。キューバ政府が買ってくれるという話も聞いたが、確証はなかった。こんな状態で、ほんの数カ月のために公邸をもったり、車を買うなど、あり得ない話だった。

こうしたすべてのことに関して、西側諸国や東側諸国の多くの大使たちが、目下の政治的状況を考えればチリの代理公使はある程度の便宜を供与されるはずだ、と主張した。たとえば、フィデルの私的な友人であり、アジェンデが勝利するかなり前からチリによる対キューバ経済封鎖を解いた功績を評価されていたバルタサール・カストロなどは、私の到着とほぼ同じころにハバナを訪問した際、ハバナ・リビエラの二〇階にあるスイートルームに泊まれたそうである。どうやら二〇階は最高級の部屋のようで、そこなら空調も完璧にきいているみたいだった。

「ドン・バルタは経済封鎖を解いたかもしれない」と私は思った。「だが私だって、単なる象徴かもしれないが、こう見えても外交封鎖を解いた初のチリ人なのだ」と。どうやらいわゆる中央制御の国家――国際機関の中立的ジャーゴンだ――に関する私の経験不足は甚だしかったようだ。私は儀典部に赴いて二〇階の部屋について相談をした。最初、彼らはその部屋の存在をすでになんとなくわかっているような顔をした。そのあと、調べてみる、すぐに回答する、と請けあった。この会話は中級職員、いわゆる《担当官》レベルとのあいだでなされたものだ。実はメレンデスの所在を突き止めるのがだんだん難しくなっていて、向こうに用があるときにしか姿を見せなくなっていたからだ。

二日後、担当官のひとりで、子どもっぽい顔に貼りついたような笑みを浮かべた青年と話をした。以前、例のお騒がせの金庫、保安の真似ごとにしか役立たないあの代物を調達してくれたのが彼だった。

「あのね、エグアルさん」と彼は言った(そういう風に私の名前を発音した)。「二〇階を調べましたよ。でね、エグアルさん、いいですか、二〇階は修理中です」

「その修理は時間がかかるのかね?」

「そいつはなんとも……」

担当官の話を実際にたしかめようなどとは思わないほうがよかった。私の場合は外交官としての配慮がなされているとはいえ、エレベーター係たちが宿泊客の動きを厳重に監視している。領事とその妻もその厳重さを身をもって味わっていた。部屋へ通される前に幾度か身分証明書の提示を求められたのだ。領事はまだ若い職員で、自らの職務を自覚していたから、そういう出来事が重なるたびに、抑えようもない怒りをあらわにして、憤慨し、血相を変えて私のもとへとやってきたものだ。

というので、二〇階で修理がおこなわれているのか否かたしかめることはできなかった。エレベーター係の監視の目があるし、階段は封鎖されている。だが、私はひとりのフロント係と懇意にしていた。ほかのフロント係より目端のきく有能な男だった。前にチリ大使館での仕事はないかと問われたこともある。彼自身の本意だったのか、あるいは誰かの差し金だったのか。それは知る由もない。とにかくそのフロント係が、ある日の午後、鍵をわたしたりメッセージを振り分けたりしている最中、私を脇に引っ張ってこう言った。

「二〇階をお見せしましょうか？」

「修理中だという話だがね」

「見にいきましょう」と彼はまるで私の言葉が聞こえなかったかのように言った。

彼はいったん鍵を取りにいき、エレベーターの前に再び姿を現した。私たちは荷物を運ぶ直通の専用エレベーターを使った。

扉が開いたそこには、一二年間の革命による取り立てを免れ生き延びた、静かな、時間を超越した空間が、黄金に輝く壁の縁取り、彫像類、分厚い深紅の絨毯などに囲まれて広がっていた。部屋は五〇年代ハリウッド映画の装飾を思い出させた。ベッドカバーの艶やかなサテン地、赤いカーテンと好対照をなすパステルカラーの家具や壁紙、ガラスのテーブル、スツール付きのミニバー、四つの椅子がある食卓。バスルームとクローゼットは贅沢なしつらえだった。今にもそこにバーバラ・スタンウィックや、リンダ・ダーネル、若いころのリタ・ヘイワース、あるいはまだ駆け出し時代の端役だったマリリン・モンローが現れてもおかしくはなかった。

フロント係はおそらく部屋の装飾、またおそらく、例外的な場合にだけエレベーターが使用されるこの部屋の秘密めいた特別な雰囲気に圧倒されていたのだろう。私は部屋の広さ、よくきいた空調、それから先の数カ月を今の部屋よりは事務室にふさわしいものとなりそうなその場所で過ごすという考えに、ひきつけられていた。

「ここをお使いになるかはあなた次第ですよ」とフロント係は言った。

儀典部も修理が終わったこと、二〇階が申し分ない状況にあることを認めた。私は、これから数カ月はこのホテルで仕事をせねばならず、ここで外交団を出迎える必要もあるということを申し立てた。儀典部が検討することになった。チリから来た同志代理公使の要求に応えるべく最善を尽くすということだった。

翌日、儀典部は私に、首相が二〇階を翌週着く予定のカナダ代表団のために取っておくよう命じた、と通告してきた。そりゃあいい！　同志首相閣下のご命令とあらば、議論の余地はなしということだ。

第三章

【一九七一年一月一六日、バラデーロ】

作家ホアキン・エドワーズ＝ベジョによるミランダに関するコラムを読むと、ラテンアメリカの偉大な歴史上の人物たちは革命期に集中しているそうだ ―― フランシスコ・ミランダ、シモン・ボリーバル、アンドレス・ベジョ、ホセ・ミゲル・カレーラ、ホセ・デ・サン＝マルティン、ベルナルド・オイヒンス。では今はどうだろう？ ホアキン・エドワーズ＝ベジョにはミランダのヨーロッパへの影響力が素敵に思えたらしい。ではフィデルやチェの影響力はどうだろう？ ネルーダの影響力は？ エドワーズ＝ベジョはこれをたぶん六〇年以前に書いている。ヨーロッパでの勝利というとても南米的な強迫観念だ。

チリのような国が大国による覇権争いの道具として利用されることの問題（ユーゴスラビア大使との会話）。ヤンキー帝国主義の及ぶ範囲内で初めて深刻な事態となった南米の辺境国。以前ソ連を取り囲んでいたのはヤンキーたちの基地だった。朝鮮戦争と今なお継続中のインドシナの戦争は中国に守りの姿勢をとらせた。状況は今や変わりつつあるのかも。太平洋での覇権をめぐる争い。ほかの革命諸国によるチリ革命への《支援》。

他人に盗み読まれる事態を想定し、私は右のような日記に必要不可欠なことのみ記すよう心がけていた。いろいろな記憶を維持するための薬代わりだ。しかし、今から思えば、私は記憶というものを信じていなかった、というか、作家としての書き癖に引きずられてしまったみたいで、メモ書きにしては言いたいことを言い過ぎている。チリ共和国のヴォルテール的泉で育った行儀のよいリベラル派ブルジョワとして、かつてイエズス会教師たちに抵抗する努力ぐらいはしたものの、やはり警察にも悪魔がほんとうに存在するなどとは信じていなかったのかもしれない。この点についてはフレイ政権もまさか潔白というわけではなかったが、それでも私は世界でもっとも警察の力が弱い国から来たのであり、いっぽう着いた先は、発足当初から常に公安組織を動かしてきた国家である。以前、この組織は進歩の勢力に対するものであったが、今は革命を守るという必要不可欠な作業にもっぱら従事しており、この作業は無数の攻撃によって過剰なまでに正当化されてはいるが、同時に、避けがたい悲劇として、国内にそれ自体の亡霊を生み出している。チリが運よくいまだ知ることのない[*1]、この歴史の主流のために働くときですら忌まわしい機構は、往々にしてただ自らを養うために敵を捏造するものだ。

　間近で見たわけではないので、私はそんなものが本当にあるとは思っていなかった。あのノートを

1　これが我が国の先史時代、すなわち一九七三年九月一一日以前に書かれたという事実を今さら指摘する必要があるだろうか？　そして私がたった今 ―― 皮肉を込めてではあるが ―― 《先史時代》なる言葉を用いたのは、世界の（少なくとも今の私たちの世界の）警察の規模を知ることこそが、近代史、すなわち、マルクスの言うような階級闘争が原動力となるが、そのルールと進む道は国家の大義によって限定されている、あの一連の社会的変動に参入することを意味するからだろうか？

クローゼットの空のトランクの後ろに隠し、毎日それが同じ位置にあるのを見て安易に胸をなでおろしていたものだ。機構の存在は漠然とわかっていたが、私が知らなかったのは彼らのこの上もない狡猾さである。朝食が一時間も遅れて届いたり、紅茶をコーヒーと間違え、ふたりの客に一杯しか出さず、逆にひとりのときに三杯も出し、ミルク入れにはミルクがなく、ミルクがあったと思ったらパンを忘れ、ゆで卵が冷めていたりと、あれほど不器用なキューバ人が、この機構の仕事となると、南国特有のそそっかしさや呑気さや怠慢がどこ吹く風とばかりに非の打ちどころのない精確さを発揮する、などという話をいったい誰が信じられよう?

特にチリ人には信じ難かった。ユーゴスラビア大使は、世界有数の紛争地域から来ていたこともあり、この話を信じていた。これについては、私の記憶にしっかり留まっているが、あのノートに書き留めるのは適当と思えなかったあるエピソードがある。大使が会話の最中に、ふいに瞑想と詩作の衝動にでも駆られたのか、バルコニーに出て海でも見ようと提案してきた。微風と波のざわめきに包まれたその場所なら電気の耳から逃れられると考えたのだろうか? 今となってはたしかめようもない。大使が囁き声で私に言ったのは、チリは二大勢力のどちらに傾くのでもなく、その対立関係を自らのために利用すべきである、ということだった。ソ連艦の塗装をチリの港で行なわせよという要求に同意してはならない、スターリンはかつて同じ方法でユーゴスラビアにも干渉しようとしたが、チトーは、いまだソ連との蜜月関係にあったその時期でさえ、そのような塗装請負を許可しなかったのだ、と。私はすぐさま、当時チリへ続々と渡航しつつあったキューバ人のことを指摘したように思う。すると大使は「彼らは誰のために働いているのかわからないぞ」と言った。いずれにせよ、ユーゴスラビアとキューバとの関係は、フィデルがシエラ・マエストラ山中にいたころにバティスタへ武器供与をしていたユーゴ人たちをのちに公の場で口をきわめて罵ったり、さらにはユーゴ側の新聞でチェ・ゲバラの日記に関する誹謗中傷記事が掲載されたことなどもあって、一時かなり悪化はしたが、いろいろあった末に今ではやや改善の兆しを見せている。大使は、チリがほかの社会主義諸国の過ちを繰り返さず、真に自立した、魅力的な独自の社会主義を構築し、そうすることでほかのラテンアメリカ諸国の目標となることを期待していた。

私たちは海の美しさやリビエラ・ホテルのプールの快適さを語りつつ部屋へと戻った。君はユーゴスラビアには行ったことがないのかね？　いっぽうの大使は、チリというのが楽しい上にとてもフレンドリーな国で、ワインがうまく、シーフードに恵まれ、景色が素晴らしいと聞かされているようだった。

「本当にその通りですよ！」

というような感じで、会談はさらに一時間ほど延長され、ようやく大使が帰宅する時間となったのであった。

【一九七一年一月一七日、バラデーロ】

バラデーロ西の突端にある元は米国富豪イレネー・デュポン所有だった屋敷。整理ダンスの上

に家族のさまざまなアルバムが残っている。所有地内の公園にたくさんいると思しきイグアナの写真のコレクションがある。所有者直筆の悪趣味な題名は見るものを辟易させる。そこには、はっきり意識してかは知らないが、スペンサー流の哲学に社会科学的ダーウィニズムのそれ、すなわち生存競争《ストラグル・フォー・ライフ》を味付けしたような文言がある。愛用の《バミューダ》からぶよぶよの贅肉をはみ出させた老婆が餌をおとりにイグアナたちを飛び跳ねさせ、別の写真では夫が彼らの腹を《満たして》やっていた。別の写真ではイレネーがイグアナたちをけしかけ、恐ろしい先史時代の形相をしたトカゲたちが睨みあっている。

広大な保養地、ゴルフ場、専用ビーチ。屋敷にはアールヌーヴォーの家具。大理石コーティングのバスルーム。屋上には化粧タイルを貼り、黒い列柱が並ぶ展望台。階上には潮風にさらされて錆びついた巨大な望遠鏡があり、広大なカリブ海に面したデュポン家領地の隅々までを見わたせる。屋根瓦には緑色のエナメル塗装だ。

一階居間の書棚にキプリング、ロバート・ルイス・スティーブンソン、英訳バルザックなどの全集。きっと中味も知らずに幅いくらで購入したものだろう。くだらない文庫本には読んだ形跡がある。レストランのテーブル上にはいまだデュポンの称号が見える皿やナプキンが置かれている。写真のなかの中央の部屋にはムラートたちの小楽団と数人の観客たち。デュポンが握手もしない相手だ。トマスによると、デュポンは、自分の所有地以外にも島に土地が存在することをまったく知らなかったという。今、トマスは、以前その大多数が私有地だったビーチやその他多くの場所を自由に訪れることができる。たしかに、そうした出入りも、配給制によって厳しく制限されてはいる。しかし、配給制はキューバ発展のための投資を意味し、さらには財産の国民全員への公平な配分を意味するのだ。

デュポンの写真のなかのキューバ人たちは従順で人に媚びる顔をしている。テラス席で行なわれたパーティーの写真を見ると、彼らは、ヤンキー富豪の屋敷を訪れウィスキーを飲むという快楽に、我を忘れて有頂天になっているようだ。一週間もかけて支度をし、お揃いのパームビーチ・リゾート・シャツにアイロンをかけ、首都から大挙してやってきたのだ。いっぽうのデュポンは、地元民のため、ときたま思い出したようにその屋敷の門戸を開いてやる。年に一度だけ少々無理をしてそういう連中を無料招待してやる。しかし、デュポンの真のお仲間たちは、いっしょに食前酒を飲んだり、ゴルフをしたり、熱帯の太陽から目を守る特殊サングラスをかけて日光浴をする姿が写真に残っている、キューバにいたほかのアメリカ人だけだったのだ。

トマスは、父は羽振りがよかった、と言う。彼の父はまずブティファーラ〔スペイン式のソーセージの一種〕とロースト豚のサンドを売るスタンドから身を起こした。仲間のスペイン人がビールを出した。やがて財をなし、ハバナにあるスロットマシン場やそのほかの店のオーナーにまでなった。なのに、トマスのことは息子と認めようとせず、学費も出してくれなかった。

メレンデス本人の口から聞いたところでは、トマスは党の優秀なメンバーらしい。食うことと《ちょいと昼寝をする》ことしか頭になかった前の運転手アグスティンとの違いは明らかだ。

トマスは、マイアミ便が出るバラデーロのカマリオカ空港近辺に今はもう人影すらない、と言う。本当とは思えないし、彼も信じていない気がする。

キューバの風景は実に美しい。丘陵、ヤシの木、砂糖プランテーションの織りなす明るい緑色の幾何学模様。場所によってはヒメコンドルのような鳥が舞っている。ヤシの木と丘陵の上に落ちてくる夕刻の強烈な赤、そしてエメラルドの海。これぞまさにキューバ的な色だ。これこそがレサマ＝リマのようなキューバの芸術家たちが愛すべきものであり、今でも彼らをこの地に引き止め、ここで生活と執筆を続けさせている源の一部なのだ。いうなれば、その愛こそが、この国の作家にとってじゅうぶんな正当化の根拠となるべきなのだろう。すべてがそこから派生する。キューバ革命とは、その起源においても最新の意味においても、国民的革命なのである。不安定な国内政情と外国への依存が支配的だった屈辱的な過去を打破するにあたり、革命は、国の解放のための闘いを社会組織化の近代的形態である社会主義と同一視せざるを得なかったのだ。ここから、ベトナムや、最近ではチリのような国との同盟の特権的性格が導き出される。今の問題は、こと作家に関する限りではあるが、セクト主義があらゆる方向からさまざまな外見を装って出現し、安定したものの考え方を阻害していることだ。もちろん、けちな日和見主義者や、土着のあるいは外国の警察作家もあとを絶たず、いろいろに難癖をつけたがる。安定など遠い未来の話かもしれない。道はこの先まだまだ長いのだ。

ホアキン・エドワーズ＝ベジョはミランダに関するコラムのなかで、この人物が英国・スペイン間の敵対感情をアメリカ大陸の独立に利用すべくイギリスへ赴いたことを特筆している。中南米独立革命のさまざまな時期に浮き彫りになったスペインとフランスとイギリスのあいだの闘いは、今日でもなお多くの教訓を与えてくれる。イギリス政府がナポレオンに抗してスペインと同盟を結んでからミランダを見殺しにするエピソードが、エドワーズ＝ベジョの伝記には活き活きと記されている。

J・Pがホテルのロビーにいた私をつかまえ、私たちは話をしに外へ出る。冬の午後はもう薄暗く、波が高く打ち寄せて堤防を越え、たまった海水が道の真ん中に止まっていた軍用トラックの車輪の半分ほどまでを浸している。いっぽうでは、一台のおんぼろシボレーがバックをし、波から逃れるのに成功している。

海から三〇〇メートルの大統領大通り（名前が正しければの話だが）を歩いているにもかかわらず、遠い潮のしぶきが突風に飛ばされて私たちを濡らす。そのせいで、おそらく思い過ごしなのだが、例の盗聴器と不躾な目と耳に取り囲まれているような気分になる。リネア通り（まだ名前を間違えている可能性があるが）には街灯がともり始めていて、こちらでグワグワと呼ぶ乗り合いバスを待っている人々がいる。もっと離れたところの映画館からは上映後の観客たちがいっせいに出てくるところだ。

波のなかで立ち往生していたトラックを見たとき、私は、帰国直前のチリ人から聞いたある話をJ・Pに教えてやった。ひとりのキューバ人エンジニアが、何カ月も自宅ガレージにこもって、古い自家用車を水上車に改造した。車底には竜骨をわたし、隙間や穴をすべて溶接で塞ぎ、後部には外から見えないようこっそり舵とプロペラを装着した。ある日の午後、彼は家族全員をその車に乗せ、まるで遊びに出かけるようにしてビーチまで行き、そのまま海へ入り、八〇マイル先のマイアミまでわたった。あちらではインタビュー攻めにあい、ゼネラルモーターズ社からは広告に登場するという条件で新車を一台プレゼントされた。

J・Pはこの話に本当だとも嘘だとも言わずただ微笑む。亡命者の人生は悲しいものだ。本物のキューバ人はキューバの外の世界には決して適応できない。しかし国に留まったところで難問山積だ。

「このあいだ、道で、ひとりの老婆がセデリスタ[*2]の女と言い争っているのを見たんだ。ああいう黒人の婆さんは逆立ちしたって黙らせることができない、君も知ってるよな。相手がCDRだって悪魔だって平気なんだよ。婆さんはこう言った。前は息子が食うに困ってもパンとグアバの実くらいは手に入ったもんさ、それが今じゃ果物ひとつありゃしない、いったいどうなってんだい、同志さまよ！ってね。婆さんはなおも言った。昔は息子の食いもんがなくても、外へ出かけて、ちょっと拳を振りあげさえすりゃあ、ミルクと肉を買う金くらいはすぐ手に入ったもんだよ」

私たちはすでに実施段階に入っている次の砂糖収穫を話題にする。J・Pは砂糖農園の運営はきわめて難しく厄介だと言う。彼は革命前の農園主たちのことを思い出しているのだ。彼らはハバナにいても、常に、風向きや降雨予報を気にかけ、農園とは二四時間電話で連絡を取れる体制を敷き、現地にはベテランの高給取りを監督として置き、そこまでしてもなお収穫期になれば自分で現地へと赴き、朝の六時から深夜まで働いたのだという。

今ではそれらの農場の設備も古くなり、交換部品の調達は難しく、収穫に欠かせない要素である輸送網は最悪の状態にある……。

「フィデルが求めた七〇〇万トンは達成できると思うかい？」

J・Pは唇をゆがめ、右手を振って疑いの気持ちを表す。せいぜい頑張って六〇〇万、行けてそこまでだな。

「国民の不満が危険なレベルに達していると考えている連中もいるそうだね、暴動が起きるかもしれないと」

J・Pは再び疑り深そうに眉をしかめる。

「そうは思わない」と彼は言う。「たぶん、なんとかやっていけるんじゃないかな、だいたい今のままで。ここには海があり、ビタミン源の太陽もあるし、キューバ人はとてもしぶとい。ソ連への返済、これは砂糖で払うんだが、それが終わってあちらの漁港を使えるようになれば

2　CDR（革命防衛委員会）メンバーのこと。私の滞在していた当時、CDRの名は不吉なものと受け取られるようになっていた。それは多くの人々にとって町内会レベルでの監視と密告の同義語となっていた。

魚がただで手に入るし」

「今に一〇万人もの死者が出るわよ」とあの謎の訪問者は私に言った。彼女が私をじっと睨んで一向に戻ってこないその返事を待っているあいだ、カリブ海の潮風にさらされて表がボロボロになったあの塔の四方に、風がびゅうびゅう吹きつけていた。「私たちはここでみな死ぬのよ、たぶん。私たちがつくり、今では生活の一部となっている、この革命のせいでね。ちくしょう！」と彼女は言い、その丸い目をほとんど焦点があわないほどに剥き出して私をぎろりと睨みつけた。ダブルベッド一台でほかにスペースのないその部屋の隅で、私たちは声を殺して会話をしていた。開いたドアの向こうの部屋にはムラートの女がひとりいて、子どもの声が聞こえていた。壁に貼ってあるポスターは今にも剥がれそうで、壊れかけの家具が三つか四つあった。猫が大勢いて、ほかに犬が一匹、檻のなかで風の吹きすさぶ音に怯えているかのように吠えていた。私が来たのを見て、謎の訪問者のふたりの男友だちが、小型テーブルに置いていたピストルをしまって、別れのあいさつのようなことをしてから去っていった。

ようやく塔をあとにしたとき私は胸をなでおろした。秘書から、トマスが私のことを必死で探していたと聞かされた。「ピストルだって！」とパディージャは言った。「それは公安の連中だな」パディージャは少し考え込んでから、政府がこのところピリピリしていると言った。彼の意見では、状況は革命が始まって以来もっとも危機的なものになっていた。砂糖といえば、それから数週間後、私は、もっとも大きな砂糖農園のひとつ、記憶に間違いがなければ、たぶんキューバでもっとも大きなカミーロ・シエンフエゴス農園に連れていってもらうことができた。緑の砂糖キビを満載した貨物車が土中に設置された貯蔵庫まで運ばれる。貨物車の片側が全開になり、クレーンで吊るされ九〇度近くまで傾けられ、あとは引力の法則で貯蔵庫へとなだれ込むしかけだ。その後、貨物車は元の姿勢に戻されてどこかへ移動し、その間、砂糖キビはベルトコンベアに載せられて、圧搾をする機械の裁断器に入っていく。私たちは併設の架橋の上を歩いてその製造工程を見学した。圧搾機の片側から砂糖の原液が流れだし、反対側には潰れてパサパサの藁状になった搾り滓が出てくる。工場の敷地は広大で、いっぽうの端にピストンや滑車などの動力源がかたまっている。一九一三年かそこらにできた代物で、なんとなくエッフェル塔の構造やジュール・ヴェルヌ小説の古い版に出てきそうな版画を思い出させた。年代物ではあるが、今でもきちんと可動しているようだった。何度か新しい設備が加えられたり、全面的な建てかえ計画もあったという。私たちは、精練されたサラサラで純白の、まるで子どもが夢に見そうな、できたての砂糖が詰まった円筒状のサイロを見学した。

　政府の監督官が工場を案内し、後ろには現場の技術者のひとりで勤続二〇年以上のベテランが従っていた。その工員は機械たちをこよなく愛し、その性能や個々の癖を知り尽くしていた。彼に質問したいことは山のようにあったが、政府監督官がそばにいたのではそれも難しかった。私たちは、農園創設直後の時期につくられたと思しき自動の袋詰め機と、倉庫内で行なわれる貨車への詰め込み作業を見学した。砂糖はそこからマタンサス港まで直接輸送される。

見学のあと、ビールと《モヒート》というラムと砂糖とハーブを混ぜたカクテルと色々なおつまみが振る舞われた。政府の監督官と、同じく権威ある地位にあると思しき二、三人の仲間たちが、農園について話してくれた。生産量、収穫の時期、輸送の問題などだ。そのあとすぐ、革命前の労働条件に話題が移った。あの当時は誰も安定した職を得られなかった。人々はみなひたすらマチェーテを片手に行列をつくって砂糖キビ伐採の仕事にあたった。一日一ペソの給料で朝五時半から深夜まで。収穫が終了すると同時に大量失業者が発生する。仕事中に事故にでも遭おうものなら、単なる不用品とばかりに、なんの支払いも保証もないまま放りだされる……。

これとはかなり違う証言——ホテルの食堂で働いていたあまり政治的関心がなさそうに見えるウェイターによるものだ——も革命前のキューバ人にとっていちばん怖かったのが失業であると述べている。

「昔のよかったころはチップも大金でテーブルあたり一〇ドルなんてざらでした。まあときどきでしたけど仕事を失う恐怖は必ずありましたね。私はここでずっと働いてましたから、いつも怖かったのは観光が下火になること。観光が下火になれば、ホテル稼業はおまんま食いあげでしょう？　あのころ、一旦得た仕事を維持するのは、まさに日々これ闘いでした。誰も安泰ではいられなかった。でも、今では、仕事がなくたって給料をもらえるんですよ……」

テーブルサービスや朝食のルームサービスといった仕事に関して、少なくともハバナ・リビエラ・ホテルでの光景から判断する限り、道徳的インセンティブがたいして効果的とはいえないことは明らかだ。ほかの連中より勤勉で有能な我がウェイター君は、ある月曜の朝、憔悴しきった顔で現れる。

「昨日みんなが砂糖農園に行っちまって今日は誰も仕事に来てないんです。私以外、誰ひとりね！　わかります？」

彼は心底うんざりしている。仲間たちがサボったことでホテルの部屋すべてを相手にするというプレッシャーが両肩にのしかかり、もうすっかり頭に血がのぼっているのだ。これまでの人生をすべてホテル業に捧げてきて、ハバナ旧市街のいくつもの有名ホテルをわたり歩いてきた男だ。だが、もう彼の我慢も限界で、近いうちにホテルを辞めてどこかへ行くつもりだと言う。

その《どこか》について、彼の指は、ハバナ市街ではなく海を指し示した……。知識人たちと同様、プライドというものが彼の頭を鈍らせているのかもしれない。イエズス会の教師たちの教えにある通り、そしてその優等生たるフィデルが重々承知している通り、救いようのない唯一の罪であるプライドというものが。

チリ議会における大使選出のプロセスは説明しにくい。アジェンデが筆頭に挙げた候補のガスムリはなぜ議会に否認されたのか？　私はいくつかの先例を思い出していた。かつてチリ議会は、ペルーや米国に派遣する大使候補についても、そうした国々に不利益をもたらすつもりなどさらさらないにもかかわらず、否認したことがある。ラウル・ロアは教養があり、頭の回転が速く、チリの政情にも精通していた。

「それはキリスト教民主党と人民統一行動運動《MAPU》との覇権争いに過ぎない」と彼は言い、そしてその見立ては正しかった。

だがキューバ外務省の役人全員がロアと同じ知的レベルだというわけでもない。

「君たちチリ人は」とそのうちのひとりは私に言った。「あの厄介な議会というものを撤廃することはできんのかね？」我が国の議会に対する政権側の弱腰は、彼にとっては容認しがたい言語道断に思えたようだ。それっていったいどんな革命なんだ？彼はチリの代理公使を前にそれ以上の言及は控えたが、顔に現れた表情が内心の侮蔑を雄弁に物語っていた。

チリ側からの応答がないのを見たキューバ政府は、すでに渡航の用意ができていたガルシア＝インチャウステギを駐サンティアゴ・キューバ大使職に任命する可能性を先に打診してきた。チリに不都合はなかった。むしろ大歓迎だ。ガルシア＝インチャウステギが連絡をしてきて、私は外務省内に創設されたばかりの米州部門の新長官ドゥケ＝エストラーダとともに《ラ・トーレ》での食事に招待された。

マリオ・ガルシア＝インチュアウステギは外交官としてすでに華々しいキャリアを築いていた。まだ若く、背が高く痩せ型、頭は剥げていた。これまでウルグアイと国連で大使を務め、直前にはジュネーブの国際機関で働いていた。彼は、エルナン・サンタクルスやラモン・ウイドブロや、そのほか大勢のチリ人外交官との親交について語った。チリではその広い交友関係を利用してさまざまなメディアに顔を出すつもりだと言った。着いたらすぐに報道陣向けのパーティーを行なうつもりだと。結局のところ、このガルシア＝インチャウステギもまたグランマ紙記者だった経歴をもち、ジャーナリズムがもっとも居心地のいい場所なのだ。私がどう答えたか？　そりゃいいね、と答えた。彼の計画も意図も素敵に思えたからだ。いっぽう、ドゥケ＝エストラーダは口数が少なかった。彼は背はやや低いほう、頑健でまだ若く、口髭を綺麗に手入れしていた。私が、実はまだ大使館がなく、公邸の予定地さえも見せてもらっていない、と言うと、彼はとても驚いた顔をした。助けになりたい、と彼は言った。私が情報収集に関しても満足のいく環境になかったことを知った彼は、さっそくその翌朝から、チリに関する報道機関の外電をひと束ずつよこし始めた。短波ラジオも貸してくれて、それで米国や南米やヨーロッパの放送を聴くことができた。ちなみに、いくらダイヤルを回してもなかなか聞こえてこない唯一の国はチリだった。

のちに、ハバナの実にさまざまな環境にはびこっていた誹謗中傷のなかで、ガルシア＝インチャウステギに関するいくつかの話も聞いた。六二年一〇月のミサイル危機のさなか、彼は国連でキューバ代表団を率いていた。ミサイル危機は劇的展開を見せ、フルシチョフは世界規模の紛争を避けようと、同盟相手のフィデル・カストロに相談もせず、直接ケネディと交渉をする。このときフィデルは、革命キューバの主権を五つに絞って主張したあの有名な文書を公表する。タイミングが悪くて最高司令官の文書を読む機会のなかったガルシア＝インチャウステギは、国連で、ソ連代表団の主張内容に完全に同意し、結果としてハバナから届いた主権を求める五カ条要求を裏切る形となってしまい、大いに慌てたようだ。

なかには、ハバナは彼をすぐさま呼び戻し、怒りにかられたフィデルがあいつをすぐ裁判にかけろと命じたのだ、とまで言う者もいた。その種の罪が立証された場合の刑罰についてはすぐに予測がつく。なので、友人たちが、フィデルの怒りがおさまるまでガルシア＝インチャウステギをかくまったようである[*3]。

私はこのときのお返しにガルシア＝インチャウステギをホテルに招いた。会話の最中、作家たちの話題になったとき、彼は、パディージャは反共産主義者であり、その体制批判の作品はまぎれもなく反革命的である、ときっぱり断言した。反論しようとしたが、ガルシア＝インチャウステギは頑として聞き入れようとしない。革命はパディージャにすべてを与えたのに、あの男は野心から、そして、キューバ産ソルジェニーツィン、すなわち哀れな政治的被迫害者の役割を演じてヨーロッパにその名を売ろうという魂胆から、今や敵となってしまったのだ、と。

「気をつけるべきだ」と私はパディージャに言った。「ふざけてる場合じゃないぞ！」

パディージャは笑った。彼は、キューバの体制側はヨーロッパの左翼知識人たちのあいだにいいイメージを保っておきたいはずだ、と主張した。つまり、パディージャは、ヨーロッパ知識人たちとの友情と団結が最後の砦になると信じていたわけだ。だって彼らをキューバに招待したじゃないか？

フィデルとキューバ政府は、一九六八年一月の文化会議開催日、そうしたヨーロッパの知識人たちにありとあらゆる賛辞の言葉を送ったではないか？

パディージャ自身は、文化大会はもう過去の話であると認めつつも、その事実から正しい究極の結論を導き出すことはできなかった。六八年一月にハバナへわたった者の多くが今ではヨーロッパでキューバを批判するようになっている。あの文化大会におけるもっとも積極的な参加者のひとりだった作家でジャーナリストのK・S・カロルが、フィデルがチェコ侵攻を容認してから革命キューバがソ連をはっきりと擁護しソ連寄り路線を取っている点を、徹底的に攻撃したばかりであった。

こうした状況で、ヨーロッパ左翼知識人とキューバとの蜜月関係など、とっくに終わっていた。関係破綻はいつ公表されてもおかしくはなかった。私とパディージャとその仲間たちとの接触は、そうした公表時期を早めるのに利用された疑いが濃厚で、それどころかあと押しされた可能性すらある。とにかくパディージャは私という革命チリの代理人を前に批判的な意見を表明していた。私の肩書は、外交の職務中のみならず、昼夜二四時間つきまとっていた。小さな都市で、しかも象徴としての性格を担ってしまっている以上、私にとって私生活と公的生活とを区別するのは無理な相談であった。私は二四時間いかなるときにも象徴であり続けた。自分でもまったく気づかぬうちに、大昔の大使職に特有のあの聖なるアウラ、すなわちそれを派遣する王や皇帝だけがもつ神聖なる属性の輝きをまとわされていたわけ

3　マリオ・ガルシア＝インチャウステギは私がこれを書いた数年後に飛行機事故で亡くなった。

だ。パディージャとその仲間たちは、私という塗油された聖なる者へ近づくことで、すでに古くから伝わる大逆罪を犯したことになる。物陰から私たちを監視していた連中は手ぐすね引いて待ち構えていたことだろう。一九六八年の暮れに例の詩集『退場』をめぐる騒動があった際、リサンドロ・オテロが誰かにこう言ったという。「これであのパディージャの奴を叩きのめすことができるな」と。このリサンドロ・オテロの祝杯は少し早過ぎた。それを待ちわびていた連中にとっては思いもかけないことに、祝杯のチャンスは、国交回復後初のチリ政府外交官の到着によってもたらされたのである。

　このころパディージャはベルキス・クサ＝マレと結婚した。私たちはベダードのミゲル・バルネ邸に集まってラム酒やビールで結婚を祝った。白いクリームで覆われた巨大なウェディングケーキも用意され、参加者一同、舌なめずりして驚嘆の声をあげた。夜半も過ぎたころ、私たちは床に座って、最後のラム酒のボトルを回しながらラッパ飲みし、そのうちにキューバの友人たちが、そのへんで目についたものをテーマに即興でつくった歌を楽しそうに歌い始めた。誰かが急に、静かにしろ、と言った。隣に将校か指揮官がひとり住んでいて、騒音に文句を言い出しかねないと。そうなれば、チリ・キューバ国交回復後の象徴たる私にとって不意都合な事態となりかねない。だが、私はまたもや生来の呑気さを発揮して、当局がこんな些事を気にかけるはずがないさ、と考えたのだった。このころキューバでは浮浪罪が公布され、国民総登録化の準備が進められていた。そのような状況下で、革命キューバの思想的前衛を統合する義務を負っているはずの知識人どもが、何時間にもわたって木の板をバンバン叩きながら意味不明の歌をがなりたて、猥褻寸前というか、猥褻そのものの発言を繰り返し、そのためにラム酒を大量にきこしめす、そんな真似をして許されるはずがあろうか？　経済危機に陥っている国が、砂糖収穫目標一千万トン達成の失敗という災厄から多大な努力を払ってなんとか立ち直ろうとしているさなかに、そんな真似をする奴を見て平静でいられたとは思えない。私とキューバの友人たちは、作家としての暮らしがもたらすあの無責任な周縁性《マルヒナリダ》に慣れ親しんでいたため、いまだ自分たちが最高の世界にいるかのように振る舞っていた。浮浪罪は、国家がマージナルな人々をなんらかの形で体制に統合する決断をくだしたことを私たちに示唆していたはずである。それはすなわち文学の免責特権が召しあげ寸前にあったということだ。仮に私たちがソ連やチェコやルーマニアの作家たちの経験を共有していたら、そうした兆候を的確に解釈することができただろう。しかし、赤の他人の苦しみが人類普遍の教訓にならないことは、すでに歴史が証明している。そうした自分たちでは罪がないと思い込んでいた無茶を重ねた末に、キューバの友人たちは、かつてアポリネールが当時のブルジョワに向けて叫んだ懇願の言葉《我らが過ちを許したまえ、我らが罪を許したまえ！》を繰り返さざるを得なくなるのだ。私はチリの免責特権を享受し続けた——自分の首を切りたくなる衝動に駆られないわけではなかったけれど——が、あの夜、あの場に居あわせ、床に座って、空になったボトルと半分空になったもう一本を囲んでいた人々がその後に辿った運命は、私のなかに、おそらくチリ人の大半は経験したこともない——そして絶対に経験してもらいたくない——苦々しい思いと良心の咎めを残したのだった。チリには、歴史の歯車によってその純真さを損なうことのないようにその独自の社会主義を実践することが望まれる。その実践にあたって、チリは辺境地という侮りがたいアドヴァンテージを有している。キューバは米国に近過ぎ、チェコスロバキアは資本主義ドイツと赤化ドイツのあいだの文化的、経済的、戦略的回廊だ。形こそ異なれども、このふたつの国はともにそのような近隣敵国の存在という代償を支払わねばならなかった。

パディージャは、中心街にある自宅にはひっきりなしに友人が訪ねてくるし、家屋にはガタが来ているし、それに生活必需品を得るにもいちいち列をつくらねばならないので、とてもじゃないが仕事ができないという理由から、執筆中の小説をホテルで完成させることをかねがね望んでいたのだが、結婚式のあとにようやく念願叶い、ナシオナル・ホテルに引っ越した。数日後には、そこからハバナ・リビエラ・ホテルの私の泊っているひとつ下の一七階に二部屋のスイートルームを取って移ってきた。当然ながら豪華ホテルの部屋の采配を監督している例の見えざる手は、パディージャを私から遠ざけたかったのか、それとも逆に私たちを引きあせようとしたのか、どちらだろう?

「自分は不幸だなんて話を絶対するんじゃないぞ」と私は彼に言った。「王様扱いされたと言うんだ」

さらに、七一年一月に彼がキューバ作家芸術家連盟《UNEAC》で詩の朗読会を行なったときには若い聴衆が大勢つめかけ、廊下はおろか窓辺の庭にまであふれるという大盛況を呈した。パディージャは誤読されるのを避けるべく単刀直入に『挑発』と題した詩集に収録しなかった作品を朗読した。朗読会はキューバ作家芸術家連盟《UNEAC》が公式に企画したものだったから、私が参加しない理由はどこにもなかった。だが、本職での予定が入っていたので、会場に着いたときには会は終わりかけていた。詩人をひとめ見ようと盛んに背伸びをする若者たちの壁に遮られてその詩を聞くことは叶わなかったが、怒涛のような拍手喝采だけは聞こえた。

会の成功に興奮し有頂天のパディージャは、私の顔を見て、中国大使館の主席秘書と英国大使館の文化担当官も来てくれたのだと言った。私は彼とベルキスと数人の友人たちをホテルに誘って酒を飲むことにした。キューバ作家芸術家連盟《UNEAC》での朗読会、各国大使館のパーティーへの招待状、ハバナ・リビエラのスイートルーム生活、幸せな結婚（ついでにいうと妻ベルキスもまたキューバ文学の重要作家だ）、パディージャは成功と名声の頂点に立っていた。朗読会を終えた彼は、満場を埋め尽した群衆と、そこに居あわせた三人の外交官が、自分を守ってくれる堅い盾となってくれると思ったかもしれない。仮に本当にそうだとしたら、それはまたもや、赤の他人の苦しみが人類普遍の教訓にならないことを示す格好の証拠となっていたことだろう。

この間、実にさまざまな目的と職業をもつチリ人たちがキューバを訪れていた。彼らは、賛成であろうが反対であろうが、実際にその目で社会主義を見て自分の意見をかためようとしていた。キューバに対する好奇心から来た彼らだが、同時に、キューバの現実のなかにチリの未来を読み取ろうともしていた。大部分は善意の、あまり政治に詳しくない人々で、社会主義も現実には千差万別であることは知らなかった。教会、軍、企業やスポーツ系の組合組織など、それぞれが所属する団体に情報をもちかえって、そこでの計画に役立てようと、あるいは単に革命家としての素養があるという暗黙の証明を得て、それを人民連合のチリで大いに利用すべく、キューバへやってきたのだ。大半の人々はものごとのよい側面だけを見ようとしていた。彼らは手なれたキューバ人ガイドに導かれ、望みを叶え、心も穏やかにチリへと帰国していった。そんなふうに、ハバナ・リビエラのロビーを大勢の同国人が通過していくのを私は見た。農業関係者、ガラス製造業者、セルロースの専門家、ジャーナリスト、政治家、司祭や司教、教師、作家、サッカー選手、フォルクローレ歌手……。

いっぽう、キューバ在住チリ人の多くが、帰国の準備のため私のオフィスにやってきた。長年キューバに住んだ経験から、彼らは概して新しい訪問者たちとは逆の見方をしていた。つまり、チリの社会主義はキューバと違うものでなければならない、こんなに厳しくては困る、というものだ。そして彼らは一刻も早くチリに戻りたがっていた。なんらかの経済機関で一〇年間勤めた者、とても若くひ弱で臆病そうな外見にもかかわらず、ＬＡＮ航空の旅客機をピストルでハイジャックしキューバへ渡航、革命政府によって砂糖伐採労働に就かされた青年、大学で教えていた者……。ハイジャッカー青年は私に、以前はチリという国に不満があった、左翼が選挙を経て政権につくことはまずないと思っていたからだ、だから飛行機を乗っ取って南北アメリカ初の革命の地へ行こうとしたのだ、と言った。そしてキューバへ来て二年、チリへの帰国願望は彼のなかで抑えがたいほどに高まっていた……。

話を切り出しにくそうな若い女たちもやってきた。ようやく本題に入ってわかったのは、彼女らがかつてキューバ人と結婚し、のちに離婚し、今は元夫が子どもがキューバを離れることを許してくれず困っている、というものだった。こういう連中はいったいどういう経緯でキューバに住むことになったのだろう? なかには、熱心な共産党の闘士で、革命を支えつつキューバでしっかり経験を積もうと夢見てやってきた者もいる。うちの何人かから先ほどの問いに対する曖昧な答を聞いた。「チリに不満があったの」とある若い女性はおずおずと言った。「キューバ革命に心ひかれたのね」今の彼女はキューバにも不満がある。ここでも不満なのかい? 女性は頷いた。実際にあらゆる犠牲を払い困難を乗り越えて生きてみた革命キューバは、彼女が遠くで思い描いていたものとはずいぶん違っていたのだ。ぜんぜん違っていたの!「チリの革命はきっとここことは違うものになるよ」と私は彼女に言った。「キューバではあてにできない追い風的な要素がチリにはたくさんあるからね」と。女性は問いかけるような眼差しで私をじっと見つめた。そうだといいけれど!と言っているように見えた。

つまり、私のもとを訪れる在住チリ人たちは、最初こそためらいがちに言い淀んだりしているのだが、最後は必ず、チリへ一刻も早く戻りたいという強烈な願望を吐露するのだった。彼女らはそれを小声で言い、なかには盗聴マイクの存在を警告する者もいた。私は三、四人ほどの出国を見届け、その際、喜色満面の彼女らは私に熱烈なキスをした。あとで聞いた話によると、私の後任となった人民統一行動運動《MAPU》党員の若い大使は、帰国を望む同郷チリ人たちの願いをまったく受けつけなかったそうである。なんでも彼は、キューバへ着任するなり髭を伸ばし始め、毎日のようにボランティア労働に汗を流していたそうだ。これも聞いた話だが、というのもこの種の噂をなんとか私の耳に届けようとする輩があとを絶たないからであるが、あるチリ人の一団が、帰国願いがほとんど聞き入れられないことに対する抗議の印として、いかにもチリ流に自国大使館の穏便な占拠を企てたそうだ。こうした噂がどこまでたしかなのかはわからない。結局は髭の新チリ大使殿がキューバ当局が見守る前で手柄を立てたそうだ。いっぽうすでにキューバを離れていた私に、髭の新大使殿は《ブルジョワ知識人》なる親切な呼称を授けてくれた。親切というのは、これまた最近よくキューバで使われるようになったより侮蔑的な呼称である《CIAの手先》だけは避けてくれたからである。それはそうと、髭大使殿が私を《ブルジョワ知識人》だとして告発した相手もまた別の《ブルジョワ知識人》だったらしく、そのもうひとりのブルジョワ知識人は、チリではブルジョワ的合法性原理が生きているからブルジョワ知識人というだけで有罪判決をくだすのは難しいのではないか、と考えたに違いなく、さらに、そうした有罪判決は、仮にそれが可能で実行に移されていたならば、髭大使殿の口から発せられるその告発の言葉に耳を傾けている彼自身に及んだかもしれないと考えたはずだ。なぜなら、若き髭の大使君が気軽に実行してしまったその告発から断罪へと至る流れは、まさに歴史が示すごとく、常に致死的速度で再生産されるからだ。だとするならば、すなわち最初の気軽な告発がすぐに有罪判決へと変わってしまった以上、今は呑気に構えている髭大使殿だって、自分がたった一言の告発で回し始めた歯車によって、いつか自分自身が粉々に粉砕されてしまう可能性がなきにしもあらずということになろう。

だが、こうした込み入った問題に関心がない新大使は、暇さえあればせっせと砂糖キビ伐採に汗を流し、その間、彼の髭はその夢と同じ勢いでぐんぐん伸びていったようだ。

さて、こうしてチリ人たちが行き交うなか、大使館は、その重要性において群を抜くある訪問の知らせを受け取った。年に一度の訓練航海に出ていたチリ海軍訓練船エスメラルダ号が、将校、下士官、見習い水兵など総勢三〇〇人以上の乗員を載せて初めてハバナ港に立ち寄ることになったのだ。チリ海軍のよき伝統を受け継ぐ由緒正しいエスメラルダ号の寄港は、初めてのチリ代理公使着任以降では、アジェンデ政権側による経済封鎖解除のもっともたしかな、そして派手な印となるだろう。

私はすぐさまロア大臣と話をし、エスメラルダ寄港を受け入れるにあたって、まず革命軍相であるラウル・カストロ司令官に相談するのがよいのでは、と伝えた。ロア自身が、この革命軍相にして副首相、さらには最高司令官の弟でもあるラウル・カストロとの面会をおぜん立てしてくれた。

その一月末、私たちは、島でもっとも古い町であるトリニダーを訪れた。そこでは『低開発の記憶』の監督トマス・グティエレス＝アレアがチリ人女優マレース・ゴンサレスを主演に迎えて映画を撮っている最中だった。町を訪問したついでに、チリにいるときからそのさまざまな役柄――なかでもとりわけイプセンものとベルトルト・ブレヒトの『三文オペラ』――を見て崇拝していたマレースの仕事ぶりを見学するのは素敵なアイデアに思われた。

このときの旅のスケッチがいくつかノートに残っている。

【一九七一年一月三〇日、トリニダー】

美しい瓦屋根、みごとな格子模様、石畳。南北アメリカ全体でも世界でも珍しい時間の止まった町のひとつだ。皮肉なことに、ある意味で、革命だけが今ではそれを可能にしている。歴史の急速な進展がここでは無時間性に都合よく働いた。これがラテンアメリカのどこかほかの歴史的都市なら、今ごろは最新ファッションで着飾ったヤンキーどもで埋め尽くされていることだろう。教会の敷居にもコカコーラの広告が貼られていたに違いない。すなわち商品経済というものが、国内外のあらゆる権力のお墨付きを得て、神殿を埋め尽くしていただろう。

ここではほんのときたま通りかかるジープやトラックやおんぼろ車によって静寂が破られるのみだ。窓越しに、天井が高く薄暗い部屋の内部が見え、その奥には中庭の光に照らし出された色とりどりの半円状《メディオ・プント》ドームがある。この半円状《メディオ・プント》ドームは同じものがひとつとしてなく、家それぞれ固有の刻印となっている。通りからも見える中庭は木々、薔薇、そして太く派手な色をした羽飾りのような花でいっぱいだ。この花は一月から六月まで咲くことから《六カ月《セイス・メセス》》と呼ばれている。

表立ってはわからないが、町中が映画撮影のために浮足立っている。ここでは以前も『ルシーア』三部作の第一作が撮影された。現場に連れていかれたが、たしかにあのドラマの最初の場面の通りが目の前にあった。「トリニダーはカリブのハリウッド」と言う者もいる。事情通の趣味人らしい若干の皮肉を込めた台詞だが、内心のプライドは明らかだ。私たちのラテンアメリカは、南米のアテネ、南米のスイス、南米のイギリスなどでいっぱいなのだ。

喪服のような黒装束姿の、いかにもスペイン人らしい厳格で血色の悪そうな顔をした五〇がらみの婦人が、トリニダーは「詩と伝説に満ちている」と私たちに言う。海辺には町の建設者であるディエゴ・ベラスケスが最初に船をつないだとされるカポックノキがあり、また、バルトロメー・デ・ラス＝カサス神父がキューバ島で最初にミサを行なったとされる場所もある。

しかしここで私たちは現実に引き戻される。トランジスタ・ラジオの普及はこの地にも及んでいるからだ。革命政権によって町郊外の丘陵地に建てられたホテル《ラス・クエバス》で朝の七時半にものを書いていると、となりのロッジから女性の物憂げでハスキーな声が這うように漂ってくる。今の大衆の嗜好にあった曲なのだろう、キューバ中で耳にする歌だ。今から思えば、ハバナ・リビエラのキャバレーでその本人が歌っているのを聞いたような気もする。

昼食では、最初にとりとめもない話をしたあと、いつも物質的・精神的インセンティブというテーマに議論が集中する。私には、彼らがなんらかの物質的インセンティブを創出することなしに、この経済的危機 —— 低生産、高い欠勤率 —— を脱することができないように思われる。ブルジョワの子息である知識人のSはまるで剣を突きつけられた闘牛みたいにこれに反応する。東欧流の大衆民主主義は資本主義の《疎外》に直接結びつくものだ。Sはそれをチェコスロバキア、ハンガリー、ポーランドでその目でたしかめたという。彼によると、これらの国々では真の消費社会がもっともわかりやすい形で形成されてしまっている。より多くの富を得るための闘いを通した労働への従属、市場経済が絶えず刺激し刷新してやらねばならない無駄な需要の創出などだ。Sによると、キューバ革命の中心理念であるもっぱら精神的なインセンティブに限定された制度からの逸脱は、革命そのものからの逸脱を意味することになる。そのために戦ったこと自体が無駄になってしまう。消費財を流通させてもよいし、させるべきだが、ほかより金をもっている人間がそれを買うためだけに流通させるのはダメだ。ほかよりよく働く人間を優遇するのもいけない。優先順位は特定のニーズによって決まる。たとえば病人とか、子どもの数とかだ。

農民が仕事と引き換えに金をもらうという状況が私にはいまひとつよくわからない。鞄や靴箱のなかになにを買えるわけでもない紙きれをしまっておくという状況が。ただの紙切れをもらうために朝五時に起きて日が暮れるまで土地を耕す価値があるのか？　集団的幸福とか社会主義建設とか、その農民にとっては、仮に彼がそうしたものを信じているとしても、あまりに抽象的な理想であり、それは彼が日々の辛く無味乾燥な労働を行なっているうちにまるで蜃気楼のように後退してしまう。

そんな農民の高い欠勤率、あるいは彼らがハバナへ大挙して押し寄せ、穴のあいた道路や無人となった雑貨屋などのあいだを亡霊みたいにさ迷ったりすること、仮に仕事についていてもやる気と集中力を欠いたりすることは、今や経済的にも政治的にも深刻な汚点となっている。浮浪罪と国民総登録法（私の理解では身分証明書の携行を義務づける法）はこうした汚点を除去するのを目的としている。これらはいわゆる抑圧的措置であり、不幸にも諸国の革命史において古典となったある時代 ―― ロベスピエールによる公安委員会の時代 ―― の焼き直しである。

いっぽう、巷に流れている噂によると、ソ連から派遣された連中が労働者により多くの消費財を届けるよう要求しているらしい。そうなれば東欧スタイルでの分配が行なわれるのではないかという疑念も生じる。そうなった場合、Sは今の信念を早晩変更せざるを得なくなるだろう……。

Sは東欧における近年のあらゆる暴動 —— 今ポーランド港湾で進行中のそれやここ数年のすべての暴動 —— の原因が経済の修正主義路線にあるとしている。彼はいわゆる《プラハの春》流の雪解け路線を厳しく批判し、逆にソ連戦車の介入のことは、あからさまにではないが、どちらかといえば正当化しようとする。ソ連による東欧諸国への支援の一環だ……などと彼は言う。私はこういう議論になると、チリやカルチェ・ラタンのカフェで友人などに囲まれていたときにもそうであったように、それ以上突っ込んで話すのがいやになり、話題を変えようとする。Sが公安のための仕事もしているとハバナ・リビエラのロビーで私に囁く者もいる。私はキューバに来てから毎日二四時間あくまでチリの外交官として振る舞わねばならない。

私たちはトペ・デ・コジャンテス自然公園に艱難辛苦の末に登り —— Sのソ連製オンボロ車のブレーキが故障したので、採石場横の道端で何時間も待ち、二台のトラックを乗り継いで —— そこで私はまたもやキューバ革命のもたらしたもっとも刺激的で若さに満ちた側面と出会うことになる。山間の村に学校があり、その門のところに小奇麗で親しげな様子の子どもたちがいる。山頂からの光景を眺めているあいだ耳にする子どもたちの会話は楽しげで、実にキューバ的だ。なだらかな斜面ではサッカーに興じている子どもたちもいる。大きな病院の窓からは、子どもたちが愉快そうに合唱する声が聞こえてくる。高地の冷たい空気のせいで、人々はそそくさと手を擦りあわせながら弾むように歩き、満ち足りた表情を浮かべている。

ある実験演劇集団が暮らしている家に着く。農民に混じって働きながら、オネリオ・ホルヘ・カルドソの短編小説に基づくある種の即興劇を試みているという。農民たちの受けもよく、ある物語を下敷きにした芝居を見たあとで、彼らが自分自身の物語を演じ続けることもあるそうだ。この一帯の労働者にすばらしい娯楽を提供しているのみならず、劇団員はみな好人物で、この参加型演劇の試みそのものが興味深い。

コーヒーを飲んでいる最中、我々の話し相手のひとりで、古いがそれなりに粋な感じのパンツにとても素朴なウールのベストを着た女の子が、あの『ルシーア』第二部の主人公役であることに気がつく。西側諸国の女優たち、すなわち厚化粧、つけまつ毛、コンタクトレンズ、鬘をばっちり身につけた女たちが、最高の表情と笑顔を撮影すべく待ち構えているカメラマンたちのたくフラッシュに向かって、とりすました表情で、視線を動かさず、皺が寄らないよう微動だにせずポーズしている姿を思い出し、それと目の前にいる彼女を比較したとき、女性的な魅力と美しさという点からしても、どちらが勝ちかは歴然としているような気がする。

私たちがいるのはかつて反革命勢力との小競りあいがあったエスカンブライ地区のど真ん中だ。道路標識には今も弾痕が残る。革命のために、そしてあくまで革命の枠のなかで働くということが、ほかにもいろいろあるなかで、まさに命をかけることを意味する、少なくともかつてある時期には確実に意味したという事実が、今なおときおりこうして顕在化し、それを見るとものの見方が一八〇度変わる。いっぽうで、六二年のミサイル危機とそれを終わらせた米ソ合意以来、どちらかといえば空想の領域に入っているともいえる外敵による侵略というものが、公安委員会の推進者や監視人たちによって、特定の目的でいまだに煽られているという可能性も捨てきれない。

私が一九六八年にその受賞を推したホセ・ノルベルト・フエンテスの短編は、弾痕が暴力と革命闘争のドラマの生き証人となっているこうした場を舞台とする。しかしフエンテスはあくまで証言者として記述しているだけで、小説家としてこの世界の白黒をはっきりさせようとしたわけではなく、それが革命軍の無原罪の純粋性という原理とその実践、すなわち公安委員会の祭壇に奉られたアンタッチャブルな神性のひとつに抵触したというわけだ。こうしたことはすべて、ミシュレが公安委員会やロベスピエールについて、すなわち大革命とギロチンについて書いた昔の書物に詳しい。

トリニダーへの旅のあいだにノートに記すのを忘れたこともいくつかあって、たとえばある《素朴で》《プリミティブな》画家のもとを訪れた話がそうだ。清掃局かどこかの公務員を退職したもう八〇になろうとする黒人で、小さな部屋で私たちに数枚のキャンバス画を見せてケタケタと大笑いをした。

彼が楽しそうに笑うたび、逆に私たちは喉から手が出るほどの物欲しさにいらいらしたのだが、それは彼がどうしてもそれらの絵画を売ろうとしなかったからだ。なかでも自分で傑作と考えている一枚だけはなにがあっても手放そうとせず、真面目くさった表情で自信たっぷりに細部までを説明したあと、またケタケタと大笑いするのだった。すでに売り先が決まった描きかけの絵もあり、それは買い手の指示で、海、鬱蒼たる木々、ヤシの木が点在する緑の平原、そこを散策し遊ぶ小さな人間たちの姿といった内容にする予定だという。注文した作家たちのなかにはハバナで知られた名もあった。島じゅうを旅して素朴画をコレクションする贅沢を許された《知的公務員》たちだった。察しのいい読者の方はおわかりだろうが、こうしたコレクションはそういう公務員にとって決して《素朴》などを意味しない。いっぽう、素朴かつ狡猾な老画家のほうは、手を擦りあわせては大笑いをし、開いたその黒い口のあいだから辛うじて残った数本の白い歯をのぞかせていた。

ノートに書かなかったエピソードがもうひとつ。トペ・デ・コジャンテス自然公園から私たちを送り届けてくれた軍服姿の運転手が、ホテル《ラス・クエバス》のレストランに残って私たちと食事をしていたときのことだ。食事の終わりがけに彼が私の耳もとで、葉巻を注文するなら自分のぶんもお願いできないか、と囁いた。二本わたしてやると、彼はいかにもうまそうにそれを吸い、葉巻に火をつけるときのキューバ人だけが見せるあのうっとりとした表情で視線を空に這わせた。運転手が立ち去ると、我が友である知識人Sが不満をぶちまけ始めた。あれこそ、革命家たるものが絶対に見せてはならない醜態だ、ましてや外国人の前でなど！

「あの哀れな男は葉巻に目がないだけじゃないか」と私は答えた。「それを罪のように言わなくても」

それでもSの怒りはおさまらない。私が集合時間に遅れた朝――寝過ごしたのではなく、ちょうど日記を書いていたからだが――Sは、そんなたるんだことでは《党員失格ものだぞ》と言った。

Sのその種のこだわりは病的で、どうやら私を挑発するという密かな欲望、あるいは秘密の命令に従っているみたいだった。その挑発は、チリの政治をことごとくキューバのそれになぞらえるという作業を通して行なわれた。彼は私に、今のうちにせいぜい耐久性のある服を買いためておくことだ、コンロ、冷蔵庫、家電はすべて買いかえ、車もたとえばフォルクスワーゲン並みの頑丈なのを、まだ賃貸暮らしなら当然家も買っておけ、などとよく言った。《わかるだろう、国民全員に物資を公平に配分するとなると、配給制は避けられないからな……》

ハバナへの帰途、バラデーロに立ち寄った。少し前に妻と週末を過ごしたホテルに泊まった。ホテル内のキャバレーで食事をしている最中、Sは近くに居あわせた連中全員に挨拶をして回った。そして急に、失礼する、と言い残し、誰かと数分立ち話をしたりした。相手はいろいろな部門の長で革命政府の中間管理職たちだった。Sはときどき誰かを指さして、あれはこれこれの役職の人だと私たちに説明した。うちの二、三人には紹介もしてくれた。Sがそういう場所で水を得た魚のようになることは明らかだった。

キャバレーの脇の一段高くなったステージでオーケストラが演奏を始めた。色とりどりのスポットライトがホールの天井を照らし出した。歌手たちはやや時代遅れの衣装で、その暑苦しくうんざりするような一本調子の湿り声は、若いころによく聴いたキューバ音楽を思い出させた。キャバレーの雰囲気と、あちこちで挨拶をして回るSの姿に、なにか昔に連れ戻されたような不思議な気分になった。だが、今多くのテーブルに座っているのはオリーブグリーンの制服を着たキューバ共産党という——かつてはこのキャバレーの暗い丸天井にその尋常ではない言葉が響いただけで大騒ぎとなっていたであろう——名をもつ党に所属する大物たちなのである。さらに外国人宿泊客も、酔っぱらった奥方やニューヨークやロサンゼルスやマイアミなどから連れてきた銀髪の娼婦たちをはべらすヤンキーの大金持ちなどではなく、ソ連や東ドイツからやってきた巨漢の技術者たちで、そいつらがラムやビール、あるいはビールなど手につくところにあった飲み物とラムを滅茶苦茶に混ぜあわせたような酒をがぶ飲みしつつ、だしものに拍手喝采を送っているのである。

エベルトとベルキスとダビ・ブッツィはびくびくと、同時に笑みを浮かべて自分たちの身に降りかかったことを話したくてたまらなさそうにしていたが、例の無遠慮な耳の存在に怯えていた。彼らはホテルのロビーで私がSと一緒にいるのを見て、しばらくのあいだ慎重に距離を置いていた。Sが帰って私がひとりになったのを見てようやく近づいてきた。明らかに話したそうにしていたが、どこに耳があるかわからない。少なくとも私の部屋でなら秘密が保たれるような気がした。

壁に耳があるなどとは、ふつう誰も思わないものだ。もちろん、私たちだって、そう思うふりをしていただけのことである。しばらくは小声で話したり、筆談をしたりしていた。でも本当は信じていなかったのだ。壁や、ランプのコンセントや、人を不安にさせる鏡の裏に本当に機械の耳が仕込まれているなどとは誰も思ってもいなかった。何分か経つと、私がクローゼットから取り出したラムやウィスキーが燃料代わりになって、私たちは用心も忘れ、次第に声を張りあげるようになり、しまいには喉がかすれるほどの声で喋っていた。

リビエラ・ホテルでの初日、誰もが驚いたことに、エベルトとベルキスは寝室と居間のあるスイートルームを使えることになった。二日目、その居間に入ろうとすると鍵がかかっていて開かない。ブッツィがもちまえの好奇心を発揮し、例の岩みたいにドライなラムを何杯か引っかけて元気を出してからバルコニーに出て、一七階から転落する危険も省みず、欄干をつたって隣の部屋のバルコニーに行ってみると、居間には男がひとりいた。男がエベルト専属のスパイであることを理解するのに時間はかからなかった。そう推測する環境はすでに整っていたのさ、と、エベルトがあの人をからかうような大げさな言葉遣いで、ややふざけた口調で言った。このころはまだこちらにも余裕があった。本当に警察のやり口を信じていたのなら、私たちはもっと真面目に用心していたことだろう。だが、このころの私たちにとっての警察はまだ、ちょっと冗談交じりに「怖いぞ」という類の警告を囁きあう対象に過ぎなかったのである。

警察に監視されているという推測から彼らが導き出すすべき唯一の策は、友人である私を慎重に遠ざけることであったろう。五〇年代のチェコスロバキアでは、それぞれの国で共産党か進歩的運動にかかわっている西側出身の作家たちが、古くからの知り合いであるチェコ作家と道で出会ったとき、彼らがわざと反対の舗道へよけていくのを見て呆然としたという。当時のチェコ人にとって外国人との接触ほど危険なことはなかった。それだけでありとあらゆる告発がなされ得るからだ。外圧が存在し、おまけに政府がその外圧の亡霊を規律維持と国内統合に利用するとき、その国の人間にとってもっとも危険なのは、本であろうが、新聞であろうが、人であろうが、国境の向こう側からやってくるあらゆるものとの接触ということになる。とはいえ、経済封鎖にもかかわらず、またやがてその存在がくっきりと浮かびあがってくる秘密警察もたしかにあったとはいえ、このときのキューバの状況は五〇年代のチェコのそれとは大きく異なっていたし、ソ連における大粛清時代などとは比べるのも無理がある。それに、一九六七年にパリからハバナへ芸術家を大量に招いたいわゆる《五月サロン》や、ヨーロッパとアメリカ大陸の知識人が一堂に会した一九六八年一月のハバナ文化会議などの余韻がまだ残っていた。

　極端な例がフランス人写真家ピエール・ゴレンドーフで、最初《五月サロン》でキューバを訪問、その後も文化大会のために再訪している。それ以来キューバに定住、キューバ人女性と結婚し今では二歳の娘もいる。ゴレンドーフは無理やり私に会いに来て、人民連合政権となったチリへぜひ引っ越したいと熱く語った。どうやら自分にとってチリ以外に住むべき国はないようだ、自分の写真家としての立派なキャリアにチリ滞在経験は欠かせない、いや画家としても、詩人としても、芸術史の教師としても、自由を愛する知識人としてもぜひチリに……とかなんとか。私は彼にたいした便宜は与えず、それならネメシオ・アントゥーネスに手紙を書いてみてはどうか、彼は国立美術館の館長職にあるから、と提案するに留めた。

ゴレンドーフは私たちの集いに二度か三度加わった。彼はキューバで恨みと怒りをためこんでいたが、望み通りチリへわたるため妻と娘を連れてフランスに一旦戻る許可を、当局からまだもらえずにいた。私はパリのオデオン広場とムッシュ・ル・プランス通りあたりのところでビオレタ・パラのグループといっしょにいたときに会った彼の姿とその発言《あなたは彼女のお友だちだったのですか……?》をなんとなく覚えていた。

まさにあのときのゴレンドーフその人ではあったが、ハバナ・リビエラに閉じこもっての三年間ですっかり老けてしまっていた。彼が革命の現在の難局ではなく、その幸福期にのみ魅力を感じていたことには、疑いの余地がない。しかし、だからといって、もっとあとになって彼が敵側のスパイだと告発され、たいした弁明も許されずに監獄送りになるとは、いったい誰が予測し得たろう……。

このころ私は、パディージャの新しい小説がホテルの机の上に分厚い原稿となって眠っていることを知った。題名の『僕の庭で英雄たちは草を食む』は革命後にできあがった英雄崇拝を揶揄している。ひとにぎりの男たちの英雄的行動が、キューバを、従属と記録的貧困と国民的屈辱の淵から救い出した。それが少なくとも公式に受け入れられ、幅広く普及している歴史である。マルティ、マセオ、フィデル、チェ……。彼らの肖像は町のあらゆる壁や雑誌に見られ、その名前はどんな演説にも繰り返し登場する。民衆寄りの諸政党や組合組織などが革命の進行にある程度参加はしているが、歴史のテクストはそういう事実をむしろ無視して、英雄たちの賛美に徹していた。いっぽうで、キューバが帝国主義と縁を切って英雄たちが国内、やがては国外の組織的支援に頼らずしては権力の座をも維持できない時代になってもなお、対バティスタ闘争という過去がそのような英雄解釈に都合よく働いたこともわかっておく必要がある。しかし歴史のテクストは、歴史を修正し国をその運命へと導いた人物の人格ばかりを徹底して強調していた。

チリに関する私たちの話のなかで、パディージャは、権力が法的枠組みによって――たとえその合法性原理が過去のものとなってもなお――統制され制限される社会主義というものの可能性をしばしば熱く語っていた。チリの場合、明らかにその法制度はフランス大革命に直接由来するもの、すなわちその真の意味を取り込んでいるので、権力の横暴を促進すると同時に制御してもいる。似たような制度の不在はキューバ国民に高い代償を強いていた。革命の英雄たちは、銅像としておとなしく固定化するどころか、街に繰り出して、鉄柵を打ち壊し、個人宅の庭に侵入し、そこにあった花々を蹴散らしたのである。

というようなことを語っているのが題を見ただけで容易に知れる小説を、誰が無事バルセロナで刊行できるなどと思うだろう？　キューバが革命後でもっとも難しい局面を迎えている時期に、それはタイミングが悪過ぎるというものだ。私はこの問題を深く考えなかった、私には関係ないことだった。ところがパディージャは計算違いをし、そして難局における計算違いにはかなり高い代償が伴う。彼自身があの大いに反感を買った有名な詩集に書き加えそうな一行だ。

パディージャは私たちの友人でもある編集者カルロス・バラルに原稿を送るという話をしていた。のちに各方面から指摘されたような、パディージャが私の外交官特権をあてこんで原稿の国外もち出しを頼んできたという事実はない。そのころは多くの外国人作家やジャーナリストがキューバに出入りしていた。私の知る限り手荷物検査をされたような者はひとりもいない。そもそも、完璧主義というデーモンに取りつかれたパディージャが、まったく脱稿するそぶりを見せなかった。ふいに原稿を見せたかと思うと、まるで別れを惜しむように、相手の手からそれをひったくる。私はたまたまめくったページを見てチェコ人とロシア人との会話であることがかろうじてわかり、それはどうやら、当時のキューバにあふれていた両国出身の専門家を主人公とする小説か、一九六八年八月のチェコ事件に関する小説のようだった。が、エベルトはものすごい形相で、原稿を私の手から取りあげてしまった。

最後の数日間、エベルトは、まるでそれの強奪計画があるのを察するか知っているかのような顔つきで、どこへ行くにも必ず原稿を脇に抱えていた。もし本当に彼の思う通りだったとすれば、彼の取るべき道はいずれかひとつ、すなわち修正は未来の自分か校正者に任せてただちに原稿を公表するか、引きこもって沈黙を守り庭で花でもいじっているか —— ある朝見るとそれが（特に夜になると台座の上から降りてきて町をさまよう癖のある）英雄たちの足の裏で踏みにじられているかもしれないが —— であったはずである。だがパディージャにその計算はできなかった。それに、私たちだって似たような境遇に置かれたら、どう考え、どう反応するか、わかったものではない。

そうこうするうち、練習船エスメラルダ号の訪問が近づいてきて、未刊の小説『英雄たちは僕の庭で草を食む』などより深刻な気がかりが生まれてしまった。現実世界の英雄たちはチリ海軍の栄光の象徴たる帆船エスメラルダ号――トマス・コクラン卿によって率いられスペイン海軍を破った初代エスメラルダ、アルトゥーロ・プラットの率いた二代目エスメラルダに次ぐ三代目――を迎える準備をせねばならなかった。ある朝、革命軍の広報部長が電話をかけてきて、革命軍相であるラウル・カストロ司令官があなたをお迎えする予定だ、と私に言った。

フィデルは三〇分単位、場合によっては数時間単位で人を待たせる男だ。と当時に、一五分間の予定で設定されたフィデルとの会合が、彼が対談相手や相手が代表するものに対する好奇心から話に熱中するあまり、午後いっぱい、場合によってはまる二日にわたって延長されることもある。フィデルはまさに熱き指導者、無尽蔵の好奇心に満ち、得意分野では比類のない想像力に恵まれ、歴史書、新聞、自然科学系の論文、農業のマニュアルなど貪るように読書をするいっぽう、文学や芸術作品には驚くほど無頓着な男である。その伝染力の強い楽天主義は、仮にその判断が誤った数値と誤った情報、現実に関する不正確な知識に基づくものであったとしても――七〇年の砂糖一千万トン計画のように――大多数の国民を説得し動員する力をもつ。彼はそうした自らの過ちですら、まるでそれが集団的運命、その代償を全員で受け止め支払わねばならない歴史的宿命の結果であるかのように公然と認め、そしてその同じ熱狂と楽観主義をもって新たな方向に舵を切る。

ラウルはそんなフィデルの対極であるという話を聞いていた。その冷淡さはかねがね評判で、また盗聴マイクから離れたきわめて内輪の会合では彼の残虐性が話題になっていた。嘘か本当か、そうした残虐性は東側の人民民主主義国家のあいだでも評判らしく、どこかの国の指導者が別の国の指導者から、ラウル本人の口から政敵を粛清したときの様子を事細かに聞かされた、とかいう話を聞いて目を丸くしたとかしなかったとか。シエラ・マエストラの指導部中、革命の前に国際的な共産主義組織ともっとも多く接触していたのがラウルで、彼はある時期キューバ共産党に加わり、ウィーン、ブカレスト、プラハなどで開催された青年会議にも参加している。革命後は、ソ連からほぼ全面的な物資補給を受けているキューバ革命軍の責任者として、ソ連との親密な組織的関係も築いている。もうひとつの重要な事実。フィデルがチェコスロバキアへのロシア戦車侵攻を容認する発言をした六八年の年末以降、作家に対しこれまでにない集中的であからさまな攻撃を開始したのが、ラウルの指導下にある軍の雑誌『ベルデオリーボ』なのだ。犠牲者はその年の一月に私の投票でカサ・デ・ラス・アメリカス賞を受賞していたホセ・ノルベルト・フエンテス、そしてアントン・アルーファー、エベルト・パディージャ。読む機会がなかったのでまた聞きによるのだが、アントン・アルーファーの作品は戯曲で、昔の外国を舞台にふたりの兄弟が政治闘争をする物語であるという。どうやらフィデルとラウルを揶揄していることが明らかな作品のようだ。

革命軍の本部は、バティスタ時代に最高裁判所として建造された巨大で堅固でグロテスクな建物、すなわち現在の革命宮殿の一画にあった。もっとも血なまぐさい暴政が敷かれていた時代に裁判所がどうしてこんな贅沢な建物をもてたのかはわからない。おおかた、バティスタが自分の犯罪を隠すため、司法に媚を売る必要があったということだろう。

私は定刻に着き、たしか記憶に間違いがなければディアスという名の革命軍広報部の担当指揮官が建物の入り口で待っていた。ホールを横切るだけで、自分が許可なしには入ることのできない特権的空間にいることに気がついた。私は間違いなく権力の中枢のひとつに来ていた。衛兵、エレベーター係、伝令係など、いる者すべてがきびきびとした卒のない身のこなしで、愛想笑いひとつ浮かべようとしない。

ディアス指揮官に伴われて一分ほど待合室で待機したのち、革命軍相の部屋に通された。いつものオリーブグリーンの軍服を着ているラウル・カストロは思っていたより背が高く見えた。髪は短く、目にははっきりした表情がなく、その視線はただぼんやりと目の前の机の一点に注がれたままで、両腕は華奢で毛がなくつるつる、その体つきは、かつてはひ弱だったのであろうが、厳しい生活と激しい労働、そして自己鍛錬を経るうちに鍛えられてきたことを雄弁に物語っていた。彼は間違いなく、私がそれまでに知りあった政府のメンバーたちみたいな《カストロ首相の優しい子分》というのとは違い、あらゆる政治権力の重みを兄とは違った形で——伝染力の強い熱狂も大衆やメディアとの関係も一切断ち切った怪しげな薄暗がりから——共有する人間だった。

グレープフルーツジュースをもらい、煙草を差し出され、短く挨拶を交わしてから本題に入った。ラウル・カストロ司令官の口調は礼儀正しく穏やかだった。兄のフィデルとは正反対に、彼はいかなる意味でも声を荒立てることがない。ひょっとすると、私の邪悪な交友関係と、ときにはそのアイロニーや嫌味によって反革命的な色彩を帯びる私生活における忌まわしい発言などを知った上で、あえてそうしていたのかもしれないが、それをたしかめる術はない。

革命軍相は私が外務省に送ったエスメラルダ号の航海に関する報告書を目の前に揃えて置いていた。彼がそれに目を通したのは一〇分前だという印象を受けた。ここで私は、エスメラルダのもつチリ海軍にとっての重要性、その国民的人気、同じ名をもつ先代軍艦に象徴され集約される海軍の伝統というものに対する国民の愛着などを説明した。さらにチリでは海軍が歴史的に軍の本流であることも説明した。チリの歴史における唯一本当の流血革命、すなわち一八九一年の合法政府崩壊で頂点を迎えるあの革命において、海軍だけは、硝石による利潤を自国のために活かすべく最後まで陸軍の援助を仰ぎ続けたナショナリストのバルマセーダ大統領に逆らって、当時の寡頭支配層と英国の帝国主義を擁護する側に回った。当時の海軍はイギリス流の訓練とその階級感覚に忠実に従ったのだ。だが、このときのチリでは、むしろ海軍の立場を正当化する法的根拠が存在した。九一年の予算案について議会の承認が得られないことを予測したバルマセーダは、その前年の予算案を政令ひとつで適用する宣言をしたが、実はこれは憲法違反である。バルマセーダが政権についていたころ、海軍と国会議員たちは、英国の助言者に倣い、議会重視派になっていた。いっぽうの陸軍は《強い行政》を支持する立場から、硝石による収入をパリやヨーロッパ南部のビーチや賭博場で浪費することしか考えない寡頭支配層、議会、政治屋どもを、バルマセーダの強い内閣が粉砕することを期待していたのだ。

ラウル・カストロは身動きひとつせず私の話に耳を傾けていたが、やがて脚を伸ばし、こちらとしては純粋に職業的で非政治的なプランを用意している、と言った。キューバ軍兵士にはエスメラルダ乗員との会話で政治的話題を絶対に出さないよう命令する予定である。乗員たちはあくまで《チリの友人たち》として扱われ、より踏み込んだ《同志》呼ばわりは決してさせない、と。要するにラウルは、式典を純粋に軍事的なものにすればチリ海軍側も喜ぶだろうと信じていたのであり、それはまことに正しい判断である。

ラウル・カストロは大げさな話し方をするタイプではない。むしろ、兄上とは反対に、大げさな話し方を意図的に避けている節すらある。ミグの地下基地一斉発進を見学するとよい、それとミサイル発射訓練も。防衛を目的とした小さなものだが、とても近代的で優秀な艦船が一隻あるのだ。ソ連の支援でつくられた漁港施設の見学もいいだろう。午後には野球観戦にお連れする、キューバ人観客たちから大喝采を浴びるだろう、間違いなく保証する、野球に行きたくない水兵たちは映画はどうか。《これでもキューバはかなりいい映画をつくっているのだ》と彼は言った。

「司令官、実は艦長のほうから、一日自由時間をとらせて欲しいとの申し出があります。航海に出て三〇日ほど経っていることはご承知でしょう。あと、可能であれば兵士たちに陸のホテルで一晩泊らせたいとも申しております。エスメラルダは世界中の寄港地でそうする習慣があるらしく……」

司令官は黄色く長い指であご鬚を撫でた。調整してみよう。むろん、ハバナの状況が普通の国の首都とは違うことも彼らに説明せねばならんが。

「もちろんですよ！　彼らもわかってくれるでしょう。でも、なにか前もって用意せねばならないことがありましたら……」

各自に特別なカードを一枚わたして大きなホテルの施設を使えるようにする、あるいは、もし泊りたければ、そうしてもらってもいいかもしれない。いずれにせよ、その場合は、彼らが挑発的行為の対象になる危険について検討する必要がある。反革命分子がこの機を利用して彼らと接触をはかるかもしれない……。

司令官はあご髭を撫でていた。彼は私に、側近たちとこの問題について話しあって、よい解決策を探る、と約束してくれた。

「最後にもうひとつよろしいでしょうか、司令官」と私はにっこりしながら言った。「入港翌日に艦長がみなさんを招くパーティーとは別に、下士官たちが企画しているダンス・パーティーがあるのですが、実は彼らがそこに女の子を三、四〇人ばかり招待したいと申しておりまして」

さすがのラウル・カストロ司令官もこれにはようやく笑みを浮かべた、というか笑みのような動きをほんのわずかに見せた。たぶん女子学生を動員できるだろう、キューバ女性連盟に打診してみてもいいかもしれない。とにかくなんとかしてみよう。

彼の態度はどちらかといえば平坦で穏やかなものだった。艦長が書類で求めてきたのは三、四〇人ほどの《女の子》の招待だった。特に《育ちのいい》という文言はなかったが、それは言わずともわかる。私は子どものころのビニャ・デル・マルでの休暇を思い出していた。姉と友だちの女性たちは、八日か一〇日の予定でビニャに停泊中で、当時の沿岸部の年ごろの女の子たち全員の胸をときめかしていた仏軍艦船ジャンヌ・ダルク号で開かれるダンス・パーティーに、各自のシャペロン――キューバではスペイン語風にチャペローナという付き添いの年配女性――といっしょにお出かけする準備にいそしんでいた。キューバにとってもチリにとっても、そしてこの代理公使にとっても、あれからずいぶんの歳月が流れた。シャペロンの手につながれて姉といっしょにボートに乗り、ファンファーレが鳴りトリコロールの旗が無数にはためく仏軍巡洋艦の堂々たる舷側を目指したのがあのころ。そして今、キューバ革命政府の旗を前にチリ政府の代表としてここにいる。だが、そのチリ政府の正体をあの当時のチリ人たちが知ったら、きっとシャペロンたちは卒倒し、女の子たちも大慌てでしていたことだろう、現に、すでに立派な大人となった姉や、あのとき仏軍巡洋艦へいっしょに行った娘たち、今では孫もいる彼女らは、チリが左翼政権となった今、苦悩と胸の張り裂けそうな不安でいっぱいなのである。背後の棚にグランマ紙のミニチュア置物が見えるそのラウル・カストロの執務室で、私はそんな奇妙な感慨にとらわれていた。ラウルは面会時間が終わったことを丁重に告げ、そして私は感謝の言葉を述べつつ席を立った。兄とは対照的に、ラウルの話は定刻に始まり予定時間三〇分ちょうどで終了した。ディアス司令官が私を車まで送ると、車は急発進、かつてバティスタのものだった厳めしく重々しい建物から全速力で遠ざかり始めた。到着してから離れるまできっかり三七分、軍艦の歓迎プログラムの手はずを整えるにはじゅうぶん過ぎる時間だった。

私と妻のピラールはほぼ毎晩パーティーや食事に出かけねばならなかった。各国の大使館関係者は、到着したその日にフィデルがじきじきに数時間も割いて話をしたこの新参の外交官に会って話をしたがった。フィデルとの会見を報じたのはグランマで、その記事には私へのインタビューと、外交官と作家としての経歴も紹介されていた。このころ、チリの政治はあらゆる人々——本物の支持者であれ、うわべだけの支持者であれ——から熱い注目の視線を浴びていた。当時のグランマ紙やキューバのすべての定期刊行物はチリに大きな幅を割いていた。

こうしたこともあり、私は七〇年のグランマ紙の既刊をすべて事務所へ届けさせることを思いついた。チリでの大統領選について、シュネイデル将軍の暗殺について、政権移行について、そして最後にキューバ政府による新政権承認について、彼らがどのような報道をしてきたのか知りたかった。九月四日以前に《ラテンアメリカ》の面でもっとも大きな幅を占めていたのは、予想通り、ペルー革命とウルグアイの都市ゲリラ組織トゥパマロスだった。四日の直前にアジェンデに関する長い賞賛調の人物紹介を掲載し、迫りくるチリ大統領選のことにも少し触れてはいるが、左派の勝利を予測するような言葉はひとつも見あたらない。むしろキューバ政府の心はウルグアイの都市ゲリラたちと、ラテンアメリカにおける過去の軍政のイメージを覆したベラスコ＝アルバラード軍事革命政権のほうに傾いていたようだ。

少々古めかしい護憲体質と政治的共存における平和主義といったチリの特殊性は、一九七〇年九月四日以前には、キューバ政府とその報道機関の興味をあまり引かなかったと見える。ところが五日になったとたん、人民連合勝利の報を伝える大々的な見出しが予告もなく躍る。この九月五日グランマ紙朝刊――おそらく昼ごろに完成し、昼食後に配送されたのだろう、なにしろ競争にさらされていない報道機関なので、記事をしっかり完成させ、入念に議論を煮詰めるだけの余裕があるのだ――これ以降、キューバのすべての報道がチリとアジェンデに大きな幅を割くようになる。

こういうわけで、ハバナでのパーティーや公式セレモニーが行われるたびに、六年半におよぶ経済封鎖を経て久しぶりにやってきたこのチリ外交官にみなの視線が注がれるようになったのだ。妻はロングドレス、私は黒のスーツとネクタイ姿で毎晩お出かけするのだが、ホテルの広いロビーに降りると兵士、シャツ姿の学生たち、外国人技師といった大勢の人々が私たちのために道を開け、そばでは、偶然通りかかったハネムーン中の新婚夫婦があっけにとられた表情をしていたり、椅子に深々と腰かけたまま何時間もそこにいる老婆が冷ややかな眼差しで睨んでいたりする。色も形もさまざまの魚たちが泳ぐ水槽のようにだだっ広いホールを抜けて、高速のアルファロメオに乗り、普通では行けない高層ビルや光り輝く要塞のようなクバナカン・ホテルといった場所、すなわち輝かしいモノや素敵な機械、外の世界の輝きと轟音と狂気とに少しでも接触のある場所へと向かう私たちのことを、彼らはおそらくほとんど神話上の人間であるかのように見ていたのだろう。なかには、すぐに機嫌が悪くなり反動的な思考をする気難しい者もいて、きっと私たちを見て怒って文句のひとつでも言っていたことだろうが、そんなことをしても、上位構造というものをよく理解しているより温和な同志たち、すなわち革命の現実的問題を自覚している、そしてそれゆえ体制に深く取り込まれている同志たちから、まあ待て、と諭されていたに違いない。ホテルのロビーを抜けていくあいだに私が味わったある種のばつの悪さは、私自身の革命のプロセスへの参加がまだまだ甘過ぎるということ、そのせいで階級的特権のもたらす主観的でネガティブな世界観にとらわれていること、その結果、ブルジョワ知識人的な思考の枠組みを抜け出したというにはほど遠いことの紛れもない証拠であった。

チリについてグランマ紙が割いている膨大な記事で、ある朝私は、大統領の妹でチリ社会党中央書記局員でもあるラウラ・アジェンデ議員がハバナ・リブレ・ホテルに来ていることを知った。今から思えば、その種の来訪については、本国から知らされずとも、前もって外交官として把握しておくべきだった。そういうことのできる、しかし社会主義のなんたるかをまったくわかっていない同業者を、私は山のように知っている。そういう連中ならきっと、タラップの下できちんと彼女を待ち構え、ホテルのスイートルームのテーブルの上には花束と丁重かつ豪華な歓迎カードを用意させ、彼女がのぞむ用事にはいつでもすぐ取りかかれる状況をお膳立てし、買い物など日常に必要なものが欲しければ誰かの奥さんをつき添わせ、そういう奥さん連中がそのまま美容室であろうが仕事であろうがどこにでもしつこくくっついていって、このチリからのやんごとなき訪問者が革命の目に見える成果に賞賛の声をあげるたびに相槌を打っていたことだろう。

外交官としての至らなさは認める。彼女の名前は新聞で見た上に、ハバナ・リブレのスイートルームに着いたときにはすでに二四時間が経過していたように思う。あれは学校訪問や歓迎行事などでかなり忙しくしていた時期で、私は許しがたい軽率さから、そのような予定を言いわけに同志大統領の妹にも許してもらえると考えていた。また私のこの嫌味で尊大な性格も原因だったと言わざるを得ないだろう、なぜなら、以前作家のパンチョ・コロアーネとマヌエル・ロハスが同じホテルに来ているのを新聞で知ったときには、正直にいうと、飛んで駆けつけたからである[*4]。というので要するに二四時間の遅刻であり、これはきっと物陰の観察者や記録者たちがただちに書き留めたに違いない失態であるが、いずれにせよ完全にすっぽかすよりはましと思い、私は議員の待つスイート・ルームへと向かったのである。大広間では、議員のまだ幼く可愛らしい娘と、もう少し年上で、堅くて人を寄せつけないキリッとした表情をした友だちの女の子がひとり、キューバ女性連盟のメンバー二、三人といっしょに座っていた。部屋には花々やキャンデーの箱、ほかにも政府系組織や重要ポストの面々からの贈り物が並んでいた。その部屋では明らかに権力とそのいわゆる小道具というものを身近に感じることができた。仕事しか頭になく、生産の些細な問題点までをも気にかけ、あらゆる外交プロトコルを蔑視する、あの金銀モールや肩章などまったくつけない質素な野戦服を着た首相によって統治されているとはいえ、キューバ人というのは、繰り返しになるが、あの最高司令官の見かけの質素さとは裏腹に、この種の儀礼についてはよくわかっている人々である。いや、実際のところ、その外見とは裏腹に、キューバ人とは世界のほかの国々と同様、権力による儀礼行為やその古典的な飾り付けのことを熟知しているのである。

さて、議員は仕事で大忙しで、部屋と控室を盛んに行ったり来たりしていた。キューバの政府関係者にもってきた土産の山を整理してほしい、と私にも声をかけてきた。このお土産を誰にわたせばいいのかしら？　ところで、昔サンティアゴのある人の家で見かけたとても綺麗な象牙のアレ、そのある人自身がハバナから土産でもちかえったものよ、そのお店の場所はご存じ？　ハバナで象牙が売っているなどという話は初耳だったが、知らないと認めるのは外交官職としては許しがたい失態である。

「たしかな話ですか、ラウリータ［ラウラの愛称］？」

4　フランシスコ・《パンチョ》・コロアーネとマヌエル・ロハスはチリでたいへん人気のある作家でともに国民文学賞を受賞している。マヌエル・ロハスは本書刊行の数年後に亡くなった。フランシスコ・コロアーネは二〇〇二年に九二歳で亡くなった。ラウラ・アジェンデの最後はより悲劇的なものであるが、だからと言って一九七一年から七二年にかけて書かれたこの手記のなかの彼女に関する記述を書きかえる理由にはならないだろう。仮に彼女についての記述に皮相な部分があるとしたら、それは当時これらのページを書いた作者の責任ということになろう。ラウラ・アジェンデは一九七三年九月のクーデターのあとしばらく拘留された。一九八一年、亡命先のキューバで深刻な病に陥り、何度もチリへの帰国申請を出したがすべてチリ側によって拒絶される。同じ年の中ごろ、外電により、ラウラ・アジェンデがハバナ・リビエラ・ホテルの最上階から飛び降り自殺を遂げたことが報じられた。

絶対たしかよ！　六四年か六五年にそのある人がキューバからチリにもち帰ったの！[*5]

そうですか、しかし今はもう七一年二月ですからね、そういうものはきっとすべて国内市場から消えていることでしょう。

議員は反論に耳も貸そうとしなかった。実のところ、私よりも経験を積み、この仕事の素質に恵まれた外交官であれば、草の根分けてでもその目的の象牙のひとつを探しあててきたことだろう。近かろうが遠かろうが少しでも権力の後光を浴びている人種を喜ばせるとなれば、よき外交官たるもの、どんな怪しげな話だって平気ででっちあげることができるし、国際政治について、まるでタレーランのように、さりげなく権力者や有名人との親しい個人的交際を仄めかしつつ話すこともできれば、食堂に入って一目見わたしたとたん、椅子の配置のよしあしや、花や食器がきちんと揃っているかをチェックするなど朝飯前で、とにかくどんな細かい用事でも器用に、かしこまって、卒なく、こなしてみせるのだ。人々が外交官の真の秘密を知ったら、彼らを気にかけるどころかあまりの馬鹿らしさに失笑するだろう、とシャトーブリアンは言った。私が執拗にも犯してしまった過ちは、象牙を探して政治のことは政治家に任せておくのではなく、自らラウラ・アジェンデを相手にキューバの政治経済状況を語ってしまったことだ。政治が政治家の手だけに任せておくにはあまりに深刻な現実であるにせよ、これは越権行為である。

「本当に」とラウリータは言った。「またあなたとこうしてお話しするなんて面白いわ。それに私もあなたに賛成、今の話をサルバドールにきちんと伝えるべきね」

先の選挙の一年ほど前に、ある在キューバ・チリ人のグループが大胆にもサルバドール・アジェンデと直々に面会し、キューバ・モデルには重大かつ深刻な欠陥があり、チリに適用するのは無理であると助言したらしい。うちの数人からこのときの話を聞いたが、彼らはそろって失望感を口にした。アジェンデはあからさまに関心がないとわかる表情でただ聞いていただけだというのだ。いやはや、歴戦の古つわものでキューバへ何度も通っていたアジェンデがそうした革命の問題点を知らないなどと、彼らはどうして思えたのだろうか？　多少の不都合な点についてはアジェンデのほうが彼らよりよほど詳しかったろうし、選挙戦と勝利後にキューバ・モデルを利用するか否かについて彼の心はすでに決まっていたはずで、そんなことを今さら知ったからといって路線変更をするはずもない。前回六四年の選挙では、同盟関係にあった共産党が――彼らの頭に血がのぼったときに特徴的なあの本当にタイミングの悪い愚劣さを発揮して――革命キューバのご威光をしきりと利用しようとしていたのに対し、アジェンデと社会党はキューバに言及するのを慎重に避けた。だが七〇年の選挙で状況は変わる。チリ社会党はキューバに執拗にこだわり続けることで、その揺るぎのない革命主義と、化学的

5　この《ある人》とはほかならぬサルバドール・アジェンデであり、彼の象牙趣味は古臭くありきたりであるのはともかくとして、保守系政治家の石ころやくだらないものに対する愛好と同様、あくまで罪のない趣味の域を出るものではないのだが、この段落では私の筆に自己検閲がかかっている。こうした秘密の記録でも私は外交官＋作家という二重の条件から自由になれなかった。チリ外交官にとっての最高権威は憲法上では共和国大統領であり、それすなわちこのときはサルバドール・アジェンデであったことを思い出されたい。

に純粋で混じりけのない革命家集団としての資質を証明しようと試みた。六四年のときのような国民に安心感を与えるという問題意識は消え、代わって、投票による選挙（これはハバナの革命の成功という教訓からすっかり権威を失墜していた）をも憎む反抗的極左を取り込む路線を採用、これがとりわけ短期決戦で功を奏することとなり、結果として歴史上初めて、暴力革命抜きに、すなわち左翼の憎む合法的手段によって、皮肉にもマルクス主義者が一国の大統領に選出されることとなったのだ。

フィデルは選挙前にアジェンデのことをいちおう承認し、キューバとしては、半信半疑ではあるが、特定の国で選挙を通して左派が勝利するという可能性を完全に度外視しているわけではないとする声明を出していたが、その奇跡が、たとえばグランマ紙、そしてアメリカ大陸や世界中の革命家たちが驚いたことに、実際にチリで起きてしまったのである。さらにこの奇跡は反動勢力にとっても思わぬ不意打ちとなり、これが幸いして、政府による支配と制御、すなわち権力掌握という、選挙戦などよりずっと困難な道に最初の一歩を踏み出すのが容易になった。困難な道というのは、一部の短絡的イデオローグが望んだにもかかわらず、選挙による合法的闘争の段階では幸いにも具体化しなかった、指揮権や新政府の初期的政策に関する左派内部の不和、これがいずれ浮上してくることはまず火を見るより明らかであったからだ。それこそチリ政府が抱える問題の根底にあり、キューバの要人たちと話していてもしばしば話題にのぼった。生まれたてのチリ革命には成熟が必要であると彼らは口を揃えた。まず武器の扱い方を覚え、ありとあらゆる大衆動員技術に関する方策を練り、また警察による監視システムも構築せねばならない。この監視システムの絶対的な必要性を人民連合に相乗りしているリベラル派たちは軽視するか無視している。彼らは役立たずの烏合の衆で、いずれ必ず挫折するか船を見捨てることは確実であり、だからこそ今のうちに人民連合から取れるものを取ればいいという甘い誤算に基づいて集まっているに過ぎない、と。

「聞いた話では」と庭の真ん中で、自然か電気の不躾な耳から遠く離れていることを確認した上で、それでもなお小声で、ユーゴスラビア大使が言った。「君の大統領はセクト主義者ではないらしいね」

「もちろんです！」と私は彼に答え、アジェンデとごく親しく知りあう栄誉にも恵まれたことを申し添えた。「彼はセクト主義者などではありませんよ」

だが、チリではすでにいくつかの勢力が彼の手に負えなくなっていたか、あるいはキューバ方式がある種の目的に役立ち始めていたはずなのだ、なぜなら、キューバによるチリ新政府承認 ―― 私の見た限りではそこに至るまでの経緯は予想していたほど早くもなく容易でもなかった ―― 以降、新政府の関係者たちのなかには自発的労働だの、同志大臣だの、同志大使閣下だのといった言葉遣いをする者が出始めているし、また、反動勢力の暴力に対しては革命の暴力で立ち向かうべきだと主張する者も現れ始めていたからだ。それに、反動勢力側も、社会主義への平和的移行など夢幻に過ぎないということを首都および全国《ウルビ・エト・オルビ》に示すべく、シュネイデル将軍暗殺事件においてすでにその恐ろしい素顔をちらつかせ始めていた。

代理公使は辛い困惑に苛まれる立場だ。新政権の何人かの要人たちが繰り返す常套句や、いくつかの初期的政策、その思考様式の色合いや質などを見ていると、わずかに違う部分こそあれ、いつか必ずチリでもキューバと同じことが繰り返されるのではないかと不安になるのだ。自分たちの国はキューバ革命の抱える難題や逸脱など安々と乗り越えると、チリ人の左派、右派とも大多数が確信していること、変革が始まったばかりのチリにいる人々がそう信じて疑わない様は、遠いキューバから眺めている立場からいうと、かなり危ういものである。チリでは国民どうしの暗黙の了解で、遠い異国キューバというイメージと、そこでの問題は《南米のイギリス》であるチリで繰り返されることなどあり得ないという安心感ができあがってしまっている。だが、キューバの抱える諸問題は、社会主義を建設するという複雑きわまる作業に着手した発展途上国なら、どこでも起こり得る話なのだ。チリも幸福な時期――おそらくそれはキューバ革命のそれより短いものになるだろう――が終われば同じ難題に直面することになるはずだ。勝利の興奮と初めての権力の味に酔うなかで、社会党と左翼革命運動《MIR》が合流してできた人民連合政権は、昨今流行りの言葉でいう《革命のプロセスを急進化》させようと、じきに自分たちの英雄的資質が試される困難な時期が来るという予測を――予言は左翼の常套手段のひとつでもあるからだが――いささか無節操にはしゃぎながら叫びたてている。

いっぽうの在キューバ代理公使としては、キューバの現状に、同国人にとって陰惨な未来の可能性を読み取っている。人民連合の何人かの《同志たち》による見当違い、現実の兆候に関する誤読、その意図的な盲目ぶりはまったく頭に来る。ああした態度を見ているだけで、彼らが勝利の興奮――必ずしもよき助言者とは限らない感情――に突き動かされて、また抑えのきかない権力欲という、歴史の長きにわたって最悪の集団的悲劇の源となってきた欲望にかられて、自分の心に危険なまでに素直に従って行動しているということが明らかにわかる。最悪なことに彼らは、政治の舞台で不必要にキューバ的な言動を繰り返すあまり、同じく権力欲にかられてはいるが、政治的には彼らと対極にいる、その気になればなにをするかわからないファシスト反動勢力をも刺激してしまっている。

「君はすでにリベラル派に分類されているぜ」とパディージャに言われたことがある。「もう命運尽きたな！」

私は笑みを浮かべていた。ここまで語ってきたことが本当にどのような結果をもたらすことになるかを思い知るのは、もっとあとになってからだ。ハバナ・リブレのスイートルームで花籠とキャンデーの箱に囲まれて、ラウラ・アジェンデは、私のここまでの話を聞き終えた。彼女は、この件について日を改めてもっと話しあおう、と約束した。私が語ったことすべてに彼女は深い関心を示した。しかしながら……彼女は立ちあがった。

「それじゃあこの贈り物はどうしましょ……」

分けて箱詰めにしてカードを添付する必要がある。自分の秘書にやらせましょう、と私はラウラに言った。

「いいのよ、それにはおよばないわ、ホルへ！　ここの同志たちはみな親切なの、なんでもしてくれんだから！」

このとき電話が鳴った。マヌエル・ピニェイロ指揮官だった……。

私がラウラ・アジェンデとの微妙な内容の話を終えた瞬間、常に注意深くなにごとにも目ざといピニェイロ指揮官が現れる……。このときはこの偶然がなんとなく心に引っかかる程度だった。その後に散々猜疑心を募らせた今となっては、彼が間接的にか盗聴によって私の話を聞き終えてすぐに受話器を取ったとしか思えない。チリに帰ればみなが、そうした猜疑心は病的だと言い、主観に頼り過ぎだとか言って私を責めるだろう。たしかにその可能性もあるが、私は今でも、ピニェイロ指揮官は私たちの会話を聞いた直後にラウラに誘いの電話をかけてきたと思い続けている。以前レサマとその友人たちとの約束があった同じ日と時間帯に私を食事に誘うというかまをかけてきて、そのとき私が無視したことで、彼の私に関する評価は決まっていたのだろう。いや、ひょっとすると彼の私に対する評価は私がキューバに来る以前からできあがっていたのかもしれない、彼が私を《研究》しなかったはずはないからだ、おそらくそのためにチリの『プントフィナル』やプレンサラティーナ通信社にいる友人たちの情報を利用したのだろう、そういえばカサ・デ・ラス・アメリカス賞の審査員として前に来たときの記録も残っていたはずだ、要するにこっちが呑気にヘラヘラ笑っているあいだに、私を告発するのに必要な要素が彼の前には山積みになっていたに違いない。

政権与党議員であり、おまけに国家元首の妹でもあることを考慮して、私はラウラ・アジェンデを公式な食事へ招待した。ついでに何人かのチリ人も招いた。チリ・カトリック大学総長夫人モニカ・エチェベリーア。カサ・デ・ラス・アメリカス賞の審査員として滞在中だったマヌエル・ロハスとフランシスコ・コロアーネ。観光客の身分で滞在中だった作家で農家のクリスティアン・ウネエウス、彼はケンブリッジの空気を吸ったチリ知識人としてキューバの社会主義を間近で観察している最中で、英国時代の友人であるパブロ・アルマンド・フェルナンデスの家に宿泊していた。

ラウラ・アジェンデの体があく日を決めてもらうのには骨が折れた。各地の訪問、ボランティア労働体験、女性や民衆組織との交流、予定は日を追うごとに寸刻みになっていった。ピニェイロ指揮官は、私が最初に彼女のホテルを訪れた際のあの電話で予約した食事をすでにラウラと済ませており、そこで間違いなく、私が体制に従おうとしないキューバ人たちと頻繁に交流していることに対する政府の不快感を伝えていたに違いない。私の執拗な申し出に、ようやく彼女は日を決めてくれた。私はほかにもキューバ人を誘うことにした。アイデエ・サンタマリア、ほかならぬピニェイロ指揮官には前にお誘いを断った借りを返すため、女性連盟の会長であるラウル・カストロの妻ビルマ・エスピン、文化使節としてチリ渡航が決まっていたリサンドロ・オテロ、メレンデス、ドゥケ＝エストラーダ、あともうひとりいたが覚えていない。

それから何日か経ち、キューバ人からは誰ひとりとして返事が来なかった。私の招待客たちは跡形もなく消え失せてしまった。予定がわからない在留チリ人に関しては、みながそれぞれ忙しいことだし、食事の日にキューバのどこへ用があるかわからない。ラウラ・アジェンデとの会食のために用意した二〇席がすべて空になるという深刻な事態が予想された。その情報がピニェイロ指揮官の手で脚色されてアジェンデ大統領に報告される、まさかそんな間抜けな失態は考えられない。おたくの代理公使殿は我が国でチリ人が自由に移動するのを指をくわえて観察しているだけのようですな、とか言われるなんて。

アイデエ・サンタマリアはこのときオリエンテ州にいた。食事会に来てもらえる可能性は低い。カサ・デ・ラス・アメリカスの秘書に電話すると、サンティアゴ・デ・クバにいるアイデエと相談してから追って連絡する、との返事だった。その日の午後に秘書から電話があった。アイデエはラウラ・アジェンデに会うため金曜の夜に開かれる食事会にあわせてサンティアゴからわざわざ来てくれることになった。

この約束を取りつけたのが火曜か水曜の午後のこと。その翌朝、メレンデスがいつになく優しい声で電話をかけてきて、食事会の用意は順調か、なんなら手伝うが、と言った。

「君は来るかい？」

「ああ、あんた。もちろんだよ！」

ドゥケ＝エストラーダももちろん来てくれることになった。直後にリサンドロ・オテロから電話があって、喜んで参加する、と言ってくれた。女性連盟から電話があり、旅行中のビルマ・エスピンに代わって副会長を参加させると伝えてきた。なしのつぶてを貫き通したのは、というより、エスメラルダ号の到着まで事実上姿をくらましていた唯一の人物が、ピニェイロ指揮官だった。

アイデエは、外交儀礼にふさわしい衣装はもってこなかったと公言しておきながら優雅なドレス姿で現れた、チリの俗世間にまみれた女革命家のことを、やや憎らしげに見つめているような印象を私は抱いた。ラウラが私の右に、彼女は左に分かれて座っていたため、アイデエは私の体越しに少し投げやりな言葉をラウラにかけた。おそらくアイデエは、このチリ社会党女性議員のことを、さまざまな弱点を抱えるチリ革命の権化として眺めていたのだろう。その弱点について、彼女のようなキューバ人はいつも非難したそうにするのだが、最後のところでは慎重にそうした非難の言葉を飲み込み、曖昧な懐疑主義とやんわりした皮肉に紛らして仄めかすに留める。*6

そうこうするうち、パンチョ・コロアーネが口を切り、アル中の元船乗りみたいな例のダミ声で食後の一座の注目を集めた。キューバの政府関係者たちが驚愕を押し殺しながら、そしてアイデエが思わぬ座興を楽しむようにじっと見守るなか、コロアーネは大声で、昔からの共産党闘士である自分はある結論に達した、すなわちキューバでは人は純粋なる革命家になるか完璧な偽善者になるしかないということだ、当然ながらつけ加えておくが、何度も訪問するうち今では偽善のほうが支配的である

6　なんとも切なく悲しいことに、アイデエ・サンタマリアはこの食事会の十年後に、ラウラ・アジェンデと同様、ハバナで自殺をしてしまった。彼女は自殺の少し前、革命の歴史的立役者のひとりであるアルマンド・アルトと離婚をしていた。カサ・デ・ラス・アメリカスで彼女が最後どのような位置にあったのかはわからない。いずれにせよ、彼女が六〇年代に主導した、あの幅広い外国知識人を招待し、伝統的な作家も実験的な作家も積極的に世に送り出し、前衛的な絵画彫刻の展覧会を次々開くという文化政策は、その死の時点で、完全に忘れられ、葬り去られた過去のものとなっていた。翌八一年の中ごろにそうした六〇年代を再現しようという試みがあり、もう年老いたかつての知り合いたちがハバナに集まって、堤防通りのカサ本部を訪れたが、すでに往年の敏腕女編集長の姿は消えていたのである。

ことがわかった、と宣言したのである。彼はそのあとすぐ、その同じ口調で、今度はその場に居あわせた官僚や文学者集団に対するお世辞の言葉を発し、そのあともいくつかの小話を披露したが、その小話はメレンデスやリサンドロ・オテロの心を和ませる類の有益なものではなく、むしろ話しているコロアーネがだんだんとバルパライソの売春宿にでもいそうな、つまり喧嘩で歯を失ったボロボロの酔っ払いに見えてくる小話ばかりで、こうして愉快な食後の歓談は終了した。

アイデエとラウラ・アジェンデはエスメラルダ号を一緒に訪問するのに待ち合わせをする約束をした。私がチリ人らしい厚かましさを発揮して翌日に知ったところによると、ラウラは私が企画した食事会について、形式的過ぎる、自分の目から見ても革命キューバの雰囲気にはそぐわない会だったと言ったらしい。食事会の形式主義的なあり方を見て、彼女の心のなかでピニェイロによる私に対する非難の言葉が事実として確定したのかもしれない。といっても、ピニェイロが私を攻撃しているのは、実はもっぱら形式主義の欠如ゆえなのだ。ハバナにおける外交官どうしの社交は六九年や七〇年のサンティアゴにおけるそれよりずっと厳格で、たとえばチリではパーティーが夜の一一時まで続くし、服装コードも風変わりな知識人や政治家たちのおかげですっかり乱れているが、ハバナではそのような風変わりな知識人や政治家といった人種そのものが消えてしまっているか、あるいは歴史の要求という重圧のもとで体制に取り込まれてしまっているのである。

このころ、あまり親しい間柄ではないがけっこうあちこちで遭遇する友人のS・Mが、やや頻繁に電話をかけてくるようになった。「会いたいんだがね」と言ってからこうつけ加えた。「少し話したいことがあるんだ」

私はホテルのランチに彼を誘った。最初は私の部屋で酒を飲んだ。ほかにも人がいたと思う。S・Mはいくつか話をし、いくつか冗談も言ったが、表面的な話し方になるよう気を配っている様子だった。どんな話も政治的な意味合いを帯びるし、ゆえに、どんな冗談でも些細な理由で断罪されかねない。

ふたりきりになったランチのあいだに本題に入るかと思ったが、彼は表面的な話題や冗談をやめようとしなかった。たしかに、その食堂で私たちが愛情をこめてカピタンと呼んでいるメゾンデートルがこちらを見張っていたし、ハリウッド風の――といっても革命から一二年経った今となっては壊れかけのアナクロニズムと化した――カーテンやシャンデリアの裏から盗聴マイクがこちらに向けられていたかもしれない。

コーヒーも飲み終え、友人はハバナ・リビエラの玄関ホール、すなわちキューバ人がスペイン語の《ベスティブロ》ではなく、昔のチューインガムやカメラを抱えた米国人観光客を思い出させるあのおぞましい《ロビー》という英語で今も呼ぶ場所へと歩き出した。ずっと話し続けていたS・Mがふと黙り込んだ。私は疲れていて部屋に戻って少し寝たい気持ちだったが、S・Mの突然の沈黙にその眠気が覚めた。彼が電話で言っていた《話したいこと》がようやく聞ける。

「わかってもらいたい」とS・Mは厳かに言った。「僕は友だちだ、真の友人だと」

「ずっとそう理解してきたよ」と私は言った。「その気持ちはこちらも変わらない」

S・Mはわかったという仕草を見せた。彼はそのままホールを歩き続け、一分以上口を開かなかった。

「では君にひとつ言いたいことがある」

それを言うのに力をかき集める必要があるかのように、彼はそのまま歩き続けた。その時刻のホテルには人もほとんどいなかった。濃紺の海から無数の白い波頭が堤防にうちつけては、道を濡らしている。私は、でたらめながらもそれなりに安定した枠のなかで過ぎてきた自分の人生が、まるでふいにその堅固な基盤を喪失したかのような、奇妙で、胸を締めつける不安を覚えていた。

「ここで君がやっていることはすべて監視されていると言っておきたいんだ。だから気をつけろと」

私たちは再び黙りこんで歩き続けた。

「君は、私がパディージャやそうした集団と接触していることが問題だと思うのか？　会話のなかの批判とか？　そういうのがすべて問題だと？」

「違う」と友人は言った。「そうは思わない」

「ではなにが問題なのだろう？」

「政治的活動とみなし得ることはすべてだ。わかるか？　政治となればどんなことだって問題なんだ」

おそらくまだ引き返す余裕はあったのだろうが、本当のところ、私はまだことの半分も理解していなかったか、あるいは理解する心の準備ができていなかった。やがて、すべてをつなぎあわせて考えていくうちに――キューバでの外交官生活のあいだ頻繁に行なうあまり急速に身につけた精神的操作だ――私は先ほどまでのランチのなかで、S・Mが、彼の個人的知り合いだという政府高官の名に二度か三度言及していたことを思い出した。彼はその人物があるとき私について話をしていたと言った。

「その人は君を高く評価している、わかるか？」

ということはS・Mはその人物のメッセージを伝えに来たということか？　政治的活動というのは私がチリ外務省のために作成した報告書を指すのか？　チリ大使館が代表するアジェンデ政権に対し、その直接的かつ客観的な情報源を中性化しようとしているのだろうか？　私が赴任した日、フィデルは、緊急の財政課題を克服すべく今期の砂糖収穫の最低達成目標を七〇〇〇万トンにすると発表した。私は過去のあらゆる前例を精査し、特に外交官仲間の情報を頼りにして、一月初頭にチリ政府宛ての報告書で、自分の見積もりとしては今期の砂糖収穫高は六〇〇〇万トンに届くのも難しいだろう、と書いた。一月中旬になり、フィデルは、一二月七日の演説で発表した数値目標を六五〇〇万トンに引きさげた。それから数週間が過ぎるも、ノルマはいっこうに達成される気配がない。政府は労働者の欠勤を非難し、浮浪罪の施行を検討、実質上の強制労働を全島に課し始めた。それに代わる方策はおそらく物質的刺激を創出すること、すなわち市場原理を介して国民に労働を強いることであったろうが、フィデルの理論によると、キューバでは社会主義と共産主義の道は同時進行する。物質的刺激に回帰するのは資本主義的逸脱を再生することにつながるのだ。かくして経済発展は行くも地獄、帰るも地獄の袋小路につきあたる。つまり、キューバ革命がほかのあらゆる革命と異なり、社会主義のもっとも純粋でもっとも進化した様式を体現する証拠であった、精神的インセンティブのみによる労働という制度、これを放棄してしまうか、あるいは、自発的労働が現実の過酷なアイロニーによって強制労働へ転じてしまうか。

キューバ政府はS・Mを介して私に沈黙を守るよう示唆したかったのであろうか？　もう少し待っていればすでに大使に任命されている人民統一行動《MAPU》運動党員の若者が到着する。最初のMAPU党員の大使任命には反対したチリ議会の承認も取りつけているし、キューバ側の《身元調査》も安心する結果が出ている人材だ、彼が着任して私を追いだすまでは黙っていろということだろうか？

S・Mは単に私を面倒から救おうとしたのだとも思う、それが人情というものだろう。だが、私を《高く評価している》とかいうその高官のほうが一枚上手だったという可能性もある。つまりはこういうことだ。私があらゆる政治的活動を停止する、要するに私が書いたキューバの政治経済情勢に関する報告書——人民連合のお偉いさんたちのようなその地位にもかかわらず政治家として成熟しているとは限らない連中の目にはあまりに過激な内容のそれ——を保留にすれば、彼らは私の私的交友関係と火遊びを見逃してくれる。

私が他人の経験を教訓にしていれば、きっとこのメッセージも正確に読解していたことだろうが、人は、ある状況の複雑さを身をもって最後まで生きなければ、なかなかそれを我が経験とみなすことができないものである。私は考えた末に、自分の一切の行動は政治的とはみなせないはずという結論に達した。私の外交活動は形式的なものに過ぎず、キューバとチリの真の外交は在チリ・キューバ大使館を通じて維持されている。私の赴任は一時的なものであることに加え、もっぱら象徴的性格を帯びている。作家たちとの会話もあくまで私的な噂話の域を出ず、特に意味はないと。今から思えばむしろ逆、すなわち私の行動のすべて、私のあらゆる言葉、あらゆる会合、あらゆる冗談、公式・非公式を問わないあらゆる言動というものが、社会主義キューバにおける人民連合チリ代理公使というきわめて特殊なケースにあっては、常に政治的にならざるを得ないと考えるべきであったのだが、この時点での私の勉強はまだまだ全然足りなかった。

というわけで、私たちは、ディプロメルカドで購入したラム酒と飲み葉巻を味わい、エベルトが芝居がかった笑い声を響かせ、パブロ・アルマンドが大げさな叫び声をあげ、そしてレサマ＝リマが縦横無尽に話題がつながるあの単調かつ煌びやかな独白をぶち、みんなで詩を朗読したり、昔のハバナ・リビエラ・ホテルにパリやヨーロッパ中の似非シュルレアリスト集団が集まっていたあの幸福な時代の思い出話に興じているあいだ、来たる不可避の危険へと向かって笑顔で近づいていったのだった。外では風が唸りをあげて停電による暗闇をいささか大げさに包み込み、そして冬の海の波が堤防通りに打ち寄せていた。暗闇のカリブ海上では帆を張ったエスメラルダ号がハバナ港を目指して進んでいるはずだった。歓迎の用意は万端だった。入港は二月二二日午前八時ちょうどの予定だった。同日同時刻、妻は子どもたちの面倒をみるのとパリへの渡航の準備のためにチリへ帰国する予定になっていた。私はキューバの次にフランス大使館で大使兼詩人パブロ・ネルーダの助手を務めることが内定していたのだ。

【一九七一年二月二一日、ハバナ】

スペイン語を流ちょうに話すアルバニア代理公使は、奥さんの調子を尋ねた私に無表情で「まあまあ《レグラール》」と答える。「まあまあ?」「ええ、まあまあ」どうやら夫人は果物と野菜の不足から肝臓を悪くしているらしい。家の屋根がひどくて雨漏りがするという。彼は外交官専用の政府部門に電話をかけた。反応がないのを見て手紙も送った。なにもしてくれないまま数週間が過ぎた。すると家の屋根が崩れ落ちた。「なんだって?」私は自分が聞きちがいをしたかと思う。「崩れ落ちたんだ」と、椅子の端に腰かけた小柄で無表情のアルバニア代理公使は、眉ひとつ動かさずに繰り返す。それから彼は国際共産主義の話をする。彼によると中国はほかの国の援助に関心があり、それは国際共産主義の精神に則っているものだ。彼によると中国は国際的社会主義を真に実践している唯一の国である。

彼はふいに、まるで話し過ぎたことを悔やむかのように立ちあがり、別れを告げると慌てて歩き出し、ホテルの出口まで送ろうとする私を止めようと一定の間隔で振り返る。私が外交儀礼に則って彼にすがろうとし、我が小柄なる同僚君がそれを止めようと廊下で、エレベーターの入り口で、そしてホールで何度も振り返って手を振るという、まるでチャップリン映画みたいな光景になる。単なる暇つぶしに公共空間のベンチでくつろいでいるといった風情の大勢のヒマ人たちは、さぞや驚きの目をもって私たちを眺めたに違いない、なにしろヒマと批判的考察は概して相性がいいという、彼らは私たちが演じる不条理劇のかっこうの観察者になったことだろう。

テレビではオリベ事件が芝居がかった調子で報道されている。新聞やテレビ映画のストーリーによると、ラウル・アロンソ・オリベはＣＩＡのエージェントとして一九六九年までキューバ農業省指導部に潜入していた。テレビ映画では、オリベがリオデジャネイロとマドリードで米国の国際組織と接触し、金をもらって指示を受け取っている様子が、役者を使って再現されている。キューバ側の防諜の現場も再現されている。公安の男たちがオリベの職場と自宅に立ち入り、小さなカメラを使ってあらゆる書類の写真を撮っていくのだ。この場面でテレビ映画は教化的役割も果たす。国家公安局の果たす当然の使命を国民に具体的に示すというわけだ。

テレビ映画の真ん中あたりで、オリベ役の俳優がキューバの農業に関する状況を仲間のフランス人に知らせる場面がある。ルネ・デュモン教授だ。デュモンは罪の意識に苛まれて後ろを振返ってばかりいる。こうして、キューバ経済に関するデュモンの近著に集められたデータが、諜報員オリベを介して、すべて米国中央情報局から直接得られたものであることが明らかにされる。

映画の監督、というかそれをつくらせた連中は、最後に劇的かつおぞましい場面を用意していた。それまでオリベ役を演じていた役者の代わりに、空っぽの部屋のなにも置いてない机の前に座りカメラに向かって告白をしている本物のオリベの姿が映し出されるのだ。彼は演じていた役者より年を取っており、顔は役者より大きくて血色が悪く、口が乾燥しているのか言葉を窮屈そうに発している。彼は、デュモンがキューバ革命を国外で貶めるためできるだけ多くのデータを欲しがった、そして自分は、恥ずかしくもＣＩＡ上官の指令に従い、彼の願いをすべて叶えてやった、と言う。

六八年一月の文化大会から定住しているフランス人写真家ゴレンドーフが一昨日逮捕されたという噂だ。フランスへ帰国する便が出発するわずか二日前。彼はパディージャの友だちだ。同じくパディージャの友人だったふたりのドイツ人がこれまた帰国直前に逮捕された。うちのひとりは、解放されたい思いから、自分がCIAのスパイであることを告白した。私の極端な思い違いでない限り、パディージャの状況は本当に危なくなっている。なのに彼は、多少なりとも知的な会話や思索をする者がよく話題にしたその種の警告を聞いておきながら、それでもなお自分が世界最高の国に住んでいるような顔をしている。

アイデエが、カサ・デ・ラス・アメリカス賞の授賞式に居あわせたザッキ司教とコロアーネと私に、バティスタの手下の男が彼女の兄アルドを殺すべくその首に縄を巻いたときの話をしてくれた。名前を問われたアルドがそれを告げると、その手下の男はあっけにとられて彼の顔を見た。「あんたはあのアベリート・サンタマリアの弟かい？」「そうだ」とアルドは言った。「俺は子どものころあんたの両親の土地でアベリートの友だちだったんだ。あんたはアベリートの弟なのに、なんだって革命家になんかなったんだ？」「それは君たちバティスタの手下どもが兄のアベルをモンカダ兵営襲撃に加わったとして拷問し殺害したからだ」その手下の男は口をあんぐり開け、それから縄を解き、アルド・サンタマリアを逃してやったという。アルドは今、革命軍海軍司令官になっている。

「誰がＣＩＡのエージェントなもんか！」とテレビ番組を見ていたＺが私に言った。[*7]「オリベはキューバでも農業について熟知している数少ない男だったのに」

「ではなぜ？」

「ふん！」と興奮したＺは意味ありげに肩をすくめてみせた。

あとで私は、Ｚのそのような癇癪と抑圧の入り混じった仕草、それ以上の発言ができないからこそそうなるのだが、それがフィデル自身の政治指導の責任というテーマに触れるたびに現れることを知った。すなわち、このときの彼の仕草は、オリベが最高司令官の農業プランに賛成しなかったことで罪に問われたことを示している。オリベはフランス人の仲間デュモンにその危惧を伝え、それを聞いたデュモンはあろうことか自らの著書に利用してしまった。そのなかで彼は、批判に対して聞く耳をもち、自らの支持基盤との接触を絶たないように務めていたチェのことを褒めたたえ、そうしたチェの姿勢がフィデルと対照的であると示唆している。のちにパディージャは、その書簡と公開自己批判において、デュモンのことをＫ・Ｓ・カロルと同じくＣＩＡの大物エージェントだと告発することにな

7　オリジナルの原稿でも私はZとしているが、あとで混乱しないよう、欄外注釈でそれがパディージャである旨を記している。パディージャはかつてアルベルト・モーラとともに通産貿易省に勤務した経験から、キューバ政府の内情については文学仲間たちよりずっと詳しかった。オリベ事件に関する彼のこの種のコメントは数週間後の投獄を決定づけることになる。

る。パディージャによると事実は明らかであり、告発にはたいした証拠など必要ないとのことだった。そのもっとあとにこの件をパリでフランス人大学生と話したら、彼らはなんて馬鹿な話だと笑ったものだ。そのような告発は、告発されたものより、告発した側と裏で糸を引いている人々の評判を落とすものだと。さらにこの話は、私たちチリ人のあいだでは数人の専門家によって知られるのみだが、その報告文とイメージが当時のヨーロッパ左翼のあいだに痛烈な衝撃となって残っているもうひとつの自己批判、もうひとつの自己告発に関するいやな思い出を呼び覚ました。すなわち、フルシチョフが第二〇回共産党大会で行なった秘密の演説が公開され、改めてその全容が明らかになったあの衝撃だ。キューバはその同じ過ちを、国内的にはあくまで善意から、要するにある種の子どもじみた呑気さで繰り返してしまっており、はからずもそれは、またしても赤の他人の体験は人類普遍の教訓とはならないことを、そして彼らが立ち止まってソ連の体験を知り反省する機会をもたなかったことを証明してしまっている。キューバは、さまざまな理由で隠蔽されてはいたがそれでも強固に維持し続けていたあの二、三年前までの図式的な反ソ路線から、たいした熟慮を経ることもなく、純粋にプラグマティックな動機にもとづいて今の親ソ路線へと舵を切った。歴史の教訓について彼らはこれを綺麗さっぱり忘れているが、それにより、今後はかなり辛い道を避けて通ることはできないだろう。

その間、ラウリータ・アジェンデとその一行は、行く先々で大歓迎をされつつ、革命の成果を見て回っていた。ある夜には人民裁判を傍聴し、興奮した面持ちで戻ってきた。あれこそ正真正銘の人民による正義ね、チリの裁判もああいう風にすべきよ。いやいや、実際のところ、チリの司法権威を攻撃するのはさほど難しいことではない。欠陥だらけで緩慢、古色蒼然とした旧式書類、そしてその中枢は腐敗し、鶏泥棒や反抗的青年には手厳しいが、ブルジョワどもの経済的犯罪行為には大甘なのだから。

中国大使館でのパーティーで、初めてフィデルと対談した際に同席していたグランマ副編集長ペルドーモに会った。私が外交官職より文学を優先しているなどと恥ずかしげもなく告白してしまったあのインタビューの聞き手である。

「まだ公邸がないですって!」ペルドーモは目を丸くして叫んだ。「あなたにいちばんいい家を用意してやれとフィデルが命令したのを僕もこの目で見たのに」

ペルドーモは、フィデルは私の公邸がないことを全然知らされていない、と断言した。彼はもう一度フィデルに確認してみると言い、彼がこれを知ったら今度は断固たる命令をくだすだろうと保証してくれた。翌月曜か火曜に私のほうからペルドーモに電話する約束をした。その際、ついでにエスメラルダの寄港に関する記事内容を話しあうことになった。

秘書が約束通りにペルドーモに電話をかけ、グランマの事務室での約束を取りつけた。ペルドーモはエスメラルダにしか興味を示さなかった。私の公邸を確保するというあの思いやりは魔法のように消え去っていた。やはり最初のフィデルとの会談にペルドーモらとともに居あわせた女性記者が、あのときと同じ中性的な笑みを浮かべて同席していた。実は海軍に詳しかった我がほうの主任領事がエスメラルダ号のことを細かく説明し、それを彼らが丹念に書き留めていった。公邸の言葉は一度も出ず、私はその件を今ペルドーモに切り出すのはタイミングがよくないだろうと考えた。ちゃんと話して理解しあっていれば、きっと彼にとってもささやかで有益な、記者としての職業に欠かせない進歩になっただろうし、現実をきちんと学ぶ第一歩になったことだろうが、それもこれも、彼が経験から学ぶタイプの人種に属していればの話に過ぎない。

第四章

数々の準備と告知を重ねた末、ようやくエスメラルダ入港の日がやってきた。その同じ日の朝に妻ピラールはチリ帰国のためメキシコ行きの飛行機に乗る予定だったが、こちらが空港まで見送りにいけないので私たちはホテルで別れた。彼女にはキューバ国内の問題についてチリで一切コメントをしないという約束をしてもらった。なにか言えば、それは必ず拡大解釈か歪曲をされてすぐ各方面に伝わってしまうだろう。

忠実なるトマス——ハバナに来てふたり目の運転手——の車に乗り、青空の下に微風吹きわたる涼しい朝のなかを、濃紺の海と港を目指して全速力で出発した。ホテルにいた誰かが早くも興奮した声で、エスメラルダの船影が水平線上に見える、と言っていた。儀典部の手違いからひっそりとしたものとなった私の到着などに比べれば、満艦飾をはためかせ甲板に兵士が居並ぶチリ海軍訓練船エスメラルダ号によるキューバへの初寄港は、チリ・キューバ国交回復のもっともわかりやすい派手な印といえる。トマスの運転するアルファが堤防通りをカバーニャ要塞へ向けて進んでいくあいだ、海に面した欄干に見物スペースを陣取るべく走る人々の姿や、海沿いの建物のバルコニーに鈴なりになっている住民たちの姿が見えた。帆をいっぱいに張ったエスメラルダは港の狭い入口に舳先を入れようとしているところだった。これから、海側のカバーニャ要塞岩壁と陸側の旧市街とをつなぐそのかなり細く長い水路を抜けて、植民地時代の旧市街中心部、すなわち今の海軍司令本部の建物がある第一突堤に停泊しなければならないのだ。

私の乗る車が堤防通りのカーブを折れて港にさしかかり、植民地時代の灯台塔、道路両脇のライオン像、プラド大通りのバロック様式の街灯などが見え始めたころ、船はゆっくりと水路を進んでいる最中だった。カバーニャ要塞の灰色の岩壁に、エスメラルダの鋭角的な木造船体がくっきりと浮かびあがっていた。群衆が岸壁に集まって船に手を振り叫び声をあげていたが、その数はこの種の見世物にしては予想よりも少なかった。しかたのない話である。なにしろ砂糖収穫真っ最中の月曜午前八時なのだ。なるほど、見物客には子どもと女性と老人が多かった。トマスと私は群衆をかき分けて埠頭の奥まで進んだ。報道陣がめいめい好みの場所を陣取っていた。ベダードやミラマールの通りでスポーツタイプのアルファロメオ（車についてはちとうるさい我が運転手君たちによると首相の口ききで入手したものらしい）を時速一〇〇キロで飛ばしている姿がよく目撃される、キューバでもっとも名の知られたアナウンサーが、マイクを片手に実況中継していたが、私の姿を見ると手を振り、カメラに向かって、まさにたった今チリ代理公使が到着した模様です、と伝え始めた。西側の気のきいたアナウンサーなら突っ込んで実況を続けていたことだろう、たとえばこんな感じだ。代理公使は海軍の式典を考慮してか細身のネイビーブルーのスーツに紺色のネクタイ姿をしております、やや硬く顔色が悪い、これはおそらくここ数週間の寝不足と緊張によるものでしょう、ようやく革命の緒に就いたばかりのチリ代表として異国に勤務する重圧とさまざまな挑発行為によるものでしょうか、わずかに緊張し感きわまった顔にすら見えます、しかしそれもそのはずでしょう、なにしろこれから公使が迎えるのは母国チリでもっとも堅固な伝統を誇る機関、公使ご自身の幼少のころの記憶にもっとも深く根ざしている、かの誉れ高きチリ海軍の訓練船なのであります、公使の思いは遠いチリのサンティアゴへ飛んでいるようであります、ああ、サンタルシアの丘よ、森林公園、マポーチョ川、夏の陽に焼かれた埃っぽい首都の道よ、そこからバルパライソ湾へ降りてゆくと視界に開ける海のきらめき、そこはかつて老軍艦《ラトーレ提督》号が、あるいは《ブレーメン》号や《クイーンメリー》号の白く輝く船体が人々を魅了した場所、そして今我々の目の前にある帆船エスメラルダ号の鋭角的な船体が聳えていたのであります……云々。が、そこはおそらく首相お気に入りのアナウンサーのことだ、その種の直観や想像力に欠くことはないにせよ、もっと中立的で、最近のキューバ情勢や人々の暮らしとはまったく無縁なことばかりをラジオリスナーに語るだろうし、そしておそらく西側諸国のジャーナリストたちは彼の言葉を自分たちの報道に利用すべく適当にいじくりまわすだけだろう。

　バルパライソの埠頭に係留されているのを幾度となく見た船の上にずらりと並ぶ兵士たちの、その親しげで、人を疑うことを知らない、友好的な顔を見ていると、なにか不思議な気持ちになった。もはや私の第二の性質と化したここ三カ月の精神的重圧は弛緩し、すると、あのすべてを飲み込む強力な疑惑という感情にとらわれない、より温かい人間関係というものが世のなかにはあるのだ、ということにふと気づいた。まだ停泊し切っていない船上の、将校や水兵たちの制服や身振りからすでに見て取れるその階級・階層意識は、明らかな時代錯誤に属すものである。しかし、その時代錯誤が私のなかに、自分でも当惑してしまうほどの安堵感を、共産党の指導者ならすぐにその正体を見破って断罪するであろう、あの勝手知ったる我が家に戻った感覚を生み出したのである。

　ブリッジにいた船長が私に敬礼し、同国人とわかってかすかな笑みを浮かべた。桟橋側に車輪があり船の動きにあわせて伸び縮みする白いタラップが降ろされ、私たちはハバナの軍港長とキューバ海軍から派遣された副官を伴って乗船した。「チリ国代理公使殿に敬礼！」という命令が聞こえて私は立ち止まり、国旗掲揚と、サーベルをかざした将校たちと、チリ軍歌『ユンガイ賛歌』を演奏する楽団を見た。シュルレアリスムとアナーキズムの余韻に毒されていた私たちの世代は、その種のすでに過去の遺物と化していた一九世紀ナショナリズムに満ち満ちた愛国的見世物をいつも嘲っていたものだ。あのころの私はネルーダの若書きの詩を好んで引用した。

祖国《パトリア》　悲しき言葉よ
温度計や　エレベーターと　同じ響きだ

逆にネルーダの『チリの大いなる歌』などにおけるあまりに堅苦しい数節については敬遠していたのだが、そこでエスメラルダの全乗員に敬意の念を捧げられてみると、そこに至る三カ月のあいだに自分がどれほどの精神的重圧に耐えてきたかがよくわかった。

曲が終わると私は艦長と彼を囲んでいた三、四人の将校に挨拶をし、ふたりのキューバ人将校とともに艦長室に入った。中央の壁にはアルトゥーロ・プラットの肖像画がかけられ、両サイドの壁にはチリの古地図が貼ってあった。艦長が、少し前までその地図は安いレプリカだったが、事情を知ったパブロ・ネルーダ氏が実物を寄贈してくださったのだ、と語った。この話に私はキューバの政治習慣とチリのそれとの違いを改めて感じ取り、我が国では共産主義詩人が軍隊というもっとも保守的な組織、少なくとももっとも伝統的な組織に寄贈をするなどという贅沢ができるのだと思うと、先ほどまでの幸福感、すなわち私を包んでいた安堵感——それにより光栄にも遠い暗黒地帯へ放り込まれることになった私の骨の髄からのブルジョワ的資質をいみじくも証明する感情だ——はいやが上にも増すのだった。

練習船エスメラルダ艦長エルネスト・ホベー＝オヘダ海軍大佐は、五〇歳ほどで背が高く逞しくエネルギッシュ、いつも機嫌がよくジョークや小話が大好き、子どものように無邪気ではあるが知性も兼ね備えている、そんな男だった。キューバの将校たちが帰ったあと、私たちは一五分ほど話をした。私は彼に上陸後のスケジュールを伝えた。艦長は乗員たちが一日自由時間を取ることを重視していて、船員も将校も望めば陸で一夜を過ごせるようはからってほしいと言った。なにしろ一カ月以上の航海を経てきているからだ。私は艦長に、既定のスケジュールにないお楽しみは全てご法度である、と伝えた。何人かはホテルに泊まれるよう動いてみるが、真夜中にピザを注文するのとはわけが違う。バーやレストランやキャバレー、そのほかの娯楽施設についても、ここにはほかの国とは違う習慣がある。今の革命キューバは消費財を欠き、厳しい配給の統制下にある。まあ、あなた方もその目で見ればわかるでしょうけど。

ホベー艦長はひとつのことにしつこくこだわるタイプではなかった。言うことなすことすべてが厳しく監視されているという私の助言を、彼は特になにを言うでもなく、メモ帳に書き留めた。彼は時計を見ると、サーベルと礼服を身につけ、私と部屋を出た。軍港長と副官がすでに甲板で私たちを待っていた。

私たちがホベー艦長を先頭に革命海軍総本部の建物へと続く長い道を足早に歩くあいだ、群衆が「チリ万歳！」「アジェンデ万歳！」を叫び拍手を送った。大勢のカメラマンがフラッシュを炊き、テレビや映画用のカメラが回るなか、キューバ軍司令官アルド・サンタマリアが執務室手前の待合室で私たちを出迎えた。サンタマリア司令官の仲間には、かつてチリで暮らしたことがあり、マゼラン海峡を通過した経験もあるという、名前も容貌もデンマークっぽい感じの将校がひとり混じっていた。

お決まりのダイキリで乾杯したのち、間違いなくチリ海軍より立派で近代的なレーダー室と通信室に案内された。壁の地図にはエスメラルダが時間調整のため前夜に停泊していた場所に印がついていた。

「本艦の居場所をご存じだったわけですな」ホベー艦長が笑みを浮かべて言った。

サンタマリア司令官は「そうだ《シー》」とだけ答えた。彼は口数の少ない無愛想な太っちょである。チリ軍人たちにはさぞやぶっきらぼうな男に見えたことだろうが、私は彼に共感と信頼感を抱き、そのなかに押しつぶされた人間、とても強い失望を味わった人間、その職務にもかかわらず現実的な権力をいっさい剥奪されてしまった人間の姿を見た。この歴史の大波に呑まれてしまった無害で善良なクマを思わせるアルド・サンタマリアに接するチリ人将校たちの態度を見ていて、私は彼らの政治的偏見が手に取るように理解できた。いっぽう、彼らが遅かれ早かれハバナ市街の荒廃や消費財の劇的な欠如、とりわけ人々のあいだの猜疑心と警察による統制の現状を見て、一層の失望を味わうだろうと考えていた。権力者たちは「チリ人将校にもおまえにも革命精神が足りないのだ」と言うだろうが、キューバでも世界のどの国でも、権力者という連中は、そうやってすべてをお定まりの魔法の一言で片づけられると思っている。

これに続くその日の朝のスケジュールは革命軍相兼副首相のラウル・カストロ司令官への表敬訪問となっていた。ここでささやかなハプニングがあったのを思い出す。革命軍総本部ビルに着いて、五〇年代メード・イン・USAのだだっ広いエレベーターに一行が乗り込み、ドアが閉まって数秒後、エレベーターがまったく反応しないことが判明した。慌てふためいたキューバ人将校はしばらくボタンと格闘したが、諦めて《開く》のボタンを押した。ドアはやはり反応しなかった。この間、ホベー艦長は落ち着き払ったまま、いつも通りの上機嫌な表情を浮かべていた。ようやくドアが開き、私たちはふだん来客を通さない奥の廊下にあるエレベーターへ案内された。外見には立派な革命軍ビルだが、その奥の廊下には少々ほころびが見られた。大窓の一枚は割れており、住宅街と同様に紙テープによる継ぎ接ぎがしてあった。

ラウル・カストロはグランマ号による航海[*1]について語った。あのときは海が荒れていたため海戦経験がまったくなかった自分たちは船酔いし、衰弱してしまった。だが今から思えばあのグランマ号こそが革命海軍の発足だったのであり、その意味でキューバ革命とは海軍の作戦から始まったといえる。

こちらの若きサアベドラ領事は初めて直接会うラウル・カストロの人柄に圧倒されてしまった。彼は「あなたならさぞや」と断言し、今現在ラウルの手に実質権力が握られているという噂を仄めかした。しかしラウルはその種の深刻な話題を巧妙にかわし、兄フィデルと正反対の簡素で冷たい性格をいかんなく発揮するとともに、驚いたことに、軽い話題に終始するという芸当まで見せたのである。

ハバナ市長の部屋でも歴史の話を聞かされたが、それはグランマ号の出動よりは最近の話だった。市長の横には若い歴史家がいて、この青年が実になんでも知っていたことから、チリの大部分のブルジョワおよびプチブルに特有の歴史熱に火がついたホベー艦長が彼のことをいたく気に入ってしまった。表敬訪問続きだった午前中のスケジュールを締めくくったのは艦上での昼食会で、ここで私は実に数カ月ぶりに祖国の味、すなわち辛味のきいた《アワビ《ロコ》のシチュー》を堪能することができた。

昼食の終わりぎわホベー艦長は私に、翌日火曜の夜八時、艦上で要人を招いたパーティーを企画しており、艦内楽団でせいぜい盛りあげる予定だと語った。というのでその月曜の昼食後、我がささやかなチリ大使館から私たちは必死で電話をかけ、各国外交団にアルファロメオで招待状を配って回った。儀典部を介してフィデルと政府関係者にも招待状を届けてもらった。フィデルは来るだろうか?

1　シエラ・マエストラにおけるゲリラ戦のきっかけとなり、ラテンアメリカの歴史を文字通り塗りかえた、あのメキシコからキューバ沿岸へと至る航海のことだ。

少なくとも閣僚ひとりくらいは来るだろうか？　各国代表たちは？　招待からパーティーまでの期間は最短だ。外交使節への招待状には当日の朝にやっと届いたものもあった。ホベー艦長は歓迎パーティーの計画を事細かに記して航空便で送っていたそうだが、彼は経済封鎖の実態をご存じなかったとみえる。バルパライソで投函されたその書簡は船と同時にキューバへ着いたのである。とはいえ、エスメラルダの補給係をやっているドイツ系チリ人のヘルムートが助けになってくれた。ヘルムートはエスメラルダの寄港地から寄港地へ飛行機で先回りする役目で、このときもエスメラルダ到着の四八時間前からハバナ・リビエラに来ていたのだ。

ホベー艦長の招待に加え、私自身、水曜日にハバナ・リブレの最上階ホールで企画していたパーティーの準備を終えねばならなかった。ハバナ・リブレのメゾンデートルは私への信頼が厚かった。彼はドン・エミリオの時代からのホテルマンで、叔父のために働いたことを自慢げに語り、あなたのパーティーも大成功させますよ、と請けあってくれた。あの《傑物》ドン・エミリオ・エドワーズのご親戚、本物の甥っ子さんのために働けるなんて、光栄の至りです。大船に乗った気でいてくださいよ。

と、新聞から切り抜いたチェとフィデルの写真が貼ってあるハバナ・リブレの小さなオフィスで、そのメゾンデートル氏は愛想のよい少しスペイン風の訛りで私に言った。ふたりの英雄の写真の上に書棚があり、英・西・仏語の料理本が五、六冊、そして革命関係の本が数冊あった。彼は、チリワイン（銘柄はよく知っているそうだ）をタイミングをはかって出すので、そこを晩餐のハイライトにしましょう、と言った。私にすべてお任せあれ！　あなたは心配ご無用だ！

艦上パーティー当日の火曜午後三時、メレンデスが慌ただしい口調で電話をかけてきて、安全上の理由から船を検査する必要があると言った。

「艦内の保安は私が保証するが」メレンデスからの伝言を聞いたホベー艦長が言った。

「儀典長の電話から察するに」と私はホベー艦長に言った。「どうもフィデルがパーティーに来るようなんです」

それはけっこうなことだ。首相にはエスメラルダ号艦長直々の賓客として艦内での完璧な安全を保障しよう。それからホベー艦長は前日に私に言ったことを繰り返し主張した。海軍の規則で、武装した人間をエスメラルダに乗船させるわけにはいかない。この一点に関してホベー艦長に譲歩の余地はなかった。おそらく奇襲攻撃を予防するという大昔の軍規に由来する規則なのだろうが、ホベー艦長はそうした海軍の伝統には文句を言わず絶対に従うという人間だった。

「艦長の言うこともわかるがね、あんた」メレンデスは言った。「埠頭はテロの標的になるかもしれない、そうだろう！」

これに対して雑音の多い艦上電話からホベー艦長はこう答えた。

「埠頭はあちらの領土だ。好きなようにチェックしたらいい」

私は再びメレンデスに電話した。

「そうか」メレンデスは不機嫌そうに言った。「でもわかるだろう、エドワーズ、なにしろ首相がパーティーに参加するのだから……」

「私はできるだけのことをやっているつもりだよ」私は彼に言った。「船の周囲のことは君らでチェックしたらいい。船内にはなんの危険もないと思ってくれて問題ないよ。むしろ安全そのものと言っていい！　そもそも断っておくがね、チリ海軍の規則では自国艦船に外部の武装した衛兵を乗せてはならないことになっているのだよ」

電話の向こうのメレンデスがどうしていいかわからず困惑しているのが感じられた。こちらとしては、フィデルが来ることがわかった以上、結果として政府要人たちと各国外交団がずらりと顔を揃えることになると覚悟を決めていた。

実はホベー艦長のパーティーはもうひとつの重要な外交イベントとバッティングしていた。その二週間前から、ソ連大使館が、赤軍創設の周年記念パーティーへの招待状を各国外交団に配っていたのだ。ハバナでソ連大使館からの招待に勝つのは難しい。だが、メレンデスからの電話は、こちら主催のパーティーに関して私を楽観的な気持ちにさせてくれた。

私は開始時刻一時間前の七時に船に着いた。甲板にはテントが張られていた。テントの縁に沿って小旗が飾られ、それが色鮮やかな壁の代わりとなっていた。将校たちは染みひとつない純白の制服で着飾っていた。ホベー艦長は、いつもの驚くべき平静さとスポーツ選手のような陽気さが入り混じったあの歩幅の大きな足取りで、晴れ舞台の最終チェックをし、手を擦りあわせていた。初日、私は彼の明らかに人のよさそうな態度を見て、ハバナへの派遣としては人選を間違ったのではないかと考えた。今や私はまったく逆のことを思い始めていて、そしてその予想のたしかさはその夜を通してはっきりと実証されることになる。*2

七時一五分、埠頭のタラップ前に、花柄のドレスを着た大使館付きキューバ人秘書が現れた。彼女が乗船し、私は彼女を艦長と二、三人の将校に紹介した。彼女は船の様子が面白くてたまらないようで、その明らかに人のよさそうな大きな目をまじまじと開いて観察していた。八時まであと一〇分というときにサアベドラ領事がぷんぷん腹を立てながら現れた。どうやら招待状をもっていないというので埠頭の入り口で足止めを食ったらしく、チリ大使館員であることを示す外交官証明証を見せても埒があかなかったらしい。ものの半時間ほどもめた末、ようやく通してくれたはいいが、とりあえず招待

2 自筆原稿を再読していると、ホベー艦長のものに動じない落ち着きと周囲の緊張に対する無関心、無知は、当時のチリ人がキューバと出会う際のひとつの典型であったという気がしてくる。私は個人的体験から、ホベー艦長とキューバとの出会いを彼とはやや違う角度から、といっても結局のところはそう大差ない角度から見ていた。このときのチリとキューバの出会いとは要するに南米とカリブとの出会い、またある意味で、伝統と革命との出会いであった。このころのチリは、欠陥含みとはいえまだしも安定した民主主義、保守的で、また見る者によっては改良主義的な側面もある民主主義をもつ国だったが、いっぽうの美しく悲劇的な島国キューバは右翼の独裁制から左翼の独裁制へと移行した国である。本書はキューバ革命に関する証言であると同時に、たがいに危機的状況下にあったチリとキューバによるさまざまなレベルでの出会いを綴った物語でもある。これ以前にキューバへ渡航していたチリ人は専門家、革命に触発された者、左翼の闘士、知識人、プロの政治家たちだった。ところが、ここに至ってあらゆるレベルにおける両国間の人的交流が進み、生じる摩擦は劇的な様相を呈すると同時に、涙ぐましく喜劇的な面すら見せるようになった。これは異なるふたつの世界の、イスパノアメリカの異なるふたつの歴史潮流の出会いだった。

状をもってこいと言われた上に、妻を人質かなにかの代わりに置いていかされたという。私はせっかくの母国代表という名誉を汚されたのです、軍港長の前で癇癪を起してやりましたよ、なのにあいつときたら澄ました顔をしやがって……と憤る領事を、私は少し微笑ましく眺めた。あとでほかにも埠頭の手前で足止めを食った人たちがいることがわかり、私は彼らのぶんの招待状を届けさせた。時間が迫っていたこともあり、招待客の多くは秘書からの電話で予約確認をしていたのだ。なかにはスイス大使館の秘書のように私への連絡が取れず、埠頭の衛兵たちの頑固さに負けて、諦めて帰宅した人までいた。

八時ちょうどに埠頭の入り口から招待客たちの一団が近づいてくるのが見えた。先頭にはドルティコスとロアがいた。[*3] ホベー艦長に伝えると、彼はさっそく私には理解できない謎めいた海軍式の歓迎準備を指揮し始めた。ドルティコスとロアがまず乗船し、続いてその他の閣僚たち、軍の要人、各国外交使節らが乗り込んできて、いっぽうのホベー艦長と私は挨拶や握手に追われた。ソ連の大使まで来ていて、例の赤軍創設記念のパーティーがあるので五分で辞さねばならないが、チリ海軍主催のパーティーに参加しない手はないと思ったのだ、と言った。逆に最初から最後までまったく姿を現さなかったのが、そのソ連大使館でのパーティーに出かけていたラウル・カストロだった。

タラップ上での挨拶は延々二〇分は続いただろうか、私は右手の感覚がほとんどマヒしかけていた。ようやく埠頭の行列がみな船に吸収された。すでに甲板ではチリ海軍楽団による音楽が流れ始めていた。

「よし！」ホベー艦長が叫んだ。「戻って客の相手をしよう」

「お待ちを！」私は危ないところで彼を引きとめた。

無人の埠頭を三、四台のアルファロメオが全速力で飛ばしてくる。

アルファロメオの隊列はタラップの直前で急停止した。すぐにドアが開き、大きな拳銃を腰に吊るした民兵たちが降り始めた。副内務相兼保安省主任マヌエル・ピニェイロ＝ロサーダの色鮮やかな髭面が見えた。そして別の車からフィデル・カストロが降り、そのまま六、七人の男たちを従えてタラップをあがってきた。彼はホベー艦長に丁重かつにこやかに挨拶をした。続いて極端に冷ややかな態度で私の手を握った。そのあとからは、私から事前に外交儀礼に則って届けていたホベー艦長の通達にもかかわらず、八人から一〇人ほどの武装した男たちが入ってきたが、突然のことで、しかも場所が場所だけに、エスメラルダ号艦長も彼らを阻むことはしなかった。

クローク係の若い将校が状況を察し、不遜な態度で首相に詰め寄った。

「お帽子をお預かりします、閣下！」青年は言った。

フィデルは少したじろぎ、帽子を脱いで相手にわたした。すると青年はほかの客となんら変わらぬ態度で番号札をフィデルにわたした。

フィデルは札をじっと見てから、ややおかしそうな顔でこう言った。

「八三番をもらったよ」

3　共和国大統領と外相である。

すぐにフィデルは親衛隊を従えて音楽の鳴る主甲板へとあがっていった。二列に並んだ白い礼服姿のエスメラルダ号将校たちは、キューバ最高司令官の親衛隊がみな腰にでっかい銃をぶら下げているのを見て、明らかに不快そうな表情になった。フィデルが将校のひとりに近づいて挨拶をし、そうやってひとりひとりに声をかけるうちに、彼らの緊張はすぐに解けた。いっぽうの私はドルティコスとロアの相手をせねばならなかった。フィデルがチリ海軍の将校たちや外交使節団に挨拶をしているあいだ、彼らふたりだけが蚊帳の外に置かれていたからだ。

各国外交使節たちはフィデルに会えたことで盛りあがっており、なかには着任して数カ月か数年経つにもかかわらず、彼の手を握るのは初めてという者もいた。多くの外交官たちが私に近づいてきて、まるで私がどこにでも通じるドアの鍵をもっているかのように、口々に感謝の言葉を述べた。そのあいだ、ホベー艦長はフィデルとラウラ・アジェンデのあいだに立ち、非の打ちどころのないマナーで接待役をこなしていた。親衛隊の武器の一件は、フィデルの帽子とチリ側将校たちの不快な表情を除けば特に目立った波乱も引き起こさず、すっかり忘れ去られているようだった。

フィデルは楽団員と話をし、ピスコサワーで祝杯をあげ、冷たい肉包みパイ《エンパナーダ》を口にし、例によって面白おかしい小話を披露して人々をどっと沸かせていた。小一時間も経ったころ、ホベー艦長が私に、首相を自室に招きたい、と言った。私がドルティコスとロアの相手をすることになった。

というのでフィデル・カストロ首相とエルネスト・ホベー艦長が先に階下へ降りてゆき、それにオスバルド・ドルティコス共和国大統領とラウル・ロア外相が続き、そして最後は私ことチリ政府代理公使が、あの冷たい握手を見る限りどうやらフィデルは私が反体制派の文学者たちと遊んでいるのを知らないわけではないのだな、などと思いながら続いたのであった。五人が艦長室に入ると、そのあとから最高司令官親衛隊の逞しい男たちが断りもなしに侵入しようとした。

ホベー艦長が両腕を広げて親衛隊を制止した。

「諸君!」彼は言った。「お願いですからこの部屋には立ち入らないでいただきたい」

その声が怒りでかすかに震えているのがわかった。マヌエル・ピニェイロを先頭とする民兵たちは愚直な表情で前方を睨んだまま微動だにしない。フィデルがものすごく居心地の悪そうな表情で部屋の調度品を観察しているのが見えた。ラウル・ロアとドルティコスは石みたいに固まっている。

「諸君!」ホベー艦長が先ほどより強い調子で言った。「ここは私の部屋だ。入れる客は私が選ぶ……。だからどうかお引き取り願いたい」

民兵たちはどっちともつかぬ表情のまま動かない。するとホベー艦長は壁紙を見続けていたフィデルのほうに向き直った。

「首相閣下」と艦長は親衛隊を指さして言った。「どうかお願いです！」

フィデルは彼らに近づいて、手を振って立ち去るよう合図した。ピニェイロが回れ右をし、民兵たちは艦長室に通じる廊下に移動して、そこから中を見張り続けた。

ホベー艦長は驚くほど平然とした顔で、まるでなにごともなかったかのように、すぐさま非の打ちどころのない接待役に戻った。首相閣下はもちろんピスコサワーについてはお聞きおよびでしょうな、我が国を代表するカクテルですよ。もちろんだ！　と、フィデルは自分が昔からピスコサワーの愛飲者であり、ことあるごとにチリの友人たちからピスコを土産にもらっている、と言った。エスメラルダ艦長の差し出したピスコサワーもフィデルは気に入ったようである。ホベー艦長とフィデルに向かいあう席に座っていたロアとドルティコスも「こいつはいけますな！」と認めた。艦長が私のそばへ寄ってきて、耳もとで囁いた。

「ラウリータ・アジェンデとサンタマリアさんに来るようお伝えして」

ラウリータは私に少し待ってほしいと言った。艦長室へ行く前に見習い水平たちと話がしたいとのことだった。アイデエもクルーを相手にお喋りの最中で、すぐに行く、と言った。ラウラ・アジェンデは二、三人の機関士と調理助手と話をしてから私につき添われて艦長室を訪れた。アイデエはまだ甲板上にいて、もう少しあとで行くと伝えてきた。

ラウラ・アジェンデはフィデルの右斜め前、アルトゥーロ・プラットの肖像画がかかる壁際に座った。ピスコサワーが大盤振る舞いされたこともあり、私たちは口が軽くなり、最初のぎこちない雰囲気も打ち解け始めていた。ホベー艦長は航海最後の数日に風向きが好転した様子を語った。そのあとアルトゥーロ・プラット将軍と、海軍巡洋艦の二代目エスメラルダが撃沈されたイキーケ海戦〔一九世紀にチリ・ペルー間で起きたパシフィコ戦争中の海戦〕の話題に移った。フィデルは、前にキューバに立ち寄ったチリ人のキリスト教民主党議員からゴンサロ・ブルネス『パシフィコ戦争記』をもらって、今それを読んでいるところだと言った。彼はそれを精読している証拠にいくつか細かいデータを挙げてみせた。それからすぐチリ海軍とキューバ海軍の制服の話題になった。

「いいですか、首相閣下」ホベー艦長が軽くからかうような口調で言った。「あなたは海軍の伝統をさほど重視していないかもしれない。ですが袖章や肩章のラインにはそれぞれに意味がある。それらはその将校が率いる艦船のマストの数や性能を表すのです。なのでフリゲート艦艦長の袖章と肩章は三本ラインで、これは彼の船にマストが三本あることを意味し、いっぽう大型船の艦長は四つラインがある。失礼を承知で言わせていただくと、キューバ軍将校の記章には具体的な意味がございませんな」

フィデルは、厄介な論敵をもちまえの人なつこさで懐柔しようとするときによく見せる、あのいかにも彼らしい、若者みたいな興味と好奇心たっぷりの表情を浮かべた。フィデルは、たしかにキューバ海軍の制服はソ連海軍を模しており、つくったのはそう昔のことではない、経済封鎖のせいで軍も物資をソ連海軍に依存しているから仕方がないのだ、と言ったが、記章については適当に採用したものであることを素直に認めた。

しばらく沈黙があったあと、ふいにフィデルが真剣な表情で立ちあがり、ホベー艦長の前に移動した。「艦長」とフィデルは切り出した。「ひとつわけを説明させてもらいたい……。あなたの船はまったく安全な環境だ、私はとても満足しているし、ここに来られてとてもうれしい。ところで、我々革命キューバが現在直面している経済封鎖や外圧といったこの特殊な環境では、結果としてこの私の命が政治的重要性を帯び、私自身の生命が我々の革命プロセス自体の存亡に直結しているのです。あなたがご覧になったあの青年たちは、いかなる状況下でも私の命を守るという使命を帯びている。実をいえば、私自身、このようなことになって個人的にはたいへん不便を感じているのだ。彼らから離れて独りで行動したいと思うこともよくある。だが、あの青年たちは私にどこまでもついていくという使命を全うしているに過ぎない。なので、どうかあなたにも彼らに理解を示していただきたいし、先ほどの非礼もお許し願いたいのです。繰り返しますが、この船はとても居心地がいいし、まったく安全な場所だ」

ホベー艦長は優しい言葉でこれに応じた。親衛隊が部屋に侵入しようとした現場に居あわせなかったラウラ・アジェンデが割って入って艦長にこう言った。

「サルバドールだっていつも護衛を引き連れているわよ。あなた今さらいったいなにを驚いているの……」

アメリカ大陸初の自由の領土キューバ、ハバナ港第一埠頭に停泊するチリ海軍の由緒正しき聖地で行なわれたその夜の会話は、楽しくにぎやかなものだった。チリ人特有のこなれたホスピタリティにふさわしく果てしなく振る舞われるピスコサワーが、客人たちの口を軽くするのに役立った。ホベー艦長が私の耳もとで囁いた。エスメラルダ出港に際してアジェンデ大統領が見送りに来たが、そのとき彼は妹が言うようにGAP、つまり個人的友人集団《グルポ・デ・アミーゴス・ペルソナレス》の名で知られる護衛を引き連れていた、あれはキューバ側から見ればカストロを守っている連中の焼き直しに見えることだろう。艦長は続けてこう言った。アジェンデ大統領ともやはりこの部屋で乾杯することになったのだが、警護のひとりが鞄から大統領専用のウィスキーとグラスを取り出して、私の許可も得ず勝手にそれを差し出したのだ。

フィデルの親衛隊とアジェンデのウィスキーボトル。これはどちらも、保安対策というものがある種の行動における政治的目的をいかに阻害するかをよく表す例だ。こうした保安対策はその場本来の意図や目的に必ず影響を及ぼす。ハバナでフィデルが、そしてバルパライソでアジェンデがそれぞれ船を訪問した際に、それが意味していたはずのチリ海軍に対する表敬という意図も、近代世界における病のひとつであるこの安全という強迫観念のせいで台なしになったのだ。かたや不条理な親衛隊、かたや恥知らずな専用ボトル、どちらも海軍のホスピタリティに関する大切なルールを踏みにじるものだった。

その後、フィデルが少し軽率に思える打ち明け話を始め、実はアジェンデから直々に電話をもらい、ぜひエスメラルダをあなた自身の手でもてなしていただきたいと頼まれたのだ、と言った。フィデルはホベー艦長に、我が友サルバドールのたっての願いを受け、ほかのあらゆる予定をキャンセルしてここへ来たのだ、ときっぱり言った。このささやかな打ち明け話に艦長はどんな思いを抱いたのだろう？　彼はいつもの礼節と上機嫌を保ちつつ、なんら感情らしいものを表には出していなかった。知れば知るほどこの艦長は私のなかで謎めいた人物になり、一見すると単純なのだが実は複雑きわまる性格という、ジョセフ・コンラッドの小説にでも出てきそうな船長にだんだん見えてくる。

やがて艦長が食堂のテーブルにエスメラルダの芳名録を開き、まずドルティコスとロアがそこに挨拶文を記した。フィデルはキューバとチリ両国の革命に言及する言葉を記した。

「とうとう私も革命家の仲間入りですか！」ホベー艦長が叫んだ。

「わかりませんかな、艦長?」フィデルが即座に反応した。「あなたがそれほど重んじておられるチリ海軍の伝統こそまさしく革命の伝統なのだということが」

フィデルは案外いいところをついている。私はふたりのあいだに割って入り、初代エスメラルダ号はカジャオ港に停泊中だったスペイン帝国海軍からトマス・コクランが奪い取った船であったことを指摘した。

一同は座りなおし、フィデルとホベー艦長の丁々発止のやり取りがその後も続き、うまいチリワインとオードブルが場をいっそう盛りあげた。すみっこではドルティコスとロアがなにも言わずにときたま愛想笑いを浮かべていた。一国の大統領と外相がかくもおとなしく引っ込んだままでいる状況がとても奇異に見えた。ラウリータが訪問中に行なった熱心なボランティア労働に話を向けた。

「ところで艦長」フィデルがホベー艦長のほうを向いて尋ねた。「これからハバナでどうお過ごしになる?」

「実はですね、首相閣下」ホベー艦長は平然と答えた。「できればゴルフがしたくてたまらんのです」

「ゴルフ!」ラウリータが憤然として叫んだ。「せっかくキューバに来たのによくもそんなことが言えたものね、艦長! ゴルフをするですって! 私は労働しかしませんでしたよ。農場でボランティア労働をして、日曜も朝早くに起きて、工場を訪問して、学校を訪問して、女性団体を訪問して、人民裁判を見学して、寸刻みのスケジュールだった……」

「ボランティア労働なら私も毎日やっています」ホベー艦長はもちまえの人懐っこさと底なしの落ち

着きを崩さずにさらりと答えた。「規律を保ちながら二〇〇人の青年たちを立派な水兵に仕立てあげる。練習船の指揮とは九時五時の労働とはわけが違う。昼も夜も二四時間が労働、もちろん日曜だって仕事だ。だから上陸したときぐらいはゴルフをのんびりプレーするのが私にとって最高の休養になる。それにゴルフ場は緑が綺麗で空気のうまい素敵な場所にあるというのが相場だ。あなたもおわかりでしょう、男はいつまで経っても子どもと同じ、球をついて遊んでさえいれば気が晴れるのです。ましてやその球遊びの場所が素敵な自然の中なら……」

　ところがラウラがこれに激しく反撃したために議論は泥沼化し始めた。すると、ふたりの話にじっと耳をすませていたフィデルがふいに立ちあがり、ラウラの肩に手をかけた。

「ラウリータ！」フィデルは冗談めかした口調で言った。「そんなに労働、労働と喚いてもチリ海軍には勝てないよ！」

「さらにいうと」ホベー艦長が言った。「あなたもご存じのはずだが、たしか首相閣下は優れたスポーツマンでもある……」

「艦長のためにひとつゴルフマッチを企画しよう」フィデルは言った。「そちらの副官を通じて詳細をお知らせする」

　その後もラウリータが反論を続けたかは覚えていない。いっぽう、艦長の招きでパーティーに参加していた私の友人でチリの作家仲間クリスティアン・ウネエウスが、廊下に二列に並んで座り込み退屈し切った顔で壁にもたれている親衛隊の向こうから、なにやら私に合図を送っていた。ホベー艦長が大きな身振りで、入れ、入れと彼を中に誘い、抱きしめて歓迎した。

「で、君の職業は?」ホベー艦長から紹介されたフィデルがウネエウスに尋ねた。

「作家でチリ大学文学部の教師もしています」ウネエウスが言った。

リンゴと檸檬の栽培という副業を言っていれば、フィデルに気に入られた可能性がまだしもあっただろう。しかし、クリスティアン・ウネエウスは、私たち共通の友人たちの何人かがいまだにそうであったように、文学が今なお安全許可証というか、少なくとも盾になってくれると思い込んでいたのだ。

「また作家か!」フィデルが叫んだ。

すぐにフィデルは、チリで印刷されたという、月ごとに詩の一節を記したカレンダーをわたされた。詩を見るたびに嘲笑うような皮肉っぽい声をあげることから、フィデルが作家という職業をあまり評価していないことがわかった。ニカノール・パラの詩にフィデルは大笑いした。ガブリエラ・ミストラルはその簡素で精緻で激烈な詩のなかでチリのウニを歌っていた。「いったいウニがなんだっていうんだ?」フィデルは肩をすくめてそう言い捨てると次の月をめくった。するとそこに現れたのがパブロ・ネルーダの詩だった。厳かでずっしりと重い二行詩だった。私はフィデルの肩越しにその詩を見、そして彼は間違いなく私とネルーダの友情を知っていた。つけ加えておくと、ネルーダは人民連合における重要な政治家のひとりであり、かつてフィデルとチリ共産党の関係が悪化していた時代には、キューバ側の大々的なネガティブキャンペーンによる攻撃対象となっていた。フィデルはネルーダの詩を読むと、無言で次の月をめくった……。

当時のキューバにいたチリ人たちの話題としてはごく当然の流れとして、バルタサール・カストロが売っていたワインの話になった。居あわせたチリ人たちが口々にひどい言葉でそのまずさを語った。この元議員は熱帯で飲むにはまあ最悪ともいえない軽めのチリワインを輸入していたが、そんな彼の悪口を言うのがチリ人どうしの集いにおけるちょっとした流行になっていたのだ。また、そのときにはたいてい、ドン・バルタがフィデルと仲がいいにもかかわらず、キリスト教民主党のフレイ政権を支持したことでチリの多くの左翼闘士と仲違いしてしまった話が語られた……。

「まったくチリ人というのはおかしな人種だ」フィデルが口を挟んだ。「普段はてんでばらばらなのに、あるひとつのこと、つまりバルサールのワインのまずさについては意見が一致する。彼が経済封鎖にもめげずに売ってくれているというのにだ！」フィデルはまるで部屋の幅を測るかのように大股で歩きながら笑顔でそう言った。

「代理公使として言わせていただきますと」私は彼に言った。「チリの農業団体使節とこちらで話した結果、今の私には、あれと同じ値段でずっと質の高いワインをハバナでも提供する権限がありますよ……」

フィデルは歩を止めて私をじっと睨んだ。

「たしかに君は代理公使《エンカルガード・デ・ネゴシオス》だが」少し黙ったあとでフィデルはこう言った。「ビジネス《ネゴシオス》についてはなにも知るまい！　君は作家だろう？」

「ビジネスについてもやはりある程度は知っています」と私は答えた。「そもそもバルタサール・カストロだって作家ですよ、ご存じないですか？　小説をいくつか書いています」

「そうだった！」フィデルは我が意を得たりという顔で叫んだ。「まったくチリの作家という連中は曲者ぞろいだな！」

会話はだんだんと熱を帯びてきた。フィデルと居あわせたチリ人たち、つまりラウラ・アジェンデ、ホベー艦長、クリスティアン・ウネエウス、そして私が次々に口を開いた。唯一すみにじっと座って一言も口をきかず、必要なときにだけニコニコしていたのが、ドルティコスとロアだった。ピニェイロ指揮官もウネエウスのあとから部屋に入ってきて、まるで無害な作家兼教師ではあるが予期せぬ客だからなにをしでかすかわからない、とでも言わんばかりの表情で、片手を腰の拳銃にかけたまま、ウネエウスをじろじろ睨みつけていた。私はフィデルらとの会話に熱中していたのと、ピスコサワーとワインの飲み過ぎで、ピニェイロ指揮官の存在には気づいていなかったのだが、あとでウネエウスからそのことを聞いた。

宴もたけなわのころ、ドルティコスとロアがまるで最高司令官の合図か見えない指令に従ったかのように立ちあがり、一同に別れを告げて退席していった。

カストロはウネエウスのことを少しからかうように《詩人《ポエタ》》と気安く呼んだ。フィデルとチリ人たちのあいだでジョークの応酬が始まった。フィデルはアルトゥーロ・プラットの肖像画をじっと眺めたあと、ホベー艦長の禿げ頭に目をとめた。

「エスメラルダの艦長になるには必ず禿げてなきゃならんのかね？」フィデルが尋ねた。「海軍の規則にそう書いてあるとか？」

実際のところ、エルネスト・ホベーの禿げ具合はアルトゥーロ・プラットの禿げ頭とそっくりだった。誰もそんなことには気づいていなかったので、フィデルのこの冗談には全員が爆笑した。禿げに関する冗談がその後も続き、フィデルは私の禿げ頭を右手でさすって、司祭が修道院に入ってくる若い見習い神父を優しく撫でるような真似をした。おそらくフィデルはそうすることで私に言い含めておきたいことが山のようにあったのだろう！　乗船時の握手の態度が冷たかったのはあらかじめ意図してのことだったと、私はあとでフィデル本人の口から伝えられることになる。あの日すでにフィデルは、知識人不満分子たちとのおふざけや集会といった、私に関する事細かな報告に目を通していたのだ。そうした連中との接触は私のキューバ革命に対する、そしてチリ革命に対する敵意の表れであるとフィデルは考えた。私はのちにフィデル自身の口からそう聞いた。よりよい、より人間的な社会主義は批判から生まれるなどとフィデルは考えていなかったわけだが、この点に関して彼の思考回路は弁証法にはほど遠いのではないかと私は思う。それに貪欲な文学官僚どもをのぞけば、すなわち毎度おなじみのフェルナンデス＝レタマールにリサンドロ・オテロのふたり、そしてあの声も艶やかな宮廷人ニコラス・ギジェン、パリのカルチェ・ラタンに亡命しているあいだに高級ホテル《マダム・サヴェッジ》で築いた革命家としての栄光に胡坐をかき続けているこの詩人をのぞけば、キューバの作家たちもまたみな小さな派閥にわかれて互いに恨みをためこみ、そのせいで心を開くこともなく、ほんのときたま頭脳の明晰さを発揮する以外は、革命に関する弁証法的ビジョンに道を開くような視野をもてないでいた。告白すると、私もまた、迂闊にも思慮を欠いたまま、その種の視野狭窄に陥っていた。物事の暗い側面を見るよう彼らを促すこともできたはずだが、結局私はそうせず、そのせいで彼らに重大な損害をもたらしたかもしれない。しかし、そんな私たちを厳しく批判する人々が知るべきは、ああした状況において事後的に誰かに罪をなすりつけるのはとても簡単であるということだ。すべてを握っている側、英雄信仰のお香を浴びている側、つまり彼が常に正しいのである。彼と同じようにものを考えない人間は進行中の革命という車輪によってバラバラに切り刻まれ、そしてそれにあらゆる日和見主義の作家どもが拍手喝采を送り、悩みなどなにひとつない顔で流行りの詭弁をかざし、阿呆らしい知識人ごっこに夢中になって、彼、すなわちあの《ナンバーワン》作家の人差し指で生贄に名指しされた者に対し、寄ってたかって難癖をつけ、最後には粉砕しようとする。

だがこれもまた私の事後的な考察に過ぎない。あの夜エスメラルダ号でフィデルと私たちは実に楽しい時を過ごしていた。腰の拳銃に手をかけて柱の陰から見守っているピニェイロ指揮官や、部屋の外の廊下に二列で座ったり壁にもたれたりしている部下たちのことも忘れていた。甲板のほうからは楽団の音楽が聞こえていた。ラウリータ・アジェンデが帰り、次にフィデルが帰り ―― アイデエ・サンタマリアはなぜか艦長室への招待には応じなかった ―― ホベー艦長とウネエウスと私はピスコ・サワーとチリ産ワインから意気揚々とスコッチ・ウィスキーに移っていた。フィデルの護衛たちが去ったあとはがらりと無人になっていた部屋の入り口付近に、我がささやかなオフィスの秘書が、花柄ドレス姿で、精一杯の笑顔とともに姿を現した。私たちの話を記憶に留めに来たのだろうか？ もし目的がそうなら誰に報告するつもりなのだろう？　だが実際のところ、ホベー艦長とウネエウスと私が大笑いをしながら話していたのはスコッチのうまさと、帆船の素晴らしさについてだった。それでもなおホベー艦長は軍艦の艦長特有の姿勢と完璧な平静さを保ったままだった。いっぽうの私は、夜の四時まで起きている外交官にふさわしく気を緩めて、我が秘書君の腰に手を回してダンスを始めたのだった。

私は彼女に、君がその小麦色に焼けた肌を南国風の薄っぺらいドレスからのぞかせているのをホテルの寝室で見るといつも心が騒ぐのだよ、などと打ち明けた。彼女はこの告白を実にあどけない表情で聞いていた。もし彼女がフィデルに関する気のきいた政治的発言を耳にしたり、あるいは艦長と通りがかりの作家とこのチリ代理公使とのあいだで酒のあいまに交わされたひそひそ話に加わっていたなら、きっと大いに失望していたことだろう。私はパーティーでこのときほどできあがったことはなかった。私はまるで駒のようにクルクル踊り、それをホベー艦長がニヤニヤしながら眺めていたが、壁のいちばん高い位置にかけられた例の肖像画からこちらを睨むイキーケ海戦英雄のきつい眼差しは、目下の状況が本来要求しているはずの厳正なる分別という心構えをきちんともたんか、とこちらに伝えているかのようであった。

翌日私がチリ大使館代表としてハバナ・リブレで開いたパーティーは、かなり前から政府関係者と各国大使館と在住チリ人に声をかけていたこともあって、エスメラルダのそれよりずっと客の数は多かったが、中味は逆につまらなかった。前日にエスメラルダ表敬という仕事を終えていたフィデルは、おそらく私に対する不快感を強調したかったのだろう、招待には応じなかった。そもそも、フィデルが外交関係のパーティーに参加することはとても珍しいのである。いっぽう各国大使館は全員、ほぼ全員が集まり、閣僚も大半が来ていて、そのなかにはラウル・ロア、その急な昇進が自称《事情通》たちのあいだで噂の種になっていたカルロス・ラファエル・ロドリゲス、ヘスス・モンタネーなどがいた。私は公的な文化組織の長だけを招待することにし、作家や芸術家といった厄介な連中は排除することに決めていた。それによって彼らと私との関係が純粋に個人的で私的なものであることをはっきりさせたかったのだ。しかし実はそうした用心は無用だった。このときの状況では政治から切り離して考えられることなどなにもなく、また純粋なる私的領域などどこにも存在しなかったのである。私は文学の友だちを公式の宴会に招くことだってできたのだし、仮にそうしていたとしても、問題はあれ以上深刻にはなっていなかったことだろう。

私はしばらくラウル・ロアとカルロス・ラファエル・ロドリゲスとヘスス・モンタネーのそばに座って、チリワインの品質とか、くだらない話を披露していた。やがて誰かに、ボリビアのカミリ刑務所を出所したばかりで二日前にチリから到着していたレジス・ドブレが挨拶をしたいそうだ、と言われた。ドブレは、日刊紙『反抗的青年』の主要スタッフや、チリで雑誌『プントフィナル』を刊行している連中と仲がよく、革命を経験しているタフな若者たちに囲まれて座っていた。『反抗的青年』には私もかつて取材されたことがあり、そのとき彼らは慇懃無礼な笑みを浮かべて、まるで私のことを昆虫みたいに値踏みしているような、そして私にブルジョワ知識人、（完全な赤ではなく）赤みがかった紫色のアジェンデ主義者、《修正主義者》パブロ・ネルーダの友人などというレッテルを貼ってキューバ先史時代の動植物図鑑にでも陳列しようと身構えているのではないか、私はそんな印象を受けたものだ。ドブレは立ちあがり、疲れた憂鬱そうな笑みを浮かべて挨拶をし、少しあなたと話したいのだが、と言った。私たちはエスメラルダが出国してから時間を割くと約束した。

いっぽう、白の制服を着込んだエスメラルダの若きチリ人将校たちは、会席者たちのあいだに散らばって、チリ人特有の、このキューバに来ても見るたびに驚く、あの上機嫌と闊達さを発揮して話に花を咲かせていた。グアジャベラ〔刺繍入りの開襟シャツ〕姿のピニェイロ指揮官は会場の中央へはあまり近寄ろうとせず、すみのほうで話をしていた。活動的なザッキ教皇公使は相変わらず元気に集団から集団をわたり歩いていた。背が高く気品のあるユーゴスラビア大使は、いつも通り単なる見かけだけの放心した表情を浮かべて話をし、それ以上に相手の話にじっと耳を傾けていた。

軽く片脚を引きずり、どちらかといえば頑固で、やや皮肉っぽく口数の少ないフランス大使が、私の招待に対する感謝の言葉を述べた。その三、四日あとに別の大使館のパーティーで彼は私にこう言った。

「貴国の水兵諸君のテニュはキューバ当局に好評だったようですな」

私は辞書で tenue を引き、それがほかの語義に混じって《慣習的な社交マナー、服の着こなし、立ち居振る舞い》を意味することがわかった。テニュの欠如とは、行儀作法を欠くこと、衣服や立ち居振る舞いが乱れていることを指す……。これは伝統的な軍の規律によって維持されている価値観にほかならない。ドゴールからキューバと良好な関係を築くよう直々に任命されてハバナへ来たというベイル大使は、ラテンアメリカのほかのどの国よりもチリで顕著であるそうした軍の伝統的美徳を、間違いなく好意的に評価していた。

　チリの女性が積極的だというのは周知の事実である。パーティーが進むにつれて在留チリ女性の何人かが私に近寄ってきて、水兵たちと一緒にどこかへ踊りに行かねばならないのだが、と言った。この日は水曜日、ハバナのキャバレーは木曜から日曜までしか開かない。クリスティアン・ウネエウスが、この問題を、すみで誰かとまだ話しこんでいる最中のピニェイロ指揮官にもちかけるという、素晴らしいアイデアを思いついた。

「どこかのキャバレーを開けてもらうことはできませんかね?」ウネエウスはこうもちかけた。

「あたってみよう」ピニェイロ指揮官は言った。「少し待ってくれ」

　彼は会場から姿を消し、二度と戻らなかった。ウネエウスと私は、私たちが突拍子もないお願いをしたせいで彼は姿をくらましたのだろう、と考えた。だが、私たちは副内務相閣下の無尽蔵の人脈を知らなかった。ピニェイロ指揮官は翌日の午後に町でいちばんのキャバレー《トロピカーナ》でダンスパーティーを企画し、そこへ着飾った三〇人ほどの女性まで招待したのである。ところが私は翌日大事な予定があった。計画によると、まず朝八時半に船上で朝食を取り、そのあとは前夜首相の前でホベー艦長が表明したたっての願いに従い、ゴルフをすることになっていたのだ。

ハバナ・リブレのパーティーも徐々にお開きになりつつあり、残っているのは在留チリ人だけで、どうやら彼らは酒が残っている限りいつまでもぐずぐずしていそうだった。私はメゾンデートルに酒を止めるよう指示し、刺激を断たれた長尻のチリ人たちも、大げさな身振りでなにやら私に感謝の言葉を伝えながら、千鳥足で撤退し始めた。

翌朝、エルネスト・ホベー＝オヘダ艦長は、英国映画か推理小説にでも登場しそうな、完璧なゴルファー姿で登場した。白と茶のスパイクシューズ、サンバイザー付きの鳥打帽、水色のポロシャツ、ティーを挟むホルダーのついたベルト。上司の習慣を熟知した彼の助手にゴルフバッグを預け、私たちは得意満面でその日差しの強い、といっても暑過ぎはしない朝のなかへと出発した。埠頭には見学のためにエスメラルダへの乗船を待つハバナ市民たちの長い列ができていた。彼らは私たちのことをまるでほかの星から来た人間であるかのように眺めた。ホベー艦長はぐんぐん大股で歩き、外交官暮らしと運動不足のせいでまだ若いにもかかわらず太っていた私は、彼に追いつくだけで必死だった。ゴルフ場でも完璧に無様な姿をさらすという嫌な予感がしたが、成熟した大人たるもの、無様であろうがなんであろうが、できる限りのプレーに務めねばならない。埠頭の入り口のところにローマの共産党系新聞『ウニタ』特派員の妻が彼女の生徒たちの一団と待っていた。若く魅力的な女性で、ハバナ・リブレのパーティーで知りあったときにイタリア海軍将校の娘だと言っていたから、船の見学に関心をもつのは当然のことといえよう。ホベーは実に愛想よく彼女の求めに応じ、助手に一行を埠頭に入れ船を見学させてやるよう命じた。一行が感謝の言葉に湧くなか、私たちはアルファロメオに乗り、街からかなりの距離にあって、今は外交官や海外の専門家に利用されている、小さな英国人クラブのゴルフ場をめざし、全速力で飛ばし始めた。

私は八度目か九度目の挑戦でようやく球にクラブをあてることができた。ホベー艦長はベテランプレーヤーらしい音を放ちみごとな放物線を描くショットを飛ばした。私にとっては最悪なことに、キューバの国民的偏執であるカメラマンがここにも来ていた。私は両腕を振り回し大声で、こんな無様な姿を国際配信するのを許すつもりはないぞ、と叫んだが、相手は不遜にも馬のような歯を見せてニカッと笑った。私が今度こそちゃんとボールにあてようと心に誓ってクラブを振りあげるのを見ると、その言語道断のカメラマンは忌々しい機械をさっともちあげてボタンを押した。

三番ホールか四番ホールで多少はましになってきた。芝の手入れをかなり前にやめてしまい、グリーンにわずかな草が見本程度に残っているだけのその小さなゴルフ場には、私たち以外に誰もいなかった。ゴルフ場の管理人をやっている若い男と革命前の旧時代の遺物みたいなプロゴルファーが私たちに同行していた。そのときいきなり数人の男たち、フィデル・カストロ最高司令官とアルド・サンタマリアとホベー艦長の副官、この三人がやってくるのが見えた。「フィデルが!」とキャディが叫び、我が目が信じられないという顔をしてから、興奮してわけのわからない言葉をまくしたて、私のロストボールを探すという仕事もすっかり忘れていたのを思い出す。いっぽう、ホベー艦長はゲームの手を休めることなく、まったく動じずに彼らの到着を待った。

挨拶を交わしあったあと、ホベー艦長はまるでなにごともなかったかのようにプレーを続けた。艦長はゴルフが寄港地で行なう重要な活動であるとフィデルに説明し、そしてフィデルは、ラウリータ・アジェンデと違い、それにすぐ納得した。私はホベー艦長が第五ホールか第六ホールでプレーを中断すると思ったが、ここは私の外交官という職業的直観のほうが間違っていたようだ。ホベー艦長が、キューバの首相の時間を食っているにもかかわらず、まったく慌てることなくスポーツとしてのゴルフを最後まで楽しんだという事実は、フィデルに、チリのいわゆる《ブルジョワ的合法性原理》を越えた次元にある権力の性質について考えさせたかもしれないし、あるいは逆に、チリ人民連合が単なる政権奪取から革命勢力による政権占有へと移行する必要性について考えさせたかもしれない。これはチリにおける政治のあり方の深い意味を知る上で示唆的な出来事だったはずであり、フィデルもそれは理解したかもしれないが、のちに彼は、チリとの関係のさまざまな側面において、また当然ながら私との個人的関係において、このときの《チリ体験》をむしろ部分的にしか理解していなかったことを露呈することになる。メレンデス儀典長がよく《いい奴ら》と《悪い奴ら》というふうに語るときの善悪二元論は私の国の政治にあてはめるにはあまり効果的といえない分析方法なのだ。

「メレンデスなんて小物だよ」と友人たちは言った。「メレンデスは反革命分子のテロで壊された昔のデパート《エル・エンカント》でネクタイを売っていたような奴さ」たしかにメレンデスは小物だったのかもしれないが、儀典長という立場にありながら私の着任に際して空港に猫一匹寄こさなかったのは彼の判断だし、移動の手段を与えず六日間もホテルに待ちぼうけを食わせたのも彼なのだ。いっぽうの私は彼のいうキューバ文学界の《悪い奴ら》に囲まれて、罪深い快楽に耽りつつ、それらの裏切り者たちの悪辣な誘いに乗っていたのであり、そして数週間にわたって申請し続けたあげく、ようやく大使公邸候補として見せられたのは郊外の巨大なゴミ置き場同然の屋敷だった……。ラウル・ロアがなんとかしようと私に言い、さっそく執務室卓上のベルを鳴らしてメレンデスを呼びつけ、あの着いて最初の日の夜にフィデルが言ったのと同じ台詞「彼の公邸として立派な家を、同じく執務用にも立派な家を手配してやれ」を繰り返した。しかしながら、結果から察するに、いちおうロアのような質の高い男が政府の要職にもまだいるとはいえ、だんだんとメレンデスみたいなネクタイ売りどもがより幅広い場所で権力を掌握しつつある。

　フィデルは髭を擦りながら、ゴルフに関するホベー艦長の話を、熱心に、彼がよくやるあの謙虚で若者っぽい表情で聞いていたが、数日前に鉱山を訪れた際、彼の話によると鉱物資源を運搬する貨車での作業中に指を切ったとのことで、ショットを放とうとはしなかった。私はグランマでその鉱山訪問の記事を読んでいた。フィデルはパターだけは怪我にもかかわらず握った。グリーンでカップインを狙うときに使うクラブで、操作が繊細なので指の力をすべて使うこともない。ただし集中力と極度の精密さが要求される。フィデルは国際トーナメントの優勝者が普通は二打かける距離のところにいた。さてフィデルがコースを入念に測ってボールを打つと、それは円を描いて長々と転がり、そしてなんと一打でカップインしたのである！　フィデルはコチーノス湾侵攻事件で敵の艦船を砲弾一撃で仕留めたという、あの歴史が、というよりおそらく伝説が語る通りの射撃力を披露したのだった。嘘ではない本当の話だ、私が保証する。神に誓って、我が名誉にかけて《ア・トゥ・セニュ・トゥ・オニュ》。

クラブ専属のプロゴルファーがフィデルにゴルフ場における《パー》の意味を説明した。優れたプレーヤーがひとつのホールで叩く基準打数のことだ。フィデルは俄然やる気を出し始めた。二日前の夜、船に乗ってきたときの握手で見せたあの冷淡さは、からかうような、やや挑発的なある種の親密感に場を譲っていた。次のホールのパーは四だった。

「君は六にしてやろう」フィデルは私がめくらめっぽうにクラブを振り回し、ボールより草をえぐっているのを見て、そう言った。「君が七打を越えたら私の勝ちだ」

「受けて立ちましょう」私は言った。

四打でグリーンに乗せたが、カップはかなり遠かった。

「ここは保守的政策をおすすめするね」とそのときフィデルが言った。「一打で入れようとは思わないことだ。最初は寄せるだけにしておいて、二打目で入れなさい」

「ゆっくり進んで早く着こう、ですか」私は一九七〇年一二月七日、すなわち私がキューバに着いた日の基盤産業本会議におけるフィデル自身の演説を引用して応じた。フィデルはわずかに不快そうな視線を向けた。そして私の放った第二打目もカップを外し、私はフィデルとの賭けに負けたのだった。

次のホールのパーも四だったが、ティーグラウンドからグリーンまでの距離が長かった。ほぼパー五の距離だと言っていい。フィデルは今度は七打だと言い、私の抗議に聞く耳をもたなかった。「いいでしょう」あらかじめ負けるとわかっていたわけではないが、今度も負けるだろうと半ば諦めてそう言った。四打でグリーンそばにつけたが、最悪の場所に一本の木があった。キャディの青年が打ち方についてアドバイスをくれた。私はその彼独自の教えに一字一句従うことにした。周りの世界を一切忘れて集中し、そして放った。ボールはそっと浮きあがり、グリーンの隅に着地して、軽やかで完璧な輪を描いて転がり、まさかそんな遠い場所から入るはずもないと思って誰も抜いていなかった旗とカップの間の狭い空間にストンと入った。最終ホールでクラブハウスの近くまで来ていたこともあり、いつのまにか大勢の見物客が集まっていた。ゴルフ場周辺の労働者たち、そして、テーブルに座って思わぬ首相の登場になんとなく微笑んでいる鈍そうな集団は明らかに英国大使館の連中だった。私のカップインに拍手と歓声が巻き起こった。フィデルも驚いて本当に飛び跳ねた。

「こいつはたまげた！」彼は言った。「これでむこう一年はゴルフをせずにすむな！」

フィデルは満面の笑みでジョークを飛ばしつつ、私の手をぎゅっと強く握りしめ、その勝利を認めた。

このあと、英国の紋章とそれに女王陛下とエジンバラ公の肖像写真が飾られたクラブハウスの小さなバーで、フィデルは付き人に向かって、ゴルフ場の管理人に腐葉土とまともな散水装置を届けてやれと命じた。彼はこんなことを言った。ここは外国の技術者や外交官たちがよく使うので、手入れの不備から悪い印象を与えるのは避けたほうがいい。この種のことは――と彼は言った――気にし過ぎるくらいのほうがいいのだ。その付き人への命令が、あの私が着いた日にメレンデスに私の家を見つけてやれと言いわたした命令と同じ効果しかないのだと考えることもできた。ところが何カ月もあとにパリである外交官から聞いた話によると、ハバナのゴルフ好きな外交官たちはこのときの私の訪問にたいへん感謝をしていて、ますますこのお気に入りのスポーツに励むようになったという。彼らは首相のゴルフ場訪問について私が音頭を取ったと思っていて、それによってアッティラ大王による野蛮なヨーロッパへの遠征とはまったく逆の効果が生まれた、なぜなら砂漠化の代わりに緑化をもたらしてくれたからだ、などと言っていたそうである。

人民連合政権発足直後のチリからともに送られた海軍艦長と代理公使兼小説家がプレーし、そしてそこに首相と革命キューバ海軍総司令官が観客として加わった、この世にも奇妙なゴルフマッチの終了後、英国の獅子紋章の下でビールを酌み交わしたこの異種混交集団は、次の順番でジープに乗り込んだ。前部座席に運転手と海軍司令官、後部座席の左側にホベー艦長、真ん中に首相、そして右側に代理公使つまり私。護衛の影はどこにも見えず、これは二日前の件を意識したフィデルがチリ海軍に対して見せた気遣いだった。一度、四〇〇メートルほど向こうに別のジープが一台見えたが、すぐに姿を消した。あとでエスメラルダ号に帰ってからホベー船長に聞いたところによると、実はずっと見張られていたが、向こうも気づかれないようこっそりやっていたらしい。

ハバナ近隣のいくつかの村々を抜ける間、人々は最初フィデルが護衛もなくひとりでジープに乗っているのを見ると驚いてポカンとしたが、すぐに叫んで拍手をし始めた。ひとりの老人の表情からフィデルが彼の信仰する聖人ではないことがわかったが、そんな彼ですらロボットみたいに、おそらく心理的にかなり努力をして、ぎこちない拍手を送っていた。

フィデルは我々をレーニン広場へ案内した。ハバナ近郊の六〇〇ヘクタールの敷地に地球上のありとあらゆる植物が集められている。彼は建設中の人工池を見せてくれた。湖の上には劇場が建つのだそうだ。次は馬場へ案内された。周辺に住む労働者や農民はここで二〇〇頭のポニーにいつでも乗ることができる。子どもの遊技場もあった。公園中を子どもたちを乗せて走るおもちゃの汽車は、米国の西部劇映画に登場しそうな列車のみごとなミニチュア版だった。私たちはジープから降りて脚を伸ばした。ぼんやりした眼差しの男たちが、シャベルか犂のようなもので土を耕したり、石の上に座って耕作道具に手をかけて休んだりしている。その目は遠くのほうを見ているか、私たちをまるで風景の一部であるかのように見ている。近隣の村々ではたまたま見かけた数少ない人々をたまげさせたフィデルの姿も、そのマイペースで働いたり休んだりしている男たちにはなんの反応も引き起こさなかった。

「狂人たちだ」フィデルが言った。「近くの精神病院から農作業に駆りだされたのだ。精神病者には土地を耕すのがいい治療効果をもたらすそうだ」

たしかにその通りで、ランチョ・ボイエロス空港の近くにあるその近代的な精神病院は紛うことなき革命の成果のひとつである。のちにパリでこの話をある知識人にすると、彼は、そのフィデルに拍手をしなかった狂人たちこそが本当は正気で、道で本当に拍手をしていた人こそが狂っているのだ、と言った。あらゆる権威主義を憎むヨーロッパのリベラル派にふさわしいご立派な意見ではあるが、キューバの文脈で考えても、ある種の卓見でないとは言い切れない。あの連中は心を病んでいるものの、土地を耕す立派な名もなき市民であり、政府要人たちを見て無関心なことからもその正気は見て取れる。とすると逆に、革命の成果を彼らほど豊かに享受している者もほかにいないといえる。過去の精神病院はたいていの場合金で動く、概してサディスティックな管理者たちに支配された地獄だったろう。ハバナの平和で手厚いケアを受けている狂人たちを見ていて、私はその数年前にリマで実際にあった忌まわしい話を思い出していた。リマのある実業家が狂人たちを買収し、彼らに郊外のゴミ捨て場でありとあらゆる空き瓶を集めさせ、それを転売していたのである。

キューバ革命の問題も、成果も、矛盾も、そのすべてがフィデルとホベー艦長と訪れたレーニン公園に凝縮されていた。公園は市民に開かれた素晴らしい施設かもしれないが、フィデルの立てる計画に特有の度を越した巨大主義も目につく。町の郊外に六〇〇ヘクタールの公園を建設しているあいだに、肝心の町のほうにひびが入り徐々に崩壊しつつある。さらに巨額の投資は他部門の犠牲を意味し、その犠牲は基本消費財の枯渇という形で全国民にも強いられている。いっぽう、あの狂人たちの謎めいた格調高い無関心において、革命にも少なくとも一分の理があったことがわかるのだ。

そのあと私たちは、学校代わりにもなるレストランで、公園で進められている建築様式を先取りしたような建物を訪れた。フィデルは我々に、六〇〇ヘクタールの敷地内にすべてにわたってこれと同じような建物をつくるのだ、と言った。ここでは間違いなく人々が私たちの訪問に気づいていたようだ。いずれにせよ、フィデルの突然の出現に生徒たちが騒然となった。女の子たちがフィデルの周りで飛び跳ね、彼の手を次々に握った。私たちが教室に入ると、生徒たちがためらうことなく一斉に起立した。フィデルは子どもたちにさまざまな質問を投げかけた。やがてホベー艦長をみなに紹介した。最後、私との信頼関係のようなものができて以来ずっとそうしている例の茶化すような口調で、このおじさんの国籍はどこだと思う？　と子どもたちに尋ねた。しばしの沈黙ののち、か細い女の子の声が聞こえた。

「イタリア人」

フィデルとホベー艦長と私は一斉に噴き出した。

「イタリア人だと！」

「どうしてイタリア人なのかね？」フィデルはなにかを問うときいつもそうするように、相手の目線まで身を屈めて言った。

「イタリア映画の俳優に似てたから」女の子は言った。

「ほほう！」とフィデルは叫び、肩越しに私をちらりと見た。「なかなかのご名答だ！」農業の研究と計画立案を専門とするセンターを訪問すると、そこの地図にはハバナの全市域をカヴァーする農業計画が記されていた。働いていたのは三〇歳未満の若い専門家たちだけで、彼らは各自の担当する課題に通暁し、情熱をもって仕事に取り組んでおり、フィデルの話を真剣に、それまで私たちが観てきた人々よりはずっと自然かつ対等な態度で聞いていた。

　そこを出るときフィデルは、スペインが取り組んでいる砂糖大根を原料にした製糖は明らかな間違いであると、やや熱く語った。労働の国際的分担という観点から見て完全な逸脱行為である。キューバには世界でもっとも製糖に適した自然環境がある。どう考えてもスペインはキューバにトラックを売り、見返りにキューバがスペイン市場に砂糖を供給するというのが筋である。カストロが資本主義経済の側にそうした合理性を求めるというのは奇妙な話であった。[*4] しかしながら、経済政治情勢に関する不十分な分析と、欲望と現実とを取り違える悪癖とに結びついた、その種のものはやつける薬のない楽観主義こそが、おそらくキューバにおけるさまざまな過ちの源なのである。そうこうするうちに、フィデルは旅の最後を締めくくるべく、私たちをお気に入りの場所に連れていった。牛の交配と、キューバの畜産にもっとも適した飼料を見つけるためさまざまな牧草をかけあわせる実験をしている、実験搾乳農場だ。

キューバ経済に関する膨大な数の本が、フィデルが推進している交配実験の舞台である、この有名な試験農場のことを記述している。私はそんな話題にはついていけない。ただわかっているのは、フィデルが肉質についても乳についてもキューバの気候にもっとも適した牛を生み出す交配を模索してきたことだ。ブラジルやインドのような熱帯性気候によく適応した雄のコブウシと、コブウシに肉質は劣り熱帯性気候への耐久力も低い上質のホルスタイン乳牛を交配させてきたと理解している。断じて言うが実際はもっと複雑な話であり、そのあたりは専門家に任せることとしよう。

私が本で読んでいなかったのは、フィデルに連れていかれた彼の隠遁小屋の正確な描写である。上質の木材を使用した長方形の一階建家屋で、横一五メートル、縦六、七メートルの広さだった。手前半

4　奇妙なことにカストロのこの思考法は今日チリで大流行している比較優位の概念に近づいている。

分だけが居室になっており、衝立代わりの本棚と冷蔵庫の向こうにキッチンがあった。ホセ・マルティの著書、経済学、キューバ史、自然科学、そしてなによりもたくさんの農学関係の本が見えた。居室にあった家具はどれもとても質素な木製だった。壁に装飾品がかけられていたかは記憶にないが、公共の建物や要人の家には必ずといっていいほど飾られていたポルトカレーロやアメリア・ペラーエスの極彩色はどこにもなかった。小屋の内部は、屋外を好む人間、行動の人間特有の飾り気のなさが明らかだった。もう少し飾り立ててもよかろうが、家の装飾とはその持ち主がやる気にならねば意味がない。開いたドアからどこにでもありそうな寝室を覗くことができた。どうやらそこはフィデル・カストロ謎の寝室のひとつらしかった。フィデルの私的滞在空間は保安上の理由から行く先々で秘密とされていたが、それがまた彼を取り巻く伝説の一端を形成していた。寝室の隅にはブーツ、植物か魚に関する最新の英国か米国製の図版本、夜の読書にお誂え向きの最新型デザインのランプなどが見えた。私はすでにエスメラルダ号でフィデルのチリ史に関する博識に驚かされていた。誰かに聞いた話では、フィデルは長時間に及ぶ過酷な一日の仕事を終えたあと、さらに三、四時間は必ず読書に費やし、睡眠時間は多くても四、五時間に抑えているのだという。実際に彼と知りあったあとでは、私もまったくその通りだと思う。

フィデルは贅を尽くしたもてなしを軽蔑しているらしく、その小屋での昼食はもっぱら腹を満たす程度のもので、すぐ実験農場での産品のお披露目に取りかかった。最高司令官の信頼が厚いと思しきひとりの兵士がテーブルの上に加工肉製品、ソーセージ、そしてドイツのビヤホールに出てきそうな巨大な白いジョッキをいくつか運んできた。しかしジョッキに注ぐビールの代わりに兵士が運んで来たのは、分類用のシールを貼りつけた何本もの牛乳瓶だった。フィデルはひとつひとつのミルクがどの牛に対応しているか兵士に問いただしていたが ―― それらの牛にはマリア・ローサとか、クラリッサとか、マリア・グラシアとかいった可愛らしい女性の名前がつけられていた ―― 同時に自分の舌で味わってその答を出そうともしていた。

「ははあ、これか！」フィデルが叫んだ。「アーモンドの香りがするぞ」などと言って彼が君らも飲めとそのジョッキを回すので、最後はどれがどれやらまったくわからなくなってしまった。どのジョッキがどの牛なのか（クラリッサなのか、フロリンダなのか、マリア・グロリアなのか）さっぱりわからず、挙句の果てには違う牛のミルクが同じジョッキでブレンドされる始末だった。

赤ワイン好きチリ人としての私の酒飲み人生のなかで、ただのミルクであんなに楽しく酔っ払ったのは初めての体験である。そのことを話してみんなで笑った。その後、フィデルの指示で、兵士がさまざまなチーズを盛った大きな皿を運んできた。やはり実験農場の産品だった。私たちはキューバ産のカマンベールを味見した。いいチーズであるのは否定しないが、ノルマンディーのカマンベールに比べたら柔らかさとクリーミーさが少し足りず、香りにも角が立ち過ぎていた。

「いつかフランスのより質の高いカマンベールをつくりだすつもりだ」フィデルが言った。

「えっ！」私は叫んだ。「それはかなり難しいのじゃないですか。キューバのより美味しいダイキリをルーマニアでつくると言っているようなものですよ」

私は間違いなくミルクの飲み過ぎで頭がどうかしていた。だがフィデルはすっかり上機嫌になっていた。

「一度フランスの専門家を連れてくる機会があった」とフィデルは言った。「そのときもさっきと同じことを彼に言った。そのフランス人がなんと答えたかわかるかね？《それは無理です、首相閣下》だとさ。まったくフランス人というのは頭の固い教条主義者だ！」と言って彼は笑った。そこで私は、ブルジョワ企業家で大麦や穀物の流通に詳しかった私の父が昔チリでウィスキー工場をつくろうとしたエピソードを披露した。父は、大麦の品質のよさに加えて、沿岸地域の気候、樽になる木材の豊富さ、いくつかの良質な水源など、ここには本場スコットランドに負けない国産ウィスキーを生産する最高の条件がある、と主張した。わずかな資本を元手に、それでも彼のささやかな会社はウィスキーのような酒をつくることに成功する。

「君の父上はまったくもって正しい！」とフィデルは叫び、今では世界中で認められているチリ産ワインも元をただせば君のお父上のウィスキー会社と同じ精神だったに違いない、と指摘した。

長年にわたる熱心な自由党員で、社会主義と名のつくものは断固として攻撃的なまでに嫌った骨の髄からのアレサンドリ支持派の父に関し、フィデルのほうが、息子の私などよりずっと理解のある人間だったことがわかって、もちろん口には出さなかったが、私はおかしな気持ちになった。父は私のことを頑固な偏屈とみなしていたが、フィデルとなら経済成長や産業についてきっと話が通じていたことだろう。私が自らの左翼的思想や、キューバ革命を擁護する発言のせいで父と大激論を交わしていたことを思えば、これは実に逆説的な話だ……。

といっても、その逆説とはあくまで見かけだけの話である。実際のところ、毛沢東は、ベトナム空爆に抗議してワシントンの道路を埋め尽くす長髪の知識人たちなんかより、ニクソンとのほうがよほど気があうかもしれない。今日の世界にはある種権力のインターナショナルのような単一組織ができあがっている。これは偉大な解脱者のみに入場が許された上部構造であり、詩人や知識人といった徹底して頑固で気難しい人間はきれいに排除されている。ついでにいうと、たとえばマリオ・バルガス＝リョサやジャン・ポール・サルトルがフィデルにとってかつてそうであったように、そうした知識人たちは、ある一定期間は、特定の政治体制にとり都合のよい存在であったのだが、やがてそうでなくなってしまったのだ……。

「ひどい話だ！」その朝のフィデルとの遠出の話を聞いたある人物は叫んだ。「フィデルはお友だちと一緒にいろいろなミルク —— マリア・ルイサとかマリア・ローサとか —— を実験しているようだが、キューバにミルクはない。子どもは七歳になるまで厳しい配給制限を耐えねばならないし、大人も潰瘍があるとか証明して、ようやくミルクにありつけるというのが現状だ。わかるかい？　ひどい話さ！」

だが、私が少し気晴らしをするため階下へ降りてきたときホテルのロビーを歩いていたその友人は、偶然そこに居あわせたのかもしれないし、あるいは公安の命令を受けて、私のまだ新鮮で生々しい印象を聞きだし、またそれを通じてホベー艦長が私に語った話の残響を可能な限りで探索しようとしていたのかもしれない。仮に彼が警察の手先ではなかったとしても、おそらく警察はなんらかの手段を講じて彼から私の意見を聞きだし、それを通してホベー艦長の思惑も探りだしていただろう。要するに、この地獄のループは常にどこかでつながっているのであり、いつだって招かれざる客を網にかけるのだ。その客がほかの大勢のご同輩のように外国人としての条件を受け入れ、例の歯車の一員となって体制にご奉仕し、結果として精神的変調を来しでもしない限りは。

私はときどき、キューバ当局者の目からしても、またチリ代理公使という自分の身分を考えても、特にこの肩書を考えた場合、公安体制の道具になるほか自分には救われる道はなかったのだと考える。いっぽう、その代理公使が《出世の亡者》ではなかったという事実、すなわち部下を一〇人以上引き連れているような大使館勤務の人間なら誰しもがそうであるような、官僚組織での昇進を目指す人間ではなかったという事実は、キューバの権力者たちを動揺させ、さらには、あとになって彼らがチリ政府に圧力をかけ、私をその名簿から削除し、あらゆる階級をはく奪するよう仕向けた際に、チリ外務省の大臣はおろか上層部の誰ひとりとして動かすことができず、逆にそうした圧力がチリ政府の他部門に感情的反応を引き起こし、それが具体的結果となって表面化するに至り、さすがの彼らも反省の機会をもったはずである。私たちは他人の経験というものを——各国の政治的経験もその例外ではない——容易に取り込めるものではない。いっぽう、当のフィデルは、こうした精神的プロセスが本気で実現されるときの常としてあくまで緩慢ではあったものの、たしかに反省をし、他人の経験を同化するという能力を備えていることを立派に証明したのだった。人生を通じた教育という現象、アングロサクソン圏で《人生学校》と呼ばれ、ヨーロッパの昔の学者や自伝執筆者たちが描写したり、いわゆる感情教育という形でいくつかの小説の素材にもなり、また新大陸においては北米のヘンリー・アダムズによる『教育』、南米のペレス＝ロサレスによる『昔の思い出』などにその古典的表現を見出すことになるあの自己反省という現象が、フィデルにも起きたのである。

問題は、上手にフィデルの取り巻きになっていた例の元ネクタイ売りの一団が、あらゆる反省や他人の教訓にまったく無縁の輩どもであったということだ。人民連合政府のもとへ私に関する調書を振りかざしながら押しかけ、私の首を要求したときに、予想通り多少の衝突こそあったもの、相手側の無関心の壁に接して、彼らは裏切られた気持ちになったのだ。そこで彼らは自分たちの実験室に閉じこもって、熱い議論を交わし、そしておそらくこう結論したのである。現状――つまり私が、ネルーダという堅く何物にも動じない存在と、外相クロドミーロ・アルメイダの毅然とした応答、さらにはエスメラルダ訪問時に見せた献身的努力を海軍が認めてくれたことなどにより、チリ政府から今なお免責されていること――はチリ革命というものが彼ら元ネクタイ売りどもの舌を満足させる味を欠くものであり、要するに純粋な状態での革命などではないということの傍証である。だったらチリ人どものことは改めて調べねばならず、よき革命国家としての証明書を慌てて交付するような真似は慎むべきである。ここはチリ内部での決定的対立の機会を待つべきであり、そうすれば、いずれ生ぬるい奴ら、熟慮派の連中、ブルジョワ知識人ども（のなかには私と同族たちが含まれる）は徹底的に排除され、この国も初めて白黒はっきりするだろう。いっぽうには父なる神に従順ないい者たち、そしてもういっぽうには――元ネクタイ売り集団の代表であるメレンデス君とその仲間たちが手ぐすね引いて待ち構える――悪者たちというわけだ。

ハバナ・リビエラのバルコニーで、その私の友人は、まるで私がミルクの試飲会について語ったことに心底我慢がならないかのように、やたら怒って話していた。とはいえ、フィデルの立てた計画は、小さな実験農場をまるで庭の手入れをするみたいにチマチマ維持することではない。そこを起点に、将来的にはキューバ中にミルクと食肉を安定供給し、さらには食肉とチーズを輸出することを見据えた計画である。そのどうしようもなくわずかな数の産品では、今のところ、金がだぶついている市場に配給するのはまだ無理であるということだ。いっぽう、フィデルの交配計画には過剰な幻想も混じっている。すなわち、フランスでは伝統的に冬のチーズとみなされているカマンベール製造は、熱帯の国の農業には無駄で金のかかり過ぎる贅沢ではないかという気もしてくる。地球上でもっとも美しい牧草とノルマンディー牛を先祖にもつ乳牛のミルクさえあれば、何世紀も前からノルマンディーでつくられてきたカマンベールより品質の高いカマンベールをつくれるという考えは、揺るぎない自然の法則に屈従することのできないこの男、かつて歴史の流れを無理やり変えたこの男の短気がもたらした妄想に過ぎないのであり、その男は今マルクスよりニーチェに近い意志の力でもって不可侵の自然を侵そうとしているが、外の世界ではニーチェ流の生の肯定よりマルクス流の観察を裏づけるような答にばかり突きあたるわけで、要するに、スペインの行動の男たちの血と、イグナチウス・ロヨラの血と、ドン・キホーテの血と、カルリスタ戦争を率いたカウディージョたちの血を引く、この不利な戦いに挑む我らが主人公閣下は、革命広場での歴史的演説でマルクス主義哲学の継承者を自負する発言をしてはいたようだが、実は、自分とマルクス主義との真の関係について本人もよくわかっていないのである。ひとつの歴史の誕生を強制的に引き起こした次は、同様の手段で自然にも改変を迫ろうというわけだ。フィデルは内心、自然を歴史と同じようにみなし、また、歴史を、そのなかに自分が新しい植物を導入したり接ぎ木や交配の実験をできる場のように、つまり自然のようにみなしていたのかもしれない。しかし、そうした見かけにもかかわらず、私は常に、フィデルが歴史や自然がつきつけてくる静かなる回答を理解するだけの感性をもつ男であるような気がしていた。

頑固で寡黙な自然の回答のひとつに私たちが直面することになったのは、ジープでの帰途の最中である。木もまばらな荒れ果てたそのコーヒー園は、私が前にハバナへ来たときボランティア労働の若者たちが植林活動にあたっていた巨大プロジェクト、すなわちハバナ産コルドン・ブルー豆を生産するという夢のなれの果てだった。聞いたところによると、首都を取り巻くそのベルト地帯はかつて中国系の小地主たちが所有していたもので、彼らはレタスなどの野菜を栽培して首都に届けていたという。革命政府はその大胆な政策のなかで、これら《資本主義的》飛び地を形成する人びと、つまりその行動を汚い物質的刺激に従属させている地主たちから、そのすべてを没収した。それ以来、レタスは外交官や特権階級だけが消費する贅沢品と化してしまった。

これはあくまで現象の一解釈に過ぎず、一〇〇パーセント正しいという保証はないが、いくらかの真実を含んでいるとしても不思議ではない。あまりに短絡的なマルクス主義だけは、この現象に関するそうした解釈を《反革命》だと決めつけるのに同意するだろうが。

ところで《反革命》といえば、自国の共産主義を逃れてバティスタ体制下のキューバに流れ着いたひとりのチェコ人がいる。彼がある朝目を覚ますと、キューバはフィデルのものになっていた。すでに彼の祖国からやってきた専門家たちが経済部門で協力を始めていた。すっかり動顛した亡命チェコ人は栄養を豊富に含むキューバ産薬草の詳細なリストを作成する。このへこたれないチェコ人は、悪魔の手を逃れてマイアミへと脱出するその直前、リストを信頼のおけるキューバの友人に手わたす。その友人が今後の難局を乗り切るにあたってせめてもの救いとなるようにと……。

フィデルは埃だらけのコーヒー農園を無視し、ホベー艦長は疲れているようだった。エスメラルダの水兵たちは、ピニェイロ指揮官がハバナ・リブレのパーティーでのウネエウスと私の懇願に負けてようやく企画してくれた、キャバレー《トロピカーナ》でのパーティーに参加することになっていた。

その夜、私は出港を明日に控えたエスメラルダを訪問し、若い将校たちからパーティーの様子を聞いた。ピニェイロ指揮官、その仲間の男性数人、そして大学生くらいの年齢の女子二〇名。将校たちは、相手をしてくれたふたりの女の子が、互いの新品のドレスを観察し、褒めあっているのを見た、と言った。どうやらピニェイロ指揮官は抜かりがなかったようだ！　そのふたりの女の子はどちらも魅力的で、飾らず、正しい子たちだった。当然ながらふたりは彼らにキューバがどう見えたか、楽しかったか、などと質問をした。その質問が執拗に繰り返され、それが尋問であることに気づいていた若い将校たちは、相手をのらりくらり上手にかわしたと思い込んでいた。

しかし、実際にはピニェイロ指揮官に派遣されたそのふたりの女の子のほうが彼らよりずっと利口で、特にその種の仕事については彼らよりずっと厳しいトレーニングを受けていたのだ。のちに、あるキューバ人社会学者が、キューバを訪れていた別のチリ人にこう言ったそうである。あのエスメラルダの船員たちをどうして事前に教育してこなかったのか理解に苦しむ、彼らはまるで遊園地に行くみたいな顔でハバナへやってきて、バーやキャバレーや女ばかりを欲しがった。資本主義の《楽園》でならそれもよいだろうが、君たちの誰ひとりとして兵士たちに社会主義革命がどういうものであるかを説明しようとしなかったらしい。ピニェイロ指揮官のパーティーには社会学部の学生たちも同行していて、彼らがそこで耳にした兵士たちの意見を科学的に分析した。分析の結果は ―― とその社会学者は言ったそうだ ―― 嘆かわしいものだったよ……。

この社会学者にも一理はある。我々チリ人がすべきは、まずこの国を観察し、こういう状況に追い込んだ経済的失敗を自国で繰り返さないよう望むことであり、次は、ブルジョワの良家かプチブルの出身でようやく乳離れしたばかりの若造たちに、ヤンキー帝国主義から八〇マイルという目と鼻の先で彼らと縁を断った国の現実と困難を説明することであった。

ピニェイロ指揮官は社会学的調査など必要としなかった。水兵たちの反応を見た瞬間にすべてを察知したのである。

「クルーの出自は?」とピニェイロ指揮官が信頼できるチリの政治家に尋ねた。

「地方出身者だ」と相手。

「なら問題はないですね」とピニェイロ指揮官。「では将校は?」

「ブルジョワかプチブルの出だ」

「ということは」とピニェイロ指揮官。「政治を教える専属係をつけねばなりませんな」

というこの会話は、実はあるパーティーの最中になされたもので、多少の虚構も反映されてはいるが、公安の恐ろしさをあまり信じていないチリ人たちがその証人である。失望したピニェイロ指揮官のコメント。《クルーについては問題ありません。彼らは指一本で簡単に動かせる。だが将校たちには厳しい教師をつけねばなりませんな……》

出港前夜、エスメラルダには奇妙な雰囲気が漂っていた。青年たちは滞在中の経験に衝撃を受け、打ちのめされていて、まるでチリでこの先自分たちを待ち受ける暗い将来をキューバで垣間見てしまったかのようだった。

私は船付きの司祭に、キューバの革命プロセスに好意的評価を与えている教皇代理のザッキと話してみてはどうか、とアドバイスしていた。船付き司祭は実際にザッキと話したが、会見は満足のいくものとはならなかったらしい。

若者たちにとっては、ピニェイロ指揮官に連れられトロピカーナに着飾ってやってきた女の子たちによる尋問が、とどめの一撃となった。警察の熱心さは —— 外交の熱心さと同じく —— いつも求めているのとは逆の効果を生み出してしまうものだ。

将校たちとパートナーを組んだなかで、Xというキューバ人の女の子がいる。彼女は生後数カ月の赤ん坊を連れてエスメラルダまでやってきた。彼女は私のほうへふいに近づいてきて、その分厚い唇を開いてキューバ風のアクセントでこう言った。

「ひとつ大事なお願いがあるのです。娘の洗礼の証人になっていただけません？」

いきなりの申し出で当惑したが、嘘偽りはないように思えたので、無碍に断るわけにもいかなかった。なにか急に青春時代に連れ戻されたような気がした。洗礼式は、エスメラルダ号の小部屋で、船付き司祭、女の子とパートナーを組んだ将校、副艦長、私の立会いの下で行なわれた。洗礼式の言葉の意味を私はこのとき初めて理解し、不思議な感動を覚え、胸にこみあげてくるものがあった。昔教えられたイエズス会の教条主義的で窮屈な一面を越えた次元で、私は洗礼の秘蹟というものがキリスト教徒の民としての最初の通過儀礼となっていることを改めて発見していた。その通過儀礼のあとに、教訓の意味の掌を子どもの額に載せて信徒の仲間入りの確認をし、象徴的な食人行為として聖体拝領が行なわれることも理解した。

私は証人役をしっかりと果たした。私はこのXと一九六八年にハバナ・リビエラ近くのランブラ地区で知りあっている。

「あなたがたの職業は？」と初対面のときXは私に尋ねた。

「作家だよ」

「作家ですって！　私も小説は好きよ、恋愛小説だけど」

「どんな恋愛小説が好き?」

「『不動の恋人』」

「その《小説》を君は読んだのかい?」

「ううん」あどけなさそのものの笑みを浮かべて彼女は首を振った。「でも映画でなら見たわ……」

彼女の左手には醜い傷跡があった。

「アレグリーア・デル・ピオの闘いのあとでね」と彼女は言った(今もその熱い声の調子が耳に聞こえるようだ)。「バティスタの兵隊が父を拉致したの。父はスペイン人共産主義者で、私たちの家は戦闘のあった場所のすぐ近くだったから、私たち一家は革命軍に食糧を届けていた。父の前に立って兵隊を遮ろうとしたら、マチェーテでここを切られた」

「お父さんはどうなったの?」

「二度と会えなかった。バティスタの兵隊に殺されたのよ」彼女はまるであたりまえの事実であると言わんばかりの平然とした口調で答えた。

「それで君も共産主義者なのかい?」

「私はカトリック信者よ」と彼女は言い、誇らしげに頭を反らせた。「母が私を熱心な信者に育てた。共産主義なんて大嫌い。だから出ていく準備をしてる。もう出国許可は得た」

それから三年経った彼女はすっかり老け、その恋愛小説趣味[*5]は実人生では彼女に妊娠という苦悩を味あわせる結果をもたらしていた。彼女は長年訴え続けたおかげでようやくフィデル・カストロと話をすることができ、彼から生きていく場所を与えられたことを誇りに思っていた。

「洗礼式での態度はごりっぱでした」将校のひとりが私に言った。

「なぜかね?」

「ですから素晴らしい態度だったと」将校は、言わなくてもわかるでしょう、という眼差しで私を見つめつつ強い口調でそう言った。

私は彼がなにを言いたいのかわかっていなかった。あとで聞いた話によると、どうやら式の前に、あの寄港地を先回りしているドイツ系の補給係が、Xの手から不審な安全ピンを取りあげて入念に調べたらしい。「だから盗聴器なんかじゃないってば!」とXが叫んで馬脚を現した。それで「厚かましくも娘の洗礼の場まで利用するとは!」と将校たちは囁きあっていたのだ。

船中のみながワインを飲み、疲れ、汗だくで、落胆し切っていた。私は私でかなり前からXと公安との関係を疑ってはいた。のちに彼女は私と領事を叔父だとかいう人物の家での食事に招こうとする。私は行けなかったが、代わりに出かけた領事は、その叔父とかいう人物がXの親戚などではなく、それどころか女の子を招いて改めてパーティーをしようと誘いかけてきたと報告してきた。その《叔父》とやらは女に目がないそうで、なんでもその道の偉大な専門家なのだとか。簡単なことだよ、とその

5 彼女はもちろんジャンルを誤解していたのであり、映画で初めて知ったというその《恋愛小説》とやらは実際にはアマド・ネルボの有名な詩に過ぎなかった。

自称叔父は領事に請けあったらしい、あんたがたにちょっとしたプレゼントを調達しようというわけさ。私がその怪しい叔父の家に行かなかったことにXはとても失望していたそうだ。女を餌につかった罠が私にもしかけられていたことは間違いない。この少し前に公安当局は私という人物が女性に決して無関心ではないという結論に達していたのだ。しかし、いくらなんでも四〇絡みの中年男にそんな極端かつ特殊な好みがあるなどと思うことこそ、またもや彼らの幼児性の発露にほかならないのだ。抜け目のないピニェイロ指揮官は、こと私に関するかぎり、たったひとつの効果的な策だけを実行しなかったのである。仕事が終わったあとにラム酒でも酌み交わしながら、私の意見を尋ね、静かに議論しあうという策を……。最初の紹介の時点で私が彼の人物像に関してなんの情報ももっていなかったという事実を、ピニェイロ指揮官はひょっとして知らなかったのかもしれない。だから、こちらがわりと無関心でいるのを見て、妙にややこしいことを考えてしまったという可能性もある。

エスメラルダの将校にしてみたら、カストロ体制の警察か公安の回し者でありながら、同時に熱心なカトリック信者でいられる人間がいるなどまさか知らなかったと思う。私の印象ではXがそれにあてはまる。ただ、Xの厚かましさは私の予想をはるかに上回っていようで、それで将校も真相に気づいたわけだ。しかし、私は素直に、Xが昔と変わらず『不動の恋人』を愛し、革命の名もなき英雄である父を崇拝し、母の宗教的な教えに忠実に従っていたのだと思う。それに、一九六八年に彼女が語っていたあのカナダへの出国許可を、公安がいくつかの仕事と引き換えに約束していたというのも大いにあり得る話だ。やがて彼女はささやかな特権を得て、そのとても慎ましい夢を叶えようとしているうち、すっかりG2［キューバ公安警察］の仕事に慣れてしまったのだろう。

洗礼式のあと、翌朝の出港の手はずを聞くために、艦長室へ寄った。ホベー艦長はそっけない態度で出迎え、仕事があるのでひとりになりたいと言った。私は彼が今回の遠征に関してチリ海軍に提出する報告書を書いているのだろうと思い、その報告書の政治的な色付け（おそらくあからさまではないだろうが）をありありと思い浮かべた。

そのとき、洗礼式で私のそばにいた将校がやってきて、どこかの部屋でふたりきりで話をしないかと私を誘った。そこは船内の狭く暗い空間で、暑さで蒸せかえるような場所だった。半そで姿の将校は作業台のようなテーブルのそばに腰かけて、真剣な表情で私を見た。彼の背後の船窓から港の倉庫の屋根が見え隠れしていた。そこからこちらにマイクが向けられているのではないかと思ってしまったが、すぐにそんな馬鹿なと思いなおした。このころ私は四六時中警察の監視下にあるという感覚のせいで執拗な不眠と呼吸困難に陥っていて、それに胸の痛みが伴い、今にも心臓発作に襲われるのではないかという気がしていた。告白すると、バルパライソから来たあのやや寛大過ぎる青年たちと、海軍流の朗らかで無邪気な雰囲気に満ちたエスメラルダ号は、私にとって願ってもないオアシスとなっていたのだ。その瞬間に彼らと一緒に出帆できていたら、外洋に乗り出して、外交のことも警察のことも二度と知らないでいられたら、どんなにか幸せだったろう。

「チリが根本的変革をすべきだというのは全面的に賛成しますよ、たとえばペルー風にね。改革は必要だと思うんです」将校は言った。「でもここのはだめですよ！　これは僕には耐えがたい！」

彼は私をまじまじと見つめ、その瞳は暗い輝きを放っていた。船窓から見える風景がゆっくりと下へ移動し、港の倉庫のざらざらした壁が見えた。

「私たちはきっと違う道を歩むよ」私は彼に言った。

「そうでしょうか！」将校は目をぎらぎらさせながら答えた。「あなたはご存じないんだ！　チリを出国されたのは現政権初期のころでしょう、その後のことはご存じないはずだ！」

私は、一八九一年に当時のエスタブリッシュメント階級の議会派リーダーたちが海軍の援助を受けてホセ・マヌエル・バルマセーダ大統領に反旗を翻した、いわゆるチリ内戦のことを思い出して、今の軍隊内の空気は反乱者たちが軍を最後のよりどころとした一八九一年のころときっと似ているに違いない、と考えた。しかしながら、あの当時の議会と軍隊による反乱は、チリが経済的自立を果たし近代国家として発展する大きなチャンスを結果として断ち切ってしまった。軍艦上で独自の評議会を結成した議会派の長老たちは、実質上は反革命といえるその合法的革命を指揮したことで、長い目で見れば、ブルジョワ階級、すなわちチリ史の一時代に指導者的役割を果たした階級の人間として、自殺にも等しい行為に及んだということを理解していなかったのだ。バルマセーダはチリの経済発展を推進するために硝石を利用しようとしていた。議会寄りの軍隊を抱き込んで反乱を起こした連中は、結局のところ英国帝国主義の操り人形に過ぎず、彼らがバルマセーダの壮大な国家プロジェクトを頓挫させたのだ。エスメラルダ船内に漂うむし暑い空気が、ほかにも多くのことを私に考えこまさせたのだった……。

翌朝、出港直前の午前八時に、艦長室で朝食を取る約束をしていた。運転手のトマスには七時半に出ると伝えていた。

そのころトマスに妙なことが起きていた。妻のピラールがチリへ帰国する直前、外務省前に停まった車の前で待っていると、上司のような男がトマスを呼びとめるのが見えた。ひそひそ話だったが、ふたりともそれを完全に隠す気はないらしく、戻ってきたトマスはかんかんに怒っていた。あとでトマスは私たちに、別の責任ある地位へ配置換えになったと告げた。私はまさかエスメラルダ寄港のあいだにその配置換えが行なわれることはないだろうと踏んでいた。事務所と自宅すらもらっていないのである、仮に運転手を大事な行事の直前で交代させられでもしたら大迷惑だ。ハバナ・リブレでのチリ海軍兵士たちを招いたパーティーは一五〇〇ドルかかったが、私はこれを米ドル現金で支払い、それとは別にチリ産ウィスキーとワインを自腹を切って入手した。ところがキューバ側は、パーティー費用はもう少しかかった、それをあなたのことを考えて割引したのだ、あの規模ならキューバ・ペソでもっと費用がかかる、しかしご存じだろうが我が省としては独自の通貨基準を採用しており……などと言った。もし公邸があり、そのおかげで外交官用マーケットや直輸入で酒や食事を仕入れることができていたら、外交官仲間に聞いた話では、あのパーティーの三分の一のコストで済んだはずだろう。

体制に迎合しない人物を友人にもっているせいで直面せざるを得なかったもうひとつの障害は車である。最初の運転手アグスティンは、初めての革命キューバ大使としてチリに赴任することになっていたマリオ・ガルシア＝インチャウステギが出国する、まさにその日の朝に寝過ごした。

トマスはきびきびとした愛想のよい男で、ピラールにも私にも心から誠実に接してくれ、約束の時間のかなり前から所定の場所に陣取って、アルファを隅々まで磨いたりグランマを読んだりしていたが、エスメラルダの見送りに行かねばならないその日の朝、彼の姿もまた、どこにも見あたらなかった。どうやら私を人との別れの場に行かせたくない奴がいるらしい。

トマスの部屋に電話をかけた。ロビーにいないか探してみた。どこにもいない！　守衛のひとりが、領事とドイツ系補給係といっしょに空港へ向かうのを見たように思う、と言った。

「でも領事には私と絶対の約束があると言えばいいじゃないか！」

ほかの守衛仲間たちは事情がまるでわかっていなかった。トマスが領事の指示に従ったとなると、落ち度は我らが大使館側にあることになる……この時点で八時まであと七分。船はもう離岸の用意を始めているだろう。

ふと、五〇年代初期のような古い錆だらけのシボレーかオールズモービルの車体を拭いている、ひとりの老人の姿が目にとまった。

「あれはタクシーじゃないかね？」

「ええ」守衛のひとりが答えた。「タクシーです」

私はその老人のもとへ走った。

「今すぐ第一埠頭まで行ってくれるか？」

おんぼろ車の清掃をようやっと終えたところへ、あまりに急いた様子の私が飛び込んできて驚いたのか、老人はしばらくぽかんとしていた。

「いいよ」と彼は言った。

彼は実にのんびりと後部座席のドアを開けてから、運転席に昔ながらの流儀に従ってきちんと腰かけた。私は老人をできるだけ急かさないことに決めた。

「第一埠頭だって？」

「第一埠頭だ」私は答えた。「チリ船が停泊している」

老人がキーをひねると、ボロ車のどこかに奇跡的メカニズムが作用してエンジンがちゃんとかかった。抜けるような青空のもと、堤防沿いに二ブロックほど走ったところで、私は老人に声をかけた。

「同志よ、もう少しスピードをあげられないか？　実は少し時間に遅れているんだ」

老人はこくりと頷き、ただでさえやかましいボロ車のエンジン音がいっそうの唸りをあげたが、スピードのほうは音ほどすぐには上昇しなかった。しきりに痰を吐くだけで無口な老人だったが、素晴らしいやる気を示してくれた。車は数ブロック進むあいだに、まるで地獄のような振動と金属部品がバラバラになったような騒音を奏でながら、スピードをぐんぐんとあげていった。港近くで二、三人の民兵が交通規制をしているのが見えた。

「あそこだ！」と私は老人に言い、彼はその指示に従った。私は民兵たちに身分証を見せて、チリの代理公使だと伝えた。港へ入る際にも同じような関門を通った。

穴ぼこだらけで塗装も剥がれた外交官専用車にはほど遠いガタガタのシボレーを見て兵士たちはや

や驚いたが、私と老運転手は第一埠頭に速やかに着くことができた。私がやっと乗船した直後にタラップが外された。甲板上から楽団の奏でる音楽が聞こえていた。チリ国歌の最初の音色が響き始めたちょうどその瞬間に、フィデルとアルド・サンタマリアのあいだにもぐりこむことができた。

「我が国も君たちの国も詩人には事欠かない」とフィデルが声をかけてきた。「革命にはいっさい関わらなかったくせに、あとからただで便乗してきて、国歌をつくったりする」

この言葉から彼が詩人の役割についてかなり特殊な考え方をもっていることがわかった。フィデルは、米国の大学やそのほかの居心地のよい亡命先から革命後に帰国し、文化的組織で要職を占めるに至った御用詩人たちのことを考えていたのかもしれない。やがて御用詩人たちは、上からの示唆があれば、権力が地獄か煉獄に送り込むと決めた仲間たちを弾劾する猛烈な革命賛美の文書を書くようになった。フィデルは御用詩人には無条件で賞を与えるなど餌を撒くいっぽう、日蔭の詩人たちはボロボロの汚い住居に追いやって、彼らを神経質な堂々巡りと不毛な呪詛の暮らしに閉じ込めていたが、こと詩人については前者も後者も等しく軽蔑していたようである。

いずれにしても、チリ国歌作者の名誉を慮っただけかもしれないが、私はフィデルの言葉にこう答えたのである。

「チリ国歌の作詞はエウセビオ・リリョ、一九世紀の詩人にして偉大な政治家で、一九世紀末の偉大な大統領バルマセーダの内閣で閣僚を務めていた人ですよ」

フィデルは、経済封鎖の招く視野狭窄からか、多くの場合その違いが明らかであることをわかっていながら、しばしば牽強付会なまでにチリの革命をキューバの革命と同一視しようとした。フィデルは、チリ側の大勢の友人たちがキューバ革命との差をわからず、彼らがその行動指針をチリ革命の真の特殊性に適合させることができないでいることに、ほとんど不満を抱いていた。そのようにフィデルはチリ政府の過ちを批判するが、いっぽう彼も特に作家や文学といった問題については同じ過ちを犯していたといえる。彼は文学の問題になると不思議なほど冷静さを失うのである。私は、ひょっとしてこうしたフィデルの態度には、なにか文学上の挫折のような体験が不安要素として影響を与えているのではないか、と思うようになっていた。

フィデルは、キューバの詩人たちが革命のプロセスに加わらなかった以上、チリの詩人たちも同様だと考えていた。チリの実情をフィデルがまったくわかっていないことは驚くに値しない。彼のそうした偏見は、あのキューバの偉大な詩人にして行動の人、その肖像画と詩句が国中のあらゆるポスターや公的印刷物に過剰なまでにあふれているあの人物の、意図的忘却にもとづいているとみなすことができるからだ。ホセ・マルティ。実際のところマルティは、大理石像や、広場や道の名前、教科書などあらゆる場所にその姿と名があふれ、ついにはその重要な意義、すなわち言葉のもっともよい意味における模範としての教育的意義が見失われる結果となっている。

式典後の朝食の席で、フィデルは自らエスメラルダに届けさせたプレゼントの話をした。大量のオレンジ、タマリンド、ロブスター。私たちと前日に訪れたあの実験農場でつくったチーズも贈っていた。ホベー艦長は相変わらずにこやかで快活な表情を浮かべつつ、いつも通りの平静さを保っていた。しかし、エスメラルダの兵士たちが、特にハバナの通りや官庁などでその窮乏状態に直に接した今となっては、あとで彼らがそれらのプレゼントを過度な権力の証として語りあう姿が、私には目に浮かぶようだった。品がひとつもない商店や、真夏の炎天下にアイスクリームを買うため二時間も列をつくる人々を見るだけで、彼らには十分だったろう。いっぽう、チリ人特有の了見の狭さというか、植民地時代の財務運営から受け継がれてきた管理好きのチリ行政に特有の強欲が、フィデルの行為を見る水兵たちの目を曇らせていた可能性もある。

経済封鎖中の島国キューバにとって、チリとの国交回復は、豪華なロブスターにはじゅうぶん値する出来事だった。最初にわたされたときには水兵たちもケチをつけたり文句を呟いたりしていたが――チリ人の悪い癖だ――単調な外洋航海のことだ、テーブルにぷりぷりしたロブスターとタマリンドの新鮮な実が並んでいれば、フィデルのはからいもいいほうに理解されるだろうし、場合によっては好意的に評価されるかもしれない。

ただ実際のところ、ここ二日間にあったことが今回の寄港の政治的意義を完全に損なってしまっていた。艦長室にフィデルの護衛集団が侵入しようとした一件は、フィデル自身の人柄でなんとか事なきを得た。だが、民間人による船内見学日にやってきた人たちのうち、少なくともあるひとりの男がこんなメモを残している。署名はなく、鉛筆の走り書きで、いかにも教養のなさそうないい加減なスペルでこう書かれていた。《気つけろ……おれたち飢え死に寸前……革命がさい初にやったのは軍人のクビ切り。将校たちみんなクビ……。同じ目にあうから油断するな……》

ＣＩＡか国内の反革命分子によって仕組まれたメッセージだろうか？　この種のやり口に関してはあらゆる意図的挑発行為があり得ることがわかっている。水兵たちはほかにも多くの似たような書き置きがあると言っていたが、実際に見せてくれたのはそれだけだった。いずれにせよ、私が見たそのメモには、文体も綴りの間違いも本物っぽく、いわば反革命の気持ちのようなものがあふれており、それは受け取った兵士たちにも伝わったようである。

事前の打ちあわせでラウル・カストロ革命軍相が確約してくれた政治的中立保持のお達しも、文字通り遂行されたとはとうてい言いがたく、こちらもまたチリ兵士たちの気分を著しく損なう結果となる。あるキューバ人高級将校が軍施設見学の最中にチリ兵士たちに向かって演説を行ない、そのなかで、キューバ軍とチリ軍共通の課題は、ラテンアメリカ人民と世界人民の第一の敵たるヤンキー帝国主義を相手に闘うことである、と述べた。チリ側の兵士たちを率いていた将校はこれに気分を害し、彼は相手に反論もせず、かといって歓迎に感謝の言葉も述べるわけでもなく、部下に列をつくって回れ右を命じさっさと帰りのバスに乗り込ませたという。

エスメラルダの乗員たちの気分を損ねた出来事がもうひとつある。最初は私も事情がよく呑み込めなかった。チリの兵士たちは陸海空のどれをとっても行進が得意である。母国チリでは、なんらかの記念行事や軍関係の行事が行なわれるたびに、大勢の観客が詰めかけるのが恒例となっているのだ。海軍兵士たちはハバナでもホセ・マルティ記念像に花束を捧げたあと、草ひとつない無人のだだっ広い革命広場の真ん中で、さっそく楽団の演奏にあわせて脚を高く振りあげる閲兵行進を始めた。チリならすぐに群衆が集まっていたことだろう。アラメダ通りを歩いていた暇そうな人が立ち止まって行進を眺め、官庁街からは白シャツに黒い腕貫姿の役人が窓から顔を覗かせた。要するに、革命広場での行進を見学した市民は三、四人しかいなかったのだ。水兵たちはコンクリート砂漠での観客なき行進を終えたあとも私に文句を言ったりはしなかったが、あとになって、その言葉の端々から、この一件に彼らがきわめて不愉快な気分を味わっていたことを私は理解した。キューバ独立革命の英雄を記念した像の前での行進に観客がひとりも来ないとは、なにか前もって示しあせていたとしか思えない、と兵士の誰もが思ったことだろう。

兵士たちにとってもうひとつ単純に否定的な要素、一二年間におよぶ革命の過酷な経済的現実を反映しているという意味では先のいくつかよりずっと深刻な要素が、自由時間で目のあたりにした街中の風景だった。空っぽの商店やショーウィンドー、コーヒーの配給を待つ長い行列、ハバナ旧市街に漂う悪臭。旧市街の植民地的な美しさに彼らはほとんど興味を示さず、母国のバルパライソやビーニャ・デル・マルといった都市と単純に比較をし、私が経済封鎖の話をしてもあまり通じないようだった。チリ人民連合政権が模範として国民に提示しているのはこれなのか？　八割かたぶんそれ以上の下級兵士たちが、どんなに自分たちの手には届かないものであったとしても、消費社会のショーウィンドーに郷愁を感じていた。地元のある医者が、酒を飲むバーを探していたチリ兵士たちのグループと出会った。医者は彼らを自宅まで連れていき、配給されたコーヒーと一杯の水を各自に差し出した。「医者であれなら」招待を受けた兵士たちのひとりがあとで言った。「ほかの連中はどんな暮らしをしているんだ！」俺たちみたいな兵隊やガソリンスタンドの従業員とかならまだわかるよ！　でも立派な医者であれとは！　それに自分たち海軍兵士でも、いやガソリンスタンド従業員でも、左官屋でも、いざ客が来たとなれば《それなりのおもてなし》はするし、ましてやあんなまずいコーヒー一杯と水で済ますはずもない。たとえ金がなくたって、角の雑貨屋とか、知り合いのところへ行けば、なにか物があるだろう……。貧しさゆえに娘が学業を放棄して洗濯屋になったり女中になったりせねばならないような家だって、もう少しマシなものを出す。

「同志アジェンデの作戦はエンストに終わった」と機関士のひとりが言った。私が直接聞いたのではないが、何人もの将校が彼がそう言ったと断言しており、最後の日に船中に漂っていた空気を思えば、本当に彼がそう言ったとしても不思議ではない。海軍の言い回しでは、ある作戦が《エンストする》というのは結果が伴わない場合に用いられる。

アジェンデはバルパライソでの出港時にエスメラルダに乗船し、国交回復後のキューバ訪問の意義について船員たちに話していた。エスメラルダ派遣を企画したのは誰だったのだろう？　キューバとの接触を推進しようとするアジェンデか、それとも情報収集を目的とし、おそらく現実にそうなったような反応を兵士たちのあいだに引き起こそうとした海軍首脳部だったのか。こうしたすべてに考慮の余地がある。明らかなことは、社会主義の緒に就いたばかりの国からやってきた兵士たちが、キューバでの五日間の滞在を通して、魅力のまったく感じられない社会主義像というものをもち帰ったことだ。

私は何人かの将校にチリは違う道を辿ると言い聞かせたが、そうした合理的でお仕着せの考え方では彼らの感情的ショックを打ち消すことはできなかった。それどころか、私自身、彼らと同じショックを受けていたのである。また、チリ政府に関するいくつかのこと、すなわち政府のいくつかの声明、いくつかの経済政策、生産と労働の問題――これに関して中道派の政策が人民連合の他諸派から白眼視されているようだ――に関する全般的姿勢、人民連合政府になって最初の夏季休暇中に若い兵士の部隊が南部にボランティア労働者として派遣され、それが大々的に宣伝されたこと、こうしたことを見るにつけ、キューバでの教訓がチリではしっかり活かされていないのではないかと心配せざるを得ない。たしかに、人民連合が野党だった時代に見られた無条件の熱い団結は、政権奪取後のわずか数カ月においてはまだ堅牢であったし、薄まってすらいなかった。だが、ハバナ旧市街の水漏れのしている荒れ果てた街路に、エスメラルダの乗員たちは将校も水兵もみな、同志アジェンデが提起している社会主義チリのあり得る未来、あまり楽しくはない未来の鏡を見たのである。仮にアジェンデがこの派遣で支持者を増やそうとしたのであれば、その作戦は機関士が言った通りまさしく《エンスト》に終わったことになる。ただし、何度か考えたのだが、アジェンデが実は本人の言動から推測できるより多くのことを知っていて、作戦には別の意図があったという可能性もあり、その場合、アジェンデとしてはバルパライソの出港式典に出席し、船がハバナへ到着する前夜にフィデルに電話をかけるに留めることで、逆にその作戦の極端な色を中和させようと試みただけなのかもしれない。堤防の内側の荒廃し悪臭を放つ街路を見た兵士たちの反応、感情的ショックなどは、ハバナのことを何年も前から知りつくすアジェンデほどのベテラン政治家ならたやすく予測できることなのだから。

これについてはひとつ示唆的な出来事をつけ加えておけば済む。同じころにエスメラルダの近くの湾内に停泊していた東ドイツ艦の船員たちが、チリ人たちの反応をきちんと予測していたのだ。東独の水兵たちは初日からエスメラルダのそばへボートで接近し、互いの確認と挨拶の印にオールを振った。すぐに東独艦の艦長と直近の部下たちがエスメラルダに丁重に招かれた。

「これは私たちの好きな社会主義ではありません」ドイツ兵たちはおそらくピスコサワーを数杯を飲むうちに口が軽くなってくるとすぐにこう口を揃えた。「みなさんも騙されてはいけませんよ」

のちに、チリ側の将校たちがエスメラルダの甲板を歩きながら、海上に東独艦からやってきたボートが漂い、あちらの兵士たちがオールを振って挨拶するのを見るたびに、私に何度も言い聞かせてくれたエピソードである。

エスメラルダ号はエンジンを使ってハバナ港の出口になっている一キロほどの狭い水路を抜けていった。エンジンが停止し、展帆作業を控えた沈黙が漂った。フィデルとともに船に留まったのはピニェイロ指揮官、オリーブグリーンの服に身を包みカメラマン役もこなしていたハバナ大学学長ミヤール、アルド・サンタマリア、そして大半がカメラを持参している数人の兵士たち。キューバ海軍の巡洋艦が港から離れたところで私と彼らを回収する予定になっていた。

ふいに甲板の各所から断続的に鳴り響き始めた笛の音にあわせて、見習い水平や下級兵士たちが索をするすると登り、マストの遥か上方にまで到達した。ホベー艦長が、笛の合図がそれぞれ命令内容にあわせて音や長さを変えてあることを説明してくれた。フィデルが懐疑的な表情を浮かべているのを見た艦長は部下のひとりを呼び寄せた。その部下はどの合図が上がれで、どれが下がれ、どれが帆を巻け、どれが止まれなのかを実際に演じてみせた。

「ということは」フィデルは首をかしげてブリッジ内を歩き回りつつ言った。「この作戦を遂行するには兵士であり曲芸師であるのに加えて音楽的才能もなくてはならんというわけか……」

その通りですな！　とホベー艦長はただ微笑んだ。

「では艦長」フィデルが尋ねた。「あなたもあの音を聞き分けられるのか？」

「本艦乗員はみなあの笛の識別能力を有する義務があります」とホベー艦長が答え、実演をしてくれた青年も満面の笑顔で頷いた。

しばらくあとでフィデルはこれまた懐疑的な表情を浮かべつつこう尋ねた。

「では艦長、あなたもその軍歴においてあのマストに登られたことがおありか？」

マスト最上部では水兵たちが索の上に立って腹を横軸に押しつけ、両手を使って帆を伸ばす作業をしている。帆はゆっくりと索伝いに下方へと拡がってゆき、やがて船は二隻のソ連貨物船のそばを音もなく進み始め、外洋へと通じる海路を辿り始めた。

「もちろん！」別の部下と話していたホベー艦長が答え、そのままブリッジの前後で繰り広げられている展帆作業を見守り続けた。

「あそこへ登ったと?」フィデルはいちばん高いマストを指さしながらそう言い、制服の種類の多さやそのほか色々な部分で明らかなチリ海軍特有の階級重視、というか少なくともその厳然たる身分制度に従えば、ブルジョワ階級出身である将校たちは、人民の息子たちがやる危険な作業を免除してもらっているのではないか、と疑っているような顔になった。

「本艦の将校はみな」ホベー艦長はフィデルの質問に込められた政治的ニュアンスをきちっとわかった上で答えた。「あれと同じ訓練を受けてきました」

フィデルは黙り込んだ。おそらく、チリ海軍の伝統がもつ力の源がまさしくその点、すなわち兵士全員がやるべき職務を熟知していることにあると考えていたのだろう。エスメラルダの将校たちは、その出自はどうあれ、おそらくその瞬間までフィデルが知らなかったか軽蔑していたであろう新次元、すなわち階級的現象というものを取り込んだその練習船に自分を完全に同一視していることが見て取れた。それは、フィデルが比較的容易に――海外の記録者たちが想像していたよりはるかに容易に――打倒したバティスタ政権軍の指揮官たちとはまったく異なる将校の姿だった。フィデルがホベー艦長との最初の対話で、彼にとって唯一真剣な抵抗を示した敵がバティスタの海軍であった、それゆえ海軍は革命を通して唯一尊敬に値する敵だった、と話したことを思い出しておく必要がある。いずれにせよ、ホベー艦長と将校たちの態度がきっかけになり、フィデルがチリの政治全体に関する考えを新たにしたという可能性もある。もちろんフィデルは、その時点でエスメラルダの乗員や将校たちがキューバをどう考えていたか、じゅうぶん知っていた。が、洋上での展帆作業におけるその有能さと完璧な規律を目のあたりにした今、フィデルは彼ら兵士たちの実像をよく理解したことだろう。船はすでに万帆となり、兵士たちをマストの上に載せたまま、朝日に照らし出されたカバーニャ要塞の古い石壁をあとにして、静かに、ゆっくりと外洋へ向け進み始めていた。

外洋に出ると兵士たちがマストから降りてきた。展帆作業は文句のつけどころのない出来だった。というので、過去にフィデルが島国特有の観点から吹きかけたような、チリ軍に対する子どもじみた論争などそれこそ論外になってしまった。雑誌『プントフィナル』を通じてチリの極左勢力を熱心に応援していたピニェイロ指揮官（キューバの口の悪い連中の話では、雑誌も彼が遠方から操っているそうだ）は、その同じことを即座に理解したようである。彼は甲板上で水兵たちに混じり、貪欲なまでに友好を深めようと試みていた。彼の冗談や軽口はまだひよっこの水兵たちに絶大な効果をもたらし、青年たちが爆笑する声がブリッジまで聞こえてきた。ピニェイロ指揮官は水兵たちと写真に収まり、グループの中心に立って両隣の水兵と肩を組みあって、その話術をぞんぶんに発揮し、その言葉を聞きもらすまいと耳を傾ける若い兵士たちの姿にご満悦のようだった。

一年後、長いあいだキューバに住んでいたあるチリ人が、この赤髭こと、キューバ国家公安局を率いる副内務相マヌエル・ピニェイロの真の姿について私に語ってくれた[*6]。それによると、なんとも驚いたことに、ピニェイロは若いころに米国ウェストポイント士官学校でその専門技術を学んでいたそうである。彼は米国人がいかにも好みそうな保安《セキュリティ》が専攻の過程に通った。バティスタ政権期にキューバへ帰国すると、シエラ・マエストラのゲリラに加わる。当時の米国ではカストロのゲリラ側に対する好意的な共感が広まっていて、いっぽうキューバ共産党には不信の眼差しが注がれていた。ハーバート・マシューズがシエラ・マエストラでカストロにインタビューを行ない、その報告が『ニューヨークタイムズ』に掲載される。当時の米国メディアのコラムにおいてはカストロのキューバでの冒険も《ちょっといい話《ア・ストーリー》》として、ロマンあふれる、ヤンキー帝国にとってまったくもって無害そうないい話くらいに扱われていたのだ。いわゆる《リベラル派の》富豪のなかには、山中のゲリラへ武器を供給すべくフロリダ半島へ亡命してきたキューバ人を支援する者まで現れた。私は本書の最初のところで、プリンストン大で革命と初めて触れたときの体験に言及した。一九五八年の終わりに、私自身、亡命先からその種の支援をするキューバ人地下組織の存在を目のあたりにしたのだった。

一九六一年、コチーノス湾侵攻事件のあと、ピニェイロはウェストポイントで習得した専門分野を武器に、フィデルの個人警護組織の責任者に任命される。そのときまでフィデルはキューバ中を護衛もつけず自由に歩き回っていた。夜遅くハバナのレストランにぶらりと現れるフィデルの姿を見かけ

6　ピニェイロのウェストポイントでの学歴やフィデルの公安組織に関する私の友人の発言は以前の版では慎重を期して削除されていた。これらのデータに関してはいまだに確証が得られていないが、なにかの役に立つかもしれないので採録しておくことにする。

ることも珍しくなかった。フィデルの身辺警備が重大な政治問題に変わった瞬間以降、ピニェイロの権力が強化され始める。やがて彼はその地位によってフィデルと外の世界との仲介者としての役割を担うようになる。歴史が教える通り、要人警護の警察部隊はいつかその要人自身を黄金の檻で囲んでしまう。そこから国家元首の権力が簒奪されるまで、それが言い過ぎなら、少なくとも国家元首が公安のトップによって決定的影響を被るようになるまでは、あっという間である。

ピニェイロがウェストポイントへ行く前に、フィデルと同様、イエズス会士の教育を受けていたと聞かされても、私は驚かないだろう。ピニェイロのなかには、ヤンキー流の気取らなさと、信徒の管理と改宗勧誘に強い能力を発揮する新世代のイエズス会士に特有の、あのスポーツ選手的で大衆迎合的な扇動志向とがみごとに混在している。私は彼が水兵たちと抱きあって、はしゃぎながらくだけた口調で話している様子を見て、昔通っていた聖イグナチウス学校の、あの頭が固く容赦のないスペイン人イエズス会士たちのあとを継いだチリ人イエズス会教師たちのことを、期せずして思い出していた。あのチリ人イエズス会士たちは、体育が規律維持と心の健康にいいという理由から、校内運動場でサッカー大会を開催し、そうやって、運動の苦手な生徒や頭のよいだけの頑固な生徒だけが加わることのできない親密な関係を、ほかの生徒たちと築くことに心を砕いていたものだ。

イエズス会では学校を卒業後も、年に一度の食事会やそのほかの記念行事など、在学時の結束を再確認する機会が何度もあり、そのたびに、可愛い羊たちを囲い場につなぎ止めておくという教師たち最後の目標がしっかり達成されていることが、目に見える形でわかる仕組みになっている。私のような脱走羊もいるし、教師たちのなかにも近代化し過ぎたあまりに古臭い厳格さを嫌って脱会、結婚してしまう者もいる。だが、そうした例外も、教会を離れては健康などあり得ないという事実を証明するため繰り返し利用されるのである。

では、キューバはどうだろう? 自己批判というのは、己の罪を清めて正しい者たちの側に近寄るという意味で、告解と似た過程とはいえまいか? ピニェイロは一、二週間前に反体制派の作家、というか改悛しない罪びとのひとりと出会ったときにこう言ったそうだ。

「ずいぶん老けたな! 白髪まで生えてるぞ!」

言われた作家はこう答えた。

「私を老けさせたのはあんただよ、マヌエル・ピニェイロ」

これに対してピニェイロはこう答えることもできたろう。汝が罪を悔い改め、告白し、改めて聖体拝領を受けよ、さすれば迷える子羊が囲い場へ戻った暁には二重の喜びをもって迎えられることがわかるであろう……。

ブリッジにいた将校のひとりが、甲板上で若者たちに大人気なのが遠目にもわかるピニェイロの子どもじみたはしゃぎぶりを、苦々しい思いをかみ殺すような表情で睨んでいた。その将校は厳しい家に育ち、おそらく古いスペイン式の規律で育てられたのだろう。実際、その一カ月後にフランスのトゥーロン港で彼と再会したとき —— 駐仏大使館付参事官としての私の最初の仕事が、キューバ外洋でフィデルと別れたあと大西洋横断航海をしてきたこのエスメラルダ号をパブロ・ネルーダとともに出迎えることだったからだが――この将校がエスメラルダのスペイン経由時にバルセロナ港に立ち寄った際に、フランコ体制の熱狂的支持者になってしまったことに気がついた。[*7] もしこの海軍将校が権力の座についていたら、不謹慎な映画や芝居を検閲していたスペイン軍人たちと同じになっていたかもしれない。しかし、彼がエスメラルダの甲板上ではしゃいでいるピニェイロのグループを見て、苦々しい思いをかみ殺すように首を振っていたあの瞬間、私はむしろ彼との連帯感を覚えたと言わざるを得ない。私自身、実にさまざまな重圧とそのときどきでの緊張のせいで、ものの見方を何度も誤ってきた。ここは同じことが将校にも起きたと認めるのが妥当であり、要するに彼は、キューバから直接スペインへやってきて、フランコ将軍の大地における――すべてがまやかしであるにもかかわらず――安楽でヨーロッパ的な自由の空気を吸うという矛盾に満ちた体験を経ただけのことだ。

イエズス会に限らぬ宗教的隠喩というのであれば、エスメラルダでもっとも謙虚な兵士の口から出たこんな台詞もある。フィデルは船内施設をくまなく回り、行く先々でコックや水兵たちを相手に長々と話しこんだ。甲板に戻ると舳先まで行き、索を握って、先端に突き出た衝角《しょうかく》と呼ばれる部分に身を乗り出した。そこから海ではなく甲板のほうに向きなおると、護衛としてつき従っていたオリーブグリーンの軍服姿のカメラマンたち――本職もいれば単なる愛好家もいた――の前でポーズを取った。船が大きく揺れるせいでバックに青い海と空が交互に現れるなか、髭面で立派な体躯のフィデルはまさに海から現れ出るネプチューン神のように見えた。「彼らは神を信じないんですよね」その兵士は、いかにも友だちが少なそうな感じの上目づかいで、舳先の衝角の上で何本もの索に囲まれて突っ立っているフィデル＝ネプチューン神を見ながら言った。「でも今ではあの人が神みたいなものだ、ということは彼らは神を取りかえただけなんだ。だったら神を信じてないなどと言えないのでは……？」

船はすでに外洋にあり、風だけが頼りの航海に移っていた。ハバナのビル群はもう水平線の彼方に消えている。ホベー艦長が見るからにいらいらした表情で時計を見た。そろそろ昼飯どきで、部下たちもフィデルにかまっている余裕はない。ほかの将校たちもそわそわし始めていた。

フィデルはこのような予定を時間通りに終わらせる能力の欠如、周囲に対する配慮のなさといった性格を、数カ月後にチリを訪問した際に、しかも彼が来るというのでチリ中に反感の嵐が湧きあがるなか、またもや見せつけることになる。誰かがようやく彼方にキューバ巡洋艦が見えると報告し、チリ側の将校たちは安堵のため息をついた。エスメラルダは帆を調整して洋上に停止した。兵士たち全員が私の手を強く握り、同情の仕草を見せた。あの瞬間はみなが私に同情していたと思うし、本当のところ、私もそのまま彼らと一緒に航海を続けたいくらいだった。エスメラルダのなかでは本当にチリの領土にいる気分がしたし、文字通り楽に呼吸ができる感覚があった。

のちに、あるパーティーの喧噪のなかでひとりの西側外交官が、軍事政権のファシズムだって警察

7　この段落は一九八二年の最終版に含められた。七三年末の初版刊行時、私は七一年と七二年に書きためていた原稿を校正するにあたって自己検閲を行なったわけだが、これについては、チリでのあの事件とその結果として自分の置かれた立場による重圧だけが原因だったのではない。フランコ政権末期に存在した現実の検閲にもこのテクストを委ねなければならなかったのだ。

社会主義ほど抑圧的ではない、とこっそり私に言った。その外交官は、エスメラルダでのパーティーやハバナ・リブレでの私のパーティーでチリ海軍兵士たちを観察し、彼らを元に架空の軍事国家を想定して、そのようなことを思いついたのだ。だが、そのような比較は間違いなく見当はずれである。チリ人将校たちは権力の座にはなかったし、また権力による統制が軍人たちをいかに変え得るかを知るべきだろう。彼は、右翼の軍人は政敵を抑圧するだけだが、革命キューバにおける統制は日常生活のこまごまとした側面にまで徐々に広がりつつある、と主張した。彼は当時のスペインを引き合いに出し、ほかのもっとひどいファシスト独裁制 —— そこにはもっとも困難な時代のフランコ体制も含まれる —— を意図的に忘却していた。しかしそのいっぽうで、いまだ善悪二元論の隘路から抜け出せないでいる左翼が、警察社会主義やスターリン主義といったものを、その多様でかすかな兆候をも含めて、徹底的に反省するには至っていないということも、私には疑いの余地がない事実に思われる。チリでは、まさにエスメラルダが象徴するそれをも含む、異なる複数勢力間の均衡というものによって、セクト主義が一般国民のあいだにはびこるのが妨げられてきた。だからこそ私は、カリブ海洋上でじっと佇むエスメラルダの雄姿を見て、こうした勢力がきちんと存在し、複雑なチリの政情にあって調停役を務めているというのはなかなかよいことだと、他人には口外しにくいことを考えていたのである。もっとも、そう考えたからといって、この軍という力が全権を握ることを望んでいたわけでは決してない。エスメラルダの水兵や将校たちの健全な人あたりのよさは、彼らが権力を決して不法行使していないという事実にこそ由来しているのだ。

「気をつけてくださいね!」ピニェイロの道化師的なはしゃぎぶりを不機嫌に睨んでいた将校が別れ際に言った。「あなたになにかあれば、我々がすぐに駆けつけます」

その言葉は私のキューバ派遣の目的がいまだにはっきりしない状況を思えばあまり励みにもならず、むしろ、私が事故死か自殺したことが報じられたらチリ海軍はそれに関して独自の解釈を行なう、という意味だったかもしれない。いやいや、たいしたお墨付きを頂いたものだ!

フィデルと巡洋艦に乗船したとき、私の気分はどん底だった。エスメラルダという、ここ数日ずっと私にとって安心と勝手知ったる人々の象徴であった空間から引き離され、いちおう今も外交的な形式主義を維持してはいるものの、その下にぼんやりとした忌まわしい姿を覗かせ始めた奇妙な世界へと戻るのだ。

フィデルは私に、波で恐ろしく揺れている第一巡洋艦のブリッジに来るよう指示した。二隻の巡洋艦は、甲板に総員整列してキューバ国家元首を見送るエスメラルダ号の正面を、全速力で進み始めた。ハバナへの帰途に就いた途端、それまではわりと頻繁かつ親しげに私と話していたフィデルが私を避け始め、同時に、エスメラルダにいたときの緊張をすべて解いたことがわかった。

フィデルの興味はなお尽きることがなく、今度は巡洋艦の見学に取りかかり、クルーらと話しこみ始めた。ミサイル収納庫へ通じる丸いハッチを覗きこんだとき、ふいに足を滑らせたフィデルが私たちの視界から消えた。ピニェイロとほかの連中が駆けつけたときには、すでにフィデルは誰の助けも借りず自力で梯子をあがったあとで、甲板上に少々驚いた顔で突っ立っていた。今となっては、この数日前に彼が鉱山を訪問した際に車を押して指を切っていたエピソードや、さらにこの数カ月後にチリの報道機関から流された奇妙な写真が、思い浮かぶ。チリでフィデルはある艦船から海に落ちかけ、すんでのところで兵士に支えられて助かり、そのときの海上で逆立ちしたような写真が世界中に流されたのだ。

最高司令官がなんとしてでも制御したいと願う自然の要素がここでまたもや反旗を翻したのである。しかし、そんな数々の敵を相手にこれだけにもわたって生き延びてきたことを思えば、フィデルこそ偉人の星の下に生まれてきたのだともいえようか！

巡洋艦の実際のスピードとは裏腹に永遠にも続くかと思われたその帰途のあいだ、フィデルは私と冷たい距離を保ち続けた。彼は上陸後すぐに昼食会をすると部下に命じ、そこに学長やピニェイロなど居あわせた関係者を招くと言ったが、私を招待するという考えはおくびにも出さなかった。私のいる目の前で昼食の約束をしたのは、要するに私をそこへは招待しないという失礼な振る舞いを見せつけるため、意図的にそうしたのだろう。そのほうが、私が選ばれたメンバーから外れていることが、みなにもはっきりわかる。フィデルは昼食の指示を終えると、ブリッジの鉄の枠の上に腰かけて、いちばん若いクルーたちを相手に話しこみ始めた。船と風の音に邪魔されてその内容は聞こえなかったが、先ほど昼食の席に仲間外れにされたという現状を鑑みるなら、ここで私が彼らの会話にじっと耳を傾けるのも塩梅がよろしくないように思われた。

巡洋艦がかなり揺れたせいか私は少し船酔い気味で、そして第一埠頭に上陸した私たちの別れは短くそっけないものだった。我が友トマス —— この二、三日後にまるで私との親密な付き合いが深刻な汚点となってしまったかのように交代させられることになる —— が運転する青のアルファロメオが走りだし私を迎えにきた。車はハバナ・リビエラを目指し焼けつくような堤防通りを全速力で駆け抜け、堤防の向こうにはエスメラルダの四本のマストが消えていった海が広がり、私はそのなにもない大海原をさまざまなことをくよくよと思い悩みながらじっと見つめていたのであった。

【一九七一年三月六日、ハバナ】

昨夜レジス・ドブレと話す。彼はボリビア奥地カミリの監獄で四年を過ごしたのち、チリに行き、そこでサルバドール・アジェンデやネルーダと親しくつきあった。ネルーダはドブレに偏見を抱いていたが、ドブレはネルーダという人間の虜になってしまった。そのネルーダがドブレに私のことを話し、それで彼がハバナ大で哲学の授業をしているチリ人女性パス＝エスペホに依頼して私との会合をセッティングさせたのだった。

ドブレは私をじっと見つめながら、口数少なに、ゆっくりと話す。間違いなくキューバの友人たちから私について色々注意されていたのだろう。彼はエスメラルダ寄港について私に尋ねる。どう思ったか？　と。私が答えるにつれて、彼の質問は次第に詰問調の細かい内容になっていく。本当に尋問でも受けているような感じだ。

「思うに」と私が言う。「エスメラルダの訪問はフィデルにとっては都合がよかった。経済封鎖の目に見える解除でもあったし、彼自身がチリ人艦長の前で、キューバ経済の立て直しに日夜尽力している誉れ高き統治者としての姿を見せることができたからだ。いっぽう、あの訪問はサルバドール・アジェンデにとっては都合がよかったとは言えないように思う」

「なぜ?」一瞬ドブレが平静さを失って身を乗り出し、やや攻撃的な口調になる。

「エスメラルダの兵士たちがキューバを訪れたのは、砂糖収穫一千万トン計画の挫折という革命始まって以来の危機の真っただ中だった。彼らは、そんな難局のことなど聞かされないまま、アジェンデが純粋に政治的な理由からチリで彼らに描いてみせた、現実と完全にずれている牧歌的キューバ像だけを抱いてやってきた。兵士たちが抱いていたそのキューバ像は多くのチリ人も共有しており、アジェンデはそのイメージのままをチリでも実行したいと考えている。アジェンデは世論を落ち着かせるために二国の差異を強調してもいるが、結局のところそれは二次的なことだ。だからこそ、キューバの現実を間近で見るという経験は兵士たちにトラウマと強烈なショックを与え、それはアジェンデ政権にとっても決して都合のよいことではなかったはずだ。わかるかな?」

そのような兵士たちの意見や、あるいは私の意見にドブレのような人物が耳を貸すはずもないのだが、それでも彼は私の話に、わかった、わかった、と執拗に頷く。とはいえ、そんなドブレの今の態度、すなわち意図的に緩慢な話し方や慎重な言葉の選び方などは、それとわかるはっきりした表現こそ少なかったものの、やはり過去の夢の終わり、ロマンチックな時代の終焉というものにピタリとあうものだ。ドブレがハバナへ着いたとき『反抗的青年』が彼に関する長時間のテレビ番組放映を予告した。この計画がその後話題になることは一度もなかった。フィデルがその番組の制作を嫌がったというのがもっぱらの噂で、これをもってしてもフィデルとドブレの関係が昔のように良好とはいえないことがわかるだろう。

私は彼に、最後に訪れてからもう何年も経ち、その間いろいろなことがあったこのキューバという国を今見てどう思うか、と尋ねる。ドブレは汗に濡れたボリュームのある金髪を片手でかきあげてから、その同じ手の指でボトルのネックのような模様を空中に描き、自分の注文したテーブルの上のウィスキーボトルを指さして、似たようなスペイン語表現があるのかと尋ねる。私は彼に、スペイン語でも難局のことを《ボトルネック《クエジョ・デ・ボテージャ》》というと答えた。で、今度は私が尋ねる。キューバ革命がこの難局を脱するのはいつごろになると思うか？

「歴史はゆっくり進む」とレジス・ドブレ。

私たちは別のチリ人女性の家に行くことに決めるが、その前に彼と別れる。別の人物と会う約束があるそうだ。ドブレはそのチリ人女性宅に二時間ほど遅れて現れ、その際にあのアントニオ・アルゲーダスを伴っている。ボリビアの元内相にして、CIAにリクルートされ金をもらった過去を告白し、その後キューバの革命政府にチェの日記をわたすことになったこの人物を連れてくるなど、ドブレは事前には一言も言っていなかった。

アルゲーダスは、現実とは思えない言葉ばかりではあったが、おそらくかなりの真実を含んでいそうなその話のなかで、チリにおけるCIAの力について語る。アルゲーダスはフレイ政権の高級官僚の名をあげ、その人物がキリスト教民主党政府内に潜んでいたCIAの手先だったと言う。アルゲーダスはチリ政府とボリビア政府をあまりにも図式的に同一視している。さらには、CIAがどこにでもいると主張することで、自己を正当化しているという印象も受ける。

チェ・ゲバラの日記譲渡事件がきっかけとなってボリビアを密かに脱出し、その後チリで逮捕されたとき、彼はマスコミとの会見を望んだという。当時、アルゲーダスの尋問にあたったのが、例のCIAエージェントの官僚だった。その官僚はアルゲーダスに、ラテンアメリカでCIAが果たしている役割に関して、いくつかのあまりに微妙な事柄については口をつぐむという条件をのむのなら記者会見を用意しよう、ともちかけた。その日が訪れ、アルゲーダスはサンティアゴ中心街にある捜査本部の大広間に案内された。すでに新聞記者、カメラマン、テレビのクルーたちが大勢集まっていた。翌朝彼が新聞を見ると、そこには記者会見の記事がひとつもなかった。テレビニュースにもまったく流れない。次の尋問の際、アルゲーダスは例の官僚に、よくもこんなペテンを働けたものだな、と詰め寄った。

「でも約束を守らなかったのはあなたのほうだ」と官僚は答えた。「言わないと約束したことまで話したではないか……」

アルゲーダスの話を聞いていると、一月初旬に国際記者クラブの大会で壇上に立ち、二重スパイとしての過去を告白したドミニカ人ジャーナリストのことを思い出す。こうした状況は公安警察の専門で、彼らはそれを自らの存在と組織的強化を正当化するのに利用する。皮肉なのはＣＩＡが現に存在することで、そしてＣＩＡが革命を破壊することができなかったのは、おそらくキューバ公安警察に阻まれたせいなのだ。情報筋によると、公安警察はコチーノス湾事件のことも前もって察知していたらしい。また、いくつかのフィデル・カストロ暗殺計画も未然に阻止した。だが、公安警察による度を越した仕事ぶりや組織強化は、それ自体がやがて違う種類の危険に変わる。それが革命をいずれ蝕むのだ。公安の癌みたいな増殖に関しては、時以外に解決の道はなさそうに見える。

いっぽう、チリはその革命を警察的体制を取らずに、少なくとも普通の国と同じ警察力だけで実現しようとしている。今用いた《普通の国》という言葉になんの意味もないことや、さらに、人民連合の武闘派には、仮にそのような権限を与えられたら、他国と変わらぬ忌まわしい秘密警察をすぐにでも創設するような連中も数多いということは、私も重々承知している。チリでその種の警察に似た組織がすでに芽生えつつあることはたしかであるが、それとてスターリンの粛清下で起きたこととは真逆、すなわち単に監視能力を授かっているだけであって、想像上か現実の政敵を抑圧するなどということは決してないし、ましてや肉体的に破壊するなどということはあり得ない。[*8]

8　一九七二年に私がこれを書いていたときに想定していたのは、当然ながら、我が国の伝統ある民主主義体制の官僚組織によってしっかり制御された秘密公安組織のことである。

　チリ革命のこうした平和的で非抑圧的な実現は可能なのだろうか？　右翼ファシズム陣営はどのような断固たる手段をもって挑んでくるだろう？　シュネイデル将軍は毎朝護衛もつけず、同じ時刻、同じ道を通って国防省に通勤していた。暗殺された彼の後任者は、まずまちがいなく護衛をつけ、毎日出勤時刻とルートを変更していることだろう。いっぽうで、こちらとあちらの双方の警察、二重スパイ、三重スパイなどが跳梁跋扈している。いったい公安制度のない革命、ギロチンを振りかざす公安委員会が介入しない革命などというものがあり得るのだろうか？　もしほかの道が本当にあり得ないのであれば、それはチリにおける革命の延期を願う有力な根拠になりはしまいか？

　試みる価値ある体験というものがあるのなら、それこそまさしく現段階でのチリ革命、複数政党制と表現の自由を担保した革命である。だがレジス・ドブレにはキューバにもチリにも友人がいて、彼らは人民連合の現体制を密かに軽蔑しながら見ており、今が単なる移行期に過ぎず、来たるべき衝突は避けられない、結果がどうあれその際の暴力が今日アジェンデ政権が訴えている和平路線などというものを無効化するだろうと考えているのだ。

　夜遅くホテルに戻っての電話。

「冷たいミルクはあるかね？」

「お部屋はどちらで？」

「一八一三」

「はっ、ただちにお届けにあがります」
一八、一九、二〇階はもっとも位の高い政府要人専用だ。

パディージャは別のホテルを家代わりにしていたが、その後、数日間だけ滞在する予定でハバナ・リビエラに移ってきた。私のほうは、エスメラルダ寄港行事を終え、外洋から戻ってきたときあのフィデルとの冷たく緊迫した別れを経た今、自分がとても深刻な立場に追い込まれているという感覚を抱いていた。ハバナへの赴任は私の外交官人生における絶頂にして終焉を意味しかねないようだった。世界中の外交官が信じようとしないだろうが、キャリアがこれで終わると思うと私は心の底からほっとした。おかげで、ようやく何物にも邪魔されない作家生活に入り、文学と関係する仕事だけで生きていくことができるからだ。キューバ政府との個人的もめ事が自分で思っている以上に深刻な結果をもたらすことになろうとは、この時点ではまだ気づいていなかった。外交官キャリアの終わりだの、静かな作家生活に入るだの、田舎か月にでも行って畑を耕すだの、そんな程度の話では済まなかった。キューバ政府との断絶の経験は、その後も長きにわたって私のやることなすことすべてにつきまとい、それはもの書くという行為、すなわち――作家たちが中立的職業だという虚構にどれだけ逃げ込もうとしても――優れて政治的な行為である執筆、これにも大いに影響を及ぼすことになるのだ。

パディージャは異様に興奮し、我を忘れていて、また場合によっては妻のベルキスまでもが火に油を注ぐ真似をしていた。たとえばホテルの食堂でサラダを出すタイミングは遅過ぎるとか大声で文句をつけたり、隣のテーブルから私のテーブルにいる客に向かって、あんたは葉巻をもらう権利があるのにどうして注文しないのか、葉巻愛好家になるせっかくのチャンスをみすみす逃すとはどういう了見だ、とか喚き散らした。あるとき、私の部屋での宴会で酒を飲み過ぎたパディージャは、部屋の隅のマイクがしかけられていそうな壁に向かって大声で叫び始めた。「おーい、聞いているか、ピニェイロ? いいか、メモしておけよ、ここにはXが来ているぞ、彼はずっと黙っているが、考えてるのは俺たちと同じことなんだぞ、わかるか、おい?」私がパディージャの腕をつかんで部屋からそっと追い出すと、当惑し切った表情のXが首を振って、おそらく内心で、このチリ人の置かれた状況はもはや救いようがない、あまり頻繁に会いに来ないほうがよさそうだ、などと考えている様子だった。

パディージャの無節操ぶりと自己崇拝は誰が見ても危ないレベルになっていた。

「これはパディージャ自身にとってもよくない結果をもたらすぞ」とXは私に言ったが、本当に彼が言いたかったのは《私たち全員にとってよくない結果をもたらす》だった。

「Yに会ってみると面白いんじゃないかな」嵐が近づいていたある日、私は、キューバで創作と観光旅行を続行中のクリスティアン・ウネエウスに言った。私たちはある友人の家で合流し、私はウィスキーを二本持参した。一本はみんなで飲むため、もう一本は友人への贈り物。Yは革命初期の闘士で、革命政府の要職に就いていたこともある。私のねらいはウネエウスに作家以外の人種を知ってもらうことだった。作家とばかり会っていても、レサマ＝リマやラブラドール＝ルイスほどの成熟したベテランを除けば、だいたい最後はいつも同じ話題、同じ噂話ばかりになるからだ。

私たちは一本目のウィスキーを猛烈な勢いで飲み、いつもと同じく一時間足らずのうちには口が軽くなっていた。Ｙは私たちと同じペースで酒を飲みつつ、ウネエウスの話や、エスメラルダ寄港についての私の話、キューバ政府のチリでの影響力などに関する私たちチリ人どうしの議論などを、面白そうに聞いていた。翌朝早くに予定のあった私は午後一一時に帰宅した。

その三、四日後にＹの反応を聞かされた。彼は結局あのあと泥酔し、帰宅する車を運転しながら一緒にいたパディージャに向かって、ウネエウスとエドワーズはまだＣＩＡの手先ではないがいずれ必ずそうなるだろう、と言ったらしい。チリにおける革命のプロセスが深化すれば、あのふたりは革命の敵を自覚するようになるだろう。エドワーズが持参した二本のウィスキーが怪しいとは思わなかったか？　彼の態度に賄賂を匂わせるようなものを感じなかったか？　と。酔いが回ったＹは、ウネエウスとエドワーズを正式に告発する必要がある、などと言い出した。慌てたパディージャは、とりあえず酔いが醒めるまではなにもするんじゃない、明日の朝落ち着いて話そう、とＹに言い聞かせたそうだ。

これが少なくとも私たちが聞かされたあの夜の飲み会の結末である。Ｙは告発をしたのだろうか？　彼の悪酔いは私たちが聞かされた通りの結末を本当に迎えたのだろうか？　私たちが聞いた話には欠けている部分があったのではないか？　私が本書の執筆を通して前には気づかなかった真相を発見しているのは、すでに述べたとおりだ。いっぽうこのように、当時もはっきりとはわからなかった謎にも再び出くわしている。[*9]

こうしたことがあったにもかかわらず、パディージャはなお、自分の国際的な名声――これについて彼はおかしなほどの過大評価をする天才だった――が公安組織の手による災いから救ってくれるものと信じ続けていた。私のほうは、神経がどんどん張り詰めていくと同時に不眠に苛まれ、さらには自分がこの島に閉じ込められてしまったのではないか、もう昔にやっていたような暮らし――今の自分にはもっとも望ましいのだが、同時にもっとも手の届かない場所へと去ってしまったあの暮らし――を二度と取り戻すことができないのではないかという、ますます辛い感覚に襲われていた。いろいろなアミーゴやアミーガがつまらない口実をつくっては私にすり寄ってきて、エスメラルダ寄港に関して私がもっている情報を聞き出そうとしているのは明らかだった。この奇妙な執着は、エスメラルダの通過後に、私や私の友人の何人かが置かれた状況が危機的なものと化している証拠だった。

そんななか、私にほっと一息つける時間を与えてくれたのがPで、彼とは毎週日曜の午前中にサンタマリアビーチで泳いだり散歩したりしていた。Pは私よりも少し年上で、人生経験豊富な男だった。Pはパディージャのインテリぶった態度、興奮状態からいきなり鬱へと落ち込むその激しい移り気を、不信の眼差しで見つめていた。Pは経済状況が好転する望みは抱いていなかったが、革命のことを、細かな議論に走ることなく、より長期的な展望をもって分析してみせた。彼は革命前に砂糖長者だった一族の出である。革命前にもサンタマリアビーチによく来ていたらしく、彼はそこでリムジンをバー代わりに商売をしていたそうだ。最後に彼が製糖工場から受け取った年間配当金は一〇万ペソ――一〇万米ドル――の小切手で、彼はそれを一〇カ月間のヨーロッパ旅行で使い果たしてしまった。家族は、カストロ主義に傾倒するあまり一族の仲間外れとなった可愛い息子を苦々しい思いで叱責したあと、それぞれマイアミとニューヨークに移り住んだ。

陸側の松林と紺碧の海に挟まれて果てしなく続く白砂のビーチを歩きながら、Pは私に、識字率向上運動に取り組んだときのことを語った。彼にとってキューバの農民と直に触れあうのは生まれて初めてのことだった。運動を通じて彼はキューバ農民《グアヒーロス》の悲惨な貧困状況と、革命によってようやく底辺まで届き始めた医療、識字率向上、正義といったものが彼らにとってどれだけ意義深いものであったかを知ることになる。かつてPは口と耳に蛆が湧くひとりの少年を見たことがあり、その少年が伝染病で亡くなるところも見たが、その伝染病はやがて革命のもたらした医療衛生技術の普及によりキュー

9　Yことアルベルト・モーラは、一九五七年のバティスタ大統領宮殿襲撃の首謀者のひとりで作戦中に死亡したメネラオ・モーラの息子だった。アルベルトはその翌年対バティスタ戦の第二前線基地であったエスカンブライ山地に上陸する。革命政権初期には通産相を務めた。エベルト・パディージャは同じ省の要職に就き、主に海外の書物や美術品の輸入に関する業務を担当していた。私が代理公使としてハバナに赴任していたころ、少し前に失脚していたアルベルトは映画監督として人生をやり直すことを夢見ていた。私がキューバを出国し、そしてパディージャの短い投獄とあの自己批判があって、それからしばらく経ったころに、アルベルト・モーラが自殺したことを知った。

バから根絶された。蛆の湧いた少年の記憶がやがて彼の社会主義者としての自覚を完成させる。同時に、革命前に知っていた物質的豊かさは、時間が経つにつれて、またもう飽きるほど味わい尽くしていたこともあり、次第に彼を禁欲主義に近い性格へと変えていく。彼は物質的豊かさと縁を切り、貧しさのうちに生きるのに慣れてしまったので、このころの配給制度にも困ってはいなかった。彼はもっとも単純な生の恵みを味わうだけで事足りるようになっていたのだ。海、太陽、オレンジ、新しい剃刀、あるいは一杯のコーヒー。中年になってからヨーロッパ文学の怪物バルザックを知る。重度の近眼である彼の最大の願いは大きい活字で印刷された『人間喜劇』全集の入手だった。のちに私はバルセロナからその種の版を読書に役立つ特殊なルーペとともに彼の元へと送らせた。

あの二カ月足らずあとにホセ・アントニオ・ポルトゥオンドの指揮で行なわれたパディージャの公開自己批判において、パディージャと親しくしていたグループのうち、唯一召喚されなかった人物がこのPだった。今から思えば、どういう事情があったかは知らないけれど、Pが自己批判を免れたのはその思慮深い性格のおかげだったのだろう。このことゆえ、逆に一連の事件においてPが果たした役割をあれこれ邪推したり、陰謀への関与を疑った者もいたかもしれない。あらゆる人間関係を蝕むそうした不信感の蔓延は、公安警察体制が産みだす典型的害悪のひとつだ。しかし、そうした不信感を乗り越えることが、特にあの時代のような緊迫した状況でそのような不信を克服することこそが、大事なのだ。でなければ、そうした相互不信の蔓延に屈服すること自体、警察権力の維持に貢献する結果となってしまう。そして近代史はそうした警察権力が強大で、恐ろしく、単なる一市民の想像を絶する複雑かつ精緻な組織であるものの、まさにそれゆえに、その見かけとは裏腹の脆い組織であるということを私たちに教える。それらの組織は一度立ちあがるや否やその網の目を急速に拡げ、ほとんど悪性腫瘍の細胞のように尋常ではない速度でその触手をあちこちに伸ばすのだが、結局は人間性というものが、互いのあいだの信頼というあのあまりにも単純な現象――いかなる警察にも常に理解しがたい現象――を通じ、それらの組織の増長に最終的な歯止めをかけるのだ。

だから、疑り深い連中の言うことには耳を傾けまい。当局はPを自己批判から免除して正解だったのだ、そう思い続けることにしよう。酒で荒れた宴会の場でも、Pだけは常に沈黙を保ち、あとで私とふたりきりになったときに、先ほどまでの議論について目配りの行き届いた意見を聞かせてくれるのだが、その話し方には扇動的なところがまるでなく、そうかといって、彼から過剰な否定や主観に傾く言葉遣いも聞いたことがなかった。

私にはほかにも、権力側がその理解に努めたほうがよさそうな――といっても世界各地からの好意的理解に甘んじて自己満足に浸っているキューバの体制がその種の努力を惜しまなかったとは到底思えないが――素晴らしい友人たちに恵まれていた。たとえばMであるが、彼女はイスパノアメリカ社会の古きよき伝統につながる偉大な女性のひとりであるように思えた。献身的で、社会参加をためらわず、はっきりした性格で、家や夫や息子など日常のあらゆる些事に気配りができ、なおかつ優美でいつも機嫌がよい。働くうちに皺の刻まれたその大きな白い顔に至るまで、彼女はキューバの古き伝統をそのもっとも高貴な面において体現している人物であった。

これら以外の連中は状況に怯え、委縮してしまっていた。定職に就いていない彼らは神経をすっかりやられていた。監視、電話の鳴る音、ときたま訪れては何気ない会話や机の上にあった本などをチェックして帰っていく知人の存在、そういうものによって掻き立てられた想像上の亡霊が、彼らの暇な日常を悪夢に変えていた。彼らは食糧や生活物資を得る列に並んで時間を無駄にしていた。混乱と苦悩が彼らをいっそうお喋りにさせ、おそらくそれで、チリから友人が来るという話に過剰な幻想を抱いたのだろう。私たちが来たからといってどうして彼らの状況が改善するだろうか？　多少なりとも道理がわかっていれば、むしろそれを危険と考えて慎重に距離を置こうとしたに違いない。結局、彼らのうちの何人かは、指揮者ポルトゥオンドの振る容赦ないタクトに操られて、パディージャというコンサートマスターのあとを追う形でキューバ作家芸術家連盟《UNEAC》の演壇にあがり、その支離滅裂な告白を通じてあの集団的自己批判におけるもっとも痛々しい場面を派手に盛りあげたのだった。別の人物が私との別れの際に用いた言葉に倣うなら、いつの日かこれらの友人たちと、再び社会主義キューバでハバナ風いんげん豆ソースご飯《モーロス・イ・クリスティアーノス》とチリワインの食卓を囲めることができるよう、せいぜい自分も長生きすることを祈りたい。

チリ・カトリック大学学長夫人モニカ・エチェベリーアは、短期間だけチリからキューバに招待された女性ならではのいかにも無邪気な表情で、なんら迷うことなく、キューバ国内に張り詰めた緊張感など自分にはまったくわからない、と私に言った。

「ハバナ大学のミヤール学長から聞いたんだけど、あなた、パディージャや彼のグループとあまりに仲よくしているそうね。もっとほかのことも知るべきだ、一度大学に来てみたらどうかって言ってたわよ、彼……」

「ですがね」私は言った。「外交職というのは自由に時間を割きにくいのです。作家仲間とはわずかな休息時間を削って会っている。エベルト・パディージャに関していえば、彼は数日前から同じホテルに宿泊していまして、しかも一階下の部屋だからいやでも会わざるを得ないわけです……」

モニカは驚いた顔で私を見たが、私の話の内容からさほど重大な結論を引き出すつもりはなさそうだった。

「それでも」私はつけ加えた。「エスメラルダのお世話が終わったらすぐに電話しますとミヤール学長にはお伝えください」

モニカ・エチェベリーアによるこの他意のない善意の忠告を、私はエスメラルダ到着の前夜に聞いていた。私はミヤール学長を奥さんともどもラウラ・アジェンデとの夕食会に招待し、そこにモニカも来てくれたのだが、ミヤール学長は出席を辞退していた。ミヤールはその後エスメラルダ出港のセレモニーにフィデルと一緒のカメラマンとして随行してきた。パディージャがあの派手な詩集『退場』でカサ・デ・ラス・アメリカスの国際審査委員会によって賞を与えられ、それがキューバの文学権威による厳しい批判的序文を伴い刊行されてからほぼ一年のあいだ、ミヤールがカストロ自身の指令で何度もパディージャと話をする機会があったことを、私は知っていた。

詩集『退場』の一件があってから無職のまま一年を過ごしていたパディージャは、ボリビアでチェ・

ゲバラとともに命を落としたゲリラの未亡人の仲介により、なんらかの職を求める書簡をフィデルに送った。それを受けてミヤール学長が彼を呼び出し、何度かにわたって彼と議論をした。

その議論のなかで、パディージャは、自分に関する政治的問題がフィデルとミヤールの介入によって解決していたことを知る。彼は自慢げに、手紙を読んだフィデルが政府内のもっとも教条主義的なセクト――公安組織と軍、すなわちマヌエル・ピニェイロとラウル・カストロ――を説き伏せてくれた、などと仄めかしていた。パディージャによれば、フィデルの存在こそがセクト主義の暴走に歯止めをかけているのであり、仮にフィデルの調整力がなかったとしたらそのスターリン主義的な暴走は止まるところを知らなかったはずで、今ごろはキューバ社会を席巻し軍事国家化してしまっていたという。

すでに述べたように、一九七一年初頭は、各国外交官のあいだでフィデルの権力の行方をめぐり執拗な噂話が流れていた。パディージャはそうしたゴシップを鼻で笑って否定した。フィデルが権力を分かちあう、ましてやカルロス・ラファエル・ロドリゲスみたいな男とだって？　そんなばかなことがあるか！　彼の性格を考えると、このまま国を黙示録的状況に導く可能性こそあれ、そんないい加減な譲歩をするわけがない……。一九六二年一〇月の危機で、フルシチョフがフィデルに相談することなしにやむなく核ミサイルを撤去させたときの彼の反応は、そういう意味でじゅうぶん示唆的なものである。ソ連側はフィデルの反応を予測したからこそ彼に相談しなかったのだ。当時、あるチリ共産党の使節がフィデルに相談せずにミサイルを撤去したことに関してフルシチョフ本人を咎めたことがある。フルシチョフは単純かつ核心をつく答を返した。「ではそれでフィデルがもしノーと言っていたら？」

だが、話を一九七一年二月と三月に戻すと、このころのキューバも重大な危機に瀕していたのであり、それは六二年のときほどわかりやすい危機ではなかったことから、結果として海外の報道機関からは軽視されていた。砂糖一千万トン計画の挫折、そして七〇年の中ごろにフィデル自身がその劇的な自己批判演説の中で明らかにしたそれに伴う経済他部門への大打撃は、七一年二月と三月にもまだその余波を感じ取ることができた。エベルト・パディージャはそうした危機の最中におけるごく微小な厄介事に過ぎず、政府にとってはあくまで小物であったはずが、チリ人民連合の派遣してきた代理公使と接触したことで、ある意味で役に立つ存在となったのに加えて、本人が思いもしないあいだに危険人物となったわけだ。

当のパディージャは知的発熱の状態にあったようで、しばしば矛盾する態度を示した。経済危機のせいで深まった政府内の派閥争いのおかげで自分は生き延びていられるのだ、などと断言することもあった。さらに彼は、上層部にいる友人の助けを借りて、ハバナ・リビエラに部屋を取るなどの特権も享受していた。私が宿泊し出して二週間ほど経ったころのある日、パディージャはホテルのフロントの私がいる目の前で、たとえ新婚夫婦や政府高官であってもせいぜい五、六日しか滞在できないハバナ・リビエラで、あと一五日の宿泊許可を与えられた。[*10] パディージャは、まるで見えざる強大な手が

10　革命政府はハバナ・リビエラ・ホテルの宿泊客を新婚夫婦と要人に限定していた。ほかの資本主義国のように、いきなり訪れて部屋はあるか？と尋ねる場所ではなかったのだ。

自分の要求を聞き届けてくれたのだと言わんばかりの得意げで謎めいた笑みを浮かべて、フロントからの知らせを聞いていた。仮にそのような手があったとして、きっとそれはパディージャと賭けをしていたのだろうが、誰もが知るように神々は滅ぼしたい人間の心をまず惑わす作戦に出るものだ。そして、私が贈った二本のウィスキーを怪しいと睨んだ例の神経衰弱患者[*11]が、パディージャのいる目の前で、誰も頼んでもいないし、それゆえ誰にとってもなんの役にも立たない、こんなありがたい助言をしてくれたのである。「政治的野心は忘れることだ。いったん政治に首を突っ込んでしまうと、君なんかよりずっと冷酷で野心に満ちた輩が必ず現れて、君のことを骨までしゃぶりつくそうとするだろう。作家としてまともな仕事ができると感じているなら、それだけに専念して、それに都合のよい環境に留まっていなさい。政治と外交と文学を両立させたいなら、スタンダールをぜひ模範とするといい……」

辛い学びと大いなる幻滅を経た今となっては、つまり当時あまりに濃密に味わったせいで、このままいくと頭が爆発するのではないか、あるいは呼吸ができず窒息してしまうのではないかと危惧したほどの、あの幻滅と学習を経た今となっては、私もまたある意味でスタンダールという模範に倣ったといえようか。

さて、カリブ海の波間に揺れながら白い帆をはためかせていたエスメラルダを見送ったあとミヤール学長に電話をかけると、彼はさっそく翌日の面会の約束をしてくれた。

ミヤール学長は同僚のひとりといっしょに伝統ある大学の理事室、今では奥の壁に学生デモを率いていたころのフィデル・カストロの写真がかかる部屋で私を出迎えた。ミヤールはカストロとほぼ同い年の男で、学生時代のデモ闘争でも、またのちに山中でのゲリラ戦でも彼の仲間だったとされる。革命政府のヒエラルキーにおいて、彼の学長職には大きな戦略的重要性があるとされていた。実際のところ、彼の仕事とはキューバ革命の将来を担う指導者や技術者を育成することにほかならなかった。そういう意味でミヤールは首相の絶対的信頼を得ていたのである。

この直前、チリの主要大学の学長たちがハバナ大に招かれてキューバを訪れていた。ミヤールは学長たちの訪問を満足げに語った。しかしながら、チリ人学長たちの考え方は、今のキューバで支配的な大学の役割に関する概念からまるでほど遠いものであるとも明言した。ミヤールによると、大学は、新しい社会をつくるという革命の使命に密接に結びついていなければならない。

「君ならわかるだろう、エドワーズ、ここはまだ国の体をなしていない。それをつくるのが私たちなのだ」

大学は純粋に学術的な教育や研究にばかり打ち込んでいるわけにはいかない。むしろ、国の経済発展の道具であるべきだ。ミヤールは、チリの大学との差異をある種の外交辞令にくるんで仄めかし、島の土壌や気候にもっとも適した砂糖キビの種類を見定めるために進行中の研究のことを説明し、学生が働いている実験牧場や、人工授粉によるパイナップルや柑橘類栽培に関する総合的研究などの話をした。私は彼の話を熱心に心から興味をもって聞いていた。こちらとしてもチリの大学に改革が必要なことを疑ってはいない。私自身、実際の裁判弁護がどうあるべきなのかを全然教えない、本だけの法学教育を受けた犠牲者である。あのころのチリの大学はゴンサレス＝ビデラ時代の類稀なる凡庸さの象徴だった。私たちの心底からの不満は、特に私たちの世代で無政府主義的な反抗という形になって表面化し、それがのちの新たな歴史を予感させる兆候となっていた。しかしながら、今日の目から見ると、一九四九年から五三年まであのチリ大法学部で過ごした日々は、私にそれ以上のことを教えてくれた。ミヤールが自説を擁護するのにもちだした理屈はそれなりに素晴らしいのだが、彼はそうした理屈がより歴史の古い大学には必ずしも適合しないという点を忘れていて、そして私は一外交官なので彼にそれを気づかせる立場にはない。だが、発展の遅れた国では、ほかどこよりもなおいっそう、大学は若者に考えることを教えねばならない。低開発というものは、帝国主義のあの手この手の知的侵略によって度を深める精神的混乱というものと、複雑に絡みあっている。大学が若者に思考習慣を叩きこむのは、種を撒いたり砂糖収穫技術を完成させたりするよりずっと複雑で、おそらくはるかに大切な使命なのだ。しかし、ミヤール学長は私との話のなかで断固たるその口調を崩さず、彼にとっては最悪の犯罪である人々のゴシップ癖については、はっきりとこんなことを言った。

「キューバには批評家など必要ない」彼は言った。「批判するのは簡単だ。どんなことでも批判の対象になり得る。難しいのはひとつの物をつくりあげること、国の形をつくることだ。それこそ我々に必要な人材、すなわち具現者、社会の建設者なのだ」

この当時、キューバ政府の諸部門が『批判的思考《ペンサミエント・クリティコ》』という、まさにこの時代に反革命的な意味を帯び始めた題をもつ雑誌に対するネガティブキャンペーンを行なったという噂があった。ハバナ大の哲学科が刊行していたマルクス研究の刊行物だった。大学に関係するチリ人やキューバ人から吹き込まれた話では、ラウル・カストロが雑誌糾弾の指揮を取り、マルクス主義に関するあらゆる理論的研究を軍の指導下に置くことを目指したのだという。私は大学の同僚のひとりパス＝エスペホの家で、短編集でカサ・デ・ラス・アメリカス賞を取ったヘスース・ディアスや、そのほかの『批判的思考』の関係者たちから話を聞いた。彼らはペルーとチリについて私を質問攻めにした。私は彼らにペルー革命の独自性、その疑いようもなく革新的な側面、農地改革と産業促進法、労働者動員と外資コントロールといった、ペルー軍事政権の考えだした諸政策を話した。変革が思いもよらぬ道からラテンアメリカに到達し、アメリカ帝国主義の不意をついたのだと。また一九七一年初頭におけるチリの情勢について客観的で完璧な説明もしておいた。[12]

あとでパス＝エスペホから聞いた話では、学者たちは私の説明と回答には満足したが、私から質問

12　一九七二年初頭にこの数行を書いていたとき、私はペルーのいわゆる軍事革命政権に対しまだ夢を抱いていた。その後この政権はポピュリスト色の強い軍政になっていくが、あらゆる独裁につきものの欠陥を免れることはできなかった。報道が抑圧され、思想が封じ込められ、大学が弾圧されたのである。その上、この政権の経済政策は、扇動主義と政府の態度を批判する勢力が台頭しなかったことが原因となって、悲惨な大失敗に終わる。今から思えば、その後に直面することになる危機が予測できたにもかかわらず、独裁の代替策としてフェルナンド・ベラウンデを選んだペルー国民は、政治的健全さというものの偉大な手本を示したと言える。

をされなかったことに失望していたそうである。この話を聞いて私は不思議に思った。チリとペルーについて話したいと申し出たのは彼らのほうではないか。初めて会う相手に私のほうからキューバに関して質問をすることが求められていたのか？

「彼らはあなたに話したいことがあったようなの」パス＝エスペホが言った。

「ではなぜ話そうとしない？」

だが、質問に答えるのではなく自分からキューバのことを話せば、彼ら自身の身が危なかったのだろう。そして、この私だって、初対面の相手に向かって出し抜けにキューバの問題について質問したりしていれば、身の危険どころの騒ぎでは収まらなかったはずであり、だからこそ……。徐々に初期の経済封鎖は弱まりつつあるとはいえ、チリとペルーはキューバにとっていまだ遥か彼方の世界である。私は贅沢にもそれらの国のことをまるで月の表面のことを語る宇宙飛行士のように語ったというわけだ。

私がキューバを出たあと、雑誌『批判的思考』はとうとう廃刊に追い込まれたと聞いた。ミヤール学長が言った通り、批判するのはとても簡単だが、難しいのは建設することなのだ。いっぽう、ヘスース・ディアスはのちにチリへ渡航した際、サンティアゴでチリ文学協会主催の会合に招かれて、そこでこう自己紹介したそうである。「ハバナ大学哲学科研究科長のヘスース・ディアス隊長です」

そのチリでの会合の最中、誰かが彼に、セベーロ・サルドゥイとギジェルモ・カブレラ＝インファンテに関する意見を尋ねた。

ヘスース・ディアスの答。「我々がここへ来た目的はなんなのでしょう？　文学について語ることですか、それとも虫けら《グサーノ》どもについて語ることですか？」彼は、革命の友人たちの作品についてなら議論してもいいが、革命の敵による創作物は却下されるべきである、自分のよきライバルのひとりがあるイギリスの批評家に宛てて書いた私的な——しかし有名な——手紙で述べたように《人類文化の年鑑から削除される》べきである、などと長ったらしい説明をした。その彼のライバルとやらは、作家が自らの言葉に裏切られるようではいけない、ということは知らなかったらしい。

チリ文学協会での会合を終えると、ヘスース・ディアスは予想通り、親しい身内だけの集まりのなかで、先ほどふたりのタブー視されている作家の名を出した人物の政治思想について知りたがった。その場に同席していたチリ人出席者の何人かは、さすがにこのときばかりは不愉快な思いをしたらしい。いっぽうのヘスース・ディアス隊長にしてみたら、今後予想されるあらゆる不愉快な事件を未然に防ぐべく、チリで新参者の革命家どもを今のうちからビシビシしごいてやらねばならん、といった意気込みだったのだろう。

ミヤール学長はハバナ大の施設のいくつかを案内してくれた。私たちは生物学、植物学などの実験を行なう重要な研究所を訪問した。素人の目にはすべての施設に最新テクノロジーが揃っているように見えた。私たちは白衣の青年たちが微笑みかけるなか、私にはさっぱり機能がわからない実験装置類のあいだを延々と歩いていった。どうやらハバナの見かけの廃墟の裏側では、未来の国の萌芽が、革命の創造的核心部がきちんと脈打っていたようだ。きっとそうなのだ、あの空港で土産のワインを詰めた箱の紐を指に食いこませて儀典室まで来たときに入室を拒否されていなければ、そして、車がないという理由でハバナ・リビエラの空調がきかない部屋に数日閉じこもったりせず、キューバ到着の第一週目に、この健康で明るい若者たちが元気に働く実験所の見学をゆっくりしていれば、きっとキューバでの私の体験すべてが違う様相を呈していたことだろう。だが、おそらくミヤール学長がこの大学見学を手配してくれた段階ではもう遅過ぎたのだ。すでにハバナ・リビエラの私の部屋は、文句がやたら多いというか、とにかく愚痴っぽい亡霊どもにすっかり占拠されており、奴らのバザールの舞台と化していた。

学長はまだ建設の終わっていない巨大な工学部のビルへも案内してくれた。地階のホールで巨大なコンクリートの柱のあいだを行き来する無数の学生たちのなかには、ベトナム人学生の顔も数多く見えた。電気工学の教室を見学した際、そこでどのような教育が行なわれているのかをうっすら把握することができた。見ていると、上級生と思しき学生たちが新入生を相手に熱心な指導をしているのだ。そうやって教師不足の問題をなんとか克服しているわけである。

ミヤール学長が案内してくれたこれらの教育プロジェクトは、退廃と後進性に囲まれた進歩の国、というのに近いものだった。

キューバ革命はとても初歩的な経済レベルから出発している。そうした教育プロジェクトは未来のキューバの輝かしいイメージではあるが、それでもまだ予算を厳しく切り詰めたなかでかろうじて実現しているのだ。いつもはホテルの劣悪なサービスに暗い表情を浮かべてばかりいる同僚の領事も、このときばかりは、私と一緒に大学の諸施設を見学しながら、子どものように目を輝かせていた。これだよ、これ！　と、その目が叫んでいるようだった。

大学付属の牧場でつくられた質のいいベーコンやハムをつかったランチを食べたあと、農業施設のいくつかを訪問した。異なる種類のパイナップルを植えている畑を見学した。近くの小屋でそのひとつを試食させてもらったが、あんなに美味しいパイナップルはその後も食べたことがない。その果肉は口のなかで熱帯のエッセンスを凝縮したような果汁と香りとに分解され溶けていった。

次に広大な砂糖キビ・プランテーションへと移動した。ここの砂糖キビはほかどこよりも青々と真っすぐしており、穂の数も大きさも申し分なかった。管理小屋の周りを歩いている青年たちも、ハバナ市街や高級ホテルのフロントではまず見られない、健康で楽観的な顔つきをしていた。革命が彼らのためになされたことはまず疑いの余地がない。彼らこそが、まさしく本当の意味でこの国の未来を体現しているのだ。しかしながら、いったいどうすればそうしたパイナップルや砂糖キビをここと同じような完璧さで栽培することができるのだろう、キューバ全土で？　大学の牧場ではすべてがうまくいっているようにも見えるが、そこを離れた途端、すべてが自然の浸食と、不毛の大地と、労働者の無断欠勤という過酷な現実にさらされるのだ。キューバ全土をいかにして大学の将来計画に、若者たちの冒険の舞台に変えていくというのだろう？

私はフィデルも一度ならずその種のユートピアを求める誘惑に駆られたと踏んでいる。私も一九六八年に訪れたピノス島で、おそらくフィデルはその野望の実現を試みたのだろう。しかしキューバ特有の諸問題、すなわち甘い願望と過酷なる現実との衝突は、あの小さなピノス島を私が訪れて三年経っても再生産されているのかもしれない。

その日の夕刻、私たちは一台のトラクターに乗って大学付属の柑橘類プランテーションを回った。ミヤールはエンジン収納カバー右側のライトにまたがり、私は左側のライトにまたがった。ここでもまた、ほかでは味わったことのないほど美味いオレンジ、マンダリンオレンジ、グレープフルーツを試食させてもらった。プランテーションの管理と灌水システムは完璧なようだった。夜の暗闇が徐々に迫る鬱蒼たるオリーブグリーンの木々のあいまに、ちょっとした空き地があって、そこに採れたての丸々としたオレンジが積み重なる小山が見えた。ハバナ旧市街やベダード地区の雑貨屋にそれらのオレンジを見たときの騒ぎが目に浮かぶようだった。野菜や果物の色がさっぱり見えず、人々が少しのコーヒーやマッチやひとりあたりの割りあてが決められた米や砂糖を《配給手帳》で買うために、あるいはときたま（これまた配給手帳で）支給される食卓には欠かせないキャベツを求めて列をなす、あの市街地の哀れな雑貨屋と、大学の柑橘類プランテーションの空き地に突如として現れたその大量の手つかずのオレンジの山とのあいだには、驚くべき矛盾があった。

見学を終えてホテルに戻るとエベルト・パディージャがいた。もちろん彼は、あらゆる慣例に反し、まだハバナ・リビエラに部屋をもらって宿泊し続けていたのだ。このころ、彼の興奮状態はほとんど発作の域に達していて、ほぼ手がつけられない有様だった。私は見てきたばかりの一大プロジェクトについて彼に語った。

「ちっぽけな一大プロジェクトさ！　わかるか？」彼は言った。「ちっぽけな一大プロジェクトなんだよ！」

私もよくわかっていた。社会主義経済はその努力を小さな部門に集中し、外国からの訪問者の心にも残る素晴らしい目に見える成果を得ようとするものだが、国全体の経済発展においてその小さな部門がもつ意味を過大評価してはならない。とはいえ、そのパディージャの言う《ちっぽけな一大プロジェクト》に未来の繁栄の萌芽が見えたことも事実だ。その繁栄さえあれば国内の緊張も解け、詩人たちも好きなように放浪したり息をしたりできるだろう。プラトンの時代から言われてきたように、詩人とは批判や不満を表明するのに最適の媒介だ。それ以外の機能はほとんどないと言っていい。批判を許さないというのは、必然的に、作家たちの口をふさぐことを意味する。パディージャはまだ口をふさがれていなかったが、極度の興奮状態のうちにも、迫りくる猿轡の存在を予感していたかもしれない。にもかかわらず、彼の舌鋒は急速に鋭くなり、その批判の言葉は苦みと毒を増していた。いまだ正気ではあったが、自分を取り巻く重圧に負けて気がおかしくなってしまったかのような印象を見る者に与えた。そのころからどこへ行くにも脇に原稿を抱えて歩くようになり、ときには妻のベルキスにもたせることもあった。[*13] 彼はその日の出来事をすべて事細かにベルキスに話し、ベルキスは夫が無事かを確認するため外から定期的に電話をかけてきた。ふたりとも公安警察が単なる監視から行動

13　このときの原稿は小説『僕の庭で英雄たちは草を食む』として、エベルトがキューバを出国したあとの一九八一年末にスペインで刊行されることになる。

に移る兆候を感じていた、いや具体的な警告を受けていたのだろうか、あるいは彼らや私たちすべてを囲んでいた公安警察の空気からなにかを読み取っていたのだろうか？　Ｙが酔って私たちを告発するとか言い出したときには、実際にどんな場面が繰り広げられたのだろう？　パディージャは人目につくようわざと後生大事に原稿を抱えていて、わけを尋ねたい気もしたが、その種の自意識過剰は彼の性格を考えるといつものことであるから特段気にもならず、私は多くを尋ねようとはしなかった。

そうこうしているあいだに私の任期切れが近づいていた。じきに正式な大使が着任するに違いない。チリ国内では、外務省の人材を考えた場合、キューバでの任務には人民連合の一政治派閥であるＭＡＰＵ党員がふさわしいというので合意ができていた。人民統一行動運動党《MAPU》は保守系のキリスト教民主党の左派が分裂して一九六九年に結成した政党だ。一九七〇年の末にはもっとも若い武闘派が実権を握り、議会派やフレイ政権時の元高級官僚――アルベルト・ヘレス、ジャック・チョンチョール、フリオ・シルバ＝ソラールなど――を押しのけて、元の母体政党のキリスト教的改良主義とはほど遠いマルクス＝レーニン主義を運動の中心理念に据えていた。ＭＡＰＵ党のこうした新しい自己定義は、仮にどれだけ効果があったとしても、結果的に重大な不都合を招くことになる。つまりＭＡＰＵ党は、フレイ政権に幻滅していたカトリック系中産階級と、いっぽう、議会少数派として発足したために中立的立場からの支援を緊急に必要としていた人民連合、この両者間の橋渡し役になる機会をみすみす手放したのだ。アジェンデを支援する人民連合内にはすでにふたつの大きなマルクス主義政党がある（社会党と共産党）。そこに第三の超マルクス主義政党が加わる必要がどこにあるだろう？　むしろキリスト教寄りのプチブルとの仲介役に徹したほうがよくなかったか？　その答はすでに歴史の審判を仰ぐしかない状況だ。キューバ赴任前にアルベルト・ヘレスに会ったとき、彼は私に、自分らのような《年寄り連中》（といっても彼はまだ五〇も越えていないのだが）が党の内部抗争に破れた今、保守との仲介役など《まずあり得ない》と言った。

内閣が提案した最初のＭＡＰＵ党大使候補ハイメ・ガスムリが上院で否認されたあと、内閣は違う人物を指名し上院側も譲歩してこれを承認する。こうして、キリスト教民主党から離脱して一年目のＭＡＰＵ党幹部が指名したもうひとりの若者、フアン・エンリケ・ベガが、もうじき着任することになっていた。いっぽうチリ外務省は、代理公使も交代要員を省内から派遣する予定で、その新任行使は新大使着任と同時に領事に格上げする、とも伝えてきた。私はパリへの異動が決定し、パブロ・ネルーダの下で領事職を務めることになった。チリ外務省は私の抱えている問題についてキューバ側からも、また私の側からも少なくとも断片的な情報は得ており、私をハバナから早く離れさせたがっていたのだ。

ハバナへ着任してから三カ月が経とうとしていた。いまだ公邸も大使館事務局もない。メレンデスにしょっちゅう催促はしていたが、彼を捕まえるのは上司であるラウル・ロア外相に会うより難しくなっていた。省内に創設されたばかりの南米局局長ドゥケ＝エストラーダが私の公邸と事務局選びの手伝いをしてくれた。ベダード地区に事務局にはうってつけの屋敷を見つけたが、科学アカデミーの施設がすでに使用中だった。たいして重要でも必要でもない施設に見えた。パンフレット、古本、いくつかの机、使える状態のタイプ数台。着任して間もないころ、最初にここを見学したときには、すぐに今の施設を撤去させるとの確約をもらった。しかしながら、その後いつまで経っても誰も撤去を急ぐ者は現れず、あたかもその屋敷のなかでだけ言葉の意味が辞書とは逆さになっているかのようだった。へらへらした若者たちが、ほとんど東洋的ともいえる笑みを顔に貼りつけて、私が来るたびになかを案内したが、いつ来ても前回と違った気配はなく、若者たちは、そのうちに撤去しますから、などと曖昧なことばかり言う。一九二〇年代特有の異種混交様式の屋敷で、なかは暗くて涼しく、保存状態も良好、玄関ホールの大理石と錬鉄を用いた階段の上には黄色と緑と赤の大きなステンドグラスがあった。ステンドグラスはドン・キホーテの一場面をかたどったもので、隅にはセルバンテスの顔も見えた。屋敷は木々の鬱蒼と茂る閑静な通りにあり、かつてホセ・マルティの所有だった、今では詩人の孫にあたる年老いた女性が暮らす瀟洒なコロニアル風邸宅が正面に見えていた。

　科学アカデミーの屋敷内を見ていると、しょっちゅう事務所へやってくるラテンアメリカ出身の生物学者のことを思い出した。彼が来るたびに私はどっと疲れる。彼が毎回のように怒りと苦渋を滲ませるからだ。かつて左翼の闘士だった彼は、母国の反動政府に追われる身となった。ヨーロッパやメキシコでの仕事の依頼をイデオロギー上の理由で却下、科学の部門で革命の進歩に寄与すべくキューバへとわたる。数カ月後に彼が得た実験機材はネズミ数匹だけだった。巣箱すらもらえなかったので仕方なく洗面用の桶に入れたまま、今もなおそこでネズミを飼い続けている……。最大の気がかりは子どもたちの教育だった。彼が見たところでは、キューバの学校の置かれた状況はすでに末期的だ。彼は国際的な学会誌に掲載された自分の論文を私に見せた。今の彼の唯一の願いはチリへ行くことで、あちらでなら科学的研究をもっとレベルの高い形で続行できるだろう……と考えていた。

いっぽう、大使公邸候補としては、クバナカンにある一軒の見かけ倒しの豪邸だけを提示された。そこは数年前まで中国大使公邸だったが、壁一枚を隔てた隣にソ連大使夫婦が住んでいたこともあって、彼らは別の地区へ引っ越していった。巨大な邸宅の床は白と黒の大理石、天井はヒマラヤスギ製で彫刻が施してあり、窓ガラス、円柱など、どこを見てもルイス・ブニュエルの映画に出てきそうな神経症的雰囲気を漂わせていた。その贅沢だが歪な内装には全体に病的なところがあった。おまけに中も庭も荒れ放題で埃だらけ、割れたガラスが散乱し、落ち葉が床にまで積み重なっていた。でも選択の余地はない。二カ月ほどの改装を経た屋敷はそこそこ使える状態になり、まあ未来のチリ大使のことを考えると少々同情を禁じ得なかったが、とにかくそこで我慢することにしたのである。

事務局のほうはハバナ・リビエラの一八階に据え置いたままだった。唯一の進歩は事務局と生活空間をようやく切り離したこと。私は外務省へ行くたびにベダード地区の家を事務局に使わせてくれるよう頼んだが、相手は毎回のように笑みを浮かべて曖昧な約束をするだけで、いっこうに話が進まない。私たちは依然として一八一九号室で、私の愛用のタイプと、毎晩の停電に備えて用意してあった鉱山用のランプとともに仕事を続けていた。そこにも世界中の大使館と同様、在留チリ人たちが単に私たちに挨拶をしたり、祖国の情報を得たり、手紙を受け取ったり、チリの新聞を読んだりするために長い列をつくり、そして彼らはしばしばチリへの帰国の援助を求めにやってきた。何人かの女の子が悩んだ末に大使館に職を求めてきた。たとえばキューバ人の元夫がいて出国を許してくれないとかいう悩みだった。

そうした悩みは、たいていの場合、私ひとりに解決できる類のものではなかった。カルロス・ラファエル・ロドリゲスと面会した際、彼に頼み込んで、彼の下で長年働いてきたチリ人男性のキューバ人妻と子どもたちの出国許可を得ることができた。似たようなルートを介してほかにもいくつかの出国許可を獲得できたが、キューバ人男性とのあいだに子どものいるチリ人女性を救う手立てはどこにも見つからなかった。我々大使館スタッフといえば、チリ外務省官僚の領事、別の大使館での勤務経験がある女性キューバ人書記、儀典部から派遣されたアルファの運転手、そして私の四人だけである。バス書類、新聞、紙類、パンフなどはすぐに山のようになり、ベッドやクロークまで占領し始めた。バスルームには空の外交官トランクがふたつ転がっていた。儀典部に貸してもらった小さな金庫にはゴム印、電報、いわゆる《機密》書類を保管していた。金庫は気まぐれな奴だった。ひとりでに開いたかと思えば、キーをどれだけ回してもうんともすんとも言わないときもあった。

「こうなったら」領事がいった。「秘密をもたないことですね」

「いったいどんな秘密があるっていうんだい?」私は彼に言った。「この大使館の本当の秘密は秘密がないってことなんだ。でもその秘密が広まるのだけは避けなければな」

ほとんど毎朝のように、外務省の伝令が二通か三通の外交官パスポートか公務員パスポートをもってやってきて、私たちはそれに査証を押した。その多くはサンティアゴのキューバ大使館付きの助手や裏方たちのものだった。必ずしも外交の場に向いているとは思えないそれらの写真のいくつかに、私は見覚えがあった。やがて私はそれらの顔をハバナ・リビエラのロビーや一階のバーや食堂で見かけていることに気がついた。彼らはみな、各国外交官や外国からの訪問者、あるいは各国大使館やホテルのロビーで勤務するキューバ人などのあいだをうろつきまわり、あれやこれやと接触を試みていた連中だった。

チリの口さがない連中の噂によると、サンティアゴのキューバ大使館はすでにビルの数階分を占めるまでになっているという。大使も複数の邸宅を与えられているらしかった。そして時は経ち、いっぽうの在ハバナ・チリ大使館はといえば、ふたりのチリ人外交官、キューバ人秘書一名、私たちではなく儀典部のために働く運転手が一名しかおらず、次第に息苦しさを増す暑さのなか空調もきかないホテルの一八一九号室をいまだ事務所代わりにし、使える道具といえば私の愛用のタイプに、気まぐれで開いたり閉じたりする金庫、そして停電対策の鉱山用ランプという有様なのだった。

南北アメリカ大陸全域におよぶ数年間の経済封鎖を経てようやく南米チリに設けられた初の革命キューバ大使館がいかに重要かはよくわかる。だが、チリの口さがない連中は、何人かのキューバ人たちの共犯者めいた笑みにも刺激されて、いろいろな噂を囁き続けていた。それによると、チリへ派遣されたキューバ人外交官のなかには、アジェンデ政権内にキューバと同様の公安警察組織をつくることを目的にしていた者もいるという。我が国に火急の課題が公安警察組織の育成だなどとは思えない。ということは、彼らは、対立陣営の謀略を未然に防ぐという口実をもってまずは橋頭保を築き、その上で敵をけしかけ、さらにはその内部に人を送り込もうという腹のようだった。だが、公安警察組織とはどこにおいても必ず敵――見えると見えざるとにかかわらず――の存在を糧に成長するものであり、そして彼らの堕落は、自らの権力を正当化し増大させるため、敵の存在を勝手に創り出すところから始まる。公安警察の活動は政治勢力の二極化、二元化を招く。彼らのやり口は常に排除と単純化だ。だからこそ公安警察とは、その手段の具体性とは裏腹に、その動機において常に抽象的で非人間的なのである。彼らの存在理由は国内の敵であり、特になんの心配もなく自由に動きまわる潜在的な敵だ。この存在理由は誰も否定しまい。チリ人民連合政府転覆の画策に関して米国の情報筋が明らかにした話は圧倒される内容であるからだ。しかし、公安組織がその触手を四方へ伸ばすのを妨げるには、いったいどうすればいいのだろう？　革命を、疑惑と相互不信で希薄化された世界に堕すことなく守っていくには、いったいどうすればいいのだろう？　自由主義的で法律遵守型の道がその答だが、それはキューバで支配的なメディアからは信用も共感も得られない道である。

　別の悪い噂によると、キューバ人たちは彼らが不可避とみなす武力衝突を支援すべくチリへわたっているそうだ。キューバ人、ブラジルやボリビアやコロンビアのゲリラ、あらゆる国の革命家たちが続々とチリへ集まってくるだろう。いっぽうの帝国主義者どもが指をくわえてそれを傍観しているはずもなく、このままいけばチリは近いうちに、ファシズムと国際的革命勢力が自らの武力を試しあう、現代版スペイン内戦の舞台と化す運命にある。おそらく国中で血と銃弾が飛び交うという、ゲリラに憧れる連中を興奮させそうな修羅場が展開するだろう。たしかチェは、ラテンアメリカに第二の、第三の、多くのベトナムをつくらねばならないと言っていなかったか？　一九七〇年までは波乱ひとつもなかったわが国のそのような輝かしい未来を前に、私のように二の脚を踏むこと自体が疑わしき人物である証拠だ。南米大陸初の戦闘の舞台、南アメリカ初のベトナムとなれる特権をチリが得たことを、喜んで受け容れるべきなのである。

もちろんこうした考え方は公式に表明されるには至っていなかった。チリ政府の誰ひとりとして遠回しにでもこんな発言をする者はいなかった。しかしながら、こうした話がときどき官僚たちの集いでも、特にペンによる熾烈な戦いに加わってきた知的官僚たちの集いで飛び交ったり、何気ない会話や議論の端々で囁かれることがあった。左翼革命運動《MIR》やチリのほか極左組織との接触も噂されていた。ピニェイロはサンティアゴの大使館にもっとも信頼できる部下の何人かを送りこんでいた。ピニェイロとその仲間たちにとって、このような状況に不安を覚えること自体、ブルジョワ知識人か潜在的反革命であると名乗っているのと同じことを意味していた。

今から思えば、私の場合は、その任命直後に収集検証された情報に基づいて、ハバナ到着以前からすでに有罪が確定していたのだろう。あとは実際の私がどんな人物なのか、そして誰が友人なのかを突き止めるだけでよかったのだ。飛行機を降りた瞬間からぶつかってきたあらゆる困難と障害――なかには感知しにくいものもあった――は、公安警察による事前の素性調査と、官僚機構のどこかでくだされた事前の有罪判決に、直接基づいていたのだ。だからこそ、ハバナでの体験は私にあれほどしばしばカフカの小説を思い起こさせたのだ。私は、見えざる不可知の権威によって知らないあいだに有罪判決をくだされる、そんなプロセスの歯車に巻き込まれていたのである。

第五章

パリ異動の日程はもう決まっていた。三月二二日早朝発のイベリア航空でマドリードへ向かう。外交官としては異例の短い赴任だったことから、離任の挨拶も非公式に行なうことにした。作家仲間たちが出国前日に食事会をしてくれることになった。各国大使館での食事会ではそれぞれの大使が私のパリでの成功を祈って乾杯をしてくれた。彼らの多くはその心からの羨望を私に伝えた。

ある東欧国の大使館で旧知の仲の社会主義者の大使が私を広い庭に連れだした。

「面白い話を聞いたよ」彼はどことなく皮肉っぽい調子で言った。「ソ連大使にね。彼が言うには社会主義はあらゆるレベルで勝利したらしい。教育、医療、科学、スポーツ、宇宙開発、国際政治。今のところ唯一失敗しているのは経済の組織化だと。だから私は答えた。でも大使、まさにその経済の組織化のために我々は革命をやったのですよね！」

彼は庭のいちばん人目につく場所で小声で話した。現代的な屋敷でかつてはヤンキーの武官が使用していたらしい。その友人は私を横目でじっと見つめ、こう話を続けた。

「君たちはこのことをじっくり考えるべきだ。現在の社会主義モデルのどれかひとつでも自分たちの国にとって有効だなどと思ってはいけないよ」

「我々は特に決まったモデルに従うつもりはないです」私は言った。「我々の現実に見あった独自の道を模索してきましたから」

「よく考えたまえ」大使は語気を強めた。「チェコスロバキアは正しい経済政策を採用した。しかしそれは中断を余儀なくされた。そして我が国の経済もようやくうまく行き始めているが、元々とても貧しい国だからかなり低いレベルから出発しなければならない……。チリで魅力的な政策が採られたら、ラテンアメリカのほかの国々も追随しようとするだろう。逆の場合は領域全体にとても深刻な後退がもたらされかねない……。我が国の指導者の何人かがアジェンデと話をした。彼らはそろってアジェンデがセクト主義者ではないという印象をもちかえっている。政府や党にもそう報告しているのだ……」

だが、それ以上ふたりだけのひそひそ話をしているのも危険なので、みながウィスキーを飲み葉巻をふかしているテラスにふたりとも戻った。

「君たちの国の今後がまさに決定的なものとなる」東欧の別の国の大使が私のそばに近づいてきて言った。「我々も注視しているからね。各国はなにがあっても君たちを支援せねばならない。チリの政治は失敗が許されないのだよ」[*1]

出発まで三、四日を残すのみとなったころ、私の後任の領事で、やがて来る大使の下で働くことになる人物が到着した。彼とはその何年か前にチリで会っていた。ハバナでは別世界からの使者に見えた。

1　読めば明らかだと思うし、もう長い年月が経っているから、この言葉がユーゴスラビア大使のものであることを隠す必要があるとは思わない。話をした場所は東ドイツ大使館の庭だった。

その潔癖な性格、服装、ものの考え方などは昔と変わらず、それゆえキューバのような環境で彼は二重の意味で浮いて見えた。この新領事がそもそも外交職に就いたのは一九四〇年ごろのチリ人民戦線の時代で、彼はいい意味で典型的なチリのラディカルだった。

彼は飛行機を降りるや否や、ある微妙な問題でお話がしたいと言ってきた。ワシントンからメキシコへ向かう機中、隣に座った中年男性が声をかけてきたそうだ。男はアメリカのとある《ビジネス・コンサルティング》会社の者だと名乗った。そして隣の客がハバナで担う職務を知ると多大な興味を示し始めた。彼ら、つまり彼の会社は、キューバの経済状況に関する定期的報告を送ってくれる人物をリクルートしていたらしい。「あなたのような知的で物事をよくわきまえた教養の高い方を探していたのです。情報をいただければ米ドルで《相当額の》報酬を支払う用意もあります……」

私たちは眼下に波があたって砕ける夕暮れ時の堤防でこの件を話しあい、そして、あらゆる報告は我が国の外務省に極秘事項として直接届けるべきであるという結論に達した。新領事のキューバ・デビューは、今日の世界における忌まわしい現実のひとつ――すなわちCIA――との目に見える接触から始まったというわけだ。彼はこの機内でのささやかな出来事のおかげで、キューバ人がなぜかくも防諜に気を遣うのかよく理解できたことだろう。

いっぽうの私はすでにさまざまな別れの用意を始めたところで、出発の一週間前には親友のPを伴ってサンタマリアビーチを訪れ、綺麗な砂浜と松林と青い海にさよならを言った。この場所には今も懐かしさを覚える。陰口、盗聴マイク、政治の噂、外交と社交などの一切を忘れられる場所だった。海の近くまでせり出した松林と真っ白の砂浜が、見えなくなるまでずっと続いている。香りのよい濃い空気を吸うと、肺まで元気になった。

「この太陽とこのビーチがあればほかにはなにも要らない」とPはよく言った。

少なくとも古い世代のプチブルは、消費財に対する北米流の欲望を失ってはいなかった。革命前のキューバは砂糖だけを産出し、トマトから石鹸から歯磨き粉に至るまでありとあらゆる物資をアメリカから購入していた。しかしながら、革命後のもの不足がPをある種の哲学者に変えていた。

帰りにいつもシャワーを貸してコーヒーを出してくれる党借りあげの家――様式から察するにバティスタ時代の成金の家――の近くに停めてあったアルファのところまで戻ると、運転手のいない専用アルファに乗ってやってきたレジス・ドブレがいて、彼と一緒に、チリから着いたばかりでキューバ革命を古くからよく知るイタリア人記者サベリオ・トゥティーノがいた。トゥティーノはパディージャとも親しかった。私はあとでパディージャに、チリに関するトゥティーノの話が聞いてみたいと言った。パディージャは、わかった、ではハバナ・リビエラまで会いに来る、と答えた。

このころパディージャは巨大なハバナ・リブレ・ホテルの裏にあるベダード地区のマンションに戻らざるを得なくなっていた。その三〇年代風のマンションは信じられないほどボロボロで、汚く、暗かった。ベルキスと彼が住んでいた住居には三つの小さな部屋があった。うちの一部屋には使われなくなった道具類、黄ばんだ雑誌の束、ページが破れ落ちた本、壊れた椅子、破れたポスターの断片などが散らばっていた。ふたつ目の部屋には四人が座れる丸テーブル、がたの来たガスレンジ（いつも調子が悪いために夫婦はレストランやカフェで長い列をつくらねばならなかった)、そして流しがあった。とても細長い三つ目の部屋を彼らは書斎と寝室に使用していた。壁は本と写真で埋め尽くされており、そのなかにはキューバのどの家に行っても必ずといっていいほど見かけたフィデル・カストロの写真があった。盗聴マイクに気を遣って小声で批判をしたり冗談を言ったりすることはあっても、目立つ場所にフィデルの写真が必ず置いてある。それが、チリの昔の家によくあった《キリストの聖なる魂》像と同じように、良心にチクチク突き刺さる無言の非難を込めて、しばしば家人の犯す罪を静かに見守っているのだ。

家の至るところに書類と手紙と原稿の束があった。私が手土産に葉巻を持参すると、パディージャはそれをうまそうに吸い、煙をもうもうと吐きながら目を細めて「これぞ文明の味だな!」と言い、それから急に飛びあがって書類の山をゴソゴソかき分けて、興奮した面持ちでエフトシェンコ、ハンス・マグヌス・エンツェンスベルガー、そのほか当時有名だった作家の手紙を取り出してきては、必ずしも政治的性格ではないがとにかく自分のことを認めてくれている内容の文章を朗読するのだった。キューバを去る直前、最後にパディージャと会ったとき、彼のマンションに行くには必ず通らねばならないハバナ・リブレから数メートルの大通りの角に、こちらの顔を知っているなんとなく文学関係者っぽい連中がいて、私を眼で追っていた。

パディージャは、三月一九日金曜日の夜、サベリオ・トゥティーノといっしょに私のホテルに来ると告げてきた。金曜日に私がホテルの部屋のドアを開けると、パディージャとトゥティーノの横に、もうひとり私が顔を知らない青年が立っていた。

「彼のことは知っているだろう」とパディージャが言い、若者は私の手を握った。

トゥティーノはチリの敵対する政治勢力について語り、また文化大革命からようやく抜け出した中国の政策について、さらにはキューバにおける社会主義的合法性原理という問題について話をした。パディージャはそのひとつひとつに食いつき、それぞれに関して知的でほとんど詩的な大風呂敷を広げた。ときどきトゥティーノが、まるでオペラのアリアを鑑賞しているかのように、いかにもイタリア人らしく大声で嬉しそうに「すばらしい！」とあいの手を入れた。

私はふと、彼らに同行していた一言も口をきかない青年が、一九六八年に私がカサ・デ・ラス・アメリカス賞の受賞を推した若き短編作家ホセ・ノルベルト・フエンテスであることに気がついた。できれば彼と話がしたかったが、その部屋の一同はみな、ちょうど詩の神様が降りてきたらしいパディージャによる政治と歴史に関する大演説に夢中だった。熱帯の春の到来を告げる生温かい風に包まれて、酒のボトルと葉巻でいっぱいのテーブルを前に、パディージャは見るからに楽しそうな顔でマルクスやニーチェ、ヘーゲル、ランボー、イギリスやイスパノアメリカの詩人たちをもちだしては、キューバやチリや世界の現状を総合的に分析するツールとして引用するのだった。

突然電話が鳴った。それベルキスの声で、電話線を通しても彼女が不安を必死でこらえているのがわかった。

「エベルトはいる？」

ベルキスはこのころの習慣として、エベルトの身になにか起きていないか、小説の原稿が無事かを確認するため定期的に彼の居場所へ電話をかけることにしていた。すでにふたりとも原稿をマンションに置いたまま出かけることをやめており、一日中交代でどちらかが見守ることになっていた。その夜はエベルトが私のホテルに来ていたので、原稿のお守はベルキスが担当していたのだ。

パディージャ夫妻のそうした定期的な電話自体がある種の挑発行為だともいえたし、どこへ行くにも特定の原稿を抱えてかたときも離さないこと自体が挑発行為だともいえたし、そもそもそのような原稿が存在していること自体が挑発行為であったといえよう。そう考えていけば、文学的創作にはすべからく挑発が込められていると結論するのはたやすい。国家の危機にあっては、作家としての才能と挑発者としての才能 —— というより宿命、運命 —— は混同される。そこで呑気な顔をしているホセ・ノルベルト・フエンテス自身、短編集『コンダードの罪人たち』を刊行し、それが軍の雑誌『ベルデオリーボ』により激しく攻撃されたときに、そのことを身をもって体験しているはずだ。その攻撃は彼に仕事の喪失とキューバ文学文化界からの一斉パージをもたらした。彼は今、無言でみんなの話を聞き、その様子を観察しながら、きっとそうした過去の出来事についてなんらかの結論を引き出しているのに違いない。ひょっとすると彼は、これだけおとなしくしてきたのに自分の試練はまだ終わっていないのではないかと疑っていたかもしれない。その疑いははからずも数週間後に実証されることになる。そう考えると、この一九七一年三月一九日金曜日の私の記憶におけるホセ・ノルベルト・フエンテスの沈黙は、堤防に大量に打ち寄せてはカリブの夜の暗闇へと消えていくのが窓から見えたあの海水の泡のようにはかなく軽いエベルトの言葉、それよりずっと雄弁に思えてくるのである。

ラウル・ロアからは、自宅で君の送別会をするので日時を知らせよう、と言われていた。彼からは、一月初頭のジャーナリスト会議の最中にも、あるメキシコ人共々招待を受けていた。結局このどちらの招待も実現しなかったわけだが、ロアはおそらくかなり前から私が好ましい人物ではないことを知っていたのだろう。いっぽう、三月二〇日の朝にメレンデスから電話があり、儀典部のもつ屋敷の一軒での昼食に私と後継の代理公使を招待すると伝えてきた。いくつか話したいことがあるので早朝に迎えを寄こすとのことだった。

何度も噂に聞いていた儀典部所有の屋敷のひとつ、クバナカンの瀟洒な地区のど真ん中の、庭の鬱蒼たる木々に囲まれたその邸宅に、私は初めて足を踏み入れた。バティスタ時代のブルジョワたちが一家のイニシャルを金でかたどった陶の壺や豪華な家具類をごっそり残していた。ぱりっとした格好のウェイターがバカラグラスでダイキリを出してくれた。

ラテンアメリカのある種の指導者たち——政治的に未熟な連中——がこの国での慣例に倣ってこの種の屋敷に宿泊を許されたときの反応が私には目に浮かぶようだった。フィデルが客をもてなすための豊富な資源をきちんと管理していることを私はようやく理解した。間違いなくフィデルはもちまえの器用さを発揮してこの種の資源を利用し、相手によって使い分けているのだ。

食事会を始めるにあたってメレンデスが私に《あんたを高く評価している》ラウル・ロアはぜひ直接私に会ってお別れを言いたかったのだが、あいにく仕事に忙殺されており、残念ながら参加できないそうだ、と言った。

「この食事会はエドワーズのお別れ会だ」と言ってから彼は真面目な顔でこうつけ加えた。「それとあんたらに重要な問題を話したい」

メレンデスはその《問題》とやらを単刀直入に切り出した。彼は私たちの秘書ルペについて警告をしたかったのだ。

「あの女がＣＩＡの手先であることを確認した。以前メキシコ人外交官の下で働いていたが、このメキシコ人がハバナのＣＩＡエージェントだったことがあとでわかった。彼女はこいつと緊密に連絡を取っていた。だからあんたらにも警戒してもらいたいと思ってね……」

ルペに関する警告ならすでに受けていた。ただし違う意味だが。彼女はキューバの公安体制のために働いていると言われていたのだ。メレンデスに敵側スパイだとこれほどはっきり断言された以上、私たちとしては彼女をクビにせざるを得ない。逆にこれはルペがその使命を終えたことを意味するのだろうか？　キューバ公安警察の探索役としての彼女の能力が私たちの伝染性の強いリベラリズムに触れて劣化しないよう、チリ大使館から早々に引き揚げさせる決定をしたということか？　あるいは彼女はこの一件で違う役割を担っていたとか？　キューバ赴任中の数多い謎がまたひとつ増えたかたちだ。

メレンデスは昼食の終わりぎわ、メキシコ大使館を巻き込んだスパイ事件を題材にしてキューバ政府が編集したという一冊の本を私に手わたした。彼は私に、この本をぜひ読め、としつこく勧めた。

その本は公安警察の能力をほめたたえる内容だった。例のCIAの手先だったメキシコ人外交官がハバナに到着してから行なったことのすべてが、秘密警察によって監視され、記録されていたことが記してあった。その内容には同時に警告の意味もあった。ブルジョワ知識人特有の極度の主観的傾向と偏見のおもむくままに軽口をたたき過ぎたこのチリ人は、すでに遅きに失してはいたが、自分の発してきた言葉が公安警察の秘密文書に逐一記録されていることをここにきてようやく悟ったのである。頭のいい読者ならその本を読めば贈り主の言わんとすることはすぐにわかるはずだ、教訓は私の後継者にきっちり伝わるだろう。彼が今回の赴任を成功裏に終わらせたいのならば、公的にも私的にも行儀よくしているほかないのだ。公安警察の全能の目には頭で考えていることまで見抜かれてしまうから、最初から自分の思考を無難な型にあわせてしまうほうがいい。そうやっていれば、キューバを出るときには昇進も約束され、革命政府のお墨付きもいただけるだろう。でもその逆となると……。

こうして、教訓とすべき一冊の本を手わたされて、その儀典部の屋敷での奇妙な昼食会は終わった。私の後継者はまじまじと目を見開いており、どうやら警告がきちんと伝わったようだ。私は私で、もはや自分が救いようもない立場にいること、間接的にではあるが、自分が後継者にとって決して見習ってはいけない前例になっていることを理解した。それこそが、昼食会という場をわざわざ設けて例の本をわたすことで、公安警察が私たちに伝えようとしたことなのだ。ついでながらにいうと、ここでもまた公安警察が、キューバにしてはとても珍しい素晴らしく高度に組織されたその能力（この能力をもつ唯一の組織が公安だと陰口を叩く者もいる）を見せつけたのである。いっぽう、告発に晒されてもおそらくその謎めいた微笑を絶やすことはないであろう、我らが秘書のルペは、いつのまにか表舞台から姿を消していた。

キューバで過ごすその最後の土曜日午後五時ごろにホテルに戻り、少し眠りたかったのだが、数分後に電話が鳴った。レジス・ドブレと最初に会った家に住むチリ人女性が私に至急会いたいとのことだった。もう何度も電話をかけていたらしい。彼女によると、私が着いた夜に出会った人物、つまりハバナに赴任して最初の夜に私が会った人物、偉い人、いちばん偉い人（「わかるでしょう、誰だか？」「もちろんわかります！」）が彼女の家で私に会う機会をつくりたがっていると言う。彼女がドブレに、私のいつまで経っても解決しない事務所問題――チリとキューバの関係を考えるとあまりに不条理な問題だが、彼女によると、背後にＣＩＡの介入が匂うとのこと――について話すと、それをドブレがそのいちばん偉い人に伝え、で、今度はその偉い人が私とこの問題について議論したがっているということだった。

「いつですか？」

「午後七時ぐらい」

「では七時前には行きます」
私は約束の七時前に着いた。彼女以外にいたのはともに大学生ぐらいの年ごろの息子と娘だけだったが、首相側近を自称する人物からの電話によってもたらされた間接的でやや謎めいたフィデル訪問の予告に、かなり動揺しているようだった。彼女がフィデルの友人だという話は前にも聞かされていたが、実際にはふたりがもう何年も会っていないという印象を私はもっていた。ふたりの親交はかなり過去のもの、革命初期の昔話だった。

娘がしょっちゅう家の外を偵察に行き、戻るたびに近所が《封鎖》されている、隣の区画に軍のジープが止まっている、最高指導者《ヌメロ・ウノ》の到着は間近だ、彼の移動ルートは秘密になっているがハバナの住民はみな直観でわかるのよ、などと言った。息子のほうは平然としていたが、なにかただならぬ兆候を感じ取ってはいるようだった。

「間違いないわよ」母親が私に言った。「あなたが来るか尋ねられたの。私たちは気の置けない間柄だから、うちで食事をしようって誘ったらきっとあなたは来る、でも招くにしてはきちんとした食べ物がない、とか言ったら、では食べ物を届けさせよう、なんて言うのよ……」

だがその約束の食べ物はいっこうに届かず、時間が過ぎていくにしたがい私たちは不安になり始めた。真夜中近くになり、私はこれまた送別会に誘われていた、近くにある別のチリ人夫婦の家に移動した。終わるとすぐ彼女の家に戻ったが、変化はない。それでも彼女は頑として、フィデルはもうすぐ着くはずだ、と言う。私はもうそんな気がしなくなっていた。それどころか、公安が私の出国前日にホテルの部屋をチェックして、友人たちが必ずわたすであろう手紙を盗み見ようとしたのではないか、と思い始めていた。ハバナでは誰か知り合いが外国へ行くときには必ず手紙を託す。それが郵便封鎖を解除するもっとも有効な手段なのだ。

この日は私の後継者も、領事とその妻も、彼らのことを気にかけるキューバ人にそれぞれ招待を受けていた。ひょっとして気にかけ過ぎるぐらいの連中に。私はあることを思い出していた。ハバナ・リビエラ・ホテルから遠く離れた会場で行なわれたパーティーが終わったとき、運転手のトマスが消え失せていたのだ。そのときは三〇分後にポーランドの通信社の特派員の車に同乗させてもらった。この間、私のスイートルームの真向かいの部屋を住居代わりにしていた領事夫妻が、私の部屋で音がするのを聞いたそうだ。夫妻は私が出かけたとは知らなかったので、たいして気にもしなかったという。

そのときも、そして友人のチリ人女性宅から戻った今回も、ホテルの私の部屋には異常な点などひとつも見あたらなかった。だが、エスメラルダの陸上補給係のドイツ系チリ人、西ドイツ国籍だというのでラウル・カストロが決して会おうとしなかった[*2]彼が、ハバナ・リビエラに滞在して二日目のとき、あることに気がついた。「どうやら部屋の書類がすべてチェックされたようだ」と彼は言った。「慎重な仕事ですべてが元通りの場所に戻されていたが、こっちが用心のためにしかけておいた特殊な粉が一部飛んでいる」彼はこのあとも領事に盗聴マイクの実態を調べたと言ったそうだ。ドイツ系補給係によると、鏡の水銀が最新技術ではアンテナの役割を果たし、その表面が部屋のどんな些細な音でも拾うのだという。それといくつかのランプのソケットについているアルミ製のリングも盗聴マイクなのだそうだ。

彼はどこまで本気だったのだろう？　本当にその種のことに詳しかったのか、あるいはすべてはボンド映画の受け売りだったのか？　ハバナ滞在最後の数日、私のなかで、公安警察の見えざる存在はまさに神話的相貌を帯び始めた。巨大な鏡は超近代的なポリュフェーモスの目になった。その視線は私の夢や心の奥底に秘めた感情をも貫いた。アルミ製のリングがついているランプを見ると不安に襲われた。部屋から出ると無表情なエレベーター係に出会い、階下へ降りるとにこやかなフロント係が出迎え、食堂へ行くと親切で折り目正しいデートルが順番を待つ客より先に私を案内し、そしていちばんいい席につくと、天気や本日のランチの話、あるいはグランマに載っていたチリの話題をするだけの日々。車には新しい運転手のイシドロがいた。さらに、誰かにこっそり聞かされたのだが、パブロ・アルマンドとペペ・ロドリゲス＝フェオとエベルト・パディージャと同じ常連で、文学仲間か誰かの友人だと自称してひとりの人物が、その人物の家で私たちがした会話をすべて録音していたという。その人物は私たちをしばしば自宅に招待し、ねちっこいほど歓待していた奴だった。

頭が爆発するんじゃないか、この迷路から二度と逃げ出せないのではないか、私はそんな気がしていた。島の外の世界が虚構に、手の届かない存在のように思え始めた。暑い季節が始まろうとしていて、息が詰まるようだった。夜中に汗びっしょりになり、心臓が喉もとまでせりあがってくるような気が

2　キューバは東ドイツとのみ国交を結んでいた。

していきなり目を覚ますこともあり、そんなときにもあの微動だにしない鏡が、カリブ海に反射して差し込む月の青い光を受け止めつつ、こちらをじっと見守っているのだった……。

ドゥケ＝エストラーダ大尉は私のキューバ赴任中に米州局長になっていた。この局はおそらくチリとの国交回復をきっかけに彼の手で創設されたものである。

ドゥケはもともと製糖工場の管理部門にいた。誰かが言うには彼はゲリラ戦争の闘士で、カミーロ・シエンフエゴスとチェ・ゲバラの友人でもあった。彼は私に対しいつも協力的な態度を示し、よく気を遣ってくれた。メレンデスとの連絡がつきにくくなると、彼がチリ大使公邸選びに尽力してくれた。彼の友好的で協力的な姿勢とメレンデスのそれとのあいだには際立った差が感じられて仕方がなかった。

ドゥケは背は低いほう、小太りでまだ若く、ゲリラ時代の名残と思しき口髭を綺麗に手入れしていた。すっきりした政治的知性を有しているという印象はなかった。一度その事務室を訪問したとき、彼は私に、雑誌『プントフィナル』に掲載されたある記事について、興奮した面持ちで語った。記事では、チリ南部で土地占拠を拡大している革命勢力のことが報じられていた。土地占拠は当時のアジェンデ政権にとって頭痛の種だった。すでにカストロのキューバが変節してソ連との関係を強化し始めていたにもかかわらず、キューバとプレンサラティーナ通信社との連携が誰の目にも明らかなこの雑誌『プントフィナル』は、チリ共産党に公然と歯向かう内容の、むしろ左翼革命運動《MIR》にそっくりの過激な自説を固持し続けていた。人民連合政権が樹立する前、『プントフィナル』はその記事のなかで、大統領選におけるアジェンデの《不可避の》敗北とアレサンドリの勝利を予告した。さらにブルジョワ勢力はなにがあってもアジェンデが権力を握ることを許さないだろう、とも宣言していた。こうした不吉な予告がことごとく間違っていたことがわかると、今度は先住民マプーチェの農民たちのあいだで革命運動を展開しているＭＩＲを賛美する論調に移行する。何人かの噂によると、この『プントフィナル』を支援し、キューバから陰で糸を引いている黒幕こそが、あの赤髭ことマヌエル・ピニェイロ指揮官なのだそうだ。

このような意見の相違にもかかわらず、私はドゥケが善意の男であるという印象をもっていた。前に製糖工場で働いていたというので、彼にはどこかの工場を見学させてほしいとお願いしていた。彼は出国の数日前に連絡してきて、三月二一日の日曜日——私がヨーロッパへ発つ前日——にその見学を企画したと言った。彼は念入りに三回か四回電話をかけてきて私の予定を確認し直したが、その理由はあとでわかることになる。私は彼に午後三時には戻ってこられるか確認した。

「心配するな、エドワーズ！　きっと早く戻るから……」

すでに遠足気分なのか、電話の彼はそれまでとは違った親しげな口調で話していた。

二〇日は例のフィデルの謎の訪問を待って、私は結局、友人のチリ人女性宅に夜の一時までいた。二一日もドゥケ＝エストラーダが早朝に迎えに来たので、私は発つ前にぜひ挨拶をしたいと思っていた作家仲間たちの消息を知らないまま出かけることになった。パブロ・アルマンドとペペ・ロドリゲス＝フェオには数日前から会っていなかった。パディージャは、彼がサベリオ・トゥティーノとホセ・ノルベルト・フエンテスを連れて会いに来たあの金曜の夜以来、その姿を見ていなかった。最後の週は、エンリケ・リンのキューバにおける元妻マリア・ドロレスがややしつこいぐらいに姿を現していた。マリア・ドロレスは、外交官である私とピラールのおかげで自分も社会的地位があがった……などと熱っぽく語った。この最後の二日間はふたりのチリ人女性、ルシアとイサベルもよく会いに来た。イサベルはキューバ人の元夫に娘をチリに連れ帰るのを拒まれている子だった。ルシアはこちらの大学に通っており、学生寮に住んでいた。

このふたりの若いチリ人女性が土曜の夜にホテル・ナシオナルのキャバレーを予約して私のための送別会を企画してくれた。ありがたい申し出だったが、土曜は例の謎の訪問キャンセルがあったために、彼女たちには待ちぼうけを食わせることになってしまった。いっぽう作家たちについては連絡がほとんどなく、私の出国前日にしてはどこか妙だと思わざるを得なかった。

ドゥケはピカピカに磨かれたシボレーインパラに乗ってホテルの玄関まで迎えに来た。運転手だという青年をひとり同伴していたが、その青年は運転をまったくせず、ずっと後部座席で眠たそうにしていた。

彼の説明から察するに、どこかの製糖工場でランチでもするのだろうと思い込んでいた。すでにカミーロ・シエンフエゴス製糖工場の見学は終えている。労働者たちと長時間にわたって話しあい、革命前の習慣だった失業への恐怖などの話を聞かされた。ドゥケは、革命後にキューバに残る選択をした米国人技師ヘンダーソンとともに、伐採作業の機械化という問題に熱心に取り組んできたことから、私はぜひ彼と一緒に改めて製糖工場を見学したいと考えていた。それに、早く市内に戻ることについては確約を得ていたから、私はてっきりハバナ近郊にある工場へ行くものと思っていた。

小一時間も走ったあたりで、砂糖キビを洗浄して貨車に仕分ける機械の前で止まった。キューバでは集積センターと呼ばれている。その機械はちょっとした見もので、ドゥケによると革命政権の技術者たちが開発したそうだ。しかし、その場所を通ったのはただの偶然、というのもそこは工場ではなくどこかの道端だったからだ。それからさらに全速力で車を飛ばしておよそ三時間、私が行き先をしつこく尋ねたあげくに着いた先は、コチーノス湾侵攻事件のあった場所からさほど遠くないサパタ沼沢だった。そこで私は初めて、ドゥケが目指していた場所が製糖工場などではなく、革命政権によって沼地の真ん中につくられたウワマビーチであったことに気づく。出国前夜の行き先としては予想外と言わざるを得ない！

おそらくキューバ在住の技師たちの家族であろう、大勢のソ連人女性と子どもたちに混じって、フィデル・カストロが建てさせた有名なワニ飼育場を見学してから、陸地からそうとう離れた沼のなかの島々に建てられたロッジへと向かうボートに乗った。私は今すぐハバナへ戻りたいとドゥケに言ったが、彼は急に鈍重な態度になり、私がいくら頼んでもぐずぐず言いわけするばかりで、まったく聞く耳をもとうとしない。《そうか！》と私は心のなかで両手を叩いた。《私がキューバの砂糖問題にこれ以上首を突っ込んでも彼らに得することはないということか？》とはいえ、一月初頭に私がチリ外務省宛てに送ったその年の砂糖収穫に関する報告書が盗み読まれているなどとは、この時点では想像もしていない。ただし、今になって、まさにキューバで学んだ意地悪な想像力を働かせるならば、あのとき昼寝するワニを指さしながら私に一生懸命説明をしていたドゥケが、一九七一年の――前年の一千万トン収穫計画失敗のあと初となる――砂糖収穫に関する私の報告と評価を記したあの極秘文書のコピーに目を通していたとしても、なんら驚くにはあたらない。

ほんの一キロ散策する価値すらもないビーチのレストランで昼食を食べたあと、ドゥケはロッジのひとつに私を案内し、そこで休んでいけと言った。私は休むつもりなどこれっぽっちもなかった。一刻も早く戻りたいと伝えた。だが、突如として痴呆化したかのごときドゥケはニヤニヤするばかりである。私はぐずる彼をひきずるようにしてようやくロッジからビーチの真ん中にある施設まで移動した。そこで誰かが小型船を貸してもいいと言ってくれた。私は楽観主義を取り戻した。「コーヒーかジュースでも飲まないか?」とドゥケが提案する。要らない! そんなものは絶対に要らん! すぐに戻りたいだけなのだ。まだホテルの荷づくりも終えていない、後継者への仕事の引き継ぎもまだだ、友だちとの挨拶もまだいっぱい残っている、なのに、いったいこんなビーチでなにをしろと言うのか? だが、ドゥケはテラス席に寝そべって呑気に腹を出し、コーヒーをすすりながら、つまらない話ばかりしようとする。

約束の小型船がようやく現れた。そうとう水に沈んでいるボロ船だったが、私たちの車を停めてある場所まで沼を横切るくらいはできそうだった。ドゥケと、助手の青年と、運転を担当するビーチの係と、四人でボートに乗り込んだ。何度か試したのちエンジンがようやくかかり、ボートは乾いた音を立てて進み始めた。沼を数メートル進んだところでボートは停止した。たまった水を汲み始めたビーチの係が、このエンジンは直りそうにないと言った。オールで漕いで元のビーチまで戻った。この間ドゥケは、まったく平気な顔で、いかにもやる気のなさそうな表情を浮かべていた。そのとき、島まで私たちを運んできたボートが轟音を響かせながら桟橋に近づいてきた。迷うことなくそれに乗って帰ることに決めた。私は速度より安全を重視することに決めた。なんとなく頭のなかで、沼で溺れてワニに食われる自分の姿が思い浮かんだからだ。

ドゥケは急に元気を取り戻すと、シボレーインパラのアクセルを目いっぱいに吹かし、一五〇数キロの帰り道を急ぎ始めた。もう日暮れ時で、海岸の沼沿いを蛇行する道には何台ものトラックが行き交っていた。ドゥケは踏み込んだアクセルから少しも足を浮かせようとせず、時速一六〇キロを保ち続けた。私たちは一言も言葉を交わさなかった。もし彼が私を事故に遭わせようとしていたなら、彼自身の命も危険に晒すことになっていただろう。ところが実際に私たちは重大事故すれすれまで行った。ドゥケが、視界がほとんどゼロの状態で対向車線の車の有無を確かめもせず、長いトラックの列を平気で追い越したのだ。

あとで、この週末の出来事の全体像を知ったとき、私はドゥケの意図、というかドゥケに指示をした誰かの意図は、私を極度の精神的緊張に追い込むことだったのではないかと考えるようになった。その誰かが、ある種の理屈に従い、そしてある種の完璧に研究し尽くされた技術を用いて、あの夜にはもうすでに決まっていたはずの例の決定的な出会いの前に、私の意気をくじいてしまおうとしたわけだ。もちろん、この時点ではそんなことは知らなかったし、知る術もなかったのだが、なんとなく直観に従って最大限の平静を保つと同時に、その平静さをきちんと装うことも忘れなかった。

なだらかな丘陵、ヤシの木、砂糖キビ畑、青い空などの景色を眺め、私はレサマ＝リマの思い入れたっぷりの言葉「これぞ地球でいちばん美しい景色！」を思い出していた。そうすることでシボレーの異常なスピードを忘れ、緊張を表に出さず、もう少しスピードを落とせばどうかなどと言うのを我慢し、今乗っているのはレサマの小説『パラディソ』で描かれていたような乗り合い馬車なのだとか思うように務めていたのだ。

ドゥケは高速運転に疲れたのだと思う。私たちはトラック運転手の集まるカフェの前でいったん止まり、ほかの国のどこにでもあるカフェと同様、カウンターにコインを投げてコーヒーを一杯ずつもらった。私はその瞬間、キューバの物資欠乏に関する自分の見解はすべて間違いで、私のこのねじ曲がった邪悪な偏見の生みだす妄想だったのではないかという気がした。

残りの帰路は普通の速度で走り、ハバナには夜八時過ぎに着いた。ドゥケとはハバナ・リビエラの玄関で別れたが、助手は私が滞在初期にドゥケから借りていた短波ラジオを引き取るために部屋までついてきた。ホテルのロビーでは、極度に緊迫した面持ちの友人が三人座って私を待っていたが、私が入ってくるのを見るとバネに弾かれたみたいに立ちあがり、人さし指を口にあてて近寄ってきた。助手はドゥケのラジオを受け取らねばならないので、エレベーターにみんなと一緒に乗った。

助手の青年は丁寧なお辞儀をして去っていった。私はドアを閉めて部屋に戻った。友人たちはいっせいに顔と体を動かし始め、見えないマイクに私の注意を向けさせつつ、無言で一枚の紙切れを手わたした。《エベルトとベルキスが昨日拘束された。逮捕理由不明。ふたりの家は内務省が封鎖中》私たちは紙を燃やしてトイレに流し、ウワマビーチの美しさや私の旅じたくなどを話題にした。友人たちの顔は蒼白で苦悩に満ちあふれていた。[*3] ノックの音がして、髪を振り乱し憔悴しきったパブロ・アルマンドが入ってきた。私はしばらく執務室のほうへ行き、三カ月半にわたって寝る間も惜しんで仕事をしてきた ―― 空調が壊れ風通しも悪い ―― 暑いオフィスで、明日発つ私のために外交官用鞄の中味の整理をしてくれていた後継者と領事と話をした。

そのあと自分の部屋に戻ると、酔って盛りあがった際にクリスティアン・ウネエウスと私をスパイとして ―― CIA風の言葉を使えば有能な、あるいは有能なエージェントとして ―― 告発したいと言っていた若き革命家Yも来ていた。悔やんでいるのか？　秘密警察の仕事を仕上げに来たのか？　要職から失脚して以来ひさしぶりに政府内に地位を築くチャンスだと考えているのか？　彼は私と話す必要があると言い、こちらとしても特段断る理由もなかったので、とりあえず彼の善意をもう少し信用し続けることにした。

3　このうちのひとりがサンティアゴにいる妻ピラールに電話をかけ、好天と霧の話をしたということを私は後で知る。それは私たちのあいだでの警告の印で、それを理解したピラールは私に関する知らせを直接確かめるまで気が気でなかったそうだ。

スイートルームは人でいっぱいで、なかにはチリ人の作家で学者のカルロス・サンタンデールのようにパディージャの一件を知らない人物もいたことから、私たちは廊下に出て話すことにした。私はYに、今回のエベルトの件ではひどく落ち込んでいる、と言った。私との接触がきっとパディージャを悪い立場に追い込んだのだろう、なのに彼のためになにもしてやれない立場にいるなんて。

「やっとわかったかい」Yは言った。「そういうことさ」

Yは私に最近なにか変わったことがなかったかと尋ねた。その瞬間、廊下に面したドアのひとつが開いて、私たちは口をつぐんだ。

「わからない」ドアが閉まると私は彼に言った。「ここではなにも気づかなかった」

だが私は彼に、前日夜の奇妙な空約束と、その日いっぱいを拘束された無駄な遠出について話した。Yはこう言った。

「エベルトの逮捕を君に知られたくなかったのだと思う」

Yは不安そうな表情を浮かべた。

「おそらくすべては君の部屋をゆっくり調べるために仕組まれた口実だろう」

私は、新任代理公使と領事夫妻が、前々から疑わしいほど足しげくここへ通っていたキューバ人夫婦に、やはり前日夜に招待されていたことを思い出した。要するにホテルはもぬけのから、チリ大使館の全部屋を調査するには十分な時間があったのだ。残っていたのは領事夫妻のふたりの子どもたち——上の子はふたつか三つだ——の面倒をみる家政婦だけだったが、状況から察するに、というよりまず間違いなくこの家政婦も組織の一員だったわけだ……。

友人たちはあとでセサル・ロペスの家に集まり、そこで私が着くのを待って最後のお別れをすることに決めた。やるべきことを片づけたらどんなに遅くなっても必ず行く、と私は彼らに言った。マリア・ドロレスと例のふたりのチリ娘が荷造りを手伝ってくれているあいだ、スイートルーム一八一三の使用していない一部屋で電話が鳴った。メレンデスの声が、外相が話があるので今夜一一時に至急会いたいそうだ、と言った。その時刻にあんたはどこにいる?

私は自室か領事の部屋で電話を待っているとメレンデスに答えた。女性陣と別れ、ロビーに降りて少し歩き回った。週末のその時刻にふさわしく、カラフルに着飾った楽しげな人々が田舎の広場を散策する感じで歩き回っていた。バーに入ると、女性を同伴していたフランス通信社の特派員が、パディージャが逮捕されたのは事実かと尋ねてきた。

「わからない」と私は言った。

「でも君も聞いたんだろう?」

「ああ」と私は答えた。

「なら決まりだな」と彼は言った。「未確認情報として流せる」

一杯酌み交わしてから彼と別れた。そのあと食堂に行き、同僚ふたりに外相との約束について伝えた。戻ったら話そう、と。

一八一三号室に戻ると、一一時数分前に電話が鳴った。メレンデスの声が「ホテルの下で待っている」

と言った。

私たちはメレンデスのベージュのフォルクスワーゲン、赴任した夜にフィデルと面会するのに乗ったのと同じ車に乗り込んだ。イシドロが運転する私のアルファがうしろをついてきた。

ギリシャ風の円柱に新古典主義風の重厚さが加味された、ラテンアメリカの富豪の大邸宅そのものといった風情の――実際かつてはある砂糖成金の持ち物だった――外務省本部ビルでは、日曜の夜であるにもかかわらず三つか四つの部屋に明かりがついていた。入り口脇には二台のアルファロメオが止まっていた。闇のなかに機関銃で武装した兵士たちの集団が見えた。

来るたびに姿を見る専属の儀典官が出迎え、外交官専用の待合室へと私を案内した。ホテルの部屋であの紙を見た今となっては、この突然の呼び出しの性質にはもう察しがついていた。私は消耗し意気喪失していたが、待っている三分間でなんとか気力を振り絞り、冷静さを取り戻した。ドアが開き、儀典官が私を大臣室へと導いた。

部屋の真ん中で、フィデル・カストロ最高司令官とラウル・ロア外相が、ともに腰に拳銃を吊るしたオリーブグリーンの制服姿で立っていた。[*4] フィデルは私にソファに座るよう指示し、自分はその左の肘掛椅子に座った。ロアは私にはずっと温かく接してくれ、私たちは腹を割って親しく話しあえる仲だったが、このときの彼は極度にそっけなく硬い表情を浮かべていた。三、四日後に書いたメモによると、私が建物に入ったのは夜の一一時二五分だ。いくつか間違っている点もあるかもしれないが、とにかく今も記憶に刻まれているこのときの会見の様子をこれから逐一再現してみることにしよう。

「着いて最初の夜に私と話したのを覚えているだろう」首相が言った。

「もちろん！」私は答えた。

「あの夜、私は君に好感を抱いたものだ。あの会談は楽しかった。覚えているだろうが、私もこんな顔はしていなかった。だが、君に関しては、我々が間違っていたと言わざるを得ない。なぜなら君はキューバ革命に敵対的な人間であることを自ら証明してしまったからだ！　チリ革命に対しても敵対的であることを！　君は着いたその日から革命の敵である反革命分子どもに囲まれていたが、奴らはキューバ情勢に関する否定的な見方ばかりを君に押しつけ、君はそれらの情報をチリへ流そうとした。これらすべてを我々は即座に察知したのだ。わかるだろうが、君に監視をつけないほど我々も愚かではない。君たちの会合、君が出かけた先、君が話した内容、我々はそのすべてをつぶさに追った。エ

4　ラウル・ロアは、のちにウィーンで、私たち共通の知り合いのスペイン国籍をもつ編集者・国際機関職員ビセンテ・ヒルバウに、あのとき自分は紺のスーツにネクタイ姿だったと訂正したらしい。彼はヒルバウに「エドワーズにあそこの描写は間違っていると伝えてくれ」と言ったそうだ。ロアがそれを本気で言ったのか冗談だったのかはわからない。実際のところ私の記憶のほうが怪しい可能性も高い。ただし、ロアが服装の点だけを訂正したというのは、逆に考えると、あとのすべては正しいと言いたかったからかもしれないが。

スメラルダが着いたときには、もう私は君に関する情報を大方把握していたのだ。甲板で握手をしたときに私が明らかに不快そうな様子だったのに君も気づいていただろう。着いた日こそ君には親しい態度で接したが、こうなったら、これまでの行動に対する我々の強い不快感を伝えないまま黙って君を帰すわけにはいかない。厳密にいえば、君を外交上好ましからざる人物《ペルソナ・ノン・グラータ》に公式指定してしかるべきだったが、我が国とチリとの関係も考慮してそれはやめることにした。いずれにせよ我々の意見はすでにサルバドール・アジェンデに伝えたことを君は知っておくべきだ」

フィデルは自らの不快感をぶちまけてこの話を打ち切ろうとしていたらしい。さてはアジェンデ本人に訴えたという知らせが私に決定的かつ破壊的な打撃を与えると思っていたのだな、と私は考えた。フィデルのこの誤った確信に、実は、チリとチリ人の実態に関する彼の無知が映しだされていると思う。チリでは国家元首の政敵が行政分野においても生き延びることが可能なのだ。[*5] チリの政治体制を考える上で鍵となる制度のひとつ、アジェンデが政権を握ってから世界中で――だがいつも、ほぼいつも表面的にのみ――取り沙汰された制度に、共和国大統領の連続再選禁止がある。我々の憲法制定者たちは権力が腐敗することを知っていて、その考えに忠実に沿って憲法を制定したのだ。しかし、チリのことをよく研究したという自負のあるフィデルは、チリの政治に関するこの基本的真実を忘れていたらしい。

彼の独白が途切れたのを見て私は声を出した。

「首相、私はあなたが言うような反革命集団に囲まれていたとは思っていません。外交官である以前に私は作家であり、ここでも知り合いのキューバ人作家たちとは会ってきましたが、彼らは昔からの友人、一九六八年一月にカサ・デ・ラス・アメリカスに招かれて来たときから、あるいはそのもっと前からの友人であるに過ぎない。反革命分子とか敵のスパイとか、はっきりいって、そういう人間には一度も会ったことがない。たしかに彼らは革命の現状に批判的な意見をもっているが、体制批判をする知識人と敵国とか反革命集団のスパイとのあいだには明らかな違いがあるように思うのです」

フィデルは深刻な顔で聞いていたが、ふいに激昂し、あきらかに攻撃的な口調で私の話を遮ろうとした。負けじと私は説明を続行し、フィデルもおそらく私の意見が気になるのか、結局そのまま話を続けさせてくれた。

「私がキューバ革命に敵対的だとおっしゃったが」私は話を続けた。「いいですか、首相、外交官となって私が最初に直面した困難はまさにそのキューバ革命を支持したことが原因だったのです。一九六五から六六年にかけて両国の国交が断絶し、あなたが我が国のフレイ政権を口をきわめて罵っていたころ、パリの南米外交官のなかでチリ大使館主席秘書だった私だけがキューバ大使館と連絡を取りあっていた。六五年に米国がドミニカ共和国のサント・ドミンゴに侵攻すると、私もキューバ知識人たちの抗議文書に署名をしました。その署名が『ルモンド』で報じられ、想像がつくでしょうが、当時の上司であるフレイ政権の大使は大いに気分を害しました。同じころにカサ・デ・ラス・アメリカスから

5　ノートの日付によるとこの文章を書いたのは一九七二年四月、すなわち軍事クーデターの一年半前である。

の招待を受けて、それで六八年初頭、キューバとチリは国交断絶状態、しかもチリの外交官という正式な身分がありながら、私はハバナを訪れました。当時のチリ外務大臣ガブリエル・バルデスは私の渡航を許可してくれたが、だからといって頭痛の種が消えたわけではありません。もちろん直属の上司たちは私のキューバ渡航をよく思わず、それがもとで私は昇進するのが同期の仲間たちよりかなり遅くなった。それでもなお私はカサ・デ・ラス・アメリカスへの協力を続け、編集部と連絡を取りあっていました。これでもまだ私がキューバ革命に敵対的だとおっしゃいますか？」

横目でラウル・ロアを見ると、黙り込んだまま真剣な顔で私を見つめている。彼はこれまで私にずっと温かく接してくれた。だからこそ、今目の前で繰り広げられているその光景はほかの誰より彼にとって不愉快で、おそらくずっと危険なものに映っている気がした。私の言葉が彼のなかにいかなる省察と反応を引き起こしたのかはわからなかったし、たぶん今後もわからないだろう。いっぽうのフィデルはなにも包み隠さない、また包み隠すつもりもない、わかりやすい活き活きとした表情を浮かべて私を見つめている。

「その上で」私は話を続けた。「革命キューバへの共感を惜しむことのないひとりの善意のチリ人、キューバへ赴任した人民連合チリの代理公使として、思っていることを説明いたしましょう。私は自国の将来の可能性のひとつをキューバの今の現実に見出している。この際なので洗いざらい申しあげるが、今のキューバに見えるその未来像が私は気にいらない。当然だと思う。もしあなた方が一九五九年の時点でそんな未来像を《一九七一年のキューバ》として見せられていたら、やはり同じように気にいらなかったはずだ。一九五九年の段階でエクアドルかどこかラテンアメリカのほかの国で革命が起きていて、あなた方がそこに今私がキューバで見せられている現実を見出していたらどう思っただろう……。こんなことを言うのも、あなた方が六六年か六七年に一九七〇年のキューバ経済に関して立てた予測をはっきり覚えているからだ。あなた方は産業の目覚ましい発展を予測し、それにより完全な経済的自立が達成されると信じ、農業の収穫高も急増して珈琲豆も輸出する、一九七〇年以降は砂糖の生産高が年間一千万トンを切ることはまずないだろうと宣言し……」

フィデルがひどく憤慨して立ちあがった。

「君はキューバがどれだけの難問を抱えてきたか知らんだろう！　歴史上かつてないほど獰猛な帝国主義が我が国からたった八〇マイルのところで容赦ない経済封鎖網を敷いたのだ。それに苦しめられてきた我が国の実態など君にわかってたまるか！　おそらくこれも君は知らんだろうが、ヤンキー帝国主義のただひとつの願いは我が国を叩き潰すこと、キューバ革命を葬り去ること、キューバが世界の全人民の模範として意味していたものを地上から消滅させることなのだ、あいつらは歴史上かつてないほど豊かで強大な帝国なのだぞ！」

「それはよくわかっています！」私は言った。「だからこそ、できればチリにはここと同じ試みをしてほしくないのです」

「では君はチリの試みがそうやすやすと実現するとでも思っているのか？」フィデルが私の話を遮った。「チリの反動勢力が帝国主義の直接的支援を受けて立ちあがることなど永遠にないとでも思っているのか？　ジャカルタ計画［一九六〇年代にインドネシア左派陣営を抹殺するためにＣＩＡが暗殺集団を雇ったという説］について聞いたことがないのか？　アジェンデは今のところ政権を握っているが、それは権力奪取の第一幕に過ぎん。真の権力を握るとなればいずれ対決は避けられないのだぞ……」

このフィデルの言葉を解釈すると、要するにチリ革命はまだその途上にあるということだ。選挙で選ばれた社会主義政権というチリの歴史的独自性は単なる序曲、見かけ倒しの偶然に過ぎず、今なお人民連合政権はもろ刃の剣を握っている状態だ。つまりアジェンデには、革命のプロセスを深化させて対決へと導くか、法の枠組みという泥沼にはまったままでいるかの二択しかない。フィデルは七〇年九月直前に左翼革命運動《MIR》党員らを鎮静化させることでアジェンデに選挙での勝利というカードを預けたともいえるが、だからといって、それはチリが社会主義への平和的移行の道を見出したことを意味しない。現実はそれとはほど遠いのだ！　フィデルはチリの選挙後の情勢を見て——一部の人々が無邪気にも信じていたように——自説に修正を加えるどころか、むしろ自説を練りあげ、違う形で強化したのだ。着いて最初の日に彼から聞いた言葉を私は思い出した。「君たちの国で助けが必要なら言うがいい。我々は生産は苦手だが、こと闘うことにかけては優秀でね！」

のちにチリを訪問した際、最初、フィデルは本当に軟化したように思われた。

しかし、滞在中に、社会主義に反対する主婦たちが《から鍋デモ》を起こし、さらにそこへチリ右派のメディアが彼の人格を罵倒する論調を繰り返すと、それまで公共の場ではチリとの融和的な態度を貫いてきた最高司令官はその本性を現すことになる。彼はデモの夜を武装した護衛に囲まれて自らも機関銃を握って過ごし、チリ政府がラテンアメリカ革命というインターナショナル精神に基づいて自分たちに助けを請うてくるのを、イライラと首を長くして待ち構えた。しかしアジェンデはいっこうに動こうとせず、翌朝フィデルは政府ではなくチリ正規軍が緊急事態宣言するのを見て、心底から呆れ果てた。このチリという国はどうしようもない！　サンティアゴの国立競技場での演説で、異常に長い話に飽きた聴衆がひとりまたひとりと立ち去るなか、フィデルは「私は来たときよりなお《ラディカルで》《革命的な》人間となってこの国を去ろう」と告白した。そしてキューバ帰国の直後、チリからＭＩＲ党首ミゲル・エンリケスを招き、ランチョ・ボイエロス空港で彼直々に出迎えることで、敢えてそのことを証明しようとしたのだった。

そうではないという証拠もいくつかあるにはあるが、結局のところフィデルはチリ流社会主義の実現可能性を信じていなかったらしく、さらに深刻なのは、から鍋デモに関して見られたように、そうしたフィデルの不信感自体がチリ流社会主義にさらなる余分な問題を突きつける結果となったことだ。アジェンデとの対談を撮った映画のなかでフィデルはキューバからチリへの旅が《別世界への旅行》だったとの見解を述べているが、行動を見る限り彼がチリでその見解の正しさについてキチンと結論を出した形跡はないし、そもそもその見解に漂う謙虚さがフィデルの性格にはとうてい似つかわしくないものだ。

とはいえ、チリ外交官として、そしてキューバ革命に敵対的だと告発された外交官としては、自分の役目がそのような理詰めの議論に拘泥することであるようには思えない。私は作家たちとの関係という話題に戻ることにした。一九七一年三月二一日日曜の夜に行なわれたその特殊な会話のなかで、キューバ最高司令官自らが私に宣告したもっとも具体的な罪が、まさしく作家たちとの関係にほかならなかったからだ。

「友人である作家たちに背を向けたくはなかったのです」私は言った。「彼らが批判的意見をもっていることは知っていましたし、彼らとあなた方の体制との関係がこじれていることも知っていましたが、彼らは私にとって長年の同僚であり友人なのです。たしかに外交官ではなく作家として行動し過ぎたかもしれない。こうした体験とここでの話は今後の私の人生で確実に重みを帯びてくるでしょうし、おそらくは外交職を退いて作家業に専念することになるでしょう。もう懲りたかもしれない。自分がキューバで駄目外交官だったことも認めます。だがひとつ言いわけをしたい。キューバとチリの真の関係はサンティアゴではきちんと築かれています。ここでの私の存在はあくまで象徴的なものでした。それに、これだけは断っておきますが、私の作家仲間たちがどれだけ批判を口にしようとも、彼らは決して売国奴の虫けらでも反革命分子でもない。それに、私は批判的な連中だけではなく、あらゆる意見をもつ作家たちと会ってきました」

「それは確かだ」フィデルが割って入った。「君が我々の側の作家たちとも接触していたことは知っている」

キューバでは秘密警察の有能ぶりがなんらかのメディアを通して非常にしばしば喧伝されていることに私は気づいていた。メキシコ外交官のスパイ事件を記した例のメレンデスにもらった本、オリベ事件に関するテレビ番組、会議の席上いきなり聴衆の面前で二重スパイであった過去を告白したドミニカ人ジャーナリスト、みな秘密警察の優秀さを世に知らしめるという意味では同じ傾向の宣伝だ。先ほどの台詞でフィデルはいみじくも、自らの公安組織がいかに優秀であるかを再度暴露したばかりか、私という《事件》——平和な一チリ市民には到底信じ難い話だが社会主義国では私のような人間までもが《事件》化する——に関して個人的に詳しいことも明らかにしたかっこうになる。

「エベルト・パディージャの話をしましょう」ここで私は言った。「彼の批判は常に左翼の枠内にありました。キューバを去っても革命は距離を増すごとに君のなかで大きく育つだろう、ここへ来たほかの作家たちもみなそうだったように……エベルトが私によく言ったものです。一年ほど前には柑橘類農園でボランティア労働をした期間もあると聞きました。彼によると農園の監督は革命家の模範だったそうです。部下たちの世話を焼き、体調を気遣い、居室や寝室の家具まで自前でつくってくれたそうです。同時に素晴らしい左翼の理論家で、ものすごい読書家でもあったらしい。パディージャはこの人物をよく引き合いに出していました。偉そうに叫んでいれば現実の不都合や細かな欠点はどうにかなると考えているほかの連中とは大違いの立派な男だ、と言うのです」

「わかった！」パディージャの名を聞いただけで明らかに不快になったらしいフィデルが声をあげた。「それはよくわかった！　だがパディージャがうそつきだということも知っておくべきだな！　それに不誠実でもある！　それにだ、それにだな」フィデルが人さし指を立てながら私の目を見て念を押した。「彼にはいくつかの野心があるのだ」

これを言ったあと、彼は私にその意味するところを吟味する時間を与えるかのように、少し間を置いた。事実、パディージャは、自分と秘密の権力者たちとの謎めいた関係の存在を示唆するのがとても好きな男だ。私に向かっても一度ならず、自分は政府内部の派閥争いのおかげでうまい汁を吸えるのだ、などと言っていた。彼はよくその種の仄めかしをケタケタと笑い声にくるんで満足げな顔をしていた。

この点に関し、私はいつも、エベルトのおふざけは虚栄心を満たす遊びに過ぎないと考えていたし、今もそう考えている。だがフィデルの台詞が引っかかった。もちろん、一九七一年初頭に権力をめぐる派閥間の地下抗争があったことはすでに確認していた。この抗争にエベルトもなんらかの形でかかわったということだろうか？　いったいどのような疑わしい情報がフィデルに伝わっていたのだろう？私の行動、パディージャと私との接触は、どのように利用されたのだろうか？　パディージャを私に近づけるのに、ハバナ・リビエラの部屋をわざわざ手配できるような見えざる手が動いたとするなら、それは当時のキューバでそうとうな権力者ということになるまいか？　この本において仮説を提示するしかない謎のリストはもう相当長くなっている。とにかく私は二時間前にパディージャが逮捕されたことを知ったわけであり、信念と単なる友情から――あまり過剰な期待はせずに――彼を助けようと試みた。

「これだけは言わせてください、首相」私は言った。「エベルト・パディージャは間違ってもスパイなどではありません。たしかに彼は難しい男だ、悪い意味で気まぐれな性格だと言っていい。だが、彼は左翼人であるのをやめたことは一度もないし、常に左側から批判を行なってきた。そもそも作家と国家の関係とはいつもかみあわないものなのです。そうならざるを得ない。国家の道理と詩の道理は互いに矛盾する。詩人たちの美しい言葉には耳を傾け、彼らに桂冠をかぶせ塗油すべきであるが、その翌日には共和国の壁から外に追放せよ、とプラトンも書いています。詩人が共和国内部に留まればもめ事の原因にしかならないと、あのプラトンがすでに考えていたのですよ！　ただし、このプラトンの断言にはある皮肉な意図が込められているのです、なぜなら彼は哲学者であると同時にひとりの詩人でもあったのですから。そして、社会主義も、そろそろ作家との共生法を学ぶべきじゃないでしょうか。これは作家にとっても大事だが、社会主義にとっても重要、いや、むしろ社会主義にとってこそ重要といえるのではないですか」

「それでは君はキューバに本物の詩人がいると考えているのか？」首相が尋ねた。

フィデルはこの点についてかなりの疑念を抱いているようだったが、自分がそれを口にするのにふさわしい人物であるとは考えていなかった。それは彼が自身の文学的批評眼を信じていなかったからではなく —— 彼が信じる唯一の批評眼は彼自身のものだと思う —— キューバ文学に関する全般的評価というか否定的意見を述べて、それがのちに私の口から伝わるのを避けたかったからだ。

「ヨーロッパのいわゆる左翼知識人たちのあいだで」と彼は続けた。「我が国を攻撃する論調が流行っているのは知っている。我々はあんなものは気にしない！　どう攻撃されようが屁でもないぞ！　ここまでのキューバは急を要する革命の遂行作業に追われて文化的な問題を気にかける余裕がなかった。

これからようやく人民文化の創造に真面目に取り組むことになるだろう。人民による人民のための文化の創造だ。価値ある作品などなんら創造することなく今まで散々やりたい放題、言いたい放題だったブルジョワ作家やブルジョワ芸術家どもは、今後のキューバではすることがなくなるだろう。いいか、あらゆる社会主義の国々が、その発展の過程で我々が今さしかかっている時期を経ているのだ。最初にソ連、そしてつい最近では中国の文化大革命……。こうした時期を経ていない社会主義国などひとつもないのだよ、革命後も常に生き延びようとする古臭いブルジョワを切り捨て、新たな社会主義の文化を選ぶ時代がね。移行は困難だが、さっきも言った通り我々はブルジョワ知識人のことなど気にもしない！　あんな奴らは糞くらえだ！　もし私がアジェンデの立場だったら、我が国へは、君のような作家ではなく絶対に鉱山労働者を派遣していたことだろう……」

フィデルはあからさまにスターリンの名を出そうとはしなかったが、おそらく私を脅すために、そして私を通じてキューバの友人たちを脅すために、キューバ革命の文化警察機構がスターリン主義の時代に突入したことをはっきり示唆したのだ。彼は、そのことがヨーロッパのまさにかつてキューバを熱狂的に支持した知識人たちのあいだで引き起こすであろう批判のこともわかった上で、そのような批判があろうと自らの路線を変更することはあり得ないということを前もって宣言したのだ。さらに、彼はそうした批判が現にその瞬間にもヨーロッパで行なわれていることも知っており、逆にこの争いで自らが主導権を握って、彼ら知識人たちとの断絶を決定的なものにしようとしていた。その格好の口実が、いつものごとく、プロレタリア文化の基盤構築の必要性だった。アジェンデが私の代わりにどうして鉱山労働者を派遣しなかったのかだって？　チュキ山やエル・テニエンテ山で働くチリの銅鉱山夫がこの国に来ていたら、欠勤の蔓延、強制と化したボランティア労働、未払い残業、ハバナ旧市街で列をなす人々のやせ細った沈鬱な顔、穴だらけの街路、ひび割れたビルの壁、割れた窓ガラスなどを見て、私などよりもっと失望したに違いない、と私は思った。だが、フィデルがいくら挑発的な態度に出てきても、こちらがそれにうっかり乗るわけにもいかず、私は別の話題で議論を続けるしかなかった。

「たしかに左翼知識人のあいだにそのような風潮はありますね」私は言った。「ですが、私は個人的にそうした政治や文学の流行を追いかけることにかなり抵抗があります」

私の回答の冷静さにフィデルは当惑し、あいかわらず攻撃的な表情ではあったが、会話の流れにはわずかに変化が生じ始めた。これを機に、私はより個人的なテーマに水を向けることにした。自分が知的流行や左翼的姿勢とは縁のない、ごく自然体でバランスの取れた成長をしてきたことを彼に伝えるべく、私は受けた教育についてかいつまんで話をした。フィデルも受けたイエズス会の教育が肌にあわず、むしろ青年期に読書を経ることで知的形成を行なったこと。学校で護教論の先生たちから説明された神の存在証明に関する議論を受け容れられず、結局、信仰心まで失ってしまったこと。

「純粋に論理的なプロセスを経て信仰を失うとは珍しい」とフィデルが言った。

「少なくともあの当時教えられ実践されていたカトリシズム、論理的ではなく直観的なカトリシズムに対する拒絶はありましたが、現代哲学の議論がその拒絶に合理的な一貫性を与えてくれた。信仰を捨てたあとの私を突き動かすもっとも強い動機は、ラテンアメリカを包括するナショナリズムの感情になったのです。最初に政治活動をしたのは、一九五三年か五四年のグアテマラ侵攻に抗議するデモに参加したときのことでした」

「それはまたずいぶん若いころの話なんだろうね」フィデルが驚いたような、ほとんど親しげな口調で言った。

私は微笑んだ。

「そしてそのあとは、さっきも言いましたが、キューバ革命の動向を心躍らせながら追いかけるようになりました。ソ連第二〇回共産党大会のあと、世界中で急速にスターリン批判が進むなか、私にはキューバが一味違う社会主義の模範に見えたのです。この模範は私たちの多くをわくわくさせました。たしかにあなたの言う《こうした時期》とやら、すなわちあなたがキューバ革命に必要な発展段階とみなす今のキューバの状況は、あらゆる社会主義の試みのなかで繰り返されてきたことかもしれない。しかし、だからといって、そうした時期が必ずしも避けがたいということにはならないし、ましてやそれが繰り返されるのが望ましいはずもない。むしろ逆じゃないですか！　我々はもうひとつの社会主義の模索を放棄するわけにはいかないのです。まさしくそれが、チリがこれから進む道のもつ意義なのです。マルクスは人間の全的解放を模索した。本物の根っからの社会主義者なら、暗い悲観主義に陥ることもなく、このマルクスの理想を捨てることもないでしょう。マルクスの知的枠組みのすべてが国家抑圧装置の解体を目指す方向にあることはご存知ですよね。彼の最大の懸念のひとつはヨーロッパの平和でした。あの当時は国家間戦争が盛んな時代で、プロシアという国家のことを知りつくしていたマルクスは、戦争を引き起こす主たる要因がブルジョワによる国家と、権力と領土拡大を目指して争いあうその抑圧装置にあるという結論に達したわけです。マルクスはプロレタリアによる独裁をあくまで過渡的な歴史段階とみなし、ブルジョワ的なものの残滓がすべて破壊されるか労働者階級に同化されるかすることで、ついには国家の解体がもたらされ、それにより諸国間の平和がもたらされると考えた。プロレタリア独裁による抑圧は、マルクスの時代には完全に非人間的で残虐だったブルジョワ独裁に比べればまだしも軽微なものになるはずだったし、寡頭支配層による独裁に代わり得る《大多数による独裁》となるはずだった」

「マルクスが考えたように」フィデルが言った。「社会主義は当初あの時代の先進国、すなわちドイツと英国で勝利を収めるはずだった。マルクスの社会主義はあの時代にもっとも産業の進んだ国に適用すべく考案されたものだ。工場労働者が権力と生産手段の所有権を握るはずだった。だが、社会主義の歴史的現実はそれとは違うものになったのだよ。そして、だからこそ今の我々も、社会主義を低開発国に適用するという難題に直面している。断じて言うが、これは実に厄介な問題なのだ、君たちの国も直に思い知ることになるだろう」

この時点で私たちはともに立ちあがり、部屋のなかをうろうろしながら話していた。雰囲気はずいぶん和やかになっていた。私はフィデルに、自分は信念に従って行動しただけであり、邪な意図などなかった、ただし、これは自分でも認めざるを得ないが、外交官として絶対に欠かせない慎重さを軽視し過ぎたきらいはある、と述べた。

「うん」ふいにフィデルが言った。「そうだ。君とはこういう話をもっと前にできていたらよかった。きっと役立ったに違いない。でも私はあまりに忙し過ぎてね。ちょっとの時間を取るのさえままならない。実は、すでに君に関する覚書をアジェンデに送ってしまったんだよ……」

私は一言も発しなかった。フィデルは、アジェンデに告発文を送ったと知らせることで、私の心に致命傷を負わせられると思っているようだった。部屋のなかをのっしのっしと大股で歩きながら、横目で私の表情をうかがっている。だが、告発文が送られてきたからといってアジェンデが私になにをできるというのか？　チリ送還を命じることくらいはできるかもしれないが、そんなことは私にとって痛くも痒くもない。いっぽう、正規の行政書式を整えた上でそれに共和国中央監査局の認可がおりない限り、たとえ大統領といえども一外交官を罷免になどできっこない。我がチリ・ブルジョワ機構のなんとよくできたことよ！　そして仮に私を罷免できたとしても、私が自由に息をし、自由に暮らし、書きたいことを書いて出版するのを大統領が妨げることなど間違ってもできるはずがないのだ。少なくとも我が国における革命の現段階 ―― まさにそうした自由ゆえにフィデルが間違いなく蔑み、本質的に脆弱で過渡的なものとみなしている段階 ―― においては。私が無関心でいるのを見たフィデルは次にある種子どもじみた反応を示すのだが、これは、彼なりの巧みな駆け引きでこの時点まで触れていなかった領域に踏み込んだといえるかもしれない。

「君にはアジェンデはどうでもいいらしいな」彼は言った。「でもネルーダはそうはいくまい。では君を告発する相手はネルーダにしよう！」

私は再び微笑んだ。そのネルーダをすでに彼らが告発していること、その告発状を世界中にばらまき、最悪の敵に対してもそこまでしないだろうというほど痛烈に彼を攻撃したことを、私はあえて口には出さなかった。むろんフィデルもそれは痛いほどわかっていて、いくら《ネルーダにおまえを告発する》と言ったところでそれがくだらぬ挑発の域を超えないことを重々承知していた。暗闇に包まれた外相室のなかを互いに反対方向へ歩いていた――フィデルには歩きながら話す癖があり、実は私もそうである――このとき、滑稽なことが起きた。フィデルがいきなりキューバの農業について話し始め、協同組合制度に頼る単純土地再分配に基づいた農業改革に、自分はシエラ・マエストラでのゲリラ戦争時代から唯一反対の立場であったのだ、とか言い出した。そんなことをしても――と彼は言った――新たな特権を有する保守的農民階級を生み出すだけではないか。

「しかしですね、首相」私は割って入った。「実は一九五九年初頭、あなたが米国旅行をなさったとき、私は国際政治を学ぶ奨学生としてプリンストン大学に在籍していたのです。あの大学であなたが教授陣や学生相手に行なった講演は今でもよく覚えていますよ。たしかあなたは英語で、新たな土地所有者を生み出す農地改革について語り、それによってキューバ革命のソ連とは違う独自色を世界に示すとおっしゃったのです。さらにあなたは、低開発から脱した暁にはそうした農地所有者という新階級がキューバ産業にも、そして米国の産業にも有益な市場を創りだすだろう、とおっしゃったのですよ……」

フィデルがはたと立ち止まり、驚いた顔で私を見た。

「私はプリンストンなんか行ってない」彼はラウル・ロアのほうを見ながら言った。「イエール大かどこかへは行った。よく覚えてないな……」

「たしかにあなたの講演をプリンストンで聞きました」私は動じず主張した。

「イエールじゃなかったか？」フィデルはラウル・ロアに尋ねた。

一瞬の沈黙ののち、その夜まったく口を開いていなかったロアがここで初めて声を発した。

「プリンストンでした」

するとフィデルは両目をギロリと剥いて私を眺め、若者らしい打ち解けた表情、というかそれに近づけようと努力している感じの表情になり、二人称の使い方まで変えて

「で、おまえがそこにいたというわけか！」と叫んだ。

続く会話のなかで、私はフィデルにチリにおける体制批判のあり方について語った。私は彼に、チリの左翼には批判をできるだけ厳しくする癖があるのだ、と言った。人民連合の勝利をもたらしたのこそ、そうした手厳しい体制批判の習慣だ。反動的体制への批判が左派に選挙での勝利をもたらしたわけだ。しかし、そうしたチリ人特有の批判の習慣は、人民の政府が権力を握ったからといって一朝一夕に消えるものではない。さらに、キューバで働いたチリ人専門家たちは、きっとキューバ革命の進展に関してとても批判的な見方をもち帰っているだろうし……。

「だがこの国へ来たチリ人たちはそのような批判を外向けにはまったくしてこなかったではないか！」フィデルが叫んだ。

「それは私も同じです！」私は答えた。「ほかの大使館ではキューバの作家を招いたりしているが、私自身は、今回の赴任中に開いた外交上の式典に、この国の作家を招いたことすらありません。私とキューバの作家たちとの話はあくまで私的で個人的なものだ。作家を兼業している外交官が派遣先の国で文学仲間と会ったとしても、なんらおかしいことではありません。ごく普通にあることです。作家というのは、特にラテンアメリカではそうなのですが、国を越えた家族のような関係を互いに築くものです。それはここキューバの作家たちも同じなのですよ。もちろん私たちは多くのことを話しました。それに、私たちはみな生まれつき口が悪い人種ですから……」

「こいつは驚きだ」フィデルが再びロアのほうを向いて叫んだ。「なんと彼のことが立派な外交官にすら見えてきたぞ！」

フィデルはときどきおかしなほど嫌そうな顔で作家の話題に戻る。

「どうして君の国では作家を外交官に選ばなくてはならんのかね？」彼が唐突に尋ねた。

私はペレス＝ロサレスやブレスト＝ガナといった名を挙げて、作家が外交官になるチリの伝統について話をしてやった。

「ペレス＝ロサレスは独立後の共和国建設過程のすべてに携わりました」私は言った。「彼は色々な職務を兼任しました。ジャーナリスト、ドイツからの移民を調整すべくヨーロッパに派遣された外交官、チリ南部の植民担当官、上院議員……。彼はその人生の終わりに回想録を書きましたが、これは専業作家の作品より素晴らしい、この時代最高の文学作品となっています。たとえていうなら、キューバ革命に加わったゲリラの誰かが閣僚になり、地方の農業管理にも携わり、外交職も経て、その上でそうした体験に基づいた本を執筆するようなものですね」

「だから作家の本より優れているわけか！」私の話に興奮したフィデルが叫んだ。

「その通り」私は言った。「ですが、ビセンテ・ペレス＝ロサレスは本物の文学的才能に恵まれた人物でした。その才能は行動の人としての人生を送るうちに一部無駄になったといえますが、逆に長い時間をかけていい本を書く用意をしていたともいえるでしょう……」

「その本は必ず送ってくれよ」フィデルが言った。「前に約束したね」

たしかに私は彼とそのような約束をエスメラルダ寄港中にしていたようだ。フィデルはその驚くべき記憶力をまたもや見せつけたのである。*6

フィデルはほかにもやや皮肉っぽい調子で、君は今後なんらかの価値ある作品を書く自信があるのかね、と尋ねた。

「そういう考え方をしたことはありません」私は言った。「作家としてできるだけいいものを書くという天命を忠実に守る努力はしています。あなたがおっしゃる価値ある作品はひょっとすると書けないかもしれないが、結果がすべてではありません。作家とはなんらかの個人的な強迫観念をきっかけにものを書きます。そうした強迫観念が、その作家の生きる歴史が抱える大きな問題意識と合致したとき、結果として作品が永続的な価値を帯びることがあります。そうした場合、芸術家は時代を解釈する存在と化すのです。私があなたにお約束できるのは、結果はどうあれ今後も書き続けることくらいですね……」

首相は改めて驚いた表情で、まるでこんな平然とした受け答えを予期していなかったかのように、私をまじまじと見つめた。彼は、ではよい作品が書けたと君が思ったら、そのときはぜひその著書を私にも送ってくれたまえ、と言った。さらにはなんと、それを「読んでみる」とまで断言したのである！[*7] それから、会見を通して彼が当惑していると私が感じていたのを裏づけるかのように、文字通りこんなことを言った。

「今回の話し合いでもっとも印象深かったことがなにかわかるかね？」

6　数カ月後にパリでザッキ司教（まだハバナで教皇大使の職についていた）と昼食をともにした際、私は彼にペレス＝ロサレスの『昔の思い出』を一部わたし、キューバに帰ったらカストロ首相に直々に届けてほしいと頼んでおいた。

7　このときのフィデルとの会話を記した本書こそがまさに「その本」になった。私は本書の初版にこのときの約束を暗示する献辞を書き記した上で、それを駐マドリード・キューバ大使を介しフィデルに送った。のちに、チリ社会党議員カルロス・アルタミラーノから聞いた話によると、あるとき最高司令官の部屋で彼らがチリのことなどを話題にしていたとき、フィデルとその場に居あわせた全員の目がたまたま机にあった私の本に注がれた。本には数枚の付箋が挟んであったという。最高司令官は「こんな本はもちろん読まない」とみなに言い、そそくさと違う話題に移ったそうだ。「もちろん読まない！」と。別の噂によると、フィデルは本書を鼻高々に熟読したが、着任日に私が見た彼の顔に関する《目には隈、疲れた様子》といった描写に不快感を示したという。なんともありがたい噂だ！　スペインの友人たちが疑り深いからかうような口調で言うように《本の読み手にとって作家の存在などどうでもいい》というわけだ！

「なんでしょうか、首相?」

「君のその落ち着きぶりだ!」

私はただ顔をあげて彼の目を見つめ、沈黙を保ち続けた。

握手をしながらフィデルが最後に真顔で言ったのは、いずれ君と再会するのを楽しみにしている、だった。それの言わんとすることは《いろいろあったが君には今後も革命の友だちの側に踏み留まってもらいたい》なのだと私は理解した。

「私こそまたお目にかかる機会を楽しみにしています」私は言った。

フィデルは部屋の出口まで私を送り、そっとドアを閉めた。儀典官が広大な玄関ホールのところで私を待ち続けていた。大臣室に入ったのが夜の一一時二五分。今は二時四五分だから、会見は三時間と二〇分続いたことになる。

建物の外では武装した衛兵に囲まれメレンデスが待っていた。きっと私が最高司令官の容赦ない攻撃に打ちひしがれてすぐに退散してくると踏んでいたのだろう。彼の隠しきれない困惑が滲み出た顔を内心で面白がりつつ、私は落ち着き払って近寄った。

「では、メレンデスよ」私は言った。「アディオス!」

メレンデスは一瞬こちらを不安そうに見つめ、それからすぐに視線を逸らせた。その態度からは、いろいろな告発や報告文や盗聴テープなどをもってしても、彼が私を例の《悪者》リストという革命の地獄に放り込むのに成功しなかったこと、それが彼にとってまったくの予想外であったことがうかがえた。ハムレットの友人ホレイショーと同じく、彼の自己流哲学では理解できないなにかが起きたのである。

「アディオス、エドワーズ」彼は横目で私を見ながら言った。「よい旅を！」

将来のチリ大使館のしかるべき運営のためにも、私は後任公使と領事にフィデルとの会見の内容をかいつまんで説明しておいた。後任公使は顔色をかえ、目を見開いて、私の話にじっと耳を傾けていた。余分なコメントは差し控えた。結論は彼らが自分たちで引き出すべきである。会見の最中、フィデルは私に、後任公使に関してはすでに《調査済み》であること、さらに彼らの判断ではそれが《適当な人材ではない》とみなしていることを明かしていた。その気性と性癖からして、新任公使はハバナでくつろげないタイプであろうと。

「あれは昔気質の役人です」と私はフィデルに答えておいた。「経歴がすべてというタイプの男ですよ。彼ならよきプロフェッショナルとして立派に振る舞うでしょう。ということは、キューバ・チリ間の関係ができるだけ改善する努力をするはずだ。そこにこそ、彼の役人としての経歴がかかっているのですし」

「その通りだな」とフィデルも言った。

ということを説明してやれば後任公使の役に立ったかもしれないが、ただでさえナーバスになっている彼をそれ以上慌てさせないよう、このやり取りについては黙っておくことにした。

ホテルの部屋のベッドにメッセージが置いてあった。キューバで生まれた娘をチリに連れ帰れないでいる例のチリ人女性が、新しい大使館での職を希望していたのだ。私の在任中にはなかなか言い出せないでいたが、彼女にとって大使館での仕事はまさに最後の救命板を意味する。彼女もまたほかの多くの人々と同じく、無邪気にも、私が助けになってくれるかもしれないと思い込んでいたのだ……。フロントに午前七時のモーニングコールを頼み、二時間ほど眠ることにした。トランクはドアのそばに用意できている。航空券、パスポート、鍵類はチェストの上に揃えてある。しばらくのあいだは、いやもう一生ここへ戻ることはないだろうと思いながら、ハバナ沖の海を見つめ、なんとか眠ろうとした。

狭い待合室にはいつも雑多な人々が集まっていた。入国や出国を待つ各国使節団、世界各地からの招待客――そのなかには自国での地下生活や長い獄中暮らしからようやく逃れて初めてその空港で新鮮な空気を吸うという者も大勢いた――そして海外の外交官や国際機関の職員たち。いくつかの顔は空港の風物詩と化していた。まったくプロらしくにこやかに私の座席を確保してくれた儀典官、南国の陽にこんがり焼けた顔に笑顔を絶えさぬユネスコ代表、職業不明の猪首で頑健そうな男たち、西側の国の外交官、チリから着いたばかりの文化施設職員ご一行。最後の連中は私を見て慇懃無礼な挨拶をしたが、それは、ほんの数時間前にフィデル・カストロが――もう夜が明けた今、そうやって知っている人やあまりよく知らない人たちに囲まれていると、非現実に思えてくるあの会見のなかで――私に直々に伝えた告発が、すでにその効果を及ぼし始めた紛うことなき証拠であった……。

カーテンを半分開けておそらくこれが最後となるであろうランチョ・ボイエロス空港前の道路を眺めると、メレンデスとドゥケ＝エストラーダが、まるでなにか忘れ物でもしたかのように急ぎ足で歩み去るのが見えた。彼らが一緒にいたという事実、私に挨拶にすら来なかったという事実に、私はまたもや色々なことを考えてしまうのであった。あるとき、儀典長メレンデスがなかなか取りあってくれない面倒をなんとかしようと申し出てくれていたドゥケ＝エストラーダが、外務省内の対各国外交官部門の長に、自分がメレンデスに談判してチリ大使館の問題を解決する、エドワーズといっしょに見に行った屋敷を使えるように働きかけてみる、と伝えたそうだ。これに関して私は、結局ドゥケはメレンデスとの直接の交渉は避けたのだろう、くらいに思っていた。しかしながら、今その当事者であるふたりが、陽のさんさんと降り注ぐ舗道の上を速足で歩み去り、いまだ公式にはチリ代理公使職についている私に挨拶せざるを得なくなるであろうその待合室を迂回していったのだ……。

ユーゴスラビア大使と教皇大使のザッキ司教が見送りに来てくれ、飛行機の待ち時間をつきあってくれた。スタンダールのそっくりさん、というか《ほぼ同一人物》のフランス大使アンリ・ベイル氏も来てくれた。シアヌーク殿下の大使となる前はパリで優秀な理学研究者でもあったカンボジア国民連合戦線の代表も現れ、カンボジアとチリとの関係強化を訴えた。ごくごく短いスピーチだったが、わざわざフランス大使とユーゴ大使と教皇庁大使にくっついてきただけのことはある実に立派な主張だった。カンボジア大使の次に順番を待っていたのはベトナム民主共和国大使館から派遣された大使代理だった。

搭乗のアナウンスがあり、空港――各国首都へ派遣された外交官にとっていちばん楽しい場所――の滑走路へ通じる狭い通路の前で、ここへ来るたびに見かけた髪の短い筋骨たくましい男たちに手を振り、そして、着任の日におそらくなんらかの直観を働かせて私を儀典室から締めだしたあの儀典官がタイミングよく駆けつけてきたので、彼にも別れを告げた。領事を伴い、本とラムとウィスキーの瓶でぱんぱんの重いスーツケースにうんざりしながら滑走路を歩くあいだ、私は、その同じ場所での赴任の日と離任の日のあいだに驚くべき示唆的な相似があると思った。役に立たないガラクタを詰めた荷物を抱え、キューバ政府内にある得体の知れない部門で採用された暗黙の決定によって、儀典部の公的恩恵は一切受けられないという状況だ。

「今後は気をつけるんだぞ、このトンマ《ウエポン》め！」というのが、回り始めたエンジン音のなかで我が同僚領事から最後にかけられたチリ風の優しい言葉だった。のちに人民統一行動運動党《MAPU》から派遣された新任のチリ大使が、副内務相ピニェイロ指揮官との二時間にも及ぶ会見が終わったあとで、この領事に向かってからかうように「あんたらブルジョワたちは互いの身の上を心配しあうようだな！」と言ったそうである。領事は「どういうことですか？」と尋ねた。なんと、大使は飛行機のタラップ上での別れの言葉に言及し、ピニェイロがその言葉を私たちふたりの矯正しがたい反抗心の表れだとして先ほどの会見中に引用したのだ、と答えたそうだ！　ということは、私のネクタイに盗聴マイクがしかけられていたか、あるいはエンジンのそばで消火器を支えていた整備工が私たちの唇の動きを読み取ったか……。あるいは、ひょっとすると例の髪の短い男たちのうちの誰かが、私たちに気づかれないようこっそり忍び寄ってきて、彼から聞いたピニェイロが、どんな些細なことをも見逃さない公安の質の高さをまたもや大使の前で披露しようとしたのかもしれない。

儀典官が確保してくれた座席は機中央の通路脇で、隣席の太ったとても若い夫婦が無遠慮といっていいほどにしげしげと私を眺めた。イベリア航空のボーイング七〇七は、キューバに滞在した一九七〇年一二月七日から一九七二年三月二二日までのあいだの三カ月半のあいだに私が飽きるほど通ったランチョ・ボイエロス空港のターミナルをあとにし、滑走路に入っていった。仮にこの発言が私への新たな非難を巻き起こすことになったとしても、あくまで真実を伝える目的で言うのだが、離陸の瞬間に抑えようもないゾクゾクするような解放感に襲われたことは今となっては否定できないだろう。ただしそれも束の間の感覚、相も変らぬ無邪気な慌て者の妄想に過ぎず、その後も公安組織の触手は私を追い回し続けることになるのだ。

本書は、このキューバ出国——入国のときと同じく外務省儀典部からは無視されたが、少なくとも今回はその無視が意図的なことであることはわかっていた——の瞬間、すなわちイベリア航空機が南北アメリカ初の自由の領土から離陸し（飛行中に観察してわかったのだが）乗客の多くがほっと安堵のため息をついた瞬間をもって終えるべきであろう。しかしながら、昔の記録文書と同じく、本書もまたその後に起きたいくつかの出来事や、あとで今回の物語と関係しそれを補完する役割を果たしていたことがわかるいくつかの出来事、そうしたことに関するまとめを付しておかねばならない。

マドリード到着まであと一時間に迫ったころ、隣席から私を熱心に眺めていた例の太った夫婦が声をかけてきた。彼らは祖国に永遠の別れを告げてきたキューバ人だった。マドリード経由で米国にいる親族と合流するのだという。

私はじっと黙ったままでいた。チリから外国へ行ったりするときのように、隣りあわせた見知らぬ乗客と気安く話をする気分ではなかった。だが、それによって気づいたのは、メレンデスがその仕事の最後の仕上げとして、私の席をいわゆる《虫けらども》専用のエリアにするよう部下に命じていたことだ。つまりこの飛行機における座席の配置は政治判断を意味するのである！

パディージャはよく、キューバのような政情では結局すべてが政治になるのだ、と言っていたが、なるほどその通りだと思う。些細な冗談から、うっかり口を滑らせたこと、挙句の果てにはエコノミークラスの座席指定まで、ありとあらゆることが政治なのだ！　こうして私は、結局、メレンデスが私のご同類とみなした人々に混じってキューバを去ったというわけだ……[*8]。

マドリードのバラハス空港に着き、人ごみにまぎれてバルセロナへの乗り継ぎ便を探していると、外国で長い歳月を過ごしたイスパノアメリカ出身者に特有の折衷的なスペイン語を操る、身なりのよい中年男性が近づいてきた。やけに礼儀正しいその男性は、マドリードのプレンサラティーナ通信社に勤務する特派員だと名乗り、私にインタビューするようハバナから命令を受けていると言った。私はとりあえずバルセロナにいるマリオ・バルガス＝リョサに電話をかけたいので時間をくれと記者に頼んだ。マリオには、バルセロナに来たら自分の家に泊ってくれ、とキューバで会ったときに言われていたからだ。電話に出たマリオは眠そうな声で――午前二時近くだった――そして少し慌てた様子だった。この日にバルセロナに着くと一カ月以上前に私が予告していたのを完全に忘れていたらしい。そのあと乗り継ぎ便を待つあいだ、私はそのプレンサラティーナの特派員を誘ってウィスキーでも飲むことにした。

特派員はくだらない質問をしては、私の答えをどうでもよさそうな態度で小さなメモ帳に書き留めていた。この時点になってプレンサラティーナが私にインタビューをする理由がまったく見えない以上、この会見は純粋に政治的なものなのだろうと私は推測した。しかし、あとで聞いたところによると、このときのインタビューはキューバの雑誌にちゃんと公表され、しかも、私がマリオ・バルガス＝リョサに電話をかけてバルセロナで滞在する約束をしたことが、あたかも大事件であるかのごとくに仰々しく報じられていたそうだ。のちに、パディージャ逮捕に関する抗議声明文に署名をした知識人に対するキューバ側からの攻撃において、マリオはある種のスケープゴートと化す。おそらく私の邪悪な交友関係とこの慎みのない軽口を知った上で、それでも敢えて出国前夜に上質な葉巻を一箱プレゼントしてく

8　いっぽうで私は、キューバ政府の亡命者に対する妥協の余地なき徹底した拒絶がカストロ流のセクト主義に対する屈従の一側面であることを、間もなく知ることになる。亡命者のなかにはバティスタ時代の拷問人もいたが、作家や知識人や各種専門家などキューバ最高の知性も多々いたのである。

れたあのアイデエ・サンタマリアですら、マリオに対しては「私は常にチェの隣にいるつもりであなたのような敵に銃を撃つ覚悟で生きてきた」とかいう激烈な抗議の手紙を送りつけたのだ。

マドリード・バルセロナ間を運行する午前二時発の郵便機を兼ねた小型機に搭乗した。隣には、痩せて顔色の悪い、黒のロングブーツにロングコートを羽織ったふたりの若い娘が座っていたが、このときの私の目に、彼女たちは消費社会の洗練され堕落した印以外のなにものにも見えなかった。もうひとり新聞を読んでいる男もいた。すぐに私は警察ではないかと思い、実際、その男は警察の手先かもしれなかった。たしかフランコ時代のスペインには空港にも専属の警察がいたのではなかったか？以前ならここまですべてを疑ってかかるようなことはなかったろう。私はたった三カ月半でこの世界の警察の規模を知ったというか、公安警察というものの存在を初めて知ったのだ！　そして、離陸をすべくバラハス空港の滑走路をよろよろと走るその狭くるしい郵便機のなかで、今にもメレンデスが部下にしかけさせた爆弾が炸裂してもおかしくはなかったのだ！[9]

二時間後の午前四時、マリオが自分のマンションの居間をまるで檻のなかのライオンのようにのっしのっしと歩き回る私の姿を目で追いながら、ここ数週間の出来事を怒涛のように語る私の声にまるで聖人のように辛抱強く耳を傾けているあいだ、私は急にぞくっとして部屋の隅を見つめた。「ここに盗聴マイクはなかろうね！」と私は叫んだ。見えざる公安警察の世界を知るという特権をいまだ享受していないマリオは大笑いをした。ひょっとすると彼のほうが正気で、私の心のほうが一連の体験のせいでねじ曲がったのかもしれない。いっぽうでこうも言えるだろう、すなわちマリオの心のほうがこの時点ではまだ公安警察体験前の純粋さを維持していたのだと……。つまり私は知恵の木の果実をかじってしまったわけだ。私の体験は現代版の原罪のようなものだった。集団的レベルでいうなら、あらゆる革命がこのような原罪の過程を踏むのである。彼らはみな革命初期の悪意なき自発性が鎮静化すると、歴史という名の蛇が手に届きやすい道端にそっと置いていく罪の果実をかじるのだ……。それにしても私の口調はずいぶん寓意的になってきたものだ、どうやらエベルト・パディージャの文体が私の心の奥底に染みついてしまったらしい。もちろん自己批判以前のエベルト・パディージャのことであるが……

手紙[*10]を読んだときは夢でも見ているのかと思った。そう思ったのは私ひとりではない。しかし私にとって奇妙に思えたのは、パディージャの笑い声やそのはしゃいだ口調、私たちが黙れと言っているにもかかわらず彼が盗聴マイクに向かって投げかけた罵倒の言葉などが、その瞬間も耳に残っていたことだ。手紙はさまざまな解釈を招いた。拷問、プラハ事件と同様のやり口、あるいはパディージャが悪魔的な才能を駆使してスターリン主義をわざとキューバに再現し、それにより外国の友人たちに

9　この一文は初版では削除したが、原稿にはあったものなので、七三年には自己検閲していたフランコ体制下のスペインへの言及も含めて改めて元の場所に戻すこととする。

10　パディージャが釈放前夜に書いた自己批判および告発の公文書。

暗号化されたメッセージを送ろうとした……など。私は、あの夜の私が外相室でそうであったように、やはり突然どこかの部屋に放り込まれたパディージャの姿を思い浮かべた。ただし彼の場合は、外交上のルールから私には適用されなかった事前措置があった。つまり数日間まったく外界との接触を遮断されたのに違いない。そして、大学まで出かけてこのパディージャ問題は自分が直々に担当すると宣言したばかりのフィデルが部屋に現れ、パディージャのほうに振りむくと、困惑する詩人を前にいきなりその圧倒的で威圧的な人格を全開にし、声高に、詰問調で、おそらく張り手のひとつやふたつぐらいはかまして、学校に必ずひとりはいた怖い先生のような顔で叱りつけたのだ。これ以上の拷問などまったく必要なかったはずだ。パディージャがどういう精神状態になったかは容易に想像がつく。このあとパディージャは、おそらく事前に公安警察からレッスンを受けたのであろうひとりかふたりの知識人に伴われて、自己批判文書を書くよう促されたのだ。そしてついに、軟禁状態だった部屋より快適な部屋へと移され、紙と鉛筆をわたされ、さらには霊感を働かせるための煙草もたっぷり与えられたのだ。

そんな風にして、花咲き乱れ小鳥が囀る春うららかな独房のなか、いわゆる魂の隠遁状態の真っただなかで、パディージャに啓示――のちにあの忘れがたいキューバ作家芸術家連盟《UNEAC》の公式大会で仲間たちに告げられることになる啓示――が訪れたのだろう。

公式大会の議事録にはいくつか支離滅裂な言葉が混じっている。ハバナ・リビエラの私の部屋では口が軽かった詩人たちも、演壇に呼ばれたこのときばかりはパニックに襲われ、すっかりしどろもどろになっていたようだ。詩人が恐れるのは亡霊を前にしたときと相場が決まっているから、そんなことでパニックになるとは情けない。ちなみに亡霊の名はスターリンといったりする。ただ、ある種南国風の気だるい個人崇拝をそれなりに育んできたとはいえ、詩人たちがどんなに熱っぽく想像を働かせたところで、所詮キューバは一九三〇年代や四〇年代のソ連とは異なる気候と緯度と環境をもつ国だ。その証拠を示したのがひとりの若き小説家。一九六八年に本記録の著者が山積みの候補作品のなかから選びぬいた受賞作の作者であるこの若者は、単純明快な表現を用いて、その善意に基づく信条と文学的創作の権利とを切々と語ったという。ところが公開大会の司会を務めたホセ・アントニオ・ポルトゥオンドは、この若き小説家ホセ・ノルベルト・フエンテスの言葉がその夜の素晴らしい大会における唯一の汚点となった、とまで断罪する。ポルトゥオンドが文学的スタイルに関して審美眼というものを完全に欠いた男であることを実証するエピソードだ。

最後の夜の会見でフィデルは私に、もっと前に会って話せなかったのを残念に思う、すでにアジェンデに君を告発してしまったのだ、と言った。思うに彼が言いたかったのは、もう打つべき手はなくなった、君の命運もこれまでだ、だったのだろう。だが、私はまったくのプライベートな空間で少々口が軽過ぎた点を除けば、チリ行政によって外交職から追放されるほどの大きな失態などいっさい犯していない。また、我が国の岩のように動じない監査局が、キューバ公安警察が提示する、たいていの場合ボランティアかプロのスパイによる挑発行為とその後の監視や盗聴にのみ依存する証言など、本気で相手にするとも思えない。煮ても焼いても食えないチリ型《ブルジョワ的合法性原理》の枠内で私に課せられる罰があるとしたら、私をチリへ呼び戻して国内勤務者リストに含めることくらいで、あとはせいぜい、チリにおけるフィデルの盲目的礼賛者 ―― 知らない間にそういう連中に《キューバ・ロビイスト》という渾名がつけられていた ―― から断罪されるくらいが関の山だろう。そうした罰にはいろいろと不都合な点もあるが、それとは別にメリットもいくつかある。そうやって行動を制限されれば自然と交友関係も狭まるし（私もそろそろ要らない本や友人は避けるべき歳になってきた）、より落ち着いた環境で本書の執筆に専念できるというものだ。

メレンデスのボスたちやお友だち連中は、私が作家として隠遁生活を送れるよう、その努力を惜しまなかった。彼らはチリに膨大な量の愉快な盗聴テープを送りつけたが、そこにはきっと権力や歴史の迷宮に関するパディージャの長い演説や、ときどき差し挟まれる私の楽しそうな声などが満載で、特に話が抽象的議論から逸れたとき、つまり特定の身近な個人に関する辛辣な議論になったあたりのテープに《要注意》の印がつけられているのに違いない……。また、彼らはあの若く未熟な《人民統一行動運動＝カストロ主義》の新チリ大使を通じて、三カ月半のあいだの私の行動を些細なおふざけに至るまで逐一記録した文書をチリ側に送りつけていた。

こうした攻撃のかいあって、メレンデスたちも私も、あるひとつの発見をするに至る。私の直属上司にあたるチリ外相が、公安警察による告発にいっさい耳を貸そうとせず、一職員のキャリアが私室に設置された盗聴マイクの拾った証言などに左右されるなどとも考えていなかったことだ。これはメレンデス側にとっては、いわゆる《チリルート》なるものが言葉だけのものに過ぎないことを示す明らかな兆候と映った。我が外相は予想通りあらゆる方面から圧力をかけられたが、最後まで知らぬ存ぜぬで押し通した。さらに、チリ共産党幹部たちまでもが、自身の体験を通して、キューバで不幸にも公安警察の監視下に置かれるということがどれだけのことを意味するのか知っていた。とはいえ、こうした話はもはやこの時代の政治的側面であり、誤解をする人はあるかもしれないが、この記録文書は政治を語る記録文書とはかけ離れたものである。*11

ここまで述べてきたこととは別に、メレンデス側は知っていたが私が知らなかった情報のなかで、今回の一件に大なり小なり影響を及ぼし得るものがあった。すなわちキューバで働いた経験をもち、今はチリでたいていの場合要職についている専門家たちのことだ。彼らのキューバ出国は私のそれよりずっと辛く屈辱的なものだったらしく、それを聞いて私は改めていろいろなことを深く納得したのである。

11　この段落は初版から抜け落ちていたが今は重要に思われる。本書はキューバに関するエッセイではなくあくまで文学的テクストであり、証言文学や自伝文学といったジャンルに分類し得るものだ。創造するという、この動詞の古典的な意味ではなにも創造していないかもしれないが、本書はほかのなによりも小説に近い。ただこうした経験を語る方法を創造しているに過ぎない。だからこそ、初版の編集にあたったカルロス・バラルに本書を短く定義する言葉を問われたとき、私は《フィクションなき政治小説》と答えたのである。

私が最初に知ったのが、若いころに共産党の闘士だった優秀な経済学者Xのケースだ。キューバ革命にかける熱い思いから、彼は当初、革命政権の経済政策に協力すべくハバナに身を投じる。二、三年後、経済が軌道を外れているのを目のあたりにする。純粋な精神的インセンティブに基づく労働は結果として欠勤の常態化と低生産をもたらしており、行政官たちには熱意はあっても現実主義というものがまるで欠けていて、手堅い財政基盤のないまま巨大プロジェクトが着手されてばかりいる……。Xには、どう見ても数年後には砂糖経済と島中の農業が深刻な危機に直面することになるとしか思えなかった。

思い悩んだ末、Xはカストロに、見たところできるだけ速やかに路線修正の必要があるという主旨の手紙を送ることにする。

手紙を送って二、三日後の昼過ぎ、フィデルがXの執務室にいきなり入ってきてこう言った。「手紙は読んだ。興味深い意見がいくつかあったが、君は根本的に間違っているぞ。ひとつ出かけることにしないか、革命の現実を君にも見せたい」

フィデルはXをジープに乗せてハバナ近郊を回った。海外要人の訪問があったときにやるのと同じように、例の牛の人工交配や果物の人工授粉を行なう実験施設へ連れてゆき、あのお気に入りの実験農場でチーズを試食させ、アーモンドや薔薇の香りのするミルクを試飲させ、柑橘農場を見学し、新設の工学部を披露した。Xはほとんど話すこともなくじっと観察していた。彼は物腰穏やかで頑固という典型的なチリ人で、外見に惑わされず批判精神を貫く訓練を母国で経てきた男だった。翌日執務室に戻ったXは仕事にうち込んだ。フィデルとの見学旅行を経たあとも彼のキューバ経済に関する見方は変わらなかった。

それから一年が経過し、キューバ政府が政策転換する兆しすら見えない。Xは、毎週土曜の午後に、同じチリから来た専門家であるYと会ってビールを飲んだりお喋りしたりするのを習慣にしていた。土曜の午後のそうした集いの場で日々の緊張感を忘れて酔っ払うまで酒を飲むのがXのお気に入りだった。Yが相手なら思いつく限りの話題をなんのためらいもなく安心して話すことができた。もちろん、ふたりの会話の中心にしてほぼ強迫観念ともいえるテーマはキューバの現状について、私の文学仲間たちが言うところの《例のアレ》にほかならなかった。そうやって毎週土曜の夜を何本ものビール――まだ配給の対象にはなっていなかった飲み物――を飲みつつ、ふたりのチリ人経済学者と友人たちは飽きることなくこの《例のアレ》について議論しあった。

そんなある土曜のこと、いつもの集いの場に現れたXは、フィデルにもう一度手紙を送ると言いだした。経済の現状に関する長く忌憚のない手紙だった。キューバの財政には路線変更の必要がある、一年前より事態はずっと深刻だ、という主旨だった。

前回同様、その二、三日後にフィデルが彼の執務室までやってきた。フィデルは「まったく頑固な男だな、君も！　どうしようもない石頭だ！」と言い、首相の登場に湧き立つ野次馬たちに振り返ってこう言った。「こんな石頭の同志を見たことがあるか？　まったく信じられん男だ、彼は！」居あわせた人々が爆笑した。するとフィデルは「仕方あるまい！」とあきらめた口調で言い、自らの底しれぬ寛容を誇示するとともに、今一度Xを説得すべく、彼をまた例のジープまで導いた。ふたりは前よりいっそう時間をかけてハバナ近郊の農場や果樹園を見学して回った。

その夜いつものカフェでYがXに尋ねた。

「で、今度の見学ツアーはどうだった?」

「あの大将にはつける薬がない!」とXは叫び、苦々しい表情でビールを飲んだ。

このころ、キューバ革命を援助していた大勢のチリ人のうちのひとりの誕生日パーティーが開かれた。パーティーのスポンサー兼企画役は、かつてチリに滞在した経験があることからチリ人コミュニティととても良好な関係を築いていたひとりのキューバ人官僚だった。彼はパーティー会場に自宅を提供した。Xは当然ながら招待客リストの筆頭に名を連ねた。

Xは土曜の夜の慣例に従ってパーティーのあいだにラム酒を何杯も飲んだ。これはとてもチリ的な習慣でもあり、そのことは、パーティーを主催したキューバ人官僚もチリに滞在していたときに、また度重なるチリ人たちとの交流を通して、重々承知していた。また彼は、Xが几帳面で無口な性格であること、週日は酒も飲まずに場合によっては日に一二時間以上働いていること、だからこそ土曜の夜には酒を浴びるように飲み、口が軽くなるということなどを、すでに察知していた。

夜半過ぎに彼はXをキッチンへ誘い出した。彼はXに、いろいろな政府要人に関してどう思うか、ややしつこく尋ねた。酒がすっかり回っていたXは痛烈なコメントを忌憚なく述べた。キューバの友人は寛大な表情で盛んに頷きながらXの話に耳を傾け、グラスの酒がなくなるのを見ると、直ちにラム酒と氷を注ぎ足してやった。彼はXの話が途切れそうになるとすぐに新しい質問を振った。Xは話の種に困ることがなかった。

Xは翌日曜の昼過ぎにひどい頭痛とともに起きたが、前の日の夜になにを話したかについては記憶が曖昧だった。火曜の朝、彼はドルティコス大統領から出頭するよう指示された。ドルティコスがキューバ経済部門の最高責任者という立場から仕事の問題を議論するためXを呼びつけるのは、それが初めてのことではなかった。

大統領執務室のドアが開くと、大きなテーブルを何人もの男たちが囲んでいた。いちばん奥にはドルティコスが座っていた。Xにはそれと向かいあう端の席が用意されていた。ドルティコスの隣には例のチリ人コミュニティと親しいキューバ人官僚が座っていた。出席者のなかにはXと同じチリ人専門家たちがたくさん混じっていた。

「これからある手紙を朗読したい」とドルティコスが言った。「同志……（ここにチリ人専門家たちの例の《お友だち》の名が入る）が同志フィデル・カストロ首相に宛てた手紙だ」

手紙のなかでその《お友だち》は、Xが自分の目の前で披露した数多くの反革命的考えや革命の指導者たちを揶揄する侮蔑的表現に関し、同志首相フィデル・カストロ最高司令官に陳情する義務が自分にはある、などと言っていた。手紙にはもちろんドルティコス本人を揶揄したひどい言葉も報告されていて、ドルティコスは出席者が水を打ったように静まり返るなか、自らを罵倒するその言葉を大きな声で朗読したのだった。

朗読を終えたドルティコスは公共の場での告発にいかにも手慣れた手腕を発揮し —— のちにパディージャが二八日間にわたる公安警察留置場の煉獄を経てキューバ作家芸術家連盟《UNEAC》の舞台で披露したのと同じ技 —— 居あわせたチリ人全員に発言を求めた。みなは卑屈な表情を浮かべ、しどろもどろになりながら、Xを多少なりとも告発する言葉を発してお茶を濁した。

「なにか言うことはあるかね？」ドルティコスは出席者が発言するごとにXのほうを向いてこう尋ねた。Xは現代の殉教者 —— と言っても今風の拷問は心理的なものに限られるが —— にふさわしく頑ななまでに自説を長々と訴え、前にフィデルへの手紙で書いたキューバ経済に関する見通しをさまざまな角度からもう一度出席者たちの前で論じたてた。

その大統領執務室での会合の直後、Xはチリへの二四時間以内の帰国を命ずる通知を受け取る。この話はほとんど知られることがなかった。つい最近になって、このときの会合に居あわせた直接の証人であるひとりの人物が、私のハバナ赴任時の話を聞いてようやく教えてくれたエピソードなのだ。彼の話によると、Xは勇気のある男だが、さすがにこのときの体験は精神的ショックがよほど大きかったらしく、人民連合政権で要職に就いている数年後の今もなお完全には立ち直っていないということだった。

Xとハバナのカフェで毎週土曜にお喋りの相手をしていたYも、おそらくこれほど派手な展開ではないが、負けず劣らず劇的で重要な事件に巻き込まれている。Xと同様、Yもまた寡黙で単純な性格の優れた専門家だった。チリ大学で経済を学ぶも、共産党の闘士であったことから、学業を活かす専門職に就くことができなかった。そのとき――というのはキューバ革命後の間もないころ――経済方面の専門家をリクルートしていたキューバ人青年と知り合い、すぐに志願する。学位論文の提出がまだだったが、この絶好のチャンスを利用して、身近で知ることが可能になった独自の新しいテーマ、すなわち社会主義キューバにおける経済の変容をめぐって論文を書くことに決める。

Yは数年間論文のために黙々と研究を重ねた。わずかな気晴らしのひとつが土曜の夜のXとのお喋りだった。彼はだんだんと論文のなかに批判を盛りこむようになり、発展途上国における社会主義建設に関してはキューバと異なる道を辿る必要があるとの警告めいた議論を展開するようになった。やがて、チリに戻って学位を申請する期限となる日が訪れた。関係の書類を申請し、許可がおりた。友人たちとの別れのあいさつや荷支度を始めた。すべてがまったく順調な展開のように見えた。

帰国の前日、Yの妻はある官庁まで必要な手続きをしに出かけ、Yは足りない書類を整えるために別の官庁へと赴いた。マンションはキューバ人家政婦に任せていたが、この家政婦は長年ともに過ごすうちに夫妻から家族のように信頼されていた。ところがこの家政婦にただならぬ事態がもちあがる。その日の午後、彼女も息子を連れてこれまた別のある官庁に来るよう、突然命令されたのだ。Yか妻が戻ってから出かけてもらうことに決めたが、彼女はなにかよくない予感でもするのか、その命令にすっかり怯えてしまっていた。Yは妻と用事を果たしに出かけるまで、彼女の気持ちをなだめてやらねばやらなかった。

昼過ぎにマンションに戻ったYは、廊下に面した木製の換気口がいくつか壊れているのに気づいた。

不安に駆られた彼がドアを開けると、部屋のなかは戦場と化していた。ランプや装飾品がバラバラに壊され、本は床に散乱し、家具の中身がぶちまけられていたのだ……。カメラとほぼ新品の電池式ラジオが盗まれているのがわかった。ふいに、デスクの引き出しにしまってあるはずの、社会主義キューバの経済の変容に関する原稿が気になった。頭が真っ白になり、慌てて引き出しを開けると、やはりそれも盗まれていた。

最寄りの警察署で事件を報告すると、なかの部屋に通されて二、三時間待たされた。警官たちは気を遣う素振りこそ見せるが、いつまで経ってもぐずぐずしているばかりで、次第にYはイライラしてきた。そして突然、自分がチリで言うところの《とんだ間抜け》であることに気づいたのだった。

「私たちチリ人は公安警察の仕組みに明るくないものだから、それが政治目的の略奪であるという事実に思いが及ばなかったんだよ。私は警察の責任者のところまで行って、告発するつもりはないと言った。今はとても忙しい、と言ったんだ、それによく考えるとたいしたことではないですし、とね。そんな馬鹿な！　とその責任者は叫んだよ、これは重大犯罪だ！　あなたは外国から来られた方でしょう。外国から来られた専門家の家で泥棒があったなんて、我々警察としては見過ごせません。これは重大な犯罪ですぞ！　と。本当に告発するつもりがないことを彼に説得するのには骨が折れたよ。なかなか帰してくれなかった。ようやく外に出たとき、頭に思い浮かんだことはただひとつだけ、つまり、とっとと飛行機に乗ってチリへ帰国すること。長年の血と汗の賜物である論文も盗まれてしまったことだし」

革命の指導者たちはYのような人物を実に簡単に過小評価する。ああいうのはただのリベラルな社会民主主義者であって真の革命家ではないというわけだ。フィデルはある左派の大物チリ政治家の前で私のことを《ブルジョワ知識人》の一言で切り捨てたという。私という人物を一言でまとめるにこれ以上単純な文句もなく、そのチリ人政治家も大いに納得して頷いたようだ。《ブルジョワ知識人》とは、理屈はどうあれ常に異議を唱える奴ら、自分のことだけを考える奴らに貼られるレッテルである。そうでない忠実な連中、心清き役人たちは、純粋な革命精神の持ち主という名札をご褒美に授かることができる。

たとえば、私と私の後任代理公使のあとにやってきた例の新チリ大使であるが、ある有力な情報源によると、彼の態度は ―― 滑稽である上に ―― 実に示唆的だ。私は砂糖問題を調査したのち、一九七一年の収穫高は甘く見積もっても六〇〇〇万トンに届くのも難しいとの結論に達したが、フィデルは七〇〇〇万トンという目標を提示し、その後収穫が進むにつれてそれを下方修正、それでも六五〇〇万トンと言い張った。私はこれを報告する機密文書を一九七一年一月初頭外務省宛てに送っている。

この情報を着任前の新大使がチリで知った。彼は私の報告が革命に対する偏見に毒されており無効であると言った。彼は私の報告が ―― パディージャが自己批判で述べたように ―― 虚栄心と極端な主観的傾向の産物であると言い立てることができた。キューバに着任し、ことの次第を実地に検証できる機会を手にしたときも、彼は私の情報が誤りでフィデルの立てた目標は達成できるという考えに固執した。

収穫が終わって結果――五九〇万トンをわずかに下回る数値――が判明すると、彼は今度は目標が達成できなかったのは妨害行為のせいであると言った。つまり私は一月初頭の時点で妨害行為があることを予測したわけだ！　私が一月の報告書では仄めかすに留めておいた単純にして明快な根拠、すなわち欠勤の蔓延、低い生産性、収穫現場における機械化の遅れなどについて、大使は完全に目をつぶっていた。それでもなお主観主義者は私であり、弁証法的唯物論者が新大使なのだ！　精神的怠惰と体制順応主義がはびこるのは、左であろうが右であろうが常にこういう調子である。[12]

そうこうするうち、第三者を通じてキューバからの知らせが届くようになった。たとえば、エベルト・パディージャがまだ投獄中だったころに誰かからこんな手紙が届いている。

《こちらではみんなが気をもんでいる。今に大粛清が始まると考えているんだ。僕はそうは思わない、なにしろ、いつも言っているように、この国では文化なんて屁みたいな扱いしかされないんだからね。彼の逮捕は単なる見せしめで、それ以上のものじゃない》

その後の手紙で同じ書き手がこう述べている。

《嵐は過ぎ去った。彼は自己批判をして許された。革命は彼にずいぶん寛大だった。ひどいのは事件の反響と彼が多くの友人たちに与えた精神的ダメージのほうだ。サンタマリアビーチに一週間の休暇を過ごしに行く直前の彼と会ったが、とても元気だった。ベルキスもとても元気で、まるでなにもなかったかのように見える。この不快な出来事もすぐに忘れられるだろう、結局のところこの国では文学なんてなんの重要性ももたないんだから》

同じ人物がその後一九七一年の末に手紙のなかでこんなことを書いている。

《こちらは平静そのもの。パディージャは腎臓の調子が微妙。医者に絶対安静を言いわたされたのでラスビジャスでの仕事を辞めざるを得なくなった。ある友人は彼がその病気で入院したと言っている。どんな調子なのか今日調べてみることにする。彼の健康状態は微妙だ、なにしろ神経の問題

12　本書初版のエピローグを書いていた一九七三年一〇月、私はクーデター後にXとYのふたりの専門家はどんな運命を辿ったのだろうと自問したのを覚えている。あとで知ったところによれば、ひとりは軍政下の悪名高い政治犯収容所ドーソン島で死亡し、もうひとりは亡命せざるを得なくなったということだ。

も抱えていて、そちらについてはよくなりそうもないから。

ベルキスは元気だ。ＵＮＥＡＣの仕事を休んで、実質上つきっきりでパディージャの看病にあたっている。僕はちょっとでも面白い本をと思って、今はロバート・コンクエスト『スターリンの恐怖政治』を読んでいるところだ、たしかつい最近フランス語訳もでている。ペンギン版になっているから君にもおすすめするよ。ソ連のあの時代に関するいちばん網羅的な作品だ。コンクエストはフィクションも書き、優れた英語詩人でもある。

今書くべきことはこれくらいだろうか……。こちらにいる君のことが大好きな、そして君を懐かしく思い出す友人たちを代表して》

つい先ごろパリを訪れたひとりのキューバ人芸術家の話によれば、パディージャはすっかり元気になり、書物協会の要職に就いて、いくつかの文学サークルに顔を出しては例の自己批判についてユーモアたっぷりに語り、それを他国の社会主義における有名な自己批判と比べたりしているらしい。パディージャはエフトシェンコより自分のそれのほうが優れていると言っているそうだが、彼はルカーチがその二度目の自己批判で提起したとても興味深いポイントを忘れているし、そもそも自己批判のなかでもっとも優れたものは——それを凌ぐことができなかったということはパディージャも認めている——ソ連映画初期の巨匠エイゼンシュタインによるものだ。

予想通りパディージャの拘留中には大粛清が始まるのではないかとみなが恐れた。君と君の友人たちはキューバ革命に対しさらなる大きな失望を味わうことになるだろう、君たちの反応は予測がつくが、そんなものは屁でもない、というフィデルの予言を聞いていた私も同様の事態を恐れた。しかしながら大規模な粛清は行なわれなかった。私の友人が《ちょっと面白い本でも》と一生懸命読んでいたスターリンの大粛清は、そのアジア的で氷河的な規模において、結局のところは朗らかなカリブの真珠におけるライフスタイルとは大きくかけ離れているのである。一連の波乱が終わったパディージャは健康こそやや損ねたものの、その芝居がかった声やけたたましい笑いをハバナの文学サークルに再び響かせている。もちろん、革命の過ちが彼の才知にとって無尽蔵の養分として役立つことは二度とないだろう。いずれにしたところで、我が友が手紙で書いていたように、革命は彼にずいぶん寛大だったわけだ。

結局のところなにも起きはしなかった、いやむしろ、ここ一年間 —— きっと単に忘れてるだけなのだろうが —— 手紙が途絶えている我が気長な友の言葉を借りるなら、それこそ《まるでなにごともなかったように見える》のだ。

一九七一年四月〜一九七二年四月三〇日　パリにて

［エピローグ］二重の検閲

『ペルソナ・ノン・グラータ』初版は一九七三年一〇月末、つまりサルバドール・アジェンデ政権に対する軍事クーデターが起きて三カ月と数日が経ったころに、バルセロナでカルロス・バラルが営むバラル社から刊行された。すでにその年の五月に原稿をわたしていたのだが、九月一一日の事件を受けて、本の刊行日を少し先に延ばしてもらい、新たに生まれたチリ軍事評議会に対する私の姿勢を説明するエピローグを書くことにした。とはいえ、そのエピローグがあろうとなかろうと、カストロ主義批判を行なうのにそのときほど悪いタイミングはなかったし、ましてや書き手は今や動乱の最中にあるチリの人間だ。もてる力のすべてをピノチェト将軍と独裁への攻撃に回すべき立場である。しかし、よく考えてみると、本当はあのときほどいいタイミングもなかったのだ。本書はクーデター直前当時の深刻な危機、すなわち、ラテンアメリカの国々全体のなかでは控え目に見ても突出していたチリの民主主義を結果的に破壊へと導いた、あの相反するふたつの要因の衝突から生まれた作品である。そしてなにより本書はサルバドール・アジェンデ政権からフィデル・カストロのキューバへ派遣された初の外交使節による、個人的で、直接的で、不思議なほどに珍しい体験の報告でもある。詩人のパブロ・ネルーダとはアジェンデ政権の最初の二年間をパリの大使館で――彼が大使で私は参事官として――ともに過ごしたのだが、彼は一度ならず私に、君が私に語ったことは細大漏らさずすべて書き留めておきなさい、ただし何があってもまだ刊行してはならないよ、と（晩年の彼の口調そのままに）ほとんど恐々、説き伏せるように慎重な言葉で、忠告してくれた。刊行するのに適当な時期が来たら教えよう。だがそれまでは慎重に、それこそ抜き足差し足で様子を窺うんだぞ！　と。当時の私は、ネルーダが古参共産党闘士としての、敢えて言うなら改心した元スターリン主義者としての立場からその種のことをよくわきまえている、つまりいつが適当な時期でなにが必要なのかを熟知しているものと理解していた。ということは、その瞬間、つまりその適当な時期なるユートピア的瞬間を待っている以上、とりわけネルーダ本人に青信号をもらうのを待っている以上、私は永遠に待ち続けるか、そのまま死んでしまう可能性もあるということだ。というので、くよくよ考えないまま潔くカルロス・バラルに原稿をわたし、そして今、刊行後にいろいろと嫌なことも味わい、陰に陽に圧力をかけられたり脅されたりもしたが、あの判断は間違っていなかったと思う。あのときネルーダの忠告に従っておとなしく適当な機会とやらを待ち、指をくわえて待ちぼうけを食わされるのに同意していたら、いったいどうなっていただろう。人生はチャンスを待っているうちすぐ白髪が生えてくる……というとても古い諺があるし、また歳を重ねた今だからわかることだが、ついでに腰も曲がれば、リューマチも患うし、目脂も増える。

　本書が現れると、メディアは一カ月以上のあいだまったくのだんまりを決め込んだが、やがて賛否両論の大合唱が巻き起こり、私の左翼の友人たち、つまり当時の文学者集団の大半がややわざとらしく近寄って来て私の肩をたたき「君が語ったことはたしかに正真正銘の真実だ、我々もみなそれはわかっている、だが今はあんなことを言うべきタイミングじゃない」と口を揃えた。なかには長い手紙を寄こしてそのなかで個人的見解を表明したり、祝福してくれる者さえいたが、公の場で私を擁護しようとする者はほとんどいなかった。その数少ないひとりがオクタビオ・パスだった。パスは一九七四年一月バルセロナに立ち寄り、カルロス・バラルとマリオ・バルガス＝リョサと会合をもった。パスは私のことを直接には知らなかったが、ちょうど『ペルソナ・ノン・グラータ』を読んだばかりだったので、彼の希望で私もそこに同席することになった。チャイニーズレストランの席上、彼は私の前でバルガス＝リョサに雑誌『プルラル』（現在の『ブエルタ』と『レトラス・リブレス』の前身にあたる）に書評を書くよう頼んでくれた。バルガス＝リョサはこの時点まで沈黙していたが、これを境にカストロ主義批判の荒波に身を投じ、のちにさまざまなところで何度も取り上げられることになるエッセイ「静かなる狙撃者」を発表する。その『プルラル』の同じ号に興味深いエッセイを書いたのがエミール・ロドリゲス＝モネガル、パブロ・ネルーダの友人で伝記も書いた学者であり、キューバとそのシンパからはパリでＣＩＡの資金援助を受けて雑誌を刊行したと告発され憎まれていた人物だ。ロドリゲス＝モネガルはそのエッセイで、私の著書におけるノンフィクショナルな現実と小説言語との関係を、他の誰よりも的確に論じてみせた。たとえば彼は私が描いたエベルト・パディージャ ―― 私が創造したパディージャ、再現したパディージャ、どう言おうとかまわないが ―― のことを《熱帯のスタヴローギンである》と、つまりフョードル・ドストエフスキーの創りだした悪魔的人物がハバナの防波堤にまで流れついたようなものだと指摘した。

『ペルソナ・ノン・グラータ』を最初から擁護した数少ない人々のなかには、ハバナの法王詣でには行ったことがない、そして決して行くつもりもないホセ・ドノソや、ミリアム・ゴメスとロンドンに亡命してもう何年にもなっていたギジェルモ・カブレラ＝インファンテ ―― 擁護の理由は明らかだ

――もいた。キューバ支持者たちが私に関して《どこにでも盗聴器があるとか騒ぐパラノイアの妄想患者》などと噂をしていたころ、ギジェルモは私への手紙に「迫害が錯乱《デリーリオ》の域に達している場所に迫害の妄想《デリーリオ》もあるまい」と書いた。これでおわかりだろう。公共の広場におけるどんな演説より、さらにはラジオやテレビのどんな戯言よりも、言葉の達人による一言のほうが最後は勝るのである。

友人であるふたりの作家がカストロ主義の熱心な応援者で、その後もそうあり続けたが、そのふたり、つまりガブリエル・ガルシア＝マルケスとフリオ・コルタサルは、不思議と対極的な反応を示した。ガルシア＝マルケスと私の友情はもちろん文学に基づくものであったが、加えて音楽という共通する趣味にも少なからぬ影響を受けていた。きっかけは忘れたが、あのころ私たちはよくガブリエル・フォーレ、セザール・フランク、リヒャルト・シュトラウスといった室内音楽を聴いていた。私の本が出てしばらく彼と政治の話はしなくなったが、ソナチネや弦楽四重奏などの話をした記憶はあるように思う。彼とはここ数年世界各地で会ってきたが、あるときには、フィデル・カストロが本書を読んで癇癪を起こしたことを、ユーモアたっぷりに私に語るまでになった。私の今の結論としては、コロンビアで若き共産党闘士としてスタートし、例のスターリン主義の典型的会合のひとつであった東欧での平和集会にも参加したガルシア＝マルケスは、その後にずっと長く複雑な政治的体験を経てきている、というものだ。彼は一度私に、スターリンの犯罪については「『リーダーズダイジェスト』が言っていることまでもが正しい」と言っており、本人がその発言を今なお否定しないことを期待する。こうしたことに関してフリオ・コルタサルはもっとお人よしで、もっと単純で真っ正直な意見を有していた。ガボ［ガルシア＝マルケスの愛称］のほぼ真逆といっていい。彼はかつて、自立したコスモポリタンの基本的にフランス化している知識人が事実上住めない環境と化したペロンのアルゼンチンから、フランスへ脱出した。その後、愛する都パリでセーヌ左岸知識人特有の眼差しを得るとともに、六〇年代初頭にキューバへ渡航、そこでふたつのことを発見する。独自のリズムと独自の優美さと独自のドラマを有する新しいアメリカ大陸の姿、そしてマルクス＝レーニン主義革命。以前の私たちは、パリやハバナ、ほかにも場所は忘れたが、いろいろな会合で何度も会っていたけれども、本書刊行以降は二度と会わなくなった。あるとき、コルタサルが共通の友人にこんなことを言っていたことを知った。「私は今もホルへ・エドワーズの友人だが『ペルソナ・ノン・グラータ』が刊行されてからは会わないようにしている」そういう不思議な友だち関係はきっと『石蹴り遊び』流の謎かけか『クロノピオの物語』のひとつなのだろう。いずれにせよ、私自身は今なおフリオ・コルタサルの本はときどきめくるし、パリ第一五区ジェネラル・ブゥーレ通りにあった彼の家、あるいはセーヌ通りやボザール通りのギャラリーで彼と交わした会話のことは今もよく覚えている。なので、そうした時代のこともあわせて考えると、やはり彼と疎遠になったことは私にとって唯一本当に心の痛む出来事だったという結論に至るのだ。

いっぽうで事欠かなかったのが、私が本書を書いたことでＣＩＡから金をもらっていると告発する知識人、というか似非知識人や、アメリカの大学のテニスシューズをはいた無様な教授だとか、なにかの活動家とか、単なる目立ちたがり屋の類だった。件のテニスシューズ教授君などは――これまた似非知識人だ――自分でもそんなデマは信じていなかったが、そう言っておけば、特に論文でそう書いておけば、自らの思想の堅固さや忠誠心のいい証明になると考えたのだ。そんななかのひとりに、一九七〇年に私がリマのチリ大使館で領事職を務めていたころよく訪れてきた——彼が私のウィスキーを嬉しそうにダラダラ飲み続けていたことを言い添えておかねばならない——文字通りの三文詩人がいる。彼は『ペルソナ・ノン・グラータ』に関してメディアに現れた書評のなかでいちばんこれ見よがしな文章を書いた。「作者はこのお愛想本で」とおそらく怒りに燃えて「CIAにいくらもらったのだろう?」と問いかけたのだ。二年前、ある本の宣伝のためにペルーを訪れた際、驚いたことに、以前より老けて太ったその詩人が著者のサインを求める列に並んでいるのを発見した。彼の番が回ってきたとき、私ははっきり「君にサインはしないよ、理由はわかってるだろう」と言ってやった。哀れな男は何も言わずに振り返り、すごすご退散していった。あんな男が私の本を手に行列するのは、フィデルの賞味期限がもう切れたということの明らかな兆候なのだ、と私は内心で思った。

このへんで、本書を書き始めたころ、すなわちハバナからパリへ異動になった直後の日々に戻っておくことにしたい。本書の内容自体は読んでもらえばわかるので、あとは執筆前後の事情を知ってほしい。まずそのごく初期のころ、ジョルジュ・ポンピドー大統領にチリ政府大使としての信任状を提出したばかりのパブロ・ネルーダが、私に、サルバドール・アジェンデから極めて厳しい内容の手紙が届いている、アジェンデはそのなかで君のキューバでの行動に対する行政的制裁を求めるつもりだと書いていたが、自分はきっぱりとそれに反対したのだ、という話をした。「君にそのアジェンデの手紙は見せたくなかった」とネルーダは言った。「不安にさせたくなかったのでね」ネルーダによると、アジェンデは私をあまり重要ではないポストに置くよう要求し、それに対しネルーダは、その場合は自分も辞任する可能性があると仄めかしたそうだ。なんともはや。言いかえるなら、アジェンデは実際の状況について知ることもなく、ただキューバ政府の公式見解にのみ基づく情報を鵜呑みにして、私を告発する連中にいそいそと肩入れしたわけだ。私は自分が海外での職務を一切あきらめて、パタゴニア・アルゼンチンかどこかの忘れられた領事館で寒さに震えながら、チロエ島名産のマントにでもくるまり、ストーブで暖をとりつつ、本書を執筆している姿を思い浮かべた。執筆ということだけ考えれば間違いなく興味深い刺激的な環境だったろう。むろん、アジェンデの立場にしてみたら、そのような遠吠えもでたらめにしか聞こえなかったろうが。とはいえ、実際には、直にノーベル文学賞を受賞することになる一九七一年のネルーダが私の強力な後ろ盾になった。そして、後になって私は、自分では思いもしなかった支援者がいたことを知る。その年の中ごろ、病が末期にさしかかっていた母のため、私はサンティアゴへ戻らねばならなくなった。官僚としての流儀に従い、当然ながら人民連合の外相であるクロドミーロ・アルメイダ、この左翼社会主義の先頭で何年も前から闘い続けてきた知識人のもとへ挨拶に立ち寄ることにした。彼は省庁近くのレストランでの昼食に私を連れ出し、テーブルに着くや否や、キューバで何があったのか話すよう求めてきた。少なからず驚いたことだが、実は、会った瞬間から彼がフィデル・カストロとその政府にあまり好感を抱いていないことに気づいた。アルメイダはレストランへ向かう道すがら「我々はキューバ・ロビイストとは違うのだ」と私に言った。そこで私は、後に本書で三〇〇ページ以上もかけて語ることになる内容を、わずか二〇分ほどにまとめて彼に語った。話が終わると、どちらかといえば控え目で素朴な性格のクロドミーロ・アルメイダが、実は自分もそういう事態を想像していたのだと言った。さらに彼は続けて「この職に就いてからアジェンデ大統領と交わした唯一真面目な議論が君の弁護だった。アジェンデは君への制裁を求めたが、私は彼に、仮にもその分野で良い業績を収めてきたチリ人官僚を、本人の言い分も聞かぬまま、キューバ側の提示する報告だけに基づいて処分するなどあり得ないと答えたのだ」と言い、それから大げさにではないが、はっきりとこう言い切った。「大統領ともう一度話して、君が信用するに足る男であることを説得してみるよ」どうやらアルメイダは本当にそうしてくれたらしく、サルバドール・アジェンデもこの件には二度と触れないようにしてくれたのだと思う。いずれにせよ、これ以降私に対する制裁の話は二度と出なくなったのだから。

このサンティアゴでの短い滞在とクロドミーロ・アルメイダとの有意義な対話の後、私は再びパブロ・ネルーダ大使をそばで支えるパリの参事官職に戻った。当時ネルーダは進行性の前立腺癌を患っていて、大使館での仕事をこなすのはかなり辛い状態にあった。そんなわけで私の仕事の範囲も広がり、複雑で興味深いものになった。いわゆるパリクラブに集まった債権国の代表たちが相手の対外債務交渉の場に参加することに始まり、チリから来る軍隊や議会の使節をもてなしたり、政治や文化の行事に講演者として加わったり、さらには公式パーティーへの招待状がきちんと各所へ届いているか、そのときの座席指定が外交プロトコルに則っているか、モン・ピケにある大使公邸のすべての花瓶にきちんと花が活けてあるかのチェックまでこなしていた。対外債務の交渉が始まったころにはフランス財務省の官僚が目を丸くした。「なんど詩人と小説家がお出ましとは！」と彼らは口々に叫んだものだ。やがてその種のことに強い専門家がチリから派遣されてきたが、あのころは予想もできない異常事態が次々に発生していたことを思えば、彼らがネルーダと私のコンビより上手に対外債務の交渉ができていたのか私は今なおわからないでいる。彼らは技術的な知識には長けていたが、本質的な疑問、たとえば国有化された銅資源を以前保有していた米国企業に対する補償措置といった問題については、明快な解答を出せないでいたからだ。

この間、つまり一九七一年の末から一九七二年の上半期までのあいだの毎日深夜、私は霧や雪に煙るエッフェル塔を望むパシー街のマンション五階で、大きな絵画用ノートにペンで書き留めてきた文章を推敲しながら本書の初版原稿を完成させていった。キューバの報道機関プレンサラティーナの特派員が怪しいほど頻繁に酒を誘ってきて、私の口を割らせようと試みた。しかしながら、息子をより生産的な仕事に就かせようとするブルジョワ家庭で送った幼少期からこのかた、私はこっそりものを書くことについてはすでに熟練したベテランだ。一度パブロ・ネルーダから、原稿を見せてほしい、削除したほうがいい部分に赤鉛筆で線を引いてあげるから、と言われた。原稿が真っ赤になって戻ってくる気がしたので、結局一度も貸さなかった。そのネルーダが病を悪化させてチリへ戻っていた一九七三年五月、私はカルロス・バラルと本書出版の契約を交わした。私は世にもお人好しな性格を発揮して――結局のところお人好しであるということが我が身を守るのだと言い聞かせつつ――チリ外務省には無給休暇を申請してスペインで本書を刊行することに決めた。ところが事態は急変する。

一九七三年九月一一日にクーデターが起きたのだ。数日前からカタルーニャ州の町カラフェルに着いていた私は原稿を差し止めにし、新たに「パリのエピローグ」をつけ加えた。同年一〇月、パリの『ルモンド』紙にクーデターに関する記事を書き、そしてこの自らの懲戒処分令に署名するかのような行為、自らの首に縄を巻くにも等しい行為がきっかけとなって、私は軍事評議会によって外交職から追放されることになった。私は一夜にしてスペインで亡命の身となり、生まれて初めて二四時間の作家生活に入ることになった。本書は、良くも悪くも、作家以前の暮らしの終わりと文学という世界への入り口を意味することになったわけだ。

初版のすべてに付された「パリのエピローグ」が原因で、チリの軍事政府は『ペルソナ・ノン・グラータ』を検閲対象にせざるを得なくなる。というわけで、本書は、本来互いに相容れないはずのさまざまな敵対関係の双方から禁書扱いされることになった。まずはピノチェト将軍とフィデル・カストロ最高司令官によって。次は東側諸国の出版社と西側諸国の知識人によって。もちろんいわゆる《キャビア左翼》と呼ばれる特権階級左派と《神聖左翼《ゴシュ・ディヴィン》》と呼ばれる急進左翼のどちらからも。これについては数え切れないほどの逸話があるが、ひとつかふたつに限って紹介しておこう。たとえばあるドイツの大出版社は私のエージェントであるカルメン・バルセルスに緊急の通信を送りつけ、そのなかで本書を送付しないように、なぜなら「なにが書いてあるかはわかっているので」と伝えてきた。スペインに滞在する彼らの《スカウト》たちが前もって知らせていたようで、彼らとしては本書を社内で読むことすらよくない、命令も知らないまま本書を読んでしまう粗忽者の編集者がどこにいるかわからない、と考えたのだ。というのも、すでにある種の暗黙の命令が出回っていて、左翼や中道左翼、あるいは似非左翼の出版社までもがその命令を後生大事に守り始めていたからだ。

もっとも独創的な検閲はイタリアのそれだった。イタリア共産党、バチカン市教会、あの国のあらゆるやんごとなき機関にいる社会改良主義者のイタリア人たちがこれに関しては飛びぬけていた。一九七四年一〇月、本書イタリア語訳を刊行予定だったボンピアーニ社に招かれた私は、ミラノに着いた。着いて早々、社の文学主幹であるエンリコ・フィリッピーニに、パヴィアの共産党員から私に関する問い合わせがあったことを知らされた。パヴィア市立劇場でネルーダを讃えるイベントを企画しているらしく、彼の詩に詳しい、できればチリ人の講演者を探しているとのことだった。お人好しのフィリッピーニは、ネルーダの古くからの友人で、ネルーダがアジェンデ政権のフランス大使となってからはその助手も務めている私こそが適役であると思ったのだ。パヴィアの共産党闘士たちはこの提案を喜んで受けいれたが、その後、予習のためにわざわざ本書を読んだ。彼らは再度フィリッピーニに電話をかけてきて、沈痛な声で、残念ながら企画したイベントはアッシジの聖フランチェスコの記念日と重なるため、伝統に従い、市立劇場などの公共機関は一切使用できないことがわかったのだ、と説明した。フィリッピーニも私も、まさかヨシフ・スターリンとアッシジの清貧修道士とのあいだに関係があるなどとは夢にも思っていなかったが、どうやらそのような関係は存在するようだった。私たちはパヴィアの小さな学校の三〇人も入れば満員になる講堂に連れていかれ、そこで私は、太い腕をぐいと組んだ逞しいおばさんたちと地元の屈強な共産党員たちが二重三重に列をなしている前で、

『地上の住処』や『大いなる歌』の詩人に関する話をさせられた。私はネルーダの人と文学を簡単に紹介し、いくつか愉快なエピソードを披露したが、聴衆はみな表情ひとつ変えることなく、呆けたように真剣な顔で最後まで聞いていた。イベントが終わると、二、三人の若い党員がキャバレーのような場所——軽薄で酒好きのブルジョワを招待するにはふさわしい場所だったのだろう——に私たちを連れてゆき、そこで、パブロ・ネルーダがウィスキーを飲んでいるだの、パーティーで着け鼻を着用しているだのといった、あり得ない、おそらく誹謗中傷の類に属する話をした。最近出国してきた若いキューバ人に聞いた話では、本書に対する検閲は今もなお絶えることがないそうであるが、このイタリアでのエピソードはその独創性において突出していたと思う。

少し遅れた刊行三〇年記念となるこの本書スペイン語新版は、今［二〇〇六年から二〇〇七年にかけて］という、このラテンアメリカにおけるポピュリズム全盛の時代、いわば公然たる左翼路線という、もう何十年も前からこの地域ではお馴染みで、実際のところ私たちのあいだでは長い伝統をもつ政治がたまたま強い時代に現れることになった。こうした時代にあって、少なくとも普通に考えれば、フィデル・カストロという古びた象徴的人物が新たに見直されるのではないか、とも思われる。ハバナ港を後にして洋上を進むエスメラルダ号の舳先で目撃したフィデルのあの姿、つまり波間に沈んだかと思ったらまた幽霊みたいに現れたのと同じように。しかしながら、個々のケースを注意深く観察している限り、ベネズエラのウゴ・チャベス政権も、ブラジルのイナシオ・ルーラ＝ダ＝シウヴァ政権も、アルゼンチンのキルチネル政権も、始まったばかりのボリビアのエボ・モラレス政権も、ましてやチリのミチェル・バチェレ政権も、カストロ主義の純粋で厳格なイデオロギーとはなんの共通点ももたないことがわかる。いくつかの《味覚》というか郷土料理に関する議論を脇に置くなら、生産手段すべてを排外的に独占しようとするような指導者はひとりとしていない。プロレタリア独裁を語るものもいない。むしろ全員がマクロ経済の聖なる均衡を尊重すると言明している。たとえばエボ・モラレスは、就任前のヨーロッパ周遊中に訪れた先々で、今後も外国からの投資を守ると確約し、自分が唯一切望するのはボリビアの天然資源開発がボリビア人に利益をもたらすことであると述べた。ミチェル・バチェレもきっと同じ立場だろうが、彼女はモラレスと同じ表現は使わないだろう。そしてここにおいて不思議で常に驚くべき逆説が提示される。ラテンアメリカの他のどの国よりも発展し、近隣の国々に比べて実質上の貧困率を限りなくさげるのに成功し、しかもそれを民主主義が完璧に安定しているなかで、すなわち己の任期を更新することしか頭にない指導者を一度も抱くことなく達成してのけたチリが、今に至るまで、この地域に現れつつある新しい左翼の波によって想起され称賛されるモデルとなっていないということだ。まさにそれゆえかもしれないが、チリは、こうした新しい左翼のスタイルとやり方、あまりにしばしば旧左翼の語法を引用し、結果として、あまりにしばしば私たちに「時代遅れで新しい発想に欠ける」という印象を与えるやり方には、あまり魅力を感じていないように思われる。

少なくとも今の時点では、大きな象徴はチリではなくどこかほかのところにある。それはおそらく私たちチリ人が象徴を立ち上げる想像力をもたなかったからだろう。いっぽう、大陸全体に拡大しつつある新しい左翼は、すでに歴史の一部と化した —— チリ風にいえば教科書に引っ越した —— 古めかしいキューバ革命に敬意を表しつつも、それを模倣することだけは何があっても避けようとしている。数年前に始まったばかりのブラジルのルーラ政権も慎重であるし、ボリビアのエボ・モラレス政権も少なくとも現段階では同じだ。それゆえルーラとモラレスはそれぞれ身内の極左主義者から攻撃されているが、いっぽうのフィデル・カストロはこれについて意味ありげな沈黙を貫いており、彼もまた昔と同じ人間ではなくなっていることがわかる。いってみれば、シモン・ボリーバルやカストロやゲバラが目指した大陸規模の革命は、それを記したロゴマークやTシャツや歌などと一緒くたになって、ある種のエンブレムというか伝説と化してしまったのであり、その思想的効力はすでにどこかで道に迷ってしまったということだ。それにもかかわらず、今なおキューバでは、一線級のジャーナリストや詩人や知識人たちが囚われの身のまま、キューバ以外の世界のどこでも罪にはならない政治的犯罪の償いを続けているのであり、いっぽう、西側先進国や発展途上国に生きる私たちは恥知らずにも彼らのことを忘却してしまっている。どんな立場であれ政治家がフィデルを讃える演説をするのは一向にかまわないし、彼らが割りと頻繁にハバナというプチ・バチカン――本書でおわかりと思うがカール・マルクスの著書よりフランツ・カフカの小説に近い都――を訪問して彼らの法王を抱擁するのも一向にかまわないが、私は彼らに、この時代の恥辱のひとつであるカストロ政権の政治犯収容所が完全に解放されるまでともに闘うことを求める。この点に関して私は一歩も妥協するつもりはない。なぜなら本書執筆はふたつの中心的動機に基づいているからだ。まず第一に、国交回復後初となる外交使節として私をキューバに派遣したサルバドール・アジェンデのあの若き平和的革命政権に、自分がまた聞きではなくこの目で間近で見たキューバ革命と同じ路線を歩んで欲しくはなかったからだ。ハバナからパリへ異動になった直後の一九七一年四月初頭のあるとき、スターリン共産主義に傾倒した過去もあるパブロ・ネルーダが、ラテンアメリカ出身の芸術家連中の間でも《ビリート》の名で人気があった駐仏キューバ大使バウディリオ・カステジャーノスに向かって、自分は警察社会主義は気にいらないのだ、と言うのを聞いて驚いたことがある。それ以降、カストロ支持者やフランスの左翼知識人たちが集まる場、レジス・ドブレや当時の彼の友人たちが頻繁に顔を出していた集いなどで、ネルーダが悪い影響を受けているというような噂がよく囁かれるようになった。私はブルジョワだとかリベラルだとか常々その種の犯罪者扱いされている自分こそがそうした悪影響の源とされているのだと思って、実をいうと鼻高々に感じていたものだ。

本書執筆の第二の動機は、迫害と挑発の対象となり、あらゆる種類の拒否と検閲とに晒され、あるいは亡命を余儀なくされたキューバ人作家たち —— ホセ・レサマ＝リマ、エベルト・パディージャ、ビルヒリオ・ピニェラ、ギジェルモ・カブレラ＝インファンテ、その他大勢の人々 —— 彼らに対する心からの連帯感、私の心を揺さぶり、私という人物を根底から変えた親愛の情である。というわけで、私はここに何のためらいもなく宣言しよう。彼らのために骨を折ったことを私は一生後悔しない。そして、死が訪れるその日まで、彼らのために骨を折るのをやめることはないだろう。

訳者解説

本書は、チリの作家ホルヘ・エドワーズが、外交官として約三カ月半に及ぶハバナ赴任を終えた直後の一九七一年四月からほぼ一年をかけて書き上げたノンフィクション作品である。題名のペルソナ・ノン・グラータとは、外交上好ましくない人物、という意味で、エドワーズ自身がキューバで置かれた情況を表している。一九七三年秋には刊行される予定だったが、この年の九月一一日にチリで軍事クーデターが起きたことを受けて、急きょ「パリのエピローグ」と題する追加の章を付して、同年一〇月に初版が刊行された。その後一九八二年と九一年に改訂版が刊行され、その都度新たなエピローグが追加された。本翻訳は二〇〇六年にアルファグアラ社から刊行された最新の改定版を底本としている。この最新版からは旧版のエピローグはいずれも削除され、新たに「二重の検閲」と題するエピローグのみが付されている。本書に収めることができなかった旧版のエピローグの特徴については後述することにする。

フィデルとラウルのカストロ兄弟に始まり、ジュネーブの国連本部に現われたチェ・ゲバラ、公安警察の大物マヌエル・ピニェイロ、革命の女闘士アイデエ・サンタマリア、フィデルとゴルフをした風変わりなチリ海軍将校、ホセ・レサマ＝リマやニコラス・ギジェンのような名のあるキューバ作家、その他あまりぱっとしないキューバの三流詩人たち、いささか滑稽で哀れな革命政府の御用作家連中、ノーベル賞詩人パブロ・ネルーダ、サルバドール・アジェンデ大統領の美しい妹ラウラなど、キューバやチリの歴史的人物の素顔に触れられるのは実録ものとしての本書の魅力であろう。

いっぽう、ある種の証言文学として本書を読むならば、その重要性は三つに絞ることができる。第一に、一九七〇年におけるキューバ・カストロ体制の暗部に対する批判となっていること。第二に、七三年のクーデターで打倒されたチリ・アジェンデ政権の崩壊前夜とでも言うべき内情が記録されていること。そして第三に、パディージャ事件という、ラテンアメリカ文学にとっては極めて大きな事件の背景を記録していることだ。

ホルヘ・エドワーズは一九三一年チリの首都サンティアゴに生まれた。エドワーズは英語姓であるが、スペイン語でも英語風に発音する。二〇一三年に刊行されたホルヘへの自伝を参照すると、エドワーズ家は一九世紀初頭に移民してきた英国人海軍将校ジョージ・エドワーズ＝ブラウンを父祖とするチリ有数の名家であり、政財界に数多くの人材を輩出してきたらしい。キューバの新聞『グランマ』が盛んに悪口を言いたくなるのもよく分かる、まさに《チリを代表するブルジョワ一族》である。外交官もいて、本書にも登場するホルヘの叔父エミリオ・エドワーズ＝ベジョはその典型だ。また同じく本書に登場するホアキン・エドワーズ＝ベジョはそのエミリオの弟で、こちらはエリート人生を嫌って作家になり、没後の今もそのエッセイは根強い人気を誇る。ホルヘはこの二人の個性的な叔父から少しずつ才能を受け継いだと言えなくもない。

母はフランス生活が長かったらしく、ミュッセやユゴーからカミュの最新作まで貪り読む《大のフランス文学かぶれ》だった。五人兄弟の末っ子だったホルヘはこの母から多くの本を授かった。ラテンアメリカの多くの男性作家たちと同様、彼もまたエミリオ・サルガリやジュール・ヴェルヌといった冒険小説から入り、やがて一〇代前半でバルザックやドストエフスキーまで読むようになる。いっぽう、実業家の父親はクラシック音楽のレコード収集家で、よく友人たちを家に招いて音楽談義に耽っていた。しかしながら、こうした文学や音楽はエドワーズ一族にとって趣味の領域を出るものではなく、まさか作家になるなどあり得ない非常識とされていた。作家になった叔父ホアキンは、後にホルヘ自身が彼に関する伝記小説の題に用いたように「一族の役立たず」であったし、また、もう一人の叔父でジャーナリストだったペペがアル中となって身をもちくずした一件は、常々一族のあいだで恥として語られていた。変わり者がまた一人増えるのを恐れた父によって、ホルヘは厳格なイエズス会の学校に放り込まれてしまう。彼はここで、自宅で接していた文学や音楽とはまったく違う、徹底した規律と道徳の教育を受ける。ホルヘはこの環境になんとか適応しようとするも、やがてノイローゼ寸前になり、医者に行くと、すべては文学の読み過ぎのせいだと診断されたりもしたらしい。ちなみにホルヘは二〇一二年、このイエズス会学校のひとりの神父が生徒を対象に性的虐待を繰り返していたこと、一一歳のときに自分も被害に遭っていたことを告白し、物議をかもしている。

こうしたなか、ホルへ一五歳のとき、転機が訪れた。世界が広がったことだ。やまず、避暑で訪れたビーチを根城にする作家や芸術家たちと知り合い、ここでも学業に取り組むかたわら、がてホルへは、父親の要望に従って国立チリ大学法学部に進むが、ここでも学業に取り組むかたわら、文学部の教師や作家志望の若者たちと知り合い、サンティアゴの夜を彼らとともに酒を飲みながら過ごすようになる。ちなみにホルへはラテンアメリカ作家のなかで一、二を競う酒豪のようで、そのヘビードリンカーぶりは本書からもじゅうぶんうかがえる。さて、自伝を読んでいると、二〇歳前後のホルへにもっとも強烈な影響を与えた人物のなかには、後の映画監督アレハンドロ・ホドロフスキー、詩人エンリケ・リン、あるいは本書の九九ページで言及されている詩人ホルへ・サヌエサの名がある。こうした仲間たちを通じて、ホルへは特にスペイン語圏の詩や海外の翻訳小説に目を開かされた。また、もうひとつの転機はミゲル・デ・ウナムーノの著作との出会いだった。回想録でホルへは「今どきウナムーノなど読む若者などいるだろうか」とやや自嘲的に語っているが、文体面ではかなりの影響を受けたという。

このころに書いた短編は一九五二年に『中庭』(*El patio*)と題する短編集となって刊行された。若干二一歳で発表したこの初短編集によって、ホルへはいわゆるチリの《五〇年世代》の一翼を担う学生作家と目されるようになった。小説家ではほかに、クラウディオ・ヒアコーニ、エンリケ・ラフルカデといった名が挙げられるが、後に大成したのはやはりホセ・ドノソとホドロフスキーとリンの三人であろう。この世代は、自然主義流の単調なリアリズムや安直な社会批判のメッセージ性を嫌って、より前衛的で純粋な表現形式を目指したことで知られる。いかにも若書きという趣の短編集『中庭』は、ホルヘの実体験に基づくと思われる、家族のさまざまな人物の日常を描いた、とても簡素でミニマルな短編によって構成されている。自ら見たこと、聞いたことを文学化するというホルヘのスタイル、彼自身は記憶のエクリチュール（escritura de memorias）と表現しているが、それがすでにこの作品でも際立っている。

短編集を刊行していっぱしの作家気取りだったホルヘだが、いっぽうで、父との関係は悪化の一途をたどっていた。悪夢のような環境となった家からなんとかして逃れようと、パリへ行く奨学金に応募するも、詩人のゴンサロ・ロハスに負けて次点となり、その念願も叶わなかった。このころ七歳年上のドノソに父との確執を相談したところ「気にせず小説を書き続けろ」とアドバイスを受けたそうだ。ホルヘは文学の道を邁進できるドノソ（ホルヘは彼を「ペペ」と呼んでいる）のことがとてもうらやましかったらしい。父との確執は相当なものだったようだ。本書におけるフィデルの描写を見ていると、ホルヘがこのキューバの英雄に、厳格だった父の姿を見出していたようにすら思えてくる。現にフィデルとともにミルクを試飲する場面では、フィデルと父なら気があったかもしれないとすら述べているくらいだ。厳格でプラグマティストの父、イエズス会の教師たち、フィデル。ホルヘのなかでこの三者は重なって見えたのかもしれない。もっとも、いっぽうの父にしてみたら、当時のホルヘは、ホドロフスキーのような怪しげな芸術家たちと散々酔っ払って毎日深夜に帰宅するドラ息子だ。文学を一族の癌くらいに考えていた父には、どうしても息子の将来が気がかりだったのだろう。

一九五二年ホルヘはパブロ・ネルーダと初めて出会った。そこで「チリで作家を名乗るのはとても難しいよ」と指摘されたらしい。これで逆に気が晴れたホルヘは、作家活動と本職を完全に分けて考えるようになる。いわば一人分業体制であるが、このこと自体にホルヘはかなりの自負があると見え、本書でも実家に寄生しながらものを書き続けているチリの中年作家を揶揄するような発言をしている。彼はネルーダに影響を受けたのか、法曹界ではなく外交官を目指すようになった。自伝の第一巻はこのあたりで終わっているので（いったい全部で何巻書くつもりだろうか?）、あとは二次的な情報に頼ってその後の人生を簡単にまとめていくことにしよう。

五四年から外交官を志して国際政治学を学び始めたホルヘは、五九年にはついに念願叶い、留学のための奨学金を得た。すでに結婚していた妻ピラールを伴い、ワシントンのプリンストン大学で数か月を過ごす。ここで革命直後のフィデルによる演説を聞いたという話は本書で語られている通りだ。六一年に、勉学の傍ら書きためてきた短編を『街の人々』（*Gente de la ciudad*）として刊行した。そして六二年にはパリのチリ大使館で秘書官に任命され、また初の長編小説『夜の重み』（*El peso de la noche*）も発表している。この自伝的な長編はある種の教養小説で、作家の分身と思しき主人公の青年が色々な人物（アル中の叔父ペペがモデルと思しき酔っ払いも含む）に出会う過程が描かれている。

パリには六七年まで五年間滞在し、ここで当時頭角を現しつつあったラテンアメリカの作家たち――マリオ・バルガス＝リョサ、ガブリエル・ガルシア＝マルケス、フリオ・コルタサル――と知り合う。

本書にもあるように、六〇年代のホルヘは、キューバ革命の進展を期待の眼差しをもって眺め、サルトルを読み、どちらかというと左派的な社会改良の言説に親近感をもっていたようだ。逆に自らが属すチリ・ブルジョワ社会の退廃と、台頭する社会主義勢力を前に彼らが感じていた不安が、彼のなかで重要な文学のモチーフとなってゆき、それはやがて六七年に短編集『様々な仮面』（*Las máscaras*）、六九年には短編集『主題と変奏』（*Temas y variaciones*）となって結実することになる（後者の中の一編「痩せるための規定食」の邦訳がある。高見英一訳、『集英社ギャラリー［世界の文学］19ラテンアメリカ』、一一五三〜一一六五ページ）。また本書に詳しく書かれているように、六七年にはキューバのカサ・デ・ラス・アメリカスに招かれ、文学賞の選考委員として初めてハバナを訪れてもいる。ホルヘはこのころ、ブルジョワ階級の自己欺瞞という大きなテーマを長編小説にすべく準備をしていた。短編集を数冊刊行していたとはいえ、作家としてはまだまだ未知数とされていたのだろう、そろそろ決定的な出世作を書かねばならないと焦っていたに違いない。そして、この企みはその十年後の七八年に『石の招客たち』として首尾よく完成するのだが、その前に、彼の人生を変える大事件、まだ出世作のなかった彼の名を皮肉にも世界に高からしめた作品を書くまでの激動の三年間があった。すなわち一九七〇年九月四日に発足し、七三年九月一一日のクーデターで瓦解したアジェンデ政権下で、外交官としてペルー、キューバ、フランスに赴任した三年間だ。

この間の経緯は本書に詳しい。

さて七三年にスペインで亡命生活を始めたホルヘは、本書で本人が述べているように、外交官との二足の草鞋を脱いで作家活動に専念するようになった。その最初の成果が一〇年間温めてきた長編『石の招客たち』(*Los convidados de piedra*)だ。皮肉なことに、七三年のクーデターが小説を完成させるための重要な調味料として機能した。小説の舞台はクーデター直後のチリ、素性が明かされない語り手を含む数人の中年ブルジョワたちが、ひとりの男性の誕生日を祝って彼の屋敷で語り合っている。アジェンデ政権の社会主義政策によって窮地に陥っていた彼らはピノチェト政権の誕生で大いに溜飲を下げ、革新派たちの愚行を遠慮なく嘲笑う。ところが、かつて同じブルジョワの家庭に育ちながら左翼の闘士に転じて行方不明になっているひとりの男シルベリオ(これは実在する元大土地所有者のチリ人左派闘士ディエゴ・スティルがモデルになっている)に話題が及ぶあたりから、彼らの偽善が暴かれてゆくと同時に、彼らの先祖が、一九世紀末に土地の国有化などアジェンデを彷彿とさせる社会主義路線に舵を切ろうとしたバルマセーダ内閣を内戦で打倒した、当時の議会派の長老たちだったことなど、人物の歴史的背景までもが次第に明らかにされてゆく。不在の人物を梃子に政治・歴史的分析を行なうという趣向は、八三年に刊行されたバルガス＝リョサの『マイタの物語』を思わせるものであるが、ブルジョワの表も裏も知り尽くしたホルヘによる描写だけあって、チリを一世紀以上にわたって仕切ってきた上流階級の醜悪な生態が完膚なきまでに暴露されている。この作品は、フィクションとしては、エドワーズの最高傑作に挙げられている。ちなみに題名はティルソ・デ・モリーナの古典に由来し、ティルソのドン・ファンは主人公たちに、そして復讐を遂げるドン・ゴンサロの石像はシルベリオら犠牲者たちに見立てられているわけだ。

この小説が刊行された一九七八年、ホルヘは五年ぶりに軍政下のチリに帰国、チリ・アカデミア会員に任命され、また《表現の自由を護るための恒常的委員会》の創設メンバーにも加わる。多くの左派文化人、作家たちがその後も帰国することがなかったことを思えばずいぶん早い気もするわけだが、エドワーズ一族の暮らしは安泰だったわけで、またホルヘ自身、本書初版のエピローグで軍事政権を批判する文章を書いた以外、特に身に危険が及ぶようなことをしたわけでもなく、ある意味、帰国は時間の問題だったとも言えるかもしれない。チリではここから八〇年代の一〇年間をかけて民主化への長い道が整えられていくわけだが、そこでホルヘがどのような役割を果たしたのかについては、自伝の続きが刊行された段階で考察することにして、ここではその間に彼が刊行した代表的な著作を確認するにとどめよう。

まず帰国直前の七七年にはスペイン時代に書きためたエッセイを『龍の尾』(*La cola del dragón*)として刊行している。

帰国後の八一年、五〇歳になったホルヘは、長編小説『蝋人形の館』(*Museo de cera*)を発表。保守派の超大物ブルジョワである主人公のビジャ＝リカ伯爵は、ある日美しい若妻とピアノ教師が情事に耽っているのを目撃してしまう。やがて二人を屋敷から追い出した伯爵は、ひとりの彫刻家を雇って、妻と間男の情事の現場、さらにはそれを覗く自分自身の姿をそっくり再現した蝋人形のセットをつくらせる。ひとりの金持ちの老人による性的倒錯を通じて焙り出されるのは、一八世紀風の風俗と最新の日本製家電が共存する、まさに時間に取り残されたようなブルジョワ屋敷と、それを取り巻く現代社会――そこでは革命勢力と反革命勢力とが熾烈な覇権争いを繰り広げている――のあいだの強烈なギャップである。ただし、小説の語りは、伯爵が通っていたクラブの会員たちによる回想というスタイルを採用していて、その点においてはいつものエドワーズ流であると言える。八五年には長編小説『想像の女』(*La mujer imaginaria*)を発表。これまでとは打って変わってブルジョワの女性を扱った小説となった。六〇歳になった主人公のイネスが抑圧だらけの過去を回想する場面から始まり、他にさまざまな女たちの抱える悩みや愚痴から抑圧する側の男たちの病を照らし出そうとする試みで、登場人物のひとりクリスティーナは自分自身の母がモデルであったとホルヘが自伝で述べている。

八七年には長編小説『ホスト』(*El anfitrión*)を発表、東ベルリンを舞台に初めて亡命者、しかも共産党の闘士を主人公にしている。また主人公を語り手にするという手法を初めて採用している点も注目に値する。ただしその物語設定はやや安直で、主人公の名はファウスティーノ、彼が出会う悪魔的な人物が……とくれば、これは物語のなかで彼がファウスト的な二択を迫られることになる展開がどんな読者にも予想できてしまう。ホルヘがそうした少々あざとい手法で左翼闘士の気持ちの揺れを描こうとした背景には、民政移管が具体化しつつあったチリの政情がある。結局主人公は、ピノチェト的な軍事独裁も、アジェンデ的な社会主義化も、その両方を苦渋とともに否定することになるのだ。

さて、長きに渡る軍政の終焉を間近に控えて、ホルヘにはひとつ、個人的に決着をつけておかねばならないことがあった。それは、クーデターの直後に亡くなったパブロ・ネルーダへの思いである。

ネルーダは、まるでアジェンデに殉ずるように、最後まで熱心な左派の闘士として死んでいった。ホルへは外交官として大使ネルーダをそばで支えた体験もあり、そもそも同じ作家としてこの偉大な詩人をかねがね敬愛してきた。が、七三年の事件以降、会えないままネルーダは逝ってしまった。その亡き詩人にして上司への熱く複雑な思いを丹念に整理すべく書かれたエッセイが、九〇年に刊行された名作『アディオス、ポエタ』(*Adiós, poeta*)である。

実は本書『ペルソナ・ノン・グラータ』の初版エピローグには、ホルへがパリのチリ大使館に着任し、そこでネルーダと語った話の内容や、あるいはネルーダがノーベル賞を受賞するまでの経緯などが、事細かに記されている。本翻訳で使用した二〇〇六年版からはその初版エピローグが削除されたので、今回日本の読者に提供することは叶わなかったが、その内容を数十倍に膨らませたものが『アディオス、ポエタ』なのであり、ホルへとしてはネルーダの件についてはある種の悪魔祓いにも似たこちらのエッセイを読んでほしいということだろう。そして、実際『アディオス、ポエタ』は事実に基づくエッセイとしての質の高さにおいて『ペルソナ・ノン・グラータ』と双璧をなす、まさに記憶の作家エドワーズの真骨頂を示すもうひとつの代表作となった。

さて、民政移管後、九二年には久々に短編集『生身の亡霊たち』(*Fantasmas de carne y hueso*)を発表。また、エドゥアルド・フレイ大統領からパリのユネスコ大使に任命され、再び渡仏する。

九六年、六五歳のホルへはパリが舞台の小説『世界の起源』(*El origen del mundo*)を刊行。女性の下腹部をリアルに描いたクールベの同名絵画に着想を得たこの小説は、ブルジョワ文化の華とも言える嫉妬が主要なテーマとなっている。チリがまだ軍政下にあった時代、パリに亡命していた七〇代の医者パティートは、同じ亡命仲間のフェリペと自分の若妻シルビアが付き合っていることを知っている。フェリペの自殺から妻の身辺を探り始めた主人公の魂の彷徨を描くことで、政治的挫折を老男性の性的挫折に重ね合わせるという、エンタテイメントの装いでありながら極めて辛辣な展開の小説である。

九七年には亡命以来書きためてきたジャーナリズム系のエッセイを『詩人たちのウィスキー』（*El whisky de los poetas*）として刊行。そして九九年度のセルバンテス賞を受賞した。

二〇〇〇年には四一二ページの長編小説『歴史の夢』（*El sueño de la historia*）を発表。軍政下のチリを舞台に、主人公の《語り部》なる人物が九年ぶりに帰国する場面から始まる。彼はモネダ宮殿（サンティアゴの現大統領宮殿）を建築するため一八世紀にイタリアから派遣された建築家ホアキン・トエスカのことを調べ始め、とりわけその美貌の妻で無数の愛人との交際で知られたマヌエリータのことを調べ始める。同時に、九年前にその宮殿でアジェンデが死んだあの日のことを回想し、こうしてモネダ宮をめぐる二〇〇年の時を経た勝者（＝一八世紀の建築家、二〇世紀の軍事政権）と敗者（＝一八世紀の建築家の妻とその周辺、二〇世紀の亡命者たち）の人間模様が明らかにされてゆくという、重層的かつ内省的な深みのある歴史小説である。

二〇〇二年にはブラジルの作家に関する評伝『マシャード・デ・アシース』（*Machado de Assis*）を、そして二〇〇三年にはジャーナリズムに書きためた評論を『屋根の上での対話』（*Diálogos en un tejado*）にまとめている。二〇〇四年には、彼にとって作家になるひとつのきっかけになったと言えるかもしれない、あのホアキン叔父の一生を綴った伝記小説『一族の役立たず』（*El inútil de la familia*）を発表している。

二〇〇八年、七七歳になったホルヘは、衰えるどころか野心的な新作を発表。小説『ドストエフスキーの家』（*La casa de Dostoievski*）はホルヘ自身が加わっていたあの一九五〇年代サンティアゴの文学運動を舞台に、あるひとりの《詩人》の半生を物語る。特定の名は言及されていないものの、この《詩人》のモデルがエンリケ・リンであることは明らかで、チリでは『ペルソナ・ノン・グラータ』のときと同様、小説と現実との齟齬を批判する者まで現われたという。小説ではリンのキューバ時代も描かれ、またパディージャ事件についてもページが割かれており、久々にパディージャ自身が登場する。詩人を軸とする半世紀のボヘミアン生活……とくればボラーニョの『野生の探偵たち』を思い出さずにはおられないが、この小説はあくまでエドワーズらしい回顧調の文体で書かれている。

ホルヘ最新の小説は二〇一一年の『モンテーニュの死』（*La muerte de Montaigne*）で、題名通りフランスの思想家の晩年、居城で『随想録』を執筆していたころに迫る伝記小説だ。宗教戦争の非寛容の空気のなかで飄々と懐疑的な文を綴っていたモンテーニュに、ホルヘは自らの来し方を重ね合わせたのかもしれない。文体は枯淡の境地というか、八〇歳を迎えようとしているホルヘ自身の死に対する淡々とした思いもところどころに綴られていて、もはや小説とエッセイの区別がつかないが、まさにそれこそが『ペルソナ・ノン・グラータ』に通じる彼独自の文体なのだ。その結末はこのように結ばれている。本書を読んできた読者は、以下の文中の「内戦の炎」という表現でホルヘが言わんとしていることがお分かりになるだろう。《城の三階で『随想録』を執筆し、ときどき窓の割れ目から風景を眺め、歩き回り、本を開き、ときには塔を降りて足をのばし、カスティヨンやサンテミリオンのワインを飲む。これは人が考え得るもっとも完璧な幸福の形であるように思える。いくつかの時期において無意味に複雑になった私の人生は、彼のような素晴らしいものであったとは言い難いが、自分よりひどい人生もたくさん知っているから、文句は言うまい。モンテーニュは宗教戦争の炎を遠くに眺め、しばしば友人や親せきの死に接し、道で襲われ、バスティーユ牢獄で長い一夜を過ごした。いっぽうの私は、勃発することはなかった内戦の炎を予見するに至り、告白すると、不安と予感と想像とに散々苛まれた。そして一時、自主亡命者、わが心の内なるチリからの亡命者として過ごしたが、理論上はまったき亡命者であったとはいえ、とても良い友人たちに恵まれていた。それ以上望むことなどありはしまい。この本を書き終えると同時に、読書と不眠の、そして静けさのなかでページからページへ、章から章へと頭のなかで組み立てていったあの尋常ではない夜も終わりを告げる。こうした話題についての本は読み続けるだろうし、再読もすることだろうが、この原稿の末尾に完と記すのは、避けがたい喪失のように、痛ましい別れのように思える。とはいえ、私ももうこれだけ馬齢を重ねてきたとはいえ、もう一冊くらいは、いやおそらくもう数冊くらいは、書く気力が残っているような気がするのだ。そう思うと心は安らぐ。モンテーニュがその晩年に得た死に関する自然な感情を仮に自分も抱くことができるとするならば、むしろ喜びたいくらいだ。》

　右で彼が言っている「もう一冊」が二〇一三年に刊行された自伝『ワインの飲み跡 ―― 回想録その

一』（*Los círculos morados. Memoria I*）になった。第一巻とある以上は、ホルヘが予告しているように「もう数冊」が待っているのであろう。

ここまで見てきたように、ホルヘ・エドワーズの著作のほぼすべては実体験になんらかの形で基づいていると言ってよく、またその文体は基本的に回想録の様相を呈している。単なるジャーナリスティックな記録であるにしては主観的な脱線が多すぎるし、マージナルな事実の暴露を目指す証言文学というのでもないし、わが国の私小説や近年ラテンアメリカで流行のオートフィクションなどとも違う、まさに《記憶の文学》とでも呼ぶしかない、独自のジャンルを築いている。何冊か純粋なフィクションもあるにはあるが、やはりエドワーズの魅力と凄みは、彼自身が語り手となって実体験を語るときに発揮されると言ってよく、そういう意味で本書『ペルソナ・ノン・グラータ』こそがエドワーズ文学の極致なのだと言えよう。

『ペルソナ・ノン・グラータ』は、エドワーズが一九七〇年一二月から翌年三月まで、アジェンデ政権の代理公使としてハバナに滞在した三カ月の記録である。作者自身はこれを政治小説と呼び、単なるルポルタージュではないと断っているのであるが、やはり小説と呼ぶのは難しく、多くの文学史では『アディオス、ポエタ』と並ぶエッセイの代表作と分類されている。

全体は五章に分かれている。一章では、着任の日と、その夜にフィデルと対面する様子が描かれている。二章では、各国外交館、作家仲間など彼を取り巻く人間模様、キューバの経済政策の行き詰まり、街の荒廃などが列挙され、新年を過ごすために訪れたメキシコ市、そして作家カルロス・フエンテス邸でのパーティーの模様も描かれている。三章はエドワーズ自身によるキューバ社会の現状分析が中心で、最後にチリからアジェンデ大統領の妹ラウラがやってくるまでが描かれている。四章では、チリ海軍練習船エスメラルダ号のハバナ寄港という大行事や、不思議なチリ人艦長ホベーとフィデルがゴルフをする様子などがユーモラスに描かれている。そして五章、出国を翌日に控えたその日、エドワーズが不在のあいだにパディージャ夫妻が逮捕される。そしてエドワーズはついにフィデルと一対一の対決に臨む。

エドワーズは本書をパリに着任してから一年のあいだに書き上げたという。そのせいもあってか、推敲された気配があまりなく、とにかく一文が長い。関係詞を用いて延々と余談をつなげていくという文体で、しかも記憶のみに頼った記述であるため、逡巡や疑念の言葉が頻出する。また、着任時に書いたノートがときおり挿入され、そのノートに関する注釈が付してあったりと、良くも悪くも本書のもつ不思議な魅力のひとつは、実はその粗雑さにあると言ってもいいのかもしれない。記憶の記述に特有の混沌が、それに関する明晰極まりない省察と同じレベルで提供されている。これは、ありきたりなルポルタージュや学術的な著作にはまず見られない、本書独自の奇妙な特質だ。

エピローグにあるように、一九七三年の秋には刊行が予定されていたが、九月一一日に起きたクーデターを受けて延期、軍事政権に関する批判を盛り込んだエピローグを追加してようやく刊行された。この初版のエピローグは前半部がネルーダに関する話で、後半に軍事政権に対する批判が集中して語られているが、そこはエドワーズらしく実に冷静な分析が加えられている。彼は何も軍隊や軍事政権そのものを否定しているわけではなく、アジェンデ政権末期の革命の急進化をひたすら求める最左派の暴走も、またピノチェトの軍事政権の暴走も、その根は同じだと批判しているにすぎない。それはすなわち、自らの正当性と完全な勝利にこだわるあまり、時間のかかるネゴシエーションを嫌って、不必要な争いばかりを掻き立てようとする、その《不毛な好戦性》のことである。アジェンデ政権初期には軍の穏健派が発言力をもち、政治への不干渉を貫く路線が出来上がっていた。しかしながら、アジェンデ政権のなかで（キューバに後押しされた）左翼革命運動《MIR》や人民統一行動運動《MAPU》などの最左派勢力が革命の急進化を目指したのと同じように、チリ軍のなかの（CIAに後押しされた）急進勢力が政治への積極的な干渉を画策し、現に、クーデター前にしてすでに、不干渉主義を宣言したシュネイデル将軍が暗殺されるという事件が起きていた。ちなみに、軍側で不干渉主義の立場に立ったもうひとりの勇カルロス・プラッツ将軍も、ピノチェト時代にアルゼンチンで暗殺されている。外交官、すなわち交渉のプロとしてのエドワーズは、こうした極左・極右双方の子供じみた戦闘重視主義を蛇蝎のごとく嫌っていて、そういう意味で興味深いのは、彼がチェ・ゲバラについて、あまり批判をしない割に「死ぬまで主義を曲げなかった男」というような、見方によってはほぼ子供扱いともとれる書き方をしているいっぽう、再三痛烈な批判を加えているフィデルに対しては、知的に成熟した大人の男だとして、実はどこかで親近感を抱いているらしい点だ（なお、本文八六ページには、一九六四年三月、ジュネーブでゲバラに会った著者が、ゲバラから母親の死を告げられる叙述がある。だが、実際には、母親セリアの死は、ゲバラがコンゴのゲリラ・キャンプにいた六五年五月一八日である。おそらく、ゲバラは当時、アルゼンチンに帰国した母親が官憲に拘束されたのちしばらく消息が途絶えたので、殺された（または死んだ）と思い込んだか、あるいは関係者から誤報が届くかして、そのようにエドワーズに語ったのだろう）。

エドワーズは調整型の中庸思考を現実の政治で実践し、無用な紛争を事前に避けるべく尽力した陰のヒーローにも目を向けている。バチカンと革命キューバの仲立ちという難しい役目を卒なくこなしたザッキ司教、アジェンデ社会主義政権下にあってキューバと距離を置こうとしていた外相クロドミーロ・アルメイダなどがその代表だ。いずれにせよ、あの九・一一のクーデターは避けられたのではないかという思いが、エドワーズのどこかに残っているのだろう。むろん、ナオミ・クラインの著書『ショック・ドクトリン――惨事便乗型資本主義の正体を暴く』（上下巻、幾島幸子・村上由美子訳、岩波書店）で明らかにされたように、市場原理主義に反対する社会主義政権が米国の支援する軍事行動によって排除されるという、チリ・クーデターは、その最初の例となったことは間違いない。しかしながら、チリ人であるエドワーズは、クーデターという暴力による決着を招いた原因をあくまでチリ国内の左右勢力双方の意見調整の破たんと捉え、どうしてそうなったのか、またどうしてそれが未然に防げなかったのかを現実的に考え続けているように思える。チリの《九・一一》をここまで冷めた目で政治的に分析できるというのは、外交官でもある作家エドワーズならではと言えようか。

なお、初版以外の各旧版のエピローグ、あるいはプロローグは、主に初版刊行後の世間の反応に言及している。キューバを支持する左派勢力からＣＩＡのスパイ呼ばわりされたことなど、いわば初版刊行後の作者受難の歴史が語られている。ここに翻訳した二〇〇六年度版は、いわばその受難の歴史の総まとめであり、さらに反米左派政権が増えてきたラテンアメリカの政情に関する言及も含まれている。

ところで、本書でもっとも印象に残る人物といえば、やはり詩人エルベルト・パディージャであろう。ラテンアメリカ文学研究に携わる者で《パディージャ事件》を知らない者はいないが、一般の読者諸氏には今ひとつ分からない点もあろうかと思われるので、概略を説明しておくことにしたい。

エベルト・パディージャは一九三二年キューバのピナール・デル・リオに生まれた。エドワーズの一つ年下ということになる。ハバナ大でジャーナリズムを専攻しつつ詩を書き始める。八九年に刊行された自伝『いやな思い出』を読むと、パディージャは革命前の一九五一年、若き日のフィデル・カストロらと海へ泳ぎに行っている。このときパディージャ一九歳、カストロ二五歳。二人はロマン・ロランをめぐって話をし、そこでカストロが若いパディージャに「社会的問題に関心がある作家が好きだ」と、この二人の後の運命を考えたとき、極めて示唆的な言葉を発している。その後、英語がよくできたパディージャはマイアミなどで仕事をし、革命が起きた五九年一月一日にはニューヨークのベルリッツでスペイン語講師をしていた。革命で沸き立つハバナに帰国した彼は、発足したばかりのプレンサ・ラティーナ通信社特派員としてヨーロッパ各地を転々とし、六二年からはソ連に長期滞在して詩人のエフトシェンコと交流をもった。

パディージャは、五六年のスターリン批判から数年を経ていた東側諸国において反体制派詩人などと交際するうち、次第に共産主義体制の矛盾を意識するようになってゆく。さらに、キューバからは思想的な引き締めに関する暗い話も伝わってくるようになった。六七年、中国で文革が始まった直後のキューバに帰国したパディージャは、自国の言論統制と思想的引き締めが以前とは異なる段階に入りつつあることを知る。五月にはフランスの美術展《五月サロン》の一部がハバナで開催されたり、あるいは翌六八年には世界から文化人を招いての《ハバナ文化会議》が開催されたりと、外向けには創作の自由を標榜していたキューバだったが、国内ではラウル・カストロ率いる軍機関紙『ベルデオリーボ』がその支配力を拡大、また同性愛者がUMAPと呼ばれる矯正施設に送られるなど、その後七〇年代前半に文化的低迷と社会的鬱屈が蔓延したいわゆる《灰色の五年》をすでに予見させる暗い兆候が見え始めていた。

本書を読めばわかるように少々天の邪鬼の気があるパディージャは、こうした状況を分かっていながら、二つの失敗を犯している。一つは、作家リサンドロ・オテロの小説の書評を頼まれた際に、それをギジェルモ・カブレラ＝インファンテの小説 *Tres tristes tigres* と比較して酷評したことだ。その批評眼は今からすれば至極まっとうなものであるが、カブレラ＝インファンテは六五年に亡命して以来、キューバでは反革命の《虫けら》扱いされていた作家である。そのカブレラ＝インファンテを激賞し、体制に「優しい」作家オテロの作品を酷評したこの書評が、ラウル・カストロを激怒させた。パディージャとしてはここで自重しておけばよいものを、今度は六〇年代に少しずつ書きためてきた詩集『退場』（*Fuera del juego*）を文学賞に出品する。最終的に逮捕の直接的なきっかけとなったこのパディージャ一世一代の詩集の内容が気になる読者も多かろう。というわけで、以下に冒頭の詩「難局に当たって」と表題作「退場」を紹介しておくことにしたい（出典は Heberto Padilla, *Fuera del juego. Edición conmemorativa 1968-1998*. 1998, Editional Universal, Miami）。

「難局に当たって」

あの男は自分の時間を要求された
歴史の時間にそれを貸せと求められた
男は両手を要求された
なぜなら難局に当たって
健全な二本の手に勝るものはないから
男は両目を要求された
かつて涙を浮かべたその目で
ものごとの明るい側を見るため
(特に生の明るい側を)
なぜなら恐怖を見るには呆けた片目で足りるから
男は両の唇を要求された

干からび　ひび割れたその唇で肯定するため
肯定のたびに　夢を創り上げるため
（あの至高の夢を）
男は両脚を要求された
硬く節だらけのその両脚を
（その歩きくたびれた両脚を）
なぜなら難局に当たって
建物を建て　塹壕を掘るのに
二本の脚に勝るものなどありはしまい？
男は森と彼に従順な木を差し出せと求められた
子どものころに彼を育てた森だった
男は要求された　胸を　心臓を　人間たちを
それこそがまさに必要なのだと
男は言われた
そしてこう説明された
最後に言葉を渡してもらおう
でなければ　こうしたあらゆる貢献が無駄になる

なぜなら難局に当たって
憎悪と嘘を終わらせるのに勝る手段はないから
そして男は最後に請われた
おねがいだ　君もそろそろ歩きだしてほしい
なぜなら難局に当たって
これは間違いなく最後のテストなのだから

「退場」

詩人を追い出せ！
奴にはここですべきことなどなにもない
奴はゲームに加わらない
熱中しない
言いたいことがはっきりしない
様々な奇跡すら気にかけない
日がな一日もの思いにふけってばかりいる
いつも文句を言うことばかり考えている

そんな野郎は追い出しちまえ！
シラケ野郎はとっと厄介払いだ
夏なのに
不機嫌な野郎
夜明けの太陽にも
黒い眼鏡をかける野郎
こいつはいつも
まだ「歴史」のない時間の
冒険やきらびやかな惨事に
夢中になった
そもそも

こいつは

時代錯誤なんだ
お気に入りの曲は懐かしのアームストロングだけ
おまけにこいつは
ピート・シーガーを口ずさんだり
おまけにあの曲を

口笛で吹いたりする奴なんだ
　　グアンタナメーラ……

でも誰も
奴の口を開けさせることはできない
でも誰も
奴を微笑ませることはできない
ショウが始まるたびに
舞台で
ピエロどもが飛び跳ねても
オウムどもが
アモール（愛）とテロール（恐怖）を言い間違えても
舞台がぎーぎー音を立てても
シンバルが鳴ろうが
太鼓が鳴ろうが
みんなが飛び跳ね
お辞儀をし
後ろへ下がり

微笑み
口を開いてこう言っているのにもかかわらず
「ええ、ええ、はい、はい
もちろん、そうですよ
当然、そうですよ、当たり前だ……」
そうしてみんながいっしょうけんめい踊っているのに
踊れと言われたとおりに正直に
立派に踊っているのに　まったくこいつは。
この男を追い出せ！
こいつにはここですべきことなどなにもない！

明らかに革命政府の中枢部を皮肉ったこれらの詩を収めた詩集、革命政府に対する文学者の挑戦状ともみなせるこの『退場』が、あろうことか、六八年に公的な文学賞を受賞してしまう。この段階で、ラウルと公安はパディージャを要注意人物に認定し、キューバ全体における文学表現活動のさらなる引き締めを意識するようになったとされる。だが、パディージャについては、決定的なきっかけがなかったため、拘束には至らなかった。そうして三年が過ぎ、パディージャが次回作の小説にとりかかっていたころに、知り合いのエドワーズが赴任する。エドワーズ自身が本書で述べているように、彼の赴任がまさにパディージャ逮捕とそれによる見せしめ的な公開自己批判の格好の口実となった。

一九七一年三月二〇日、公安警察によって妻とともに逮捕されたパディージャは、取調官にある録音テープを聞かされる。それはメキシコのフエンテス邸でカストロのことを「あのボンゴ奏者」呼ばわりし、自国のアジェンデ大統領を「愚か者」呼ばわりしている酔ったエドワーズの声だった。取調官に暴力をふるわれ意識を失ったパディージャは精神病院で目を覚ます。この後、パディージャはカストロと面会もしている。このときの経緯についてはレイセスター・コルトマン『カストロ』（岡部広治監訳、大月書店）に詳しいので、さらに知りたい方には一読を勧める。公安の懐柔策に屈したパディージャは、三八日間の拘束期間が明けた直後の四月二七日の夜、突如ハバナの文化人を招集して行なわれたキューバ作家芸術家連盟《UNEAC》の公式大会の壇上に立ち、あの有名な自己批判文書を朗読する。

現在、詩集『退場』の特別版でこの自己批判文書を読むことができるが、読むに堪えない実に不快な文章だ。パディージャは自分の過去の文学観を全否定し、さらにカブレラ＝インファンテなど反体制的な作家のことを、口をきわめて罵った。そして、その後、会場に居合わせた何人かの作家たちに同様の自己批判が求められ、彼らが次々と惨めな告白を行なった。これについてはレイナルド・アレナスの伝記的エッセイ『夜になる前に』（安藤哲行訳、国書刊行会）に詳しいので、こちらも本書と合わせて一読を勧める。

パディージャ逮捕とそれに次ぐ自己批判は国際的な反響を呼んだ。四月二日にはメキシコのペンクラブが逮捕への抗議文を提出、署名にはオクタビオ・パスやカルロス・フエンテスらメキシコの名だたる作家たちが名を連ねた。四月九日にはマリオ・バルガス＝リョサがとりまとめ役となる形で在欧文化人によるカストロへの抗議文が提出され、編集者カルロス・バラル、ジャン・ポール・サルトル、シモーヌ・ド・ボーヴォワール、作家ではイタロ・カルヴィーノ、フリオ・コルタサル、ガブリエル・ガルシア＝マルケスらが名を連ねた。自己批判を挟んだ四月三〇日には、今度はカストロ自身が海外の批判に反論する演説を行い（『カサ・デ・ラス・アメリカス』六月号に掲載）、ブルジョワ化した欧米文化人による抗議文書を全面的に否定する見解を示す。これを受けて五月二〇日には在欧文化人による二度目の抗議文が送られるが、その署名一覧からコルタサルとガルシア＝マルケスの名は消えていた。この間の経緯についてはアンヘル・エステバン／ステファニー・パニチェリ『絆と権力――ガルシア＝マルケスとカストロ』（野谷文昭訳、新潮社）に詳しいので、こちらもぜひ参考にしていただきたい。

パディージャ事件とは、一九七一年四月二七日の自己批判を中心とする、この一連の騒動を指す。ラテンアメリカ文学がその興隆を極め、世界に知られるようになったのは、一九六〇年代のことだ。ドノソによって《ブーム》と名付けられたこの時代は、キューバ革命発足直後の一〇年間でもあった。ブームの四天王と呼ばれたガルシア＝マルケス、フエンテス、コルタサル、バルガス＝リョサの四名も、大なり小なり若いころから反体制的な思想のもとでそれぞれの国で闘った過去をもち、キューバ革命にも熱い期待を寄せていた。パディージャ事件は少なくとも四天王のうちの二人と革命キューバとの蜜月関係に終止符を打ったばかりか、マフィアと呼ばれるほどの結束を示していたラテンアメリカ作家たちのあいだに微妙な亀裂を生じさせることにもなった。

思い返せば六八年にはメキシコの経済成長路線に陰を落とすトラテロルコ事件が起き、そして一九七三年にはチリとウルグアイで、その後も七六年にはアルゼンチンで軍政がスタートし、またペルーも八〇年代以降の暴力の時代を予見させる暗い時代へと突入、中米では多くの国でチリのそれを上回る悲劇と暴力が繰り返され、さらに希望の星であったはずのキューバで文革のような言論統制が進み始めるなど、この七〇年代初頭は、六〇年代に多くの文化人が思い描いたラテンアメリカの明るい未来が音を立てて崩れ始めた暗い時代である。チリ・クーデターがこの暗い時代を象徴する政治上の悲劇であるなら、パディージャ事件は文化面におけるその象徴と言えるだろう。

ちなみに釈放後のパディージャは、一九八〇年にエドワード・ケネディ上院議員の仲介で米国に亡命。その後は米国各地を転々としながら、自伝を書いた以外は作品を創造する意欲も衰え、妻ベルキスとも離婚するなど不遇の人生を送り、二〇〇〇年アラバマで息を引き取っている。

本書の訳出にあたってカストロに関する本を読み漁った。なかにはほとんど宗教本と見紛うほど礼賛調のものもあり、改めて本書紹介の意義を確認した次第であるが、そのいっぽうで、カストロなら本書にこう反論するだろうという予想もつくようになった。とりわけイグナシオ・ラモネによるインタビュー『フィデル・カストロ —— みずから語る革命家人生』(上下巻、伊高浩昭訳、岩波書店)からは多くを、すなわちカストロの思考法、論法を教えられた。たとえば本書のエピローグでエドワーズがキューバにおける政治犯拘束を非難しているが、おそらくカストロならそれにこたえて、キューバ以外の多くの国では不当な搾取にあえいでいる人々が（それこそキューバの政治犯とは比べ物にならない数で）いるのをなぜ先に指摘しないのか？　と応じるに違いない。ほかにもカストロならこう反論するだろう……という箇所が本書には山のようにある。そこは読者の皆さん、特にカストロや革命キューバに何らかの形でシンパシーを感じている皆さんに、自由にお考えいただきたいと思う。

文学は人類の福利厚生を目指す行為ではない。むしろその愚劣と狂気と不条理に興味を抱く。エドワーズがフィデルに直接語っていたように、まっとうな市民社会と詩人は往々にして衝突するものなのだ。逆に、残虐で悪辣な独裁者を糧に育まれる文学だってあるだろうし（皮肉なことに、ガルシア＝マルケスにとってのカストロがそうだと評価される日が来るかもしれない）、戦争の惨禍とジェノサイドのなかから生まれる文学もある。残念ながら、ホロコーストのあとでも詩は書けるのである。体制と文学の関係は常に流動的だ。体制側に多少なりとも文学的教養があればよいが、それとて詩心のある独裁者というのでは困るし、ラウルのように文学が嫌いな為政者はもっと困りものだろう。体制と文学とのこうした不安定な関係は、どちらも生身の人が手がける行為である以上、今後も永久に変わらないだろうし、それをあまり気にすべきではない。

いっぽう、政治における自己正当性の過剰な追求は、エドワーズが本書のエピグラフで引用しているロベスピエールの一言が象徴的であるように、まさにフランス大革命後の神なき時代において人間が必然的に行きついた迷宮、ある種の近代病と言うこともできる。私たちに、今日、カストロ兄弟らキューバの為政者を笑うことはできない。生きているすべての人類の人権を重んじる建前を共有する私たちは、いざ眼前の生の政治に参加した瞬間、みながロベスピエールやフィデルになる可能性、宿命を背負っている。パディージャ事件は今もなお世界のどこかで起こり得る話なのだ。

パディージャは体制に屈してしまったが、近代において、正義を装った集団ヒステリーという厄介な狂気に真っ先に反応してきたのは、常に文学者だった。そういう意味で、一九七一年三月の段階でチリやキューバの文学者が置かれていた状況にやや類似しているとも言えるのが、エドワーズが本書でチリにその再現を予見したスペイン内戦である。もちろん国民軍側の過剰なナショナリズムに基づく暴力による犠牲に、スペイン内外の文学者たちがいち早く反応したことは事実である。しかし、そのいっぽうで、たとえばエドワーズがキューバを外国人の目で眺めたように、スペイン内戦を外国人としての立場で冷静に観察した作家もいる。ジョージ・オーウェルは内戦を記録したルポルタージュ『カタロニア讃歌』で、共和国側に渦巻くセクト主義（派閥による権力闘争を肯定する立場）と、スペイン共産党が（共和国側に武器を供給し続けた）ソ連を背景にちらつかせて権力を拡大していく様子を暴露している。党のエリートが国家目的のために社会全体の動員を強制的に行なうという、ソ連流全体主義の実態を見たオーウェルは、後にスターリン主義を批判する風刺小説『動物農場』を書くことになる。また、同じくスペイン内戦における共和国側の内紛で大いなる幻滅を味わったハンガリー出身のアーサー・ケストラーは、後にスターリンによる粛清を扱った小説『真昼の暗黒』を執筆することになる。

冷戦時代には共産主義政権下の多くの文学者が過剰で偏狭な正義の行使の犠牲者となり、その苦難を文学作品に昇華させてきた。国家の正義に翻弄されたのは東側諸国の作家だけではない。たとえばリリアン・ヘルマンは赤狩り全盛のアメリカに対する失望感を『眠れない時代』で余すところなく表現している。さらには、オーウェルが全体主義的な非人間性を、ソ連流の共産主義のみならず、資本家による資本主義社会のコントロールのなかにも見出していたことは明らかであり、彼が小説『一九八四年』で描き出したディストピア的監視社会は、皮肉なことに今日私たちが住む《グローバル資本主義》という世界そのものになっていることに気付く。左派の力が世界的に弱まっている現在、むしろ創作家たちが危険視・敵視し始めている《正義》とは、国家を超えたこのグローバル資本主義の無謬性神話になりつつあるようだ。要するに、文学者やある種の表現者にとって鬱陶しいことこの上ない、こうした正義追求病とでも呼ぶべき政治の力は、今なお地球上で猛威をふるい続けているし、今後加熱することはあっても、消滅することは永久にないのである。

　そうした表現者特有の問題はさておき、では、私たち読者は本書からいったい何を学ぶべきなのだろうか。

　読み手にとって違うだろうが、月並みな言い方をお許しいただけるなら、それはバランスの追求と忍耐力ではないだろうか。社会主義的な改革型政治も保守的な調整型政治もひとつのオプションとしてあり得るなかで、現段階で関係している勢力の《すべてにとってもっともダメージが少なさそうな道》を選択すべく、地道で、場合によっては不毛で困難な交渉を続けるという忍耐力の必要性だ。第五章におけるフィデルとエドワーズのスリリングな対話を読んでいると、その種の交渉が部分的に実現しかけていることに気づく。ああした対話が色々なレベルでさらに深まることがあれば、キューバ革命はより魅力ある進化を遂げていたかもしれないと思うのは、訳者だけではあるまい。第五章の二人のやり取りには、この陰鬱なエッセイで唯一といっていい希望のようなものを感じるのである。

セルバンテス賞シリーズでエドワーズの翻訳を担当することになったとき、企画の寺尾隆吉氏と訳書の選定で少し議論をしたが、最終的に『ペルソナ・ノン・グラータ』を紹介せずにエドワーズの話はできないだろうというので意見の一致を見た。その判断は間違っていなかったと信じている。翻訳の最中、同じくセルバンテス賞シリーズのガモネダ詩集で奮闘されていた同志社大学の稲本健二教授からは、ミーティング（という名の酒席）で何度励ましの言葉をいただいたかわからない（なお同教授によるホルヘ・エドワーズの映画評翻訳がある。レイナルド・アレナスに関するエドワーズのコメントとして貴重な資料だ。『映画『夜になる前に』」『ユリイカ』二〇〇一年九月号、一七四〜一七九ページ）。大阪外大の元ゼミ生でチリ大使館に勤務していた外務省の西雅之君には外交関係のスペイン語について御教示いただいた。法政大学の久野量一氏にはパディージャ自伝の存在などキューバ文学関係の情報を提供していただいた。革命キューバの政治情勢に関しては、長年この国を注視し続けてきた太田昌国氏から多くの貴重な意見を頂戴するとともに、索引注釈について丁寧なアドバイスをいただいた。また同氏以外にもキューバとチリについてさまざまな先人の言説を参照させていただいた。そして現代企画室の江口奈緒さんには拙稿の隅々まで細かなチェックをしていただいた。御世話になったすべての皆さまに心から厚く感謝申し上げる。

索　引

ア

アイゼンハワー、ドワイト｜1890～1969：米国、大統領［1953～61］…21, 25-27

アジェンデ、サルバドール｜1908～73：チリ：政治家、大統領［1970～73］。学生時代にイバニェス独裁政権に対する反対運動に参加、33年チリ社会党の創設に携わる。52年、58年、64年と大統領に立候補するも落選。70年に社会党や共産党など左派6政党が合流した人民連合を率いて大統領選に勝利する。米国CIAやチリ国内の極右勢力などによる様々な妨害工作のなかで銅産業国有化や土地再分配といった社会主義的政策を模索するが、73年9月11日の軍事クーデターの最中に大統領宮殿にて自殺…7（注1・2）, 10, 11, 19（注8）, 35, 38, 39, 39（注14）, 46, 53, 54, 77, 108, 109, 121, 130, 147, 159, 181, 182, 186, 187, 187（注5）, 188, 189, 193, 199, 215, 228, 229, 239, 277, 278, 291, 292, 296, 319, 323, 329, 342, 343, 354, 358, 359, 364, 368, 385, 402, 407-409, 412, 415

アジェンデ、ラウラ／ラウリータ｜1911～81：チリ：政治家、サルバドールの妹…183, 185, 185（注4）, 186, 191-195, 195（注6）, 196, 206, 224, 226, 228, 230, 231, 234, 236, 243, 305

アダムズ、ヘンリー｜1838-1918：米：歴史家、文学者。主著は自叙伝『ヘンリー・アダムズの教育』（1906）…257

アポリネール｜1880～1918：仏：詩人…153

アルゲーダス、アントニオ｜1929～2000：ボリビア：政治家。バリエントス軍事政権下で内務大臣を務めていたときCIAにスカウトされ、ゲリラ戦争中のゲバラ逮捕作戦を指揮したが、後に軍事政権に幻滅して亡命し、ボリビアでのゲバラの野戦日記原本をカストロに渡した。キューバが、ゲバラの死の翌年に『ボリビア日記』を刊行できたのはそのおかげだった…293, 294

アルタミラーノ、カルロス｜1922～：チリ：政治家。社会党の大物だったが人民連合内の最左派の急進組織と緊密な関係にあった。73年のクーデター後は東独など海外を転々とし、93年に帰国…35, 373（注7）

アルト、アルマンド｜1930～：キューバ：革命後に文化相などを歴任…49, 195（注6）

アルーファー、アントン｜1935～：キューバ：作家。戯曲『テーベに背いた七人』（1968）が軍から反革命的であると批判され、その後十数年に渡って沈黙を余儀なくされた…175

アルベンス＝グスマン、ハコボ｜1913-71：グアテマラ：軍人、政治家、大統領［1951-54］。大統領任期中に農地改革法などの進歩的政策に着手したが、CIAの支援を受けたカスティジョ＝アルマス大佐が率いる反革命軍の侵攻にあい、54年に政権は崩壊。…11（注6）

アルメイダ、クロドミーロ｜1923～97：チリ：社会党の政治家。アジェンデ政権で外相を務める。73年のクーデターで逮捕され、悪名高い政治犯収容所ドーソン島に拘禁、拷問を受けるも、その後亡命に成功。87年に潜伏先のアルゼンチンからロバでアンデス山脈を越えて帰国、チリ国民を驚かせたが、再び拘留され要注意人物扱いに。民政移管後は社会党内の急進左派勢力を代表する論客になる。実にしぶとい政治家だったようだ…257, 408, 409

アレサンドリ、ホルヘ｜1896～1986：チリ：政治家、大統領［1958～64］。1940年代以降のチリにおいて保守的支配層を代表した

I

政治家。大統領就任中は親米保守路線を採用、特に1960年に起きたチリ大地震の復興援助と引き換えに米国の反共政策「進歩のための同盟」に組み入れられてからは保守色を強めた。1970年に二度目の立候補。このときは左派（と労働者や農民）がアジェンデを支持し、保守系リベラル（とプチブルや都市の頭脳労働者などの中間層）がキリスト教民主党のトミックを支持したため、結果的にチリの将来的な左傾化をもっとも嫌った保守系右派の支持を集める結果となった。一時投票で３者の票は拮抗していたが、アジェンデとアレサンドリの上位決戦となった議会投票ではアジェンデが圧勝している。保守系リベラルの票が左派に流れたということだろう。なおアレサンドリ家はエドワーズ家と同じくチリを代表する名家の一つで政治家、実業家を数多く輩出している…19, 83, 254, 343

アレナス、レイナルド｜1943～90：キューバ：作家。カストロのキューバを嫌って1980年に米国へ亡命。彼の小説はすべてカストロに象徴されるキューバ的権威との戦いの痕跡として読むことも可能だ。パディージャ事件については自伝『夜になる前に』（安藤哲行訳、国書刊行会）に詳しい…65（注8）

アンゴラ解放人民運動｜1956年に創設されたアンゴラの社会主義政党…116

アントゥーネス、ネメシオ｜1918～93：チリ：画家…171

イ

イバニェス、カルロス／イバニェス将軍｜1877～1960：チリ：軍人、将軍、政治家、大統領［1927～31］［1952～58］…40

イプセン｜1828～1906：ノルウェー：劇作家…159

ウ

ウイドブロ、ラモン｜チリ：外交官、作家　イサベル・アジェンデの継父…81, 83-87, 148

ウェストファーレン、エミリオ｜1911～2001：ペルー：詩人…47, 48

ヴェルヌ、ジュール｜1828～1905：仏：作家…145

ヴォルテール｜1694～1778：仏：啓蒙時代の思想家…135

UNEAC（ウネアック）　→　キューバ作家芸術家連盟

ウナムーノ、ミゲル・デ｜1864～1936：スペイン：作家…41, 75

ウネエウス、クリスチアン｜1935～85：チリ：作家…193, 231, 232, 234, 236, 237, 240, 260, 289, 299, 349

エ

エイゼンシュタイン、セルゲイ｜1898～1948：露：映画監督…398

エスカンブライ地区｜キューバ中部の山地。革命直後の1960年、革命政府の新体制に不満を持つ分子がCIAの援助を受けここに立てこもり、政府軍によって鎮圧されるという事件があった。カストロはこの事件のことを、CIAが裏で糸を引いて国内不満分子をゲリラ化させるという米国流の“汚い戦争”を未然に防いだ作戦と位置付けている…164, 301（注9）

エスピン、ビルマ｜1930～2007：キューバ：革命闘争に加わり、のちにラウル・カストロと結婚。革命政府でも女性連盟会長など要職を務める…193, 194

エスメラルダ号｜チリ海軍の訓練用帆船。19世紀の独立運動中にスペイン海軍から拿捕した船が初代であることから、その後のチリにおける国民統合のシンボルとなってきた。浮かぶチリ大使館の異名をもち世界中に寄港している。しかしながら1973年のクーデター直後は一時政治犯収容所として拷問の舞台にもなり、75年海洋博覧会のため沖縄に停泊していた際には、ピノチェト政権に抗議する日本人活動家によって火炎瓶を投擲される事件も起きている…70, 158, 159, 173, 174, 177, 178, 194, 196, 201, 207, 210-215, 218, 219, 223, 224, 226, 228-230, 234, 236, 238, 239, 241, 247, 252, 257, 260-263, 266-270, 273-275, 277-279, 281, 285-289, 291,

292, 297, 299, 300, 305, 308, 340, 353, 354, 372, 413

エチェベリーア、モニカ｜1920〜：チリ：作家。夫はチリ大学の学長になった政治家、建築家。73年のクーデター後は米国に亡命、反ピノチェト陣営における中心的文化人の一人…192, 304, 305

エチェベリーア、ルイス｜1922〜：メキシコ：政治家、大統領［1970〜76］…11（注5）

エドワーズ一族｜チリ：チリを代表する英国系の名家。1804年チリにやってきた英国人海軍将校ジョージ・エドワーズ＝ブラウンを父祖とし、政治家、外交官、銀行家、実業家、文化人など数多くの名士を輩出してきた…11, 76

エドワーズ、ピラール｜チリ：著者ホルへの妻…25（注10）, 80, 112, 181, 210, 269, 270, 344, 349（注3）

エドワーズ＝ベジョ、エミリオ｜チリ：外交官。作家ホアキンの兄…76, 121-124, 218

エドワーズ＝ベジョ、ホアキン｜1887〜1968：チリ：作家。外交官エミリオの弟…121, 134,140, 141

エフトシェンコ｜1933〜：露：詩人。1960年代におけるソ連反体制詩人のシンボル…332, 398

MIR（エムアイアール／エメイーエレ） → 左翼革命運動

エレーラ、フェリペ｜1922〜96：チリ：経済学者、IMFなどで要職を歴任…83, 85

エンツェンスベルガー、ハンス・マグヌス｜1929〜：独：作家。1970年にコチーノス湾事件（→項目あり）に参加した反革命軍の捕虜に対する尋問を行なったキューバ側の人民裁判の実録『ハバナの審問』（野村修訳、晶文社）を刊行した…57, 332

エンリケス、ミゲル｜1944〜74：チリ：MIR（左翼革命運動→項目あり）の闘士。1974年ピノチェト政権の秘密警察DINAと交戦中に殺害さる…359

オ

オイヒンス、ベルナルド｜1778〜1842：チリ：軍人、独立運動の指導者。独立達成後の政治に深く関わったあたりがカストロに似ているとも言える…83, 134

オテロ、リサンドロ｜1932〜2008：キューバ：作家、記者、外交官…53, 61, 62, 63（注6）, 152, 193, 194, 196, 235

オリベ、ラウル・アロンソ｜キューバ：スパイ容疑で逮捕された官僚…203, 205, 205（注7）, 360

カ

革命防衛委員会｜キューバ：通称CDR。1960年に創設された反革命運動防止を目的とする隣組レベルでの監視組織。現在ではむしろ社会主義国家特有の直接民主主義的な大衆動員組織としての性格を強めており、キューバ国民の8割以上が加入しているという。活動内容は定例行事の運営や文化事業がもっぱらというから、ある意味で本当の「全国津々浦々に組織された町内会」になっている模様…82, 143（注2）

カサ・デ・ラス・アメリカス／カサ｜キューバ：国営文化機関、雑誌。革命直後の1959年に文化省とは別に創設された機関で、ラテンアメリカ全域における文化活動の促進や、キューバ文化の国外への普及、全世界の文化人との連帯などを主な目的とする。同名の文芸誌以外に複数の雑誌を刊行しており、毎年各種文学賞の選考が行われている。初代所長はアイデエ・サンタマリア…9（注3）, 10, 28, 48, 52, 54, 58, 99, 175, 192, 194, 195（注6）, 204, 305, 311, 333, 355, 356

カステジャーノス、バウディリオ｜キューバ：革命の闘士、革命政府の外交官…416

カストロ、バルタサール｜1919〜89：チリ：政治家、作家…33, 39, 130, 233, 234

カストロ、フィデル｜1926〜：キューバ：革命家、政治家。学生運動の闘士として頭角を現し、1953年7月26日モンカダ兵営襲撃事件によって反バティスタ武力闘争を開始。その後メキシコへ亡命、ゲバラと合流しゲリラ組織「7月26日運動」を結成、56年12月グランマ号でキューバに再上陸、シエラ・マエストラを舞台にゲリラ戦争を

展開する。59年1月1日バティスタ政権が崩壊し、キューバ革命が達成されると、2月には首相に就任。その後キューバ共産党を結成して事実上の一党独裁体制を敷き、65年には党第一書記に就任、2011年に退陣するまで最前線で国を率いた。本書ではもっぱら批判の対象となっているフィデルだが、20世紀でもっともタフな政治家の一人であったことはまず間違いない…12, 17-30, 32-34, 37-41, 44, 45, 50, 55-60, 61（注4）, 62, 74, 75, 82, 83, 90-94, 113, 123, 124, 126, 130, 134, 137, 143, 147, 149-151, 171, 174-176, 181, 188, 199, 205, 207, 217-220, 223-227, 229-238, 242-260, 264, 272-274, 278-283, 283（注6）, 284-287, 289-291, 293, 295, 297, 305-308, 315, 332, 335, 339, 342, 343, 345, 352-372, 373（注6・7）, 374-376, 381（注8）, 384-386, 388, 389, 391, 392, 395, 399, 402, 404, 405, 407, 408, 411, 413-416

カストロ、ラウル｜1931～：キューバ：革命家、政治家。フィデルの弟。兄と共に革命を推し進めた立役者の一人。革命政権では革命軍相として軍を掌握、陰の実力者という噂が囁かれ続けた。2011年にフィデルが退陣表明をしたのを受けて党第一書記に正式就任、事実上キューバ政府のナンバーワンとなって現在に至る…91, 159, 174-180, 193, 216, 217, 222, 275, 306, 311, 340

カフカ｜1883～1924：チェコ：作家…326, 415

カブレラ＝インファンテ、ギジェルモ｜1929～2005：キューバ：作家。革命直後は文化活動で政権に協力をするが65年に亡命。ロンドンに定住して以降も反カストロの姿勢を貫き通す。駄洒落を中心とする異常なまでの言葉遊びを盛り込む文体で知られ、亡命後は英語でも執筆をした。代表作は題名自体が早口言葉の *Tres tristes tigres.*（1967、邦訳近刊『TTT トラのトリオのトラウマトロジー』寺尾隆吉訳、現代企画室）など…63（注6）, 312, 404, 405, 416

ガリッチ、マヌエル｜1913～84：グアテマラ：作家…49

ガルシア＝インチャウステギ、マリオ｜～1977：キューバ：外交官。73年クーデター直前のチリで大使職…70, 148-150, 151（注3）, 269

ガルシア＝マルケス、ガブリエル｜1928～：コロンビア：小説家。フィデルの親友で、揺るぎない信頼関係がふたりの間には存在するようだ…405, 406

ガルシア＝ロルカ、フェデリコ｜1898～1936：スペイン：詩人…89, 95

カルドソ、オネリオ・ホルヘ｜1914～86：キューバ：作家…164

カルペンティエール、アレホ｜1904～80：キューバ：作家。キューバ革命との関係を知るうえでは小説『春の祭典』（柳原孝敦訳、国書刊行会）が参考になる…36, 62

カレーラ、ホセ・ミゲル｜1785～1821：チリ：独立運動の指導者。活動中に暗殺され独立後の政治に関与できなかった点がゲバラに似ているとも言える…82, 83, 134

カロル、K. S.｜1924～：ポーランド：ルポルタージュ作家。1950年からパリに定住し、各国の社会主義についての綿密な報告書を次々に刊行。1970年キューバにおけるカストロの個人的統治方法と民主化の欠如を批判した書『未来のゲリラたち』（邦訳『カストロの道』弥永康夫訳、読売新聞社）を刊行したことで、キューバ政府によりCIAのスパイ容疑をかけられることになった…57, 68, 151, 205

キ

ギジェン、ニコラス｜1902～89：キューバ：詩人。スペイン語におけるいわゆる黒人詩の開拓者。キューバ作家芸術家連盟の初代会長…12, 36, 52, 62, 63（注6）, 115, 116, 235

ギジェン、ホルヘ｜1893～1984：スペイン：詩人…63（注6）

キプリング｜1865～1936：英：作家…138

キューバ公安警察｜キューバ：通称G2。革命直後に創設された情報機関で現在の正式名

は国家公安省という…54, 100, 123, 125, 135, 144, 162, 163, 165, 203, 255, 256, 262, 265-267, 282, 283 (注6), 284, 294, 295, 295 (注8), 296, 300, 302, 306, 317, 318, 323-325, 336-338, 339, 341, 361, 379, 382-384, 385-387, 392, 394

キューバ作家芸術家連盟｜キューバ：通称UNEAC（ウネアック）：革命直後に創設された国営の文化機関。現在のHPはhttp://www.uneac.org.cu/…52, 58, 154, 155, 304, 384, 392, 398

キリスト教民主党｜チリ：通称PDC。1957年に保守系のリベラル諸派が合流して結成した党。1964年にフレイ＝モンタルバを擁立して大統領選に勝利する。PDCは農地改革など比較的リベラルな政策を目指すが社会主義や共産主義とは一線を画した。それを嫌った党内の若手が60年代末に人民統一行動運動（MAPU）を結成する過程については本書p.318で述べられている通り。PDCは89年の民政移管にあたって結成された政党連合「民主主義のための政党盟約」でも指導的役割を果たし、自党からパトリシオ・エイルウィン［1990～94］、エドゥアルド・フレイ［1994～2000］と二期連続で大統領を送り出すとともに、その後は社会党系のリカルド・ラゴス［2000～2006］、ミチェル・バチェレ［2006～2010］の選出にあたってもその支持に回った。半世紀にわたるPDCの保守リベラルとしての行動様態は本書の著者エドワーズのそれに類似しているようにも見える…35, 148, 226, 233, 294, 318, 319

キルサーノフ、セミオン｜1906～72：露：詩人…114

キルチネル、ネストル・カルロス｜1950～2010：アルゼンチン：政治家、大統領［2003～07］…413

ギンズバーグ、アレン｜1926～97：米国：詩人。1965年にキューバを訪れた際、ハバナ大学の講演で、同性愛者に対する迫害を公然と非難したうえ「ゲバラはキュートだ」などと発言したため国外強制退去させられたらしい…22

ク

クサ＝マレ、ベルキス｜1942～：キューバ：詩人、パディージャの妻…47, 92, 152, 155, 168, 169, 298, 317, 331, 333, 334, 349, 397, 398

グティエレス、カルロス・マリア｜1926～91：ウルグアイ：作家…53

グティエレス＝アレア、トマス｜1928～96：キューバ：映画監督。革命直後のブルジョワ作家を描いた伝説的名作『低開発の記憶』（1968）により世界的に知られる…159

グラール、ジョアン｜1918～76：ブラジル：政治家、大統領［1961～64］…83, 86

グランマ｜キューバ：日刊紙、共産党機関紙。名前は革命戦士たちがメキシコから乗った船にちなむものであり元の英語の意味「おばあちゃん」とは関係ない。この新聞はフィデル・カストロという類まれなるコラムニストの文章をオンタイムで読むことができる媒体として貴重だ。いっぽう、中国の人民日報と同じく事実上キューバで唯一の新聞であり、言論の自由という観点からすれば、新聞業界に競争がないことのほうが（つまりカストロや共産党の批判を書く新聞が存在しないことが）文学者に対する弾圧などよりよほど深刻な事態であるという気もしないではない。WEB版はhttp://www.granma.cu/…11, 13, 24, 34, 36, 40, 44-46, 76, 124, 149, 180-183, 188, 207, 216, 217, 244, 270, 341

ケ

ケインズ｜1883～1946：英国、経済学者…26

ケネディ、ジョン・F｜1917～63：米国、大統領［1960～63］…26, 149

ケバラ、エルネスト｜1928～67：アルゼンチン：通称チェ。カストロと並ぶキューバ革命の代表的指導者。革命後は様々な政府要職に就いていたが、65年にキューバを離れ、67年ボリビア山中でゲリラ戦争遂行中に政府軍によって殺害された…39, 79

（注11）, 81-87, 112, 134, 137, 171, 205, 218, 293, 294, 305, 306, 325, 342, 382, 415

ケベード、フランシスコ・デ｜1580〜1645：スペイン：作家…41, 95

コ

五月サロン｜フランスで毎年開催されている国際美術展。1967年の第23回大会において作品の一部をハバナに展示する企画が実行された。会期はモンカダ兵営襲撃事件10周年を記念すべく7月に設定され、フランスやスペインなどの芸術家が多数ハバナを訪れた。キューバ側はこの企画を翌年開催予定だったハバナ文化会議の前哨戦と位置づけていた…55（注2）, 170

コクラン、トマス｜1775〜1860：英：海軍将校。オイヒンスに請われて1918年から2年間チリ独立戦争に加わった。この間、英国式の規律をチリ海軍にもたらし、1920年にはカジャオ港（現在のペルー）に停泊中だったスペイン海軍最強戦艦エスメラルダの拿捕に成功する…174, 230

コチーノス湾事件｜別名ヒロン湾事件、英名ピッグベイ事件：1961年4月、CIAが組織した約2000人の傭兵部隊がキューバ島中南部のコチーノス湾に上陸、これをキューバ革命軍が撃退した事件。米国による実質上のキューバ侵攻作戦だったとみなされている。これにより米国とキューバとの関係は修復不可能なまでに悪化した…26, 244, 283, 295, 345

ゴメス、マクシモ｜1836〜1905：キューバ：軍人。ブッシュナイフ作戦と呼ばれるゲリラ戦を断行したことで知られる独立革命の英雄…38

コルソ、グレゴリー｜1930〜2001：米国：詩人…22

コルタサル、フリオ｜1914〜84：アルゼンチン：作家。ガルシア＝マルケスと同じく一貫してキューバ革命を支持した代表的文学者で、ニカラグア革命も積極的に支援した…405, 406

ゴレンドーフ、ピエール｜仏：写真家。1971年2月にキューバ公安警察に逮捕され、CIAのスパイ容疑で3年間拘束される…16, 170, 171, 204

コロアーネ、フランシスコ／パンチョ｜1910〜2002：チリ：作家…184, 185（注4）, 192, 193, 195, 196, 204

コンクエスト、ロバート｜1917〜：米：歴史家…398

ゴンサレス、マレース｜1925〜2008：チリ：女優…159

ゴンサレス＝ビデラ、ガブリエル｜1898〜1980：チリ：政治家、大統領［1946〜52］61（注4）, 310

コンラッド、ジョセフ｜1857〜1924：英：作家…229

サ

ザッキ司教｜伊：カトリック司祭、バチカン教皇公使…72, 73, 204, 239, 262, 373（注6）, 377

サヌエサ、ホルヘ｜チリ：詩人…99

サパタ、エミリアーノ｜1879〜1919：メキシコ：メキシコ革命の英雄…104, 105

左翼革命運動｜通称MIR：チリ：1965年に結成されたマルクス＝レーニン主義を掲げる政治組織。1970年のアジェンデ政権樹立に伴い武装闘争を中断、政府の様々な活動に関与を深めるが、73年のクーデター後は軍事政権によって徹底的な弾圧の対象とされた…190, 325, 342, 343, 358, 359

サルドゥイ、セベーロ｜1937〜93：キューバ：作家。革命初期には政府の文化活動に協力したが、1960年に渡仏、前衛雑誌『テル＝ケル』に関わり、その後キューバに帰国することはなかった…312

サルトル、ジャン・ポール｜1905〜80：仏：哲学者…255

サンタクルス、エルナン｜1906-99：チリ：政治家、外交官。ゴンサレス＝ビデラ政権時から国連大使を務めていた…148

サンタマリア、アイデエ｜1923〜80：キューバ：革命闘争に初期から加わり、革命後はカサ・デ・ラス・アメリカの創設に尽力、海外から著名な文化人を招きキュー

Ⅵ

サンタマリア、アベル／アベリート｜1927～53：キューバ：アイデエの弟。革命闘争に加わるが、モンカダ兵営襲撃事件失敗後に拘束され拷問された末に死亡。革命後は英雄視される…204

サンタマリア、アルド｜192?～2003：キューバ：アイデエの弟。革命後は海軍を率い…51, 204, 215, 242, 272, 279

サンタンデール、カルロス｜1932～91：チリ：学者、カルペンティエール研究者…350

サン＝マルティン、ホセ・デ｜1778～1850：現アルゼンチン生まれ：南米各国における独立運動の指導者…83（注12）, 134

シ

CIA（シーアイエー） → 中央情報局

シエラ・マエストラ｜キューバ東部の山地。1956年に上陸したカストロらゲリラ戦士たちはここで戦闘を展開した…23, 24, 137, 175, 283, 369

シエンフエゴス、カミーロ｜キューバ：1932～59：キューバ：ゲリラ戦士の一人でゲバラやカストロと並ぶ英雄。革命直後にセスナ機操縦中に事故死した。事故の原因をめぐっては暗殺説を含めて諸説ある…145, 342, 344

シスロ、フェルナンド・デ｜1925～：ペルー：芸術家…80

G2（ジーツー） → キューバ公安警察

CDR（シーディーアール／セーデーエレ） → 革命防衛委員会

シナトラ、フランク｜1915～98：米国、俳優…16

シャトーブリアン｜1768～1848：仏：作家、政治家。ナポレオン失脚後にベルリン・ロンドン・ローマ大使を歴任…186

シュネイデル、レネ｜1913～70：チリ：アジェンデが大統領に就任した1970年当時の国軍総司令官、将軍。選挙前、左派のア

ジェンデが大統領選に勝利する気配が濃厚となった際に「国軍はいかなる候補が選ばれようともそれを支援すべし」とする声明を発表、この軍と政治の不干渉主義は人民連合政権において"シュネイデル主義"として重宝された。だが、これに対し、アジェンデ流社会主義の深化を危惧した軍隊内の極右勢力が、国軍に蜂起を促すためシュネイデル将軍の誘拐をCIAの援助で画策。誘拐は未遂に終わったが、反撃を試みた将軍は犯人グループに銃撃され三日後に死亡した…181, 189, 296

シルバ＝ソラール、フリオ｜1926～：チリ：人民統一行動運動に所属する政治家…318

人民統一行動運動｜通称MAPU（マプ）：チリ：キリスト教民主党から分裂した急進的な左派政党。詳しくは本書p.318…148, 157, 200, 318, 319, 378, 386

人民連合｜チリ：1970年にアジェンデを大統領に当選させるべく左派諸政党が連合して結成した政党。73年のクーデターによって崩壊…7, 7（注2）, 46, 54, 76, 78, 100, 156, 170, 182, 188-190, 200, 201, 232, 243, 247, 257, 276, 278, 295, 296, 307, 318, 319, 324, 343, 356, 358, 370, 392, 408

ス

スターリン、ヨシフ｜1878～1953：露：ソ連時代の政治家、軍人…58, 60, 63, 64, 65（注8）, 97（注15）, 136, 288, 295, 306, 364, 366, 383, 385, 398, 399, 403, 405, 412, 416

スタンウィック、バーバラ｜1907～90：米：女優…132

スタンダール｜1783～1842：仏：作家。イタリア各地で領事職を務めた…119, 308, 377

スティーブンソン、ロバート・ルイス｜1850～94：英：作家…138

スペンサー｜1820-1903：英：哲学者、社会学者。…138

セ

セオアーネ、エドガルド｜1903～78：ペルー：政治家…83

セント＝マリー、ダリオ｜1906～82：チリ・ボリビア：『クラリン』紙社主…39（注14）, 40

ソ

ソルジェニーツィン｜1918～2008：露：ソ連時代の作家…150

タ

ダーネル、リンダ｜1923～65：米：女優…132

ダビー＝ポサーダ、フアン｜1911～81：キューバ：画家…52

ダリーオ、ルベン｜1867～1916：ニカラグア：詩人…20, 95

タレーラン｜1754～1838：仏：政治家、外交官。仏大革命前後の動乱の時代を巧みに生き抜き、日和見主義政治家の典型とされる…119, 186

チ

チェ　→　ゲバラ

チェコ事件｜1968年、チェコ共産党第一書記にドプチェク氏が就任して以降、民主化に向けた改革が進んだ（＝プラハの春）が、これに対してソ連率いるワルシャワ条約機構軍が国境を突破して侵攻した事件を指す。チェコ共産党の自己改革の試みがソ連によって打ち砕かれたこの事件は国際共産主義運動を決定的な分裂に導く結果となったが、カストロはソ連支持を表明、このため、非ソ連的な初期キューバ革命のあり方に希望を抱いてきた人びとを幻滅させた一方、ソ連との関係改善には役立った…56, 89, 151, 163, 173, 175, 383

チトー、ヨシップ・ブロズ｜1892～1980：ユーゴスラビア：政治家、大統領［1953～80］。ソ連の圧力に屈することなく独自の社会主義路線を築いた…136

チャベス、ウゴ｜1954-2013：ベネズエラ：軍人、政治家、大統領［1999-2013］。左翼活動家だった兄の影響から若いころより社会主義に傾倒、また士官学校時代にはペルー革命を推進中だったベラスコ＝アルバラード将軍（→項目あり）に謁見し強い影響を受けた。1989年に陸軍がデモ中の一般市民に銃を向けた事件に憤り、92年にはクーデターを起こすも失敗、投獄される。その後は政党を結成し、80年代から新自由主義的政策をとっていた政権与党や富裕層に不満をもつ貧困層から圧倒的支持を受け、99年には大統領に就任、国名を独立革命の英雄シモン・ボリーバルの思想にちなむベネズエラ・ボリバル共和国に改めるとともに「21世紀の社会主義」を目指す諸政策を実行した。強硬な反米主義者として世界的に知られ、2006年の国連総会における演説では前日同じ場所に立ったジョージ・W・ブッシュを揶揄して「昨日ここに悪魔がいた、まだ硫黄の匂いがする」と語りかけるなど、ユーモラスかつ挑発的な口調で米国を批判し続けた。いっぽう、カストロとキューバのことを自らの理想を実現した先駆者として敬愛し、自国のインフラ整備のためキューバから医療技術者など数々のエンジニアを招聘するなど、キューバとは一貫して良好な関係を築いた。バルガス＝リョサのように彼に批判的な文化人も多いが、ベネズエラ国内では貧困層を中心に圧倒的な支持を集め、2013年3月のやや早すぎるその死は、ベネズエラ国民はもとより、ラテンアメリカ全域にも大きなショックを与えた。…413

チャムーデス、マルコス｜1907～89：チリ：政治家、写真家。…61（注5）

中央情報局｜CIA：1947年に創設された米国の情報機関。1950年代以降の冷戦期から世界各地で共産化阻止や多国籍企業排除阻止のための地下工作にかかわった。中南米では以下の事件への関与が明らかにされている。1954年グアテマラ侵攻事件、1961年キューバ・コチーノス湾事件、1973年チリ軍事クーデター、1984年ニカラグア反政府ゲリラ「コントラ」への武

器横流し…7（注2）, 29, 68, 88, 89, 118, 121, 122, 124, 127, 158, 203-205, 275, 293-295, 299, 330, 336- 338, 349, 358, 404, 406, 407
チョンチョール、ジャック｜チリ：政治家…318

テ

ディアス、ヘスース｜1941～2002：キューバ：作家…311-313
ディアス＝オルダス、グスタボ｜1911～79：メキシコ：政治家、大統領［1964～70］…11（注5）, 105
デスノエス、エドムンド｜1930～：キューバ：作家。小説『低開発の記憶』（1965、訳書あり、野谷文昭訳、白水社）で知られる…61, 63（注6）
デュポン、イレネー｜1876～1963：米：19世紀に創業した化学メーカー・デュポン社の元社長。1957年には米国を代表する20人の大金持ちにも選ばれる。革命前のキューバのバラデーロにザナドゥと称する悪趣味な大邸宅を所有していた…137-139
デュモン、ルネ｜1904～2001：仏、農学者。当初は革命後のキューバ農政に関して『キューバ、社会主義と発展』（1964）などで好意的な論評を行なうが、のちにカストロ体制に批判的な『キューバは社会主義か？』（1970）を著したことなどから、キューバ政府によってCIAのスパイ容疑をかけられることになった…29, 29（注12）, 39, 57, 68, 81, 203, 205

ト

ドゥケ＝エストラーダ、フランシスコ｜1919～86：キューバ：米州局長…148, 149, 193, 194, 319, 342-348, 377
トゥティーノ、サベリオ｜1923～2011：伊：作家、ジャーナリスト…331-334
トゥパマロス｜ウルグアイ：1960年代から70年代にかけて活動した武装ゲリラ組織。キューバ革命の影響で生まれた代表的革命運動のひとつだったが、これに対抗しようとした軍部は、チリ軍事クーデターと同じ年の1973年に実質的に政権の座に就いた…181
ドゴール｜1890～1970：仏：軍人、政治家、大統領［1958～69］…240
ドストエフスキー｜1821～81：露：作家…404
ドノソ、ホセ｜1924～96：チリ：作家…404
ドプチェク、アレクサンデル｜1921～92：チェコスロバキア：《プラハの春》で知られる民主化を進めた政治家…29
ドブレ、レジス｜1940～：仏：哲学者。1967年『革命の中の革命』（邦訳：谷口侑訳、晶文社、1967年）でキューバ革命を擁護する論陣を張る。ボリビアでゲバラのゲリラ拠点地を訪問した帰途にボリビア当局に逮捕された。その後1970年に釈放されるとチリへ行き、アジェンデ政権に取材した『チリの道』（邦訳『銃なき革命―チリの道、アジェンデ大統領との論争的対話』（代久二訳、風媒社、1973年）を刊行している。近年はメディオロジーなる新しい学問分野を提唱中…238, 239, 291-293, 296, 331, 338, 416
トミック、ラドミーロ｜1919～92：チリ：政治家。保守系キリスト教民主党の大物…35
ドルティコス、オスバルド｜1919～83：キューバ：政治家、大統領［1959～76］…91, 222, 224-226, 229, 230, 234, 391, 392

ニ

ニクソン、リチャード｜1913～94：米国、大統領［1968～74］…19-21, 27, 62, 255
ニーチェ｜1844～1900：独：哲学者…258, 333

ネ

ネルーダ、パブロ｜1904～73：チリ：詩人。チリの国民的詩人であるが、生前は共産党の大物闘士としても名を馳せ、社会主義のアジェンデ政権下では70年から駐仏大使を務めた。翌71年にノーベル文学賞を受

賞、72年に病気療養のため帰国。そして73年9月のクーデターに遭遇、直後に入院先の病院で死亡したが、現在でも軍事政権による暗殺説が囁かれている…52, 53, 58, 59 (注3), 60, 61, 61 (注5), 62, 63, 63 (注6), 64, 65 (注8), 95, 114, 134, 201, 213, 232, 239, 257, 285, 291, 319, 368, 369, 402-404, 407-410, 412, 413, 416

ネルボ、アマド | 1870～1919：メキシコ：詩人…265 (注5)

ハ

パス、オクタビオ | 1914～98：メキシコ：詩人、批評家。パディージャ事件後に反カストロ派に回った大物作家のひとり。1968年にメキシコで起きた反体制デモ強制弾圧事件（トラテロルコ事件）に抗議するため仏大使職を辞任。…105, 106, 403, 404

パス＝エスペホ | チリ：教育学者…291, 311, 312

バチェレ、ミチェル | 1951～：チリ：政治家、大統領［2006～10］…413, 414

パディージャ、エベルト | 1932～2000：キューバ：作家。詳しくは訳者解説を参照 …44, 46-48, 53-55, 55 (注1・2), 57, 58, 65 (注8), 68, 70, 71, 80, 92, 94, 95, 97 (注15), 106, 116, 120, 125, 144, 150-152, 154, 155, 168, 169, 171-173, 175, 191, 198, 201, 204, 205, 205 (注7), 206, 297-300, 301 (注9), 302, 304-308, 316, 317, 317 (注13), 318, 331-335, 341, 344, 349-351, 361, 362, 380, 381, 383, 383 (注10), 384, 386, 392, 395-399, 404, 416

バティスタ、フルヘンシオ | 1901～73：キューバ：軍人、大統領［1940～44］［1952～59］ …16, 17, 25, 137, 172, 175, 180, 204, 260, 264, 281, 282, 301 (注9), 331, 335, 381 (注8)

ハーディング、コリン | 米国、本書の英語版翻訳者…25 (注10)

ハバナ文化会議 | 1968年1月4日から12日にかけてハバナで開催された国際会議。テーマは「世界を前にした知識人の役割」。革命10周年、ベトナム戦争の激化、前年67年10月のゲバラの死、こうした状況下で全世界の左翼知識人がカストロとカサ・デ・ラス・アメリカスによってハバナに召集された。国外からはフリオ・コルタサル、マックス・アウブ（スペイン）、マリオ・ベネデッティ、エメ・セゼール（仏）、K・S・カロルなどが、国内からはアレホ・カルペンティエール、ロベルト・フェルナンデス＝レタマールなど主要な知識人が参加した。大会を通じて、アジア・ラテンアメリカ・アフリカの連帯や、米国による覇権主義との対決路線などが鮮明に打ち出されるいっぽう、ソ連の文化政策やマルクス＝レーニン主義への言及は避けられた。このことから、各国からの参加者たちは、同年9月にソ連がチェコに侵攻した際、フィデルがソ連支持の意を表したことで大いに失望することになる…9 (注3), 16, 29, 41, 151, 170

パブロ・アルマンド → フェルナンデス

ハミース、ファヤッド | 1930～88：キューバ：詩人…80

パラ、ニカノール | 1914～：チリ：詩人。ビオレタの弟…65 (注8), 232

パラ、ビオレタ | 1917～66：チリ：歌手、ニカノールの姉…16, 171

バラル、カルロス | 1928～89：スペイン：作家、編集者。バルセロナの出版社セイクス・バラル社を率い数多くのラテンアメリカ作家を育てた…173, 387 (注11), 402-404, 410

バルガス＝リョサ、マリオ | 1936～：ペルー：作家…86, 87, 255, 380-382, 404

バルザック | 1799～1850：仏：作家…138, 302

バルセルス、カルメン | 1930～：スペイン：スペイン語圏作家の有力な代理人…79 (注11), 411

バルデス、ガブリエル | 1919～2011：チリ：政治家。キリスト教民主党の大物…35, 356

バルネ・ミゲル | 1940～：キューバ：民族学者、作家…80, 81, 92, 152

パルマー、ロバート | 1909～2002：米国、米国史研究者…21, 22

バルマセーダ、ホセ・マヌエル｜1840〜
91：チリ：政治家、大統領［1886〜91］。任
期中に自由派諸政党をまとめて画期的な民
族主義的政策を掲げたが、英国や海軍の支
援を受けた議会と対立し、結果的にチリを
内戦に導いてしまい、避難先のアルゼンチ
ン大使館で自殺を遂げた。1973年のアジェ
ンデとある意味で重なる政治人生を送った
人…177, 268, 272

バレラ、ブランカ｜1926〜2009：ペルー：
詩人…80

バロハ、ピオ｜1872〜1956：スペイン：作
家…125

『反抗的青年』｜キューバ：雑誌…11, 116,
124, 238, 292

ヒ

ビジャ、フランシスコ／パンチョ｜1877〜
1923：メキシコ：革命運動の指導者…104

ピッグベイ事件（ヒロン湾事件）　→　コ
チーノス湾事件

ピニェイロ、マヌエル｜1933〜98：キューバ、
政治家・軍人、通称「赤髭」。国内防諜網の
中心的人物として、またラテンアメリカや
アフリカの革命・解放闘争と連携して「国境
を超える革命」を実現するための工作活動
を秘密裡に行なった人物として知られる…
32, 33, 37, 40, 55（注1）, 70, 191-194, 196,
223, 225, 234, 236, 239, 240, 260-262,
266, 279, 282, 283, 283（注6）, 284-286,
289, 290, 298, 306, 325, 343, 378, 379

ピニェラ、ビルヒリオ｜1912〜79：キュー
バ：小説家。革命後もキューバで文学活動
を続けはしたが、同性愛者を公言していた
こともあって事実上の沈黙を余儀なくされ
た…416

ピノチェト、アウグスト｜1915〜2006：チ
リ：軍人、政治家、大統領［1974〜90］…
402, 411

フ

フィデル　→　カストロ（フィデル）

フィリッピーニ、エンリコ｜伊：編集者…
412

フェリンゲッティ、ローレンス｜1919〜：
米国、詩人…22

フェルナンデス、パブロ・アルマンド｜
1929〜：キューバ：詩人…44, 47, 70, 92,
193, 201, 341, 343, 349

フェルナンデス＝レタマール、ロベルト｜
1930〜：キューバ：詩人…48, 49, 53, 61,
61（注4）, 62, 63（注6）, 235

フエンテス、カルロス｜1928〜2012：メキ
シコ：作家…65（注8）, 80, 104, 107（注16）

フエンテス、ホセ・ノルベルト｜キューバ、
作　家…10, 53, 80, 98, 165, 175, 333,
334, 344, 385

フォークナー、ウィリアム｜1897〜1962：
米国、作家…23

フォルネ、アンブローシオ｜1932〜：キュー
バ：批評家…61, 63（注6）

ブッツィ、ダビ｜1933〜：キューバ：作家
…168, 169

ブニュエル、ルイス｜1900〜83：スペイン：
映画監督…104, 321

プラット、アルトゥーロ｜1848〜79：チリ：
海軍将校…174, 213, 226, 234, 235

プラード、ペレス｜1922〜89：キューバ：
マンボの作曲家・演奏家…16

プラトン｜前427〜347：古代ギリシア：哲
学者…317, 363

プラハ事件　→　チェコ事件

プラハの春　→　チェコ事件

フランコ、フランシスコ｜1892〜1975：ス
ペイン：軍人、総統［1939〜75］…59（注3）,
74, 286, 287（注7）, 288, 382, 383（注9）

フルシチョフ、ニキータ｜1894〜1971：露：
政治家…149, 206, 306

ブルチャード、パブロ｜チリ：画家、メキシ
コ大使館付き文化担当官…9, 9（注4）

ブルネス、ゴンサロ｜1856〜1936：チリ：
歴史家…226

フレイ＝モンタルバ、エドゥアルド｜1911
〜82：チリ：政治家、大統領［1964〜70］
…135, 233, 293, 318, 355

ブレスト＝ガナ、アルベルト｜1830〜
1920：チリ：外交官、小説家…371

プレビシュ、ラウル｜1901〜86：アルゼン

チン：経済学者…83, 85

ブレヒト、ベルトルト | 1898～1956：独：劇作家…87, 159

プレンサラティーナ通信社 | キューバ：革命政府によって創設された国営の通信社。現在のＨＰはhttp://www.prensa-latina.cu/index.php?lang=ES…13-15, 50, 125, 192, 342, 380, 381, 410

『プントフィナル』 | チリ：左翼系の雑誌…192, 238, 282, 342, 343

ヘ

ヘイワース、リタ | 1918～87：米：女優…132

ヘーゲル | 1770～1831：独：哲学者…333

ベジョ、アンドレス | 1781～1865：現在のベネズエラ出身：ラテンアメリカ諸国の独立革命期を代表する知識人でチリ大学の創設者…134

ベジョ、エンリケ | **チリ**、批評家・画家…12, 13（注7）

ベネデッティ、マリオ | 1920～2009：ウルグアイ：作家。キューバ革命には一貫して深い共感を抱いていた…49

ヘミングウェイ、アーネスト | 1899～1961：米：作家…16

ベラウンデ＝テリ、フェルナンド | 1912～2002：ペルー：政治家・大統領［1963～68］［80～85］…39（注13）, 62, 83, 311（注12）

ペラーエス、アメリア | 1896～1968：キューバ：画家…252

ベラスケス、ディエゴ | 1455～1524：スペイン：軍人、初代キューバ総督…161

ベラスコ＝アルバラード | 1910～77：ペルー：軍人・政治家。大統領［1968～75］…7（注2）, 35, 37, 39（注1）, 181

ベルキス → クサ＝マレ

『ベルデオリーボ』 | キューバ：革命軍機関紙。名前は軍服の色オリーブグリーンを表わすスペイン語に由来…10, 175, 334

ヘレス、アルベルト | 1927～：チリ：キリスト教民主党の政治家で、後にMAPU（人民統一行動運動→項目あり）に参加するも1971年8月に離脱、MAPUよりは保守寄りのキリスト教左派党を結党した。…318

ペレス＝ガルドス、ベニート | 1843～1920：スペイン：作家…74

ペレス＝ロサレス、ビセンテ | 1807～86：チリ：政治家、作家。立身出世と波乱万丈の人生をつづった自伝『昔の思い出』（1875）で知られる…257, 371, 372, 373（注6）

ペロン、フアン・ドミンゴ | 1895-1974：アルゼンチン：軍人、政治家、大統領［1946～55］［1973～74］。…406

ホ

ホーチミン／ホーおじさん | 1890～1969：ベトナム：革命家、政治家…81, 112

ホベー＝オヘダ、エルネスト | ?～2010：チリ：海軍将校、提督…214-220, 221（注2）, 222-232, 234-237, 240-244, 247, 249, 250, 255, 256, 260, 267, 273, 280, 281, 287

ボリーバル、シモン | 1783～1830：南米独立革命期最大の指導者…134, 415

ポルトゥオンド、ホセ・アントニオ | 1911～96：キューバ：作家…302, 304, 385

ポルトカレーロ、レネー | 1912～85：キューバ：画家…52, 252

ポンピドー、ジョルジュ | 1911～74：仏：政治家・大統領［1969～74］…407

マ

マセオ、ホセ・アントニオ | 1845～96：キューバ：独立戦争の英雄…38, 171

MAPU（マプ） → 人民統一行動運動

マルクス | 1818～83：独：哲学者、経済学者…25, 73, 135（注1）, 188, 258-260, 311, 318, 319, 333, 366, 367, 406, 415

マルティ、ホセ | 1853～95：キューバ：詩人、独立革命の戦士。キューバでは1959年の社会主義革命後も独立の父として崇拝されている…112, 171, 252, 273, 275, 320

マルティネス＝ソトマヨール、カルロス | 1929～2006：チリ：政治家…84

マン、トーマス | 1875～1955：独：作家…23

ミ

ミシュレ、ジュール | 1798〜1874：仏：歴史家、代表作『フランス革命史』(1853) … 28, 165

ミストラル、ガブリエラ | 1889〜1957：チリ：詩人…232

ミヤール、ホセ・ミゲル | 1932〜：キューバ：医学者、政治家…279, 304-306, 308-310, 312-314, 316

ミランダ、フランシスコ | 1759〜1816：ベネズエラ独立運動の闘士…134, 140, 141

メ

メンドーサ、ホルヘ・エンリケ | キューバ：グランマ紙編集長…36

モ

毛沢東 | 1893〜1976：中：革命家、政治家…57, 58, 78, 255

モーラ、アルベルト | キューバ：貿易省長官などを歴任するが後に失脚して自殺…205 (注7), 301 (注9), 309 (注11)

モラレス、エボ | 1959〜：ボリビア：政治家、大統領 [2006〜] …413-415

モンタネー、ヘスス | 1923〜99：キューバ：革命戦士のひとり…238

モンテフォルト=トレド、マリオ | 1911〜2003：グアテマラ：作家、政治家…10, 11 (注6)

モンロー、マリリン | 1926〜62：米：女優…132

ヤ

ヤニェス、レベーカ | チリ…12, 13 (注7)

ラ

ラス=カサス、バルトロメー・デ | 1474〜1566：スペイン：ドミニコ会司祭、歴史家…161

ラフト、ジョージ | 1901〜80：米：俳優…16

ラブラドール=ルイス、エンリケ | 1902〜91：キューバ：作家…62, 63 (注7), 299

ラム、ヴィフレド | 1902〜98：キューバ：シュルレアリスムの画家…55 (注2)

ランボー | 1854〜91：仏：詩人…333

リ

リェラス=レストレーポ、カルロス | 1908〜94：コロンビア：政治家、大統領 [1966〜70] …83

リベラ、ディエゴ | 1886〜1957：メキシコ：画家…103

リリョ、エウセビオ | 1826〜1910：チリ：詩人、政治家…272

リン、エンリケ | 1929〜88：チリ：詩人…47, 99, 344

リン、マリア・ドロレス | キューバ：エンリケの妻…344, 351

ル

ルカーチ | 1885-1971：ハンガリー：哲学者。自らの初期の言説をマルクス主義の立場から再三批判し続けた。…398

ルーズヴェルト、セオドア | 1858〜1919：米：政治家、大統領 [1901〜09] …20

ルーズヴェルト、フランクリン | 1882〜1945：米：政治家、大統領 [1933〜45] …26

ルーラ=ダ=シウヴァ、イナシオ | 1945〜：ブラジル：政治家、大統領 [2003〜11] …413, 415

レ

レサマ=リマ、ホセ | 1910〜76：キューバ：作家…36, 70, 80, 92-95, 140, 192, 201, 299 348, 416

レーニン | 1870〜1924：露：革命家、政治家…77, 318, 406

ロ

ロア、ラウル | 1907〜82：キューバ：政治家、作家…34-36, 92, 115, 116, 124, 148, 159, 222, 224-226, 229, 230, 234, 238, 244, 319, 335, 336, 352, 353 (注4), 356, 370, 371

ロドリゲス、カルロス・ラファエル | 1913〜97：キューバ：政治家…91, 238, 306, 322

ロドリゲス、マリアーノ | 1912〜90：キューバ：シュルレアリスムの画家…49

ロドリゲス＝フェオ、ホセ／ペペ｜1929
〜93：キューバ：作家…47, 80, 92, 341,
343, 344

ロドリゲス＝モネガル、エミール｜1921〜
85：ウルグアイ：批評家…404

ロハス、マヌエル｜1896〜1973：チリ：作
家…184, 185（注4）, 192

ロハス、マルタ｜1928〜：キューバ：報道
写真家…37

ロペス、セサル｜1933〜：キューバ：詩人
…92, 93, 95, 98, 101, 104, 351

ロベスピエール｜1758〜94：仏：大革命期
の政治家。1993年から公安委員会を用い
て政敵の粛清を推し進めたが、翌94年テ
ルミドール9日のクーデターで逮捕され処
刑された。高邁な理想を掲げるいっぽうで
政敵には容赦なく非寛容を貫き通すという、
いわゆるジャコバン派的人物像の象徴…
162, 165

ロヨラ、イグナチウス・デ｜1491〜1556：
スペイン：修道士、イエズス会の創始者…
258

ロラン、ロマン｜1866〜1944：仏：作家…
115

ワ

ワッケス、マウリシオ｜1939〜2000：チリ：
作家…47

【著者紹介】
ホルヘ・エドワーズ
Jorge Edwards（1931 ～）

チリの作家・外交官。外交官として各国大使館に勤務するかたわら短編作家として創作活動を開始。1970 年 12 月から翌 71 年 3 月までアジェンデ政権下の代理公使としてハバナに赴任した際の顛末を綴り、キューバ・カストロ政権を批判する代表的書物となったノンフィクション『ペルソナ・ノン・グラータ』（1973 年）で世界的に知られるようになった。また、この作品の刊行直前にチリでピノチェト将軍による軍事クーデターが起こりアジェンデ政権が崩壊、スペイン滞在中だったエドワーズも亡命を余儀なくされる（78 年に帰国）。このほか小説の代表作としては、クーデター後のチリ・ブルジョワ階級の欺瞞を暴き出す『石の招客たち』（1978 年）、独立期以来のチリの歴史を重層的に描く『歴史の夢』（2000 年）などがあり、また本書以外のノンフィクションの代表作としては、駐仏大使館で部下として勤務した詩人パブロ・ネルーダに関する回想録『アディオス、ポエタ』がある。1999 年度にセルバンテス賞を受賞し、2010 年にピニェラ政権下で駐仏大使に任命され、現在に至る。2013 年には一族の歴史から書き起こした大部の自伝『ワインの飲み跡―回想録その一』を刊行するなど、その旺盛な執筆意欲は今なお衰えていない。

【翻訳者紹介】
松本健二（まつもと・けんじ）

大阪大学言語文化研究科准教授。ラテンアメリカ現代文学。訳書にロベルト・ボラーニョ『通話』（白水社）などがある。

ペルソナ・ノン・グラータ

発　行　　2013 年 9 月 30 日初版第 1 刷　1500 部
定　価　　3200 円＋税
著　者　　ホルヘ・エドワーズ
訳　者　　松本健二
装　丁　　本永惠子デザイン室
発行者　　北川フラム
発行所　　現代企画室
　　　　　東京都渋谷区桜丘町 15-8-204
　　　　　Tel. 03-3461-5082　Fax 03-3461-5083
　　　　　e-mail: gendai@jca.apc.org
　　　　　http://www.jca.apc.org/gendai/
印刷所　　中央精版印刷株式会社

ISBN978-4-7738-1313-5 C0098 Y3200E
©MATSUMOTO Kenji, 2013
©Gendaikikakushitsu Publishers, 2013, Printed in Japan

セルバンテス賞コレクション

スペイン語圏で刊行される文学作品を対象としたセルバンテス賞は、
イベリア半島とラテンアメリカの優れた表現者に対して授与される文学賞。
このシリーズは、それらの受賞作家の作品を順次紹介するものである。

1	**作家とその亡霊たち**	エルネスト・サバト著　寺尾隆吉訳 46判／232p／2009年／2500円
2	**嘘から出たまこと**	マリオ・バルガス・ジョサ著　寺尾隆吉訳 46判／392p／2010年／2800円
3	**メモリアス** ある幻想小説家の、リアルな肖像	アドルフォ・ビオイ＝カサーレス著　大西亮訳 46判／236p／2010年／2500円
4	**価値ある痛み**	フアン・ヘルマン著　寺尾隆吉訳 46判／132p／2010年／2000円
5	**屍集めのフンタ**	フアン・カルロス・オネッティ著　寺尾隆吉訳 46判／328p／2011年／2800円
6	**仔羊の頭**	フランシスコ・アヤラ著　松本健二／丸田千花子訳 46判／274p／2011年／2500円
7	**愛のパレード**	セルヒオ・ピトル著　大西亮訳 46判／408p／2011年／2800円
8	**ロリータ・クラブでラヴソング**	フアン・マルセー著　稲本健二訳 46判／348p／2012年／2800円
9	**澄みわたる大地**	カルロス・フエンテス著　寺尾隆吉訳 46版／508p／2012年／3200円
10	**北西の祭典**	アナ・マリア・マトゥーテ著　大西亮訳 46版／200p／2012年／2200円
11	**アントニオ・ガモネダ詩集** （アンソロジー）	アントニオ・ガモネダ著　稲本健二訳 46版／216p／2013年／2800円
12	**ペルソナ・ノン・グラータ** カストロにキューバを追われたチリ人作家	ホルヘ・エドワーズ著　松本健二訳 46版／468p／2013年／3200円